BASTEI LÜBBE

JASON DARKS SONDERAUSGABEN IM TASCHENBUCH-PROGRAMM:

Paperback
73500 Hexenküsse

Jumbo-Bände
73 952 Die Hölle auf Erden
73 953 Grüße aus dem Fegefeuer
73 955 Jenseits der Angst
73 956 Wenn aus Freunden Monster werden
73 957 Hexen – Geister – Teufelsdiener
73 958 Wenn die Hölle dich verschlingt
73 959 Rückkehr aus dem Reich der Toten
73 960 Baphomet II
73 961 Das Schicksal des Templers
73 962 Im Namen des schwarzen Tods
73 963 Hexenfluch
73 964 Der dunkle Gral
73 965 Morganas wilde Meute
Kultausgaben

73 966 Wie alles begann
73 967 Die Conollys
73 968 Suko und Shao
73 969 Jane Collins – Privatdetektivin
73 970 Die Hexe Jane Collins
73 971 Glenda Perkins

JASON DARK

Die Welt des

JOHN SINCLAIR

KOMMISSAR WILL MALLMANN

VIER SPANNENDE KULTGESCHICHTEN

BASTEI
LÜBBE

BASTEI LÜBBE TASCHENBUCH
Band 73 972

1. Auflage: Mai 2008

Vollständige Taschenbuchausgabe

Bastei Lübbe Taschenbücher
in der
Verlagsgruppe Lübbe

Die Veröffentlichung dieses Werkes erfolgt durch Vermittlung
der Autoren- und Verlagsagentur Peter Molden, Köln.
Lektorat: Rainer Delfs
Titelbild: panther media / Micha S.
Umschlaggestaltung: Tanja Østlyngen
Satz: Wildpanner, München
Druck und Verarbeitung:
Nørhaven Paperback A / S
Printed in Denmark
ISBN 978-3-404-73972-1

Inhalt

DER VOODOO-MÖRDER

Der Tod kam wie ein Blitz aus heiterem Himmel!

Nelly Parker hatte den Kellner herangewinkt, um zu zahlen. Nervös suchte sie in ihrer Handtasche nach der kleinen Geldbörse.

»Zwölf Shilling«, knurrte der Mann, der es eilig hatte, weil er auch schon vom Nebentisch gerufen wurde.

»Ja doch – ich ...«

Plötzlich begann Nellys Herz rasend zu hämmern. Die Luft wurde ihr knapp. Nur mühsam öffnete sie den Mund, ein gequältes Stöhnen drang über ihre Lippen. Der Kellner war vor Schreck zwei Schritte zurückgewichen. Fassungslos beobachtete er, wie die junge Frau langsam vom Stuhl kippte und auf den blank gescheuerten Boden sank.

Erst jetzt erwachte der Mann aus seiner Erstarrung. »Einen Arzt!«, kreischte er. »Einen Arzt!« Der Kellner war ein schmalhüftiger Typ mit weiblichen Gesichtszügen und glatten schwarzen Haaren. Sein blütenweißes Jackett war hauteng auf Taille gearbeitet.

Schreiend und mit beiden Armen fuchtelnd lief er zum Tresen, fauchte die Bedienung an und verlangte nach einem Telefon.

Mittlerweile waren die meisten Gäste aufgesprungen. Stumm und mit blassen Gesichtern starrten sie auf die am Boden liegende Frau.

Es war Mittagszeit. Angestellte, Sekretärinnen und Hausfrauen bevölkerten die kleine Cafeteria im Herzen von London. Das Lokal war erst vor wenigen Wochen eröffnet worden, hatte aber einen enormen Zulauf, da hier auch Hamburger, Pommes frites und andere in England noch unbekannte »Köstlichkeiten« serviert wurden.

Und nun lag eine Tote auf dem Boden. Eine verdammt schlechte Reklame.

Der Meinung war wohl auch der Geschäftsführer, den eine aufgeschreckte Bedienung aus seinem Büro geholt hatte. Der Boss des Ladens, ein smarter Boy mit Managerambitionen, fuhr sich mit allen zehn Fingern durch sein welliges Haar.

»Ausgerechnet in diesem Lokal muss das passieren. Es ist

zum Heulen.« Vorwurfsvoll sah er den Kellner, der den Tod der jungen Frau miterlebt hatte, an. »Hätte die nicht bei der Konkurrenz umkippen können?«

Der Kellner hob die Schultern. Er war blass geworden. »Ich – ich kann ja auch nichts dafür. Ich habe die Ambulanz schon verständigt, das war alles, was ich tun konnte.«

Der Geschäftsführer tippte dem Mann gegen die schmale Hühnerbrust. »Sie können noch was tun, mein Bester.«

»Und?«

»Stellen Sie sich vor den Ausgang und sehen Sie zu, dass niemand das Lokal verlässt, der noch nicht bezahlt hat. Ich kenne die Leute. Die warten ja nur auf solche Gelegenheiten.«

Der Kellner senkte den Kopf und sagte: »Yes, Sir.« Dann nahm er seinen zugewiesenen Platz ein.

Die Befürchtung des Geschäftsführers erwies sich als voreilig. Niemand verließ das Lokal. Die Gäste waren viel zu neugierig. Sie standen nur und glotzten, sogar die Frauen. Einige tuschelten auch erregt miteinander, und es war zu vermuten, dass manchem eine Gänsehaut über den Rücken lief.

In der Ferne jaulten Sirenen.

Die Ambulanz war auf dem Weg.

Schon bald stoppte der Kastenwagen mit kreischenden Bremsen. Die hintere Klappe flog auf, und zwei Männer stiegen aus, die eine Trage trugen. Sie wühlten sich durch den Ring der Neugierigen, die sich vor dem Lokal versammelt hatten und sich an den Scheiben die Nase platt drückten.

Ein Arzt folgte den beiden Helfern mit wehendem Kittel. Der Mann hatte neben dem Fahrer gesessen und trug eine Tasche in der rechten Hand.

Neben der Toten kniete er nieder, holte sein Stethoskop hervor und horchte auf Herztöne.

Mindestens zwanzig Augenpaare starrten ihn an. Teils sensationslüstern – teils ängstlich.

Nach einer halben Minute richtete sich der Arzt auf, strich eine graue Haarsträhne aus der Stirn, zuckte mit den Achseln und sagte lakonisch: »Exitus. Wie mir scheint, ist die Frau an einem Herzversagen gestorben. Da kann man nichts mehr machen.« Der Arzt gab den beiden Helfern einen Wink, und sie legten die Tote auf die Trage. Mit unbewegten Gesichtern marschierten sie hinaus.

Der Arzt blickte in die Runde. »Hat jemand den Tod der Frau beobachtet?«

Der Kellner trat vor. »Ich.«

»Gut, dann erzählen Sie mal.«

Der Kellner strich sich über sein blasses Gesicht und berichtete.

Der Doktor nickte mehrmals und meinte dann: »Ja, das sieht ganz nach einem Herzanfall aus.«

»Aber sie war doch noch so jung.« Der Kellner rang die Hände.

»Das hat heute gar nichts mehr zu sagen. Aber etwas anderes, junger Mann, ich muss natürlich der Polizei Meldung erstatten, und dann braucht man Sie als Zeugen. Halten Sie sich also bereit.«

Der Kellner nickte und schrieb dem Arzt schnell seinen Namen und die Adresse auf.

Der Weißkittel steckte den Zettel ein, ging hinaus und setzte sich wieder neben den Fahrer.

Der sah den Arzt an. »Wohin, Sir?«

Der Doktor blickte durch die Scheibe. Er hatte die Augen zu Schlitzen zusammengekniffen und sagte dann leise: »Fahren Sie zum Leichenschauhaus. Die Tote muss obduziert werden.«

»War es Mord?«

Der Arzt gab keine Antwort. Er hockte nach wie vor gedankenverloren auf dem Sitz.

Von der Bedford Street war es nicht weit bis zur Victoria Street, wo das Gebäude von New Scotland Yard stand. Zu diesem Komplex gehörte auch ein nach den modernsten Erkenntnissen eingerichtetes Leichenschauhaus.

Der Arzt sprach während der weiteren Fahrt kein einziges Wort mehr. Er ließ sich – als sie in der Victoria Street angelangt waren – sofort bei Chiefinspektor Tanner melden. Zum Glück war Tanner in seinem Büro.

»Hallo, Doc«, sagte er leutselig. »Was gibt es denn?«

Der Arzt ließ sich auf den Besucherstuhl fallen. »Eine Tote, Chiefinspektor.«

Tanner zog die Augenbrauen zusammen. Er war ein Kerl wie ein Baum, hatte schlohweißes dichtes Haar, tief in den Höhlen liegende hellblaue Augen und ein markantes Gesicht, über das jetzt allerdings ein düsterer Schatten flog.

»Wie soll ich denn das verstehen, Doc?«, erkundigte er sich vorsichtig.

»Wie ich es gesagt habe. Eine Leiche, Chiefinspektor. Und die vierte innerhalb von zwei Wochen. Wieder Herzanfall.«

Tanner hob die Schultern. »Es werden auch noch mehr Leichen gefunden«, sagte er. »Das ist in einer Riesenstadt wie London doch ziemlich normal. Und solange es kein Mord ist …«

Der Arzt war aufgesprungen. »Mal ehrlich, Chiefinspektor, wollen Sie mich nicht verstehen?«

Tanner zündete sich gelassen eine Pfeife an. »Ich weiß nicht, was Sie mit Ihrem komischen Verdacht bezwecken. Ein Herzanfall ist doch heute nichts Besonderes. Mein Gott noch mal, Doc, Sie kommen jetzt schon das zweite Mal zu mir. Ich bin für Mord zuständig, aber nicht für Herzanfälle.«

Der Arzt schlug sich gegen die Stirn. »Gut, von Ihrem Standpunkt aus haben Sie recht, Chiefinspektor. Aber es waren jeweils junge Frauen zwischen zwanzig und fünfundzwanzig Jahren, die diese Herzanfälle gehabt haben. Und das ist unnormal. Ich warte schon auf den nächsten Fall. Nein, zwischen diesen Toten muss es irgendeine Verbindung geben. Und da bitte ich Sie doch einzuhaken.«

»Tut mir leid, Doc, aber das ist nicht mein Bier. Jetzt müssen Sie mich leider entschuldigen, ich habe zu tun.«

Der Arzt lächelte gequält. »Danke, ich habe verstanden.« Mit müden Schritten ging er zur Tür.

Chiefinspektor Tanner holte ihn ein und legte ihm seine breite Hand auf die Schulter. »Ich kann nicht mit ansehen, dass

Sie so geknickt sind, Doc. Ich werde Ihnen noch einen kleinen Tipp geben. Wenden Sie sich doch an Superintendent Powell. Sie wissen ja, er leitet die Sonderkommission, die sich mit außergewöhnlichen Fällen beschäftigt. Vielleicht kann der Ihnen weiterhelfen. Ich jedenfalls bin dazu nicht in der Lage.«

Der Arzt wandte sich um und blickte dem Chiefinspektor ins Gesicht. »Danke, das werde ich auch tun. Und lassen Sie sich eins gesagt sein, mein lieber Tanner, hinter diesen Todesfällen steckt mehr, als wir heute überhaupt ahnen …«

Marion Baumann stand an der Autobahn Frankfurt-Würzburg. Ein unangenehmer Aprilwind pfiff von den Höhen des Spessarts und bauschte den Parka des Mädchens auf.

Marion war zweiundzwanzig Jahre jung und studierte Kunstgeschichte. Sie hatte ihr Abitur mit Ach und Krach geschafft und auch eigentlich nur durch Beziehungen einen Studienplatz gefunden. Nach vier Semestern schon hatte sie die Nase vorläufig voll gehabt, mit dem Studium kurzerhand ausgesetzt und sich vorgenommen, einmal Land und Leute kennen zu lernen. Das hieß im Klartext, sie wollte durch Europa trampen.

In Hamburg hatte sie sich an die Autobahnauffahrt gestellt, war mit einem älteren Ehepaar bis Köln gefahren, und von dort hatten sie zwei junge Burschen in einem alten VW nach Frankfurt mitgenommen. Am Frankfurter Verteiler hatte sie dann einen Vertreter gefunden, der sie bis zur Spessart-Raststätte mitgenommen hatte. Der Vertreter wollte hier die Nacht verbringen, und als Marion sich nicht bereit erklärte, mit ihm Zimmer und Bett zu teilen, hatte der Mann sie kurzerhand an die frische Luft gesetzt.

Marion Baumann hatte das eigentlich nicht viel ausgemacht. Sie war kein Mädchen, das lange auf eine Mitfahrgelegenheit warten musste. Dazu war sie zu hübsch und zu gut gewachsen, wenn auch unter dem weiten Pullover und den ausgewaschenen Jeans nicht viel von ihrer tadellosen Figur zu erkennen war.

Marion hatte dunkelblondes glattes Haar, das bis auf den Rücken fiel. Ihr Gesicht war apart, und die vollen, sinnlichen Lippen schienen immer zu lächeln.

Marion hatte ihre Reisetasche neben sich stehen. Sie war mit der Aufschrift einer Fluggesellschaft versehen. Marion hatte sich bewusst nicht an den Platz des Rasthauses gestellt, an dem die Fernfahrer hielten. Sie wollte – wenn es eben möglich war – einen Pkw erwischen. Nicht, dass Marion vor den Fernfahrern Angst gehabt hätte, sie beherrschte Judo und hatte damit schon manchen aufdringlichen Kavalier abgewehrt. Aber die schweren Lastwagen waren ihr einfach zu langsam, denn sie wollte vor Mitternacht noch in Nürnberg sein. Dort wohnte eine Bekannte, bei der sie für eine oder zwei Nächte gut unterschlüpfen konnte.

Der Vertreter, der sie das letzte Stück mitgenommen hatte, fuhr an ihr vorbei. Er hatte die Seitenscheibe heruntergekurbelt und rief: »Ich fahre jetzt zum Motel. Du kannst es dir noch überlegen, Kleine!«

Marion drehte sich abrupt zur Seite.

»Na, dann nicht, du Nutte!«, blaffte der Vertreter und fuhr ab. Der Motor des Opel heulte protestierend auf. Anscheinend ließ der Fahrer seine Wut an dem Wagen aus.

Weit im Westen verschwand die Sonne hinter den nördlichen Ausläufern des Odenwaldes. Die Temperatur sank, es wurde unangenehm kühl, und dazu kam noch Wind auf.

Marion schloss den Reißverschluss des Parkas, nahm ihre Tasche und schlenderte auf die Automatenboxen des Rastplatzes zu. Sie warf ein Geldstück in den Schlitz, und der Automat spuckte einen Pappbecher mit Kaffee aus.

Der Becher war heiß. Fast hätte sich Marion die Finger verbrannt. Das Getränk tat gut und belebte sie. Sie war nicht die Einzige, die sich in der Nähe der Automaten aufhielt. Einige Fernfahrer standen beisammen und unterhielten sich über ihre Touren. Hin und wieder warfen sie Marion abschätzende Blicke zu, die das Mädchen jedoch ignorierte. Schließlich fasste sich einer der Männer ein Herz, trat auf Marion zu und fragte, ob sie mitgenommen werden wolle.

»Nein!«

Der Fernfahrer hob die Schultern und verschwand. Schon wenig später bestiegen er und seine Kollegen ihre Wagen und fuhren los.

Die Zeit verrann.

Es wurde dämmrig. Längst brannten in der Raststätte die Lichter. Helle Bahnen fielen auf den Asphalt, spiegelten sich im glänzenden Lack der geparkten Wagen.

Marion warf den Becher weg. Von der Autobahn her drang das stetige Summen der vorbeirasenden Fahrzeuge. Die Lichtspeere der Scheinwerfer durchschnitten das Dunkel.

Marion Baumann wurde langsam ungeduldig. Wenn sie nicht bald jemanden fand, stand sie morgen früh noch hier.

Sie beobachtete, wie ein Wagen in die Einfahrt des Rastplatzes kurvte, an den parkenden Fahrzeugen vorbeifuhr und dann stoppte. Sekundenlang überschütteten die Scheinwerfer das Mädchen mit ihrem grellen Licht. Dann verloschen sie.

Eine Wagentür wurde geöffnet und fiel dumpf wieder ins Schloss. Schritte näherten sich dem wartenden Mädchen.

Männerschritte!

Marions Haltung spannte sich. Vielleicht hatte sie Glück, und der Mann würde sie mitnehmen. Sie wollte ihn auf jeden Fall ansprechen.

Der Mann blieb vor dem Kaffeeautomaten stehen, suchte nach einer Münze und zog einen Becher Kaffee.

Das Mädchen war mit zwei raschen Schritten zur Seite gegangen. Das Licht des Automaten leuchtete den Mann an. Er trug einen dunklen Anzug und einen hellen Rollkragenpullover. Sein Haar war schwarz und fiel lang in den Nacken. Am Mittelfinger der linken Hand funkelte ein seltsamer Ring. Der Mann hatte ein scharfes Profil mit einem hervorspringenden Kinn. Als er sich jetzt umwandte, glitt sein Blick blitzschnell und abschätzend über die Gestalt des Mädchens.

Die Augenpartie lag im Dunkeln, und Marion konnte das gefährliche Funkeln nicht sehen.

Sie lächelte etwas zaghaft.

Der Mann trat einen Schritt auf sie zu. Die Finger seiner

rechten Hand schlossen sich um den heißen Pappbecher. Marion sah, dass auf dem Handrücken kleine schwarze Härchen wuchsen.

Irgendetwas ging von dem Fremden aus, das ihr Angst einflößte. Sie konnte nicht genau sagen was, aber es war eine Beklemmung, die sie erfasst hatte und ihr Herz schneller schlagen ließ.

»Warten Sie hier auf eine Mitfahrgelegenheit?«, fragte der Mann.

»Ja.« Marion antwortete, ohne es eigentlich zu wollen. Ihr fiel wohl auf, dass der Fremde Deutsch mit einem englischen Akzent sprach.

»Wohin wollen Sie denn?«

»Nach Nürnberg.«

»Ich fahre nach München. Da könnte ich Sie mitnehmen. Einverstanden?«

Marion senkte den Blick. »Ich weiß nicht so recht. Ich …«

»Ach, Sie brauchen keine Angst zu haben. Ich will Ihnen schon nicht an die Figur. Ich brauche auf der langen Fahrt nur etwas Unterhaltung. Ich hätte auch einen jungen Mann mitgenommen.«

Diese Worte räumten Marions Zweifel beiseite. »Okay«, sagte sie. »Ich komme mit.«

»Na, wunderbar.« Der Fremde bot Marion eine Pall Mall an. »Ich heiße übrigens Victor Jory.«

»Baumann, Marion Baumann«, murmelte das Mädchen, das sich Feuer geben ließ.

»Haben Sie noch Hunger?«, fragte Victor Jory.

»Nein, eigentlich nicht.«

Der Engländer lächelte. »Aber ich. Kommen Sie, eine Kleinigkeit kann nicht schaden.«

Die beiden betraten die Raststätte. Der Gastraum war gemütlich eingerichtet, und sie fanden einen Fensterplatz.

Marion hatte Hunger. Sie hatte es nur nicht zugeben wollen. Sie bestellte sich ein Filetsteak, Pommes frites und frischen Salat. Victor Jory nahm ein Kalbsschnitzel.

Marion Baumann aß mit Heißhunger. Sie bemerkte nicht,

wie der Engländer sie mit kalten, gefühllosen Blicken taxierte. In diesen Augenblicken erinnerte der Mann an ein Raubtier, das sich seiner Beute schon sicher ist.

Nach dem Essen tranken sie noch eine Tasse Kaffee und gingen dann zu Jorys Wagen.

Es war ein stahlblauer BMW 2500. Aus den Augenwinkeln sah Marion, dass der Wagen eine Kölner Nummer hatte.

»Schicker Renner«, sagte Marion und ließ sich aufseufzend in den weichen Ledersitz fallen.

»Ja, er macht mir auch Spaß«, erwiderte Jory. »Möchten Sie Musik hören?«

Marion lachte. »Das habe ich doch nicht zu bestimmen. Ihnen gehört schließlich der Wagen.«

»Aber Sie sind der Gast.« Jory drückte auf die UKW-Taste. Einschmeichelnde Tanzmusik drang aus den beiden Lautsprechern der Stereoanlage.

Marion lehnte sich zurück und summte die Melodie mit. Der BMW fuhr leicht an, und Jory lenkte ihn sicher auf das breite Betonband der Autobahn.

Schnell beschleunigte der Wagen auf über hundert Stundenkilometer, doch die Geschwindigkeit war nicht zu merken.

Marion wurde müde. Sie war an diesem Tag schon früh auf den Beinen gewesen, und auch der volle Magen tat ein Übriges. Sie stellte sich den Sitz weit zurück und streckte die Beine aus.

»Ich bin wohl eine schlechte Unterhalterin«, sagte sie und blickte den Fahrer von der Seite her an, dessen Gesicht von der Armaturenbeleuchtung grünlich angestrahlt wurde und diesem ein dämonisches Aussehen gab.

»Sind Sie müde, Marion?«

»Wenn ich ehrlich sein soll – ja.«

»Macht nichts. Schlafen Sie ruhig ein Stündchen. Ich werde Sie schon rechtzeitig wecken.«

Und wieder bemerkte Marion den Unterton in der Stimme des Mannes nicht.

Es dauerte nicht lange, da war sie eingeschlafen.

Der Mann, der sich Victor Jory nannte, lächelte zufrieden. Das lief ja besser, als er es sich gedacht hatte.

Auf der Autobahn war relativ wenig Betrieb. Wie eine graue Schlange zog sich das Betonband durch die Höhenzüge des Spessart. Der Wind hatte aufgefrischt und jagte dunkle Wolkenberge vor den fahlen Halbmond.

Schon bald näherte sich der BMW der Stadt Würzburg. Die Lichterkette schimmerte zur linken Seite der Autobahn.

Kilometer um Kilometer fraßen die breiten Gürtelreifen des BMW. Jory fuhr sehr sicher. Ab und zu warf er einen Blick auf das schlafende Mädchen. Manchmal bewegten sich auch seine Lippen wie im Selbstgespräch, doch kein Laut war zu hören.

Jory hatte die Musik abgestellt. Er brauchte diese Geräuschkulisse nicht.

Jory überholte noch eine Dreiergruppe Lastwagen, betätigte den rechten Blinker und fuhr dann von der Autobahn ab. Hinweisschilder auf die nächstliegenden Ortschaften wurden aus der Dunkelheit gerissen. Jory fuhr nach rechts auf die Landstraße und gondelte im Fünfzig-Kilometer-Tempo weiter. Was er suchte, war ein einsamer Weg, der nach Möglichkeit in einen Wald führte.

In dieser Gegend keine Schwierigkeit.

Er hatte ihn bald gefunden. Niemand sah, dass der Wagen von der Straße abbog und auf einer schmalen Stichstraße weiterfuhr, die zu einem fünf Kilometer entfernt liegenden Dorf führte.

Feldwege zweigten von der schmalen Straße ab, und auf der rechten Seite ballte sich die dunkle Wand eines Waldes.

Jory bog in den Feldweg ein. Er war mit Schlaglöchern übersät, und der BMW wurde ein paar Mal heftig durchgeschüttelt.

Victor Jory presste die Lippen zusammen und warf einen Blick auf das Mädchen.

Noch schlief die Kleine, und der Engländer hoffte, dass dieser Zustand noch einige Minuten anhalten würde.

Dann verschluckte der Wald das Fahrzeug, und der Weg war auf einmal zu Ende. Ein rotweiß gestrichener Holzbalken versperrte die Weiterfahrt.

Jory verschluckte einen Fluch.

Er bremste.

In diesem Augenblick wurde Marion Baumann wach. Sie schreckte regelrecht hoch und rieb sich die Augen.

Der Wagen stand.

Verwundert sah sich Marion um. Auf Jorys Gesicht blieb ihr Blick haften.

»Wo – wo sind wir hier?«, fragte das Mädchen.

Als Antwort schlossen sich Jorys Finger um ihr linkes Handgelenk.

»Was soll das?«, schrie Marion. »Sie tun mir weh. Sie …«

»Halt den Mund, zum Teufel!«

Marions Augen wurden weit. Ihr Blick fraß sich in dem Gesicht des Engländers fest. Es schien plötzlich nur noch aus den beiden Augen zu bestehen, in denen ein unheimliches, mörderisches Feuer loderte.

»Nein«, flüsterte Marion, »bitte nicht. Sie – Sie haben mir doch versprochen …«

Jory lachte blechern. »Keine Angst, ich werde dich schon nicht vergewaltigen.«

»Was wollen Sie denn?«

Der Engländer gab keine Antwort, verstärkte nur den Griff.

Die schrecklichsten Gedanken wirbelten durch Marions Kopf. Oft genug hatte sie von Anhalterinnen gehört, die ermordet worden waren. In vielen Fernsehsendungen war das Thema immer wieder aufgegriffen worden. Und sie hatte nur darüber gelacht. Mir kann doch so etwas nicht passieren. Mit diesem Satz hatte sie alle Warnungen in den Wind geschlagen.

Doch jetzt war alles anders.

Tränen schossen in Marions Augen. »Bitte, lassen Sie mich laufen. Ich – ich habe Ihnen doch nichts getan. Wenn Sie unbedingt mit mir schlafen wollen, dann …«

Wehr dich doch! Plötzlich schoss der Gedanke in Marion Baumann hoch. Du kannst doch Judo und hast einen Karatekurs absolviert. So einfach soll es dieser Kerl nicht haben.

Marion handelte.

Ihre gekrümmte Handkante fiel plötzlich wie ein Fallbeil nach unten. Sie traf genau den Unterarm des Mannes.

Damit hatte Jory nicht gerechnet. Ein mörderischer Schmerz raste in seinem Arm hoch. Zwangsläufig ließ er das Mädchen los.

Das war genau die Chance, auf die Marion gelauert hatte. Sie warf sich zur Seite, riss die Tür auf und schnellte aus dem Wagen. Sie sah nicht, wohin sie lief, Angst und Panik machten sie blind. Sie spürte nur, wie Zweige und Äste ihr Gesicht peitschten und Dornen den Parka aufrissen.

Sie sah auch nicht die Baumwurzel, die aus dem Boden wuchs. Plötzlich wurde ihr das linke Bein weggerissen, und Marion Baumann landete schwer auf dem Rücken.

Sie stöhnte vor Schmerzen.

Gleichzeitig bemerkte sie den starken Strahl der Taschenlampe, der durch den Wald geisterte. Die Stimme des Engländers klang wie ein Lockruf aus der Hölle.

»Jetzt hole ich dich, mein Täubchen ...«

Marion Baumann drehte sich auf den Bauch und presste ihr Gesicht gegen die feuchte Erde. Dreck drang in ihren Mund, knirschte zwischen den Zähnen.

Wie ein langer heller Finger tanzte der Taschenlampenstrahl durch den Wald, berührte dicke Baumstämme und riss Sträucher und hüfthohes Farnkraut aus der Dunkelheit.

Marion Baumann stemmte sich hoch. Sie musste hier weg, konnte nicht liegen bleiben, denn es war eigentlich nur eine Frage der Zeit, wann der Mann sie finden würde.

Marions linker Knöchel schmerzte, war aber nicht verstaucht oder gar gebrochen. Das merkte sie, als sie auftrat und das Gewicht auf das linke Bein verlagern konnte.

Aber wo sollte sie hin?

Der Rückweg zum Wagen war abgeschnitten. Also nach vorn in den Wald, in der Hoffnung, irgendein Versteck zu finden.

Marion schlich geduckt weiter, wand sich an den Bäumen vorbei und zuckte nicht einmal mehr zusammen, als Fichtenzweige ihr Gesicht streiften.

Der Lampenschein war verloschen. Hatte der Mann es aufgegeben, sie zu verfolgen?

Eine wahnsinnige Hoffnung keimte in Marion auf, die jedoch Sekunden später brutal zerstört wurde.

Sie hörte Schritte und heftiges Atmen. Und das ganz in der Nähe, direkt hinter ihr.

Marions Herz machte einen schnellen Sprung. Ihr Puls raste. Schweiß trat ihr aus den Poren.

An einem Baum gepresst, blieb sie stehen, nackte Todesangst im Blick.

Schleichende Schritte, die immer näher kamen. Ein teuflisches Kichern geisterte durch den Wald. Die Vorfreude eines wahnsinnigen Mörders?

Marion schickte ein Stoßgebet zum Himmel. Sie flüsterte unverständliche Worte, und sie hallten in ihren Ohren so laut wie Hammerschläge.

Und dann flammte die Lampe auf.

Der Lichtspeer zuckte an Marion vorbei, streifte sie, kehrte zurück und nagelte sie förmlich fest.

»Jetzt hab ich dich!«, keuchte die Stimme.

Marions Reaktion war ein Reflex. Ohne zu überlegen, hechtete sie zur Seite, tauchte in die schützende Dunkelheit und rannte – rannte – rannte.

Sie kam höchstens fünfzehn Meter weit. Kurz bevor sie eine kleine Fichtengruppe erreicht hatte, umschlossen stahlharte Finger ihre rechte Schulter.

Ein gewaltiger Ruck wirbelte sie herum.

Marion wurde zu Boden geschleudert, und im nächsten Augenblick war der Mann über ihr.

Mit den Knien nagelte er sie am Boden fest. Heißer Atem strich über ihr Gesicht. Wild tanzte der Lampenstrahl auf und ab.

Marion schrie. Brüllte ihre Not und ihre Qual hinaus, bis ihr eine harte Hand den Mund verschloss.

Und doch wehrte sie sich. Sie schlug und trat um sich wie eine Wildkatze. Es war ein Kampf ums nackte Leben.

Einmal rammte sie dem Mann den Ellbogen in die Magengrube.

Der Kerl stieß einen Fluch aus, bog plötzlich blitzschnell ihre Arme zur Seite und schlug mit der Taschenlampe zu.

Marion spürte einen mörderischen Schlag an der Schläfe, vor ihren Augen blitzte es auf, und dann fiel sie in den tiefen Schacht der Bewusstlosigkeit.

Schwer atmend stand der Mann auf. Mit dem Handrücken wischte er sich den Schweiß von der Stirn und starrte auf den regungslosen Mädchenkörper. Nie hätte er gedacht, dass ihm die Kleine so große Schwierigkeiten bereiten würde. Dabei hatte es so gut angefangen. Doch ausgerechnet im letzten Augenblick musste sie noch aufwachen.

Victor Jory ließ einige Minuten verstreichen, um wieder zu Atem zu kommen. Dann bückte er sich, hob das Mädchen auf und warf es sich über die Schulter. Ächzend und leise vor sich hin fluchend ging er den Weg zum Wagen zurück.

Neben dem BMW ließ er Marion Baumann zu Boden sinken. Er öffnete jeweils die rechte Vorder- und Hintertür des Fahrzeugs und holte aus dem Handschuhfach eine Rolle dünnen Draht. Damit fesselte er seinem Opfer sicherheitshalber Arme und Beine. Denn für das, was er mit dem Mädchen vorhatte, brauchte er Zeit.

Auf dem Rücksitz des BMW lag ein Koffer. Er war aus Rindsleder und ziemlich unscheinbar. Victor Jory stellte den Koffer auf den Boden und legte seine Taschenlampe so auf den Rücksitz des Wagens, dass sie den Platz ausleuchtete, den er benötigte.

Die beiden Hebel der Schlösser schnappten mit einem metallischen Klicken zurück.

Jory hob den Deckel. Der Koffer war von innen mit Ölpapier ausgeschlagen und bis zum Rand mit lehmigem Ton gefüllt.

Auf der Innenseite des Deckels gab es einige Fächer, in denen seltsame Gegenstände steckten. Kerzen, Räucherstäbchen, Kreide und eine lange Schere.

Jory nahm die Schere mit spitzen Fingern. Das Metall reflektierte blitzend den Lampenstrahl.

Victor Jory lächelte grausam, als seine Finger in die dafür vorgesehenen Öffnungen der Schere glitten. Er ließ die Schere ein paar Mal auf- und zuschnappen, und dann näherte sich seine rechte Hand mit der gefährlichen Waffe dem Kopf des bewusstlosen Mädchens …

Im selben Augenblick erwachte Marion Baumann aus ihrer Ohnmacht. Der Schlag war nicht sehr fest gewesen, und Marion verspürte auch keine großen Nachwirkungen.

Innerhalb von zwei Atemzügen wurde sie sich über ihre Lage klar. Sie sah die beiden Schenkel der Schere und die grausam funkelnden Augen des Mannes.

Das nackte Entsetzen schnürte Marion die Kehle zu.

Jetzt blitzte das Metall dicht vor ihren Augen. Noch eine Sekunde, dann …

Die Schere schnippte zu.

Marion hörte das Geräusch dicht neben ihrem Ohr, wartete auf den alles zerstörenden Schmerz, der sie von innen her auffressen würde, um wenig später ihrem Leben ein Ende zu setzen.

Er blieb aus.

Victor Jory beugte sich zurück, und als Marion ihre Schrecksekunde überwunden hatte, sah sie, dass der Mann ihr einige Haare abgeschnitten hatte. Er hielt sie zwischen Daumen und Zeigefinger der linken Hand.

Ein Verrückter!, schoss es Marion durch den Kopf. Wirklich, ich bin an einen Verrückten geraten. Eine andere Erklärung fand sie nicht.

Victor Jory legte die Haare in ein kleines Kästchen, das er sorgfältig verschloss.

Marion Baumann konnte noch immer nicht begreifen, dass sie mit dem Leben davongekommen war. Aber langsam fasste sie wieder Mut.

Sie musste sich räuspern, ehe sie ein Wort sprechen konnte.

»Was – was haben Sie mit mir gemacht?«, fragte sie mit schwacher Stimme.

Jory gab keine Antwort. Er drehte sich zur Seite, beugte sich in den Wagen, hantierte dort herum, wandte kurz den Kopf, und ehe Marion sich versah, warf er sich über sie und presste ihr einen übel riechenden Wattebausch vor den Mund.

Äther! Das war das Letzte, woran Marion denken konnte, ehe sie ohnmächtig wurde.

Victor Jory nickte zufrieden. Er entfachte eine fieberhafte Tätigkeit.

Zuerst löste er die Fesseln des Mädchens und verstaute den Draht sorgfältig wieder im Handschuhfach. Er musste sich beeilen. Er hatte sowieso schon zu viel Zeit verloren. Die Flucht des Mädchens hatte ihm nicht ins Konzept gepasst. Normalerweise hatte er seine Opfer blitzschnell überwältigen können und letzten Widerstand mit dem äthergetränkten Wattebausch erstickt.

Die Taschenlampe gab für seine Arbeit genügend Licht. Victor Jory griff in den Koffer, holte einige Räucherstäbchen hervor und steckte sie so um das Mädchen herum in den Boden, dass sie die Form eines Pentagramms ergaben. Dann zündete er eine Kerze an und hielt die Flamme gegen die einzelnen Stäbchen.

Augenblicklich wölkte Rauch auf und zog träge über das am Boden liegende Mädchen. Ein süßlicher, aber doch ekelhaft beißender Geruch zog in die Nase des Mannes.

Jory hatte inzwischen in den Koffer gegriffen und seine beiden Handflächen mit Lehm bedeckt.

Es war ein besonderer Lehm. Dämonenerde, vermischt mit dem schwarzen Blut der Höllendiener. Es gab diesen Lehm nur an einem Platz der Erde, und der wiederum war nur wenigen Eingeweihten bekannt.

Victor Jory kannte ihn gut, sehr gut sogar, denn dieser Platz sollte einmal die Stätte seines großen Triumphes werden.

Im Schneidersitz hockte der Engländer am Boden. Er hatte den Kopf in den Nacken gelegt, die Augen zu Sicheln verengt, und seine Finger umschlossen die Dämonenerde.

Sie bohrten sich in den Lehm, kneteten ihn durch, formten, modellierten, und während Jorys Lippen geisterhafte Beschwörungen murmelten, entstand unter seinen geschickten Fingern eine Figur.

Eine Frauenfigur.

Jory arbeitete selbstvergessen. Er war in einen tranceähnlichen Zustand gefallen, schien die Umwelt völlig vergessen zu haben, und nur an der Tätigkeit seiner Finger war zu erkennen, dass überhaupt Leben in ihm steckte.

Die Zeit verrann.

Die kleine Figur wurde glatter, die Hüften rundeten sich, Brüste waren entstanden.

Jetzt war das Gesicht an der Reihe.

Jorys Fingerkuppen formten eine Nase, den Mund, Ohren, Augen. Beinahe jede Falte wurde nachmodelliert. Als die Figur fast fertig war, folgte der wichtigste Teil der Arbeit.

Jory öffnete das Kästchen und holte die Haare des Mädchens hervor. Er presste sie in den Lehm, glättete die Stelle mit dem Handballen und hatte das fertige, etwa unterarmgroße Abbild einer Frau vor sich.

Jory nahm die kleine Figur und legte sie auf den Körper der ohnmächtigen Marion Baumann.

Träge zog der beißende Rauch der Räucherstäbchen durch den Wald und legte sich wie ein weißgrauer Nebel auf den Körper des Mädchens.

Jetzt begann der letzte Teil des Rituals.

Victor Jory kniete sich hin, hob die Arme und drehte die Handflächen nach außen.

Er öffnete den Mund. Seltsame abgehackte Laute drangen über seine Lippen. Es war eine Sprache, die auf der Welt nicht mehr gesprochen wurde – es sei denn, besonders gefährliche Situationen erforderten es.

So wie jetzt!

Die Luft schien sich plötzlich zu verdichten. Der Rauch ballte sich zusammen, wirkte wie eine feste plastische Masse.

Victor Jory sprach immer schneller. Er selbst war in Schweiß gebadet. Die Beschwörung kostete ungeheuer viel Kraft, doch dann hatte er es geschafft.

Aufseufzend ließ er die Arme sinken, saß minutenlang in völliger Regungslosigkeit und nahm dann die Räucherstäbchen aus dem Boden, die so gut wie abgebrannt waren. Sorgfältig verstaute Jory die Stäbchen wieder in den dafür vorgesehenen Taschen, schloss den Koffer und legte ihn auf den Rücksitz.

Dann erst wandte er sich dem immer noch bewusstlosen Mädchen zu.

Mit spitzen Fingern nahm Jory die Puppe hoch, hielt sie gegen das Licht der Taschenlampe.

Der Engländer hatte Mühe, einen Triumphschrei zu unterdrücken.

Die Beschwörung war gelungen und damit ein unheimliches Karussell in Gang gesetzt worden.

Die Puppe hatte jetzt das Gesicht der ohnmächtigen Marion Baumann!

Victor Jory lachte böse. Sein Herz hüpfte vor Freude. Wieder ein Opfer mehr. Aber das Mädchen wusste nichts davon. Es würde sich wundern, wenn es erwachte.

Der Engländer wickelte die Puppe vorsichtig in ein Tuch ein. Sie war jetzt hart geworden, und es musste schon Kraft aufgewendet werden, um die äußere Schale zu zerstören.

Victor Jory beseitigte die letzten verräterischen Spuren und schloss die Tür des Wagens. Bevor er sich hinter das Lenkrad setzte, blieb er einige Zeit neben der Bewusstlosen stehen. Er blickte in das Gesicht, das weiß in der Dunkelheit leuchtete.

»Wir sehen uns wieder«, flüsterte Victor Jory. »Bald schon. Und dann wirst du eingehen in den Kreis der Gleichgesinnten, um die Aufgabe des großen Guru erfüllen zu können.«

Abrupt drehte sich der Mann um, stieg in den BMW, startete und fuhr zurück.

Er wendete am Waldrand und rollte gemächlich der Straße entgegen, über die er die Autobahn erreichen wollte.

Er wollte bis Nürnberg fahren, dort den Wagen einfach stehen lassen, um dann mit dem Zug München zu erreichen. Von dort aus sollte es mit einem Flugzeug nach London gehen. Durch den kleinen Umweg über München hoffte er, seine Spur gut genug verwischt zu haben.

Zurück blieb ein junges Mädchen, das nicht ahnte, dass es mit dem Satan einen unfreiwilligen Pakt geschlossen hatte …

Als Marion Baumann zum zweiten Mal innerhalb kurzer Zeit aus ihrer Bewusstlosigkeit erwachte, war ihr hundeelend. Sie hatte noch immer den widerlichen Äthergeruch in der Nase, und im nächsten Augenblick stieg ihr der Magen in die Kehle.

Marion Baumann musste sich übergeben. Danach ging es ihr ein wenig besser.

Sie stellte fest, dass sie nicht mehr gefesselt war. Sie wälzte sich auf die Seite und zog sich an einem Baumstamm hoch. Für einen Moment begann sich alles um Marion herum zu drehen, und nur durch tiefes Durchatmen gelang es ihr, die Welt so zu sehen, wie sie tatsächlich war.

Sie befand sich noch immer in dem Wald. Der Mann jedoch war verschwunden. Da sich Marions Augen inzwischen an die Dunkelheit gewöhnt hatten, konnte sie erkennen, dass die Profile des BMW Spuren im Boden hinterlassen hatten und Marions Abenteuer demnach kein Traum gewesen war.

Aber was hatte dieser komische Kerl von ihr gewollt? Vergewaltigt hatte er sie nicht. Vielleicht war der Typ auch ein Perverser, der sich an bewusstlosen Frauen weidete, ohne sie anzufassen. Man musste heutzutage alles in Betracht ziehen. In einer Zeit, in der das Anormale zum Normalen erhoben wurde, war eben alles möglich.

Die Hauptsache war jedoch, dass sie noch lebte.

Vergeblich versuchte sie sich an den Namen des Mannes zu erinnern. Er wollte ihr einfach nicht einfallen.

Auf jeden Fall musste sie erst mal zusehen, dass sie aus diesem düsteren Wald hinauskam. Nach ein paar Schritten stolperte sie über etwas Weiches und wäre fast gefallen, wenn sie sich nicht im letzten Moment an einem knorrigen Ast festgehalten hätte.

Das Hindernis war ihre Tasche. Der Fahrer hatte sie aus dem Wagen geworfen.

Eigentlich nett, dachte Marion, hob die Tasche auf und hängte sie sich über die linke Schulter.

Sie verließ den Wald, und je weiter sie ging, umso stärker spürte sie die Nachwirkungen der brutalen Behandlung. Sie hatte Kopfschmerzen, und dort, wo sie der Schlag mit der Taschenlampe getroffen hatte, wuchs eine Beule aus der Stirn. Außerdem war das Gefühl der Übelkeit noch nicht ganz gewichen.

Hinter einer mit Gras bewachsenen Hügelwelle funkelten die Lichter eines Dorfes. Marion blickte auf ihre Uhr und stellte fest, dass es noch fast eine Stunde bis Mitternacht war. Sie wollte das Dorf ansteuern, vielleicht konnte sie dort ein Zimmer für die Nacht mieten.

Um Punkt vierundzwanzig Uhr stieß sie die Tür zu einer Gaststätte auf. In dem Gebäude befand sich auch eine kleine Pension.

Der Wirt spülte Gläser und sah überrascht auf, als das Mädchen den Schankraum betrat.

»Wir haben schon geschlossen«, brummte der Mann. »Es gibt nichts mehr.«

Marion ließ sich nicht beirren, sondern ging bis zum Tresen. Sie stellte die Tasche ab, stützte beide Hände auf den Handlauf und fragte leise: »Kann ich für die Nacht vielleicht ein Zimmer bekommen?«

Erst jetzt schaute der Wirt richtig auf. Er legte das Geschirrtuch zur Seite und bekam große Augen. »Himmel, wie sehen Sie denn aus?«

»Wieso? Ich …« Marion sah an sich herunter und erkannte, wie verdreckt ihre Kleidung war.

»Ist etwas passiert?« Die Stimme des Wirtes klang besorgt. Er war ein Mann um die Fünfzig mit einer spiegelglatten Glatze und einem runden Bauch, um den sich eine Lederschürze spannte.

Marion versuchte ein Lächeln. »So kann man es auch nennen. Ich bin per Anhalter gefahren, und der Mann ...«

»Sie brauchen gar nicht weiterzureden«, sagte der Wirt. »Er hat versucht, Sie zu vergewaltigen.«

»Ja«, log Marion. »Nur hat er es nicht geschafft.«

»Na, da haben Sie ja noch mal Glück gehabt. Und jetzt kommen Sie mal mit in die Küche. Meine Frau wird Ihnen sicherlich noch etwas zu essen machen. Ein Zimmer können Sie natürlich auch haben.«

»Danke, Sie sind sehr nett.«

Der Wirt hob verlegen die Schultern.

Die Wirtin schlug dem Mädchen einige Eier in die Pfanne, und während Marion aß, musste sie die ganze Geschichte erzählen. Sie dichtete viel hinzu, sprach von einer atemberaubenden Flucht und verschwieg die eigentlichen Tatsachen. Die hätte ihr sowieso niemand geglaubt. Nachdem sie satt war und auch eine Zigarette geraucht hatte, fragte sie, ob sie einmal nach Nürnberg telefonieren könne.

»Aber sicher doch«, sagte die Wirtin. »Der Apparat steht in der Gaststube.«

Marion wählte die Telefonnummer ihrer Nürnberger Bekannten. Sie wartete ungeduldig darauf, dass jemand den Hörer abnahm, und endlich – nach dem siebenten Läuten – meldete sich eine verschlafene Stimme.

»Hör zu, Karin«, sagte Marion schnell. »Ich bin's.«

»Lieber Himmel, ich dachte, du würdest gar nicht mehr kommen. Bist du schon in Nürnberg? Soll ich dich abholen?«

»Nein, nein, Karin, ich komme erst morgen. Es ist etwas passiert.«

»Was Schlimmes?«

»Das erzähle ich dir alles morgen. Du brauchst dir jedenfalls keine Sorgen zu machen.«

»Wenn du das sagst. Also dann bis morgen. Nein – heute«, verbesserte sich Karin Klinger. »Und gib auf dich acht, ja?«

»Natürlich, Karin, wird schon schiefgehen.«

Marion Baumann legte den Hörer auf. Die Wirtin stand hinter ihr, lächelte sie freundlich an und sagte: »Kommen Sie, ich zeige Ihnen jetzt Ihr Zimmer.«

Es lag im ersten Stock und war ein gemütlich eingerichteter Raum mit einem großen Federbett. Marion zog sich aus, wusch sich, fiel in das Bett und war innerhalb der nächsten Sekunden eingeschlafen.

Sie schlief einem neuen, grauenvollen Tag entgegen …

Superintendent Powell erhob sich von seinem Schreibtischsessel, als der Arzt von einer Sekretärin in das Büro geführt wurde.

»Sie sind Dr. Hollister«, sagte Powell mit einem verbindlichen Lächeln auf dem Gesicht.

»Ja.« Der Arzt nickte, nahm den angebotenen Platz dankend an, öffnete seine Aktentasche, entnahm dieser einen roten Schnellhefter und legte ihn auf Powells Schreibtisch.

Der Superintendent musterte Hollister durch die dicken Gläser seiner Brille. Dr. Hollister war ein mittelgroßer Mann mit energischen Gesichtszügen, in denen die blauen Augen wie zwei Dolche hervorstachen. Der Mann sah aus, als ließe er sich nichts vormachen. Er hatte früher in einem großen Londoner Krankenhaus gearbeitet, dann gekündigt und war Polizeiarzt beim Yard geworden. Hier hatte Hollister schon für einiges Aufsehen gesorgt, denn er gehörte nicht gerade zu den Jasagern.

»Sie hatten mir ja schon am Telefon einige vage Andeutungen gemacht, Doktor«, sagte Powell, »aus denen ich eigentlich nicht richtig schlau geworden bin. Womit kann ich Ihnen nun konkret helfen?«

Der Arzt legte beide Hände gegeneinander und blickte Powell an. »Das ist auch jetzt nicht so einfach zu erklären. Um es vorauszuschicken, ich habe keinen Beweis, nur Annahmen und reine Verdächtigungen.«

»Dann schießen Sie mal los.« Superintendent Powell lächelte schmal. »Wie Sie ja sicherlich wissen, sind wir eine Abteilung, die sich mit Fällen beschäftigt, die etwas außerhalb der Norm liegen. Unter Umständen sind Sie bei uns gerade richtig.«

»Das hoffe ich, Sir. Um es direkt zu sagen, mich beschäftigen einige Todesfälle. Normale Todesfälle, wie Ihre Kollegen meinen. Aber ich bin anderer Meinung.«

»Haben Sie Gründe?«

»Ja und nein. Denn hier schon beginnt die Spekulation. In letzter Zeit haben sich in London Todesfälle gehäuft, die durch Herzversagen eingetreten sind. Fünf junge Mädchen im Alter zwischen zwanzig und fünfundzwanzig Jahren fallen mir nichts dir nichts um. Diagnose: Herzversagen.«

»Entschuldigen Sie, Doktor, aber ist das nicht normal?«

»Sehen Sie, Sir, so haben Ihre Kollegen auch argumentiert. Ich bin mit meiner These nirgendwo auf fruchtbaren Boden gestoßen, doch ich lasse mich nicht davon abbringen, dass an diesen Todesfällen etwas faul ist. Fünf Mädchen in einem blühenden Alter. Das ist«, Hollister breitete die Arme aus, »ich will nicht gerade sagen unmöglich, aber doch ungewöhnlich. Doch es sind nicht nur Theorien, die ich habe. Ich selbst habe mich persönlich in den Fall, wenn ich ihn mal so nennen darf, hineingekniet. Ich habe mich um das Privatleben der Opfer gekümmert und festgestellt, dass die Mädchen samt und sonders Studentinnen waren und gern per Anhalter fuhren.«

Superintendent Powell nickte nachdenklich. »Das ist zwar immer noch kein Beweis, doch eine Spur, die sich mit unseren Vermutungen deckt.«

»Wie soll ich das verstehen?«

Powell lehnte sich in seinem Schreibtischsessel zurück. »Wir haben seit einiger Zeit hier beim Yard einen Supercomputer, der alles speichert, was sich in der Welt an ungewöhnlichen Vorfällen ereignet, die Informationen sortiert, auswertet und uns auf etwaige Zusammenhänge aufmerksam macht. Gekoppelt ist der Apparat an die elektronische Anlage von Interpol. Diese Todesfälle sind leider nicht nur in England vorgekommen, sondern auch auf dem Kontinent. In den Niederlanden und in Frankreich hat es ebenfalls vier Tote gegeben. Auch junge Mädchen, die gern per Anhalter reisten.«

»Das ist ein Ding.« Dr. Hollister schlug mit der Faust auf Powells Schreibtisch. »Und mir wurde gesagt, dass ich spinne und …«

»Langsam, langsam, lieber Doktor. Ich muss meine Kollegen in Schutz nehmen. Es weiß niemand außer einigen Eingeweihten von unserem Verdacht, und wir werden uns hüten, ihn an die große Glocke zu hängen. Nein, noch ist alles in der Schwebe. Wenn die Sache an die Öffentlichkeit dringt, könnte es die größte Unruhe geben. Unsere Abteilung, die sich mit außergewöhnlichen, übersinnlichen Fällen beschäftigt, arbeitet ziemlich im Geheimen. Wir haben kaum Mitarbeiter. Die meisten sind in der Verwaltung beschäftigt.«

»Aber wie lösen Sie denn dann die Fälle?«

»Well, da gibt es einen Mann, der unter den Kollegen Geisterjäger genannt wird. Früher eher abfällig, doch heute spricht man schon mit einiger Hochachtung von ihm, denn dieser Mann ist ein Ass, und die Aufklärungsquote seiner Fälle beträgt hundert Prozent.«

»Und wie heißt der Mann?«, fragte Dr. Hollister.

»Oberinspektor John Sinclair.«

Hollister pfiff durch die Zähne. »Ja, davon habe ich gehört. Wenigstens von diesem Mann. Dieser John Sinclair soll ja ein kleines Wundertier sein.«

»Alles halb so schlimm. John Sinclair tut nur das, was wenige Menschen machen. Er paart Fantasie und Verstand. Und diese Basis braucht man bei solch kniffligen Fällen.«

»Weiß er schon von seinem Glück?«, fragte Doc Hollister.

»Nein. Er ist zwar über die Todesfälle informiert, ahnt aber noch nicht, dass wir einsteigen. Sie können beruhigt sein, Doc, der Fall liegt bei John Sinclair in guten Händen.«

»Das bin ich tatsächlich, Sir«, sagte der Arzt und erhob sich.

Powell reichte ihm zum Abschied die Hand und begleitete ihn bis zur Tür. »Es ist klar, dass wir Sie auf dem Laufenden halten«, sagte der Superintendent. »Unternehmen Sie nur nichts, und machen Sie auch die Kollegen nicht kopfscheu.«

»Natürlich, Sir. Auf Wiedersehen.«

Als sich die Tür hinter Doc Hollister geschlossen hatte, nahm Powell eine Magentablette und spülte sie mit einem Schluck Wasser hinunter. Der Superintendent hatte ein ungutes Gefühl. Er sah dunkle Wolken am Horizont aufziehen, bildlich gesprochen. Eins war jedenfalls klar. Hinter diesen Todesfällen steckte ein teuflisches System. Aber was für eins es war, das sollte John Sinclair herausfinden.

Der Superintendent drückte die Sprechtaste und bat den Oberinspektor in sein Büro.

Wenig später hatte John Sinclair einen Fall am Hals, der ihn in des Teufels Küche führen sollte ...

Victor Jory war wieder in London!

Mit gemessenen Schritten schlenderte er durch die große Abfertigungshalle des Flughafens. Alles war glattgegangen. Niemand hatte sich um ihn gekümmert, niemand hatte ihn aufgehalten. Jory konnte hochzufrieden sein.

Der braune Koffer war durch eine Kette mit seinem rechten Handgelenk verbunden. Wenn er ihn verlor, dann sah es schlecht aus. Und es wäre nicht das erste Mal gewesen, dass Diebe einem Reisenden das Gepäck gestohlen hätten.

Für Jory war die Londoner Luft wie Balsam. Hier in der britischen Metropole fühlte er sich wohl, hier war er geboren, hier war er zu Hause. Er hatte seinen Aktionsradius zwangsläufig auch auf das Festland ausweiten müssen, denn noch einige Todesfälle mehr in der Millionenstadt hätten unter Umständen zu großes Aufsehen erregt. Und die englische Polizei schlief nicht, insbesondere nicht Scotland Yard. Aber anscheinend war doch alles gut über die Bühne gegangen. Von irgendwelchen polizeilichen Aktivitäten hatte Victor Jory bisher nichts gemerkt.

Vor dem Flughafen winkte er sich eines der berühmten Londoner hochrädrigen Taxis und nannte sein Fahrtziel, die William Road, eine ruhige Straße am östlichen Rand des Hyde Park.

Aufseufzend ließ sich Victor Jory in die Polster sinken. Während das Taxi anfuhr, schloss er die Augen und war kurze Zeit später regelrecht eingeschlafen.

Jory brauchte Kraft für das, was vor ihm lag. Er war seinem Endziel bereits sehr nahe. Alle Vorbereitungen waren getroffen worden, jetzt musste sich der Lohn seiner Arbeit zeigen.

Jory hatte nicht umsonst zehn Jahre seines Lebens auf Haiti verbracht und dort den Voodoo-Kult genauestens studiert. Er hatte gesehen, wie Medizinmänner Tote wieder zum Leben erweckten. Es war ein fantastisches, grausiges Schauspiel gewesen. Und es hatte Victor Jory ungeheuer beeindruckt. Er hatte es geschafft, das Vertrauen der Medizinmänner zu erringen, hatte die magischen Formeln und Riten studiert – und dann, als er den Medizinmann nicht mehr brauchte, ihn eiskalt umgebracht.

Jory war wieder nach England zurückgekehrt und arbeitete als Bibliothekar an der Universität. Man hatte ihn nie für voll genommen. Er hatte nur immer die Dreckarbeit erledigen müssen, und das fraß in ihm. Verlacht hatten ihn die Leute, vor allem die Studentinnen. Jory hatte sich nie gewehrt, doch tief in seinem Innern war ein teuflischer Plan entstanden, der jetzt kurz vor der Verwirklichung stand.

Sie hatten gebüßt – alle!

Jory schreckte hoch, als er die Stimme des Taxifahrers hörte. »Wir sind am Ziel, Sir.«

»Natürlich, entschuldigen Sie. Ich bin wohl eingeschlafen.«

»Das kann man sagen.« Der Fahrer lachte. »Sie haben eine anstrengende Reise hinter sich?«

»Sehr, mein Lieber.«

Victor Jory zahlte und stieg aus. Sein Haus lag eingeklemmt zwischen den anderen Bauten. Diese Gegend war eine reine Wohnsiedlung, nicht sehr anspruchsvoll, aber auch nicht gerade zur unteren Klasse gehörend. Mittelmaß.

Jory schloss die Haustür auf. Er bewohnte in der ersten Etage ein Fünf-Zimmer-Apartment. Der Hausbesitzer hatte vor Jahren aus zwei Wohnungen eine gemacht, und Jory hatte augenblicklich zugegriffen.

Niemand begegnete ihm im Treppenhaus. Seine Ankunft wurde gar nicht bemerkt.

Jory schloss die Korridortür auf. Muffige Luft schlug ihm entgegen. Victor Jory verzog das Gesicht und öffnete erst mal einige Fenster. Dann betrat er sein Arbeitszimmer, das durch ein Spezialschloss und mehrere Riegel besonders gesichert war.

Jory knipste Licht an. Dunkle Vorhänge bedeckten die Fenster. Es war ein Raum, der Beklemmung ausstrahlte. In der Mitte lag ein seltsamer Teppich, in den allerlei fremdartige Symbole gestickt waren. Fabelwesen und Horrorgestalten aus einer Mythologie, die in den Geschichten und Sagen der Eingeborenen von Haiti heute noch stark vertreten sind. Die Wände waren ebenfalls mit dunklem Tuch bespannt, das seidig glänzte und vom Luftzug, der durch die offen stehende Tür zog, bewegt wurde.

Victor Jory löste die Kette von seinem Handgelenk und stellte den Koffer auf einen kleinen Tisch an der Längswand des Zimmers. Dann schlüpfte Jory aus seinem Mantel, hängte ihn an die Garderobe und kehrte in den Raum zurück.

Er schloss die Tür und trat an einen großen, dunklen Palisanderschrank, der bis zur Decke reichte.

Den Schrank hatte er auf einer Versteigerung erworben. Es war ein prächtiges Stück, handgearbeitet und massiv.

Jory schloss die beiden Doppeltüren auf.

Rötliches Licht geisterte im Innern des Schrankes auf, als er die Türen aufzog.

Über das Gesicht des Mannes glitt ein böses Lächeln, als seine Augen die Figuren betrachteten, die, sorgfältig aneinandergereiht, in einem Regal standen.

Es waren Puppen.

Voodoo-Puppen!

Ihre Gesichter glichen denen der ermordeten Mädchen. Sie waren verzerrt, als hätten sie eine ungeheure Qual und Pein erlebt. Aber das war nicht das Schlimmste. In jeder Puppe steckte eine dünne, jedoch stabile Nadel. Sie war mit der Spitze tief in die Brust der Puppe gedrungen, genau dort, wo bei einem Menschen das Herz sitzt …

Neun Puppen waren es.
Neun Tote …
Und heute noch sollte die zehnte hinzukommen.
Jorys Augen funkelten, als er sich abwandte und seinen Koffer aufschloss.
Die Puppe lag auf dem Rücken. Noch war ihr Gesicht friedlich, zeigte den Ausdruck, den Jory bei der bewusstlosen Marion Baumann gesehen hatte.
Doch das sollte sich ändern.
Vorsichtig nahm Jory die Puppe in die Hand, trat auf den Teppich und ließ sich in dessen Mitte nieder.
Aus der Innentasche seines Jacketts holte er ein kleines schmales Etui hervor, öffnete es und entnahm diesem eine Nadel.
Sie war etwa fingerlang, vorne zugespitzt und bestand aus einem Metall, das in einer Dämonennacht geschmiedet worden war. Die Legierung war biegsam und doch hart.
Es war die letzte Nadel.
Aber zehn Opfer reichten Victor Jory. Mit ihnen konnte er seinen höllischen Plan durchführen.
Der schwarzhaarige Engländer war in sich zusammengesunken. Langsam strich er mit der Nadel über seinen Ring, der wie festgewachsen an seinem Finger der linken Hand saß.
Dieser Ring war ein Werk des Teufels. Jory hatte ihn dem Medizinmann gestohlen.
Er hatte eine dunkelgrüne Oberfläche, die plötzlich in Bewegung geriet, als Jory mit der Nadel darüberstrich.
Der Ring begann sich zu verändern. Die tiefgrüne Farbe verblasste, wurde durchscheinend, und dann war für Bruchteile von Sekunden ein schreckliches Gesicht zu sehen.
Das Gesicht des Teufels!
Es war so weit.
Der Satan hatte Victor Jorys Opfer angenommen.
Tief zog Jory den Atem ein. Er nahm die Puppe und legte sie auf den Handteller der linken Hand. In der rechten Hand hielt er die Nadel.

Langsam näherte sich die Spitze der kunstvoll geformten Puppe.

Eine fast greifbare Spannung schien in dem Zimmer zu liegen. Jory keuchte, seine Augen drohten aus den Höhlen zu treten. Sein Herz raste.

Jetzt berührte die Spitze der Nadel die Brust der Puppe.

Ein Ruck – und …

Ein leiser, unheimlicher Laut drang aus dem Mund der Puppe. Das Gesicht verzerrte sich zu einer Grimasse der Qual und Pein.

Victor Jory lachte. Stück für Stück bohrte er die Nadel in den Körper der Puppe, bis die Spitze das Herz berührte …

Marion Baumann war mit dem Zug nach Nürnberg gefahren. Die Wirtsleute gaben ihr noch gute Ratschläge mit auf den Weg. Sie hatten noch nicht einmal etwas für die Übernachtung und das Essen genommen. So etwas fand man selten.

Mit dem Bahnbus war Marion bis nach Würzburg gefahren und hatte dort den Zug genommen.

Gegen Mittag traf sie in Nürnberg ein. Sie kam sich ein wenig verloren auf dem Bahnhof vor, wurde ein paar Mal angesprochen, war es schließlich leid und suchte eine Telefonzelle auf, um ihre Freundin Karin Klinger zu erreichen.

Karin arbeitete bei einer großen Versicherung. Sie hatte nach dem Abitur diesen Job angenommen, da der Numerus clausus ihr einen Platz für Medizin verwehrte.

Marion wurde ein paar Mal hin und her verbunden und hatte ihre Freundin schließlich an der Strippe.

Karin Klinger freute sich, dass Marion schon in Nürnberg war. Sie wollte sich sogar einen halben Tag frei nehmen und Marion vom Bahnhof abholen. Die beiden Mädchen verabredeten sich für vierzehn Uhr. Als Treffpunkt diente der Wartesaal.

Bei einer Tasse Kaffee vertrieb Marion sich die Zeit. Noch immer spukte ihr das Erlebte im Kopf herum, und ein ums andere Mal stellte sie sich die Frage: Was hatte dieser Kerl nur von ihr gewollt? Er war doch bestimmt nicht ohne Grund mit ihr in diesen Wald gefahren. Irgendetwas hatte er doch damit bezweckt.

Karin Klingers Eintreffen riss Marion aus ihrer Grübelei.

»Hallo, Marion!«, rief Karin, und Sekunden später lagen sich die beiden Freundinnen in den Armen.

Karin Klinger war ein kleines zierliches Persönchen mit einem schwarzen Wuschelkopf und großen braunen Rehaugen. Sie trug fast ausschließlich Hosenanzüge, denn sie war der Meinung, dass sie darin größer wirkte. Karin war etwas rundlich, was auf den Genuss von allzu viel Sahnetorte zurückzuführen war. Aber wegen ihrer Figur machte sie sich keine Sorgen. Sie stand auf dem Standpunkt, dass Männer gern etwas im Arm haben wollten.

»Komm, setz dich«, sagte Marion. »Wir trinken noch eine Tasse Kaffee.«

Karin schüttelte den Kopf. »Nein, Schatz. Wir fahren zu mir, dort ist es billiger.«

»Auch gut.«

Marion Baumann zahlte, und die beiden Mädchen verließen Arm in Arm den Wartesaal.

Karin hatte ihren Wagen vor einer Parkuhr abgestellt. Es war ein orangefarbener VW, Baujahr 1968. Karin hatte das Fahrzeug billig erstanden, und für den Stadtverkehr war es genau richtig.

Während der Fahrt zu Karins Wohnung unterhielten sich die beiden Freundinnen über die Vergangenheit. Marion berichtete auch von ihrem Erlebnis. Karin Klinger war der Meinung, dass Marion es doch aufgeben solle, immer per Anhalter zu fahren.

»Ich glaube, das werde ich auch«, meinte Marion.

Karin Klinger wohnte in einem Nürnberger Vorort in einem zehnstöckigen Hochhaus. Sie hatte dort ein kleines Apartment gemietet. Es bestand aus einem Zimmer, der kleinen Küche und einer Dusche. Ihren Wagen konnte Karin in einer Tiefgarage parken.

Mit dem Fahrstuhl fuhren die Mädchen in den siebenten

Stock. Karin schloss die Wohnungstür auf und sagte: »Bitte einzutreten, die Dame.«

Durch eine winzige Diele ging es in den Wohnraum. Er war ungefähr fünfundzwanzig Quadratmeter groß und modern eingerichtet. Regale bedeckten die Wände. In der Mitte des Raumes standen einige Sitzelemente, die Karin zu einer Couch zusammengebaut hatte und vor der ein niedriger Tisch stand.

»Nett hast du's hier«, sagte Marion.

Karin lächelte. »Ich fühle mich ganz wohl.«

»Und wo schläfst du?«

»Auf der Couch. Ist doch Platz genug. Aber jetzt etwas anderes – wahrscheinlich willst du erst mal duschen, oder?«

Marion nickte. »Du, das ist 'ne Idee.«

»Wusste ich's doch.« Karin Klinger öffnete die Tür zu der kleinen Duschkabine. »Ein Handtuch findest du auch. Ich koche inzwischen Kaffee. Willst du meinen Bademantel haben?«

»Das wäre nett.«

Karin holte den Bademantel aus einem Einbauschrank in der Diele, und wenig später stand Marion Baumann unter der Dusche.

Sie fühlte sich fast wie im Paradies, als die Wasserstrahlen auf ihren Körper prasselten. Mal heiß – mal kalt. Marion reckte sich wohlig, und sie hatte das Abenteuer der letzten Nacht schon fast vergessen …

»Der Kaffee ist fertig!«, rief Karin aus dem Wohnraum.

»Ich bin gleich so weit!« Marion hatte Mühe, mit ihrer Antwort das Rauschen der Dusche zu übertönen.

Sie drehte den Hahn zu, frottierte sich ab und öffnete das kleine Fenster. Dann schlüpfte sie in den flauschigen Bademantel. Fröhlich pfeifend betrat sie den Wohnraum.

Karin hatte schon den Tisch gedeckt. Kaffeegeruch zog durch den Raum und kitzelte angenehm Marions Nase. Eine Schale mit Gebäck stand ebenfalls bereit.

»Setz dich, und greif zu«, sagte Karin Klinger, während sie den Kaffee einschenkte.

Marion hatte Hunger. Sie aß mit großem Appetit und trank zwei Tassen Kaffee. Hinterher – als die Zigaretten brannten – fragte Karin: »Was hast du denn jetzt vor?«

Marion hob die Schultern. »Das weiß ich selbst noch nicht. Ich wollte eigentlich nach Süden trampen.«

Karin sah die Freundin zweifelnd an. »Na, ich weiß nicht.«

Marion lächelte. »Ja, nach dem Abenteuer mit diesem komischen Kerl ist mir die Lust auch vergangen. War eben Pech. Ich habe einfach keine Lust mehr, in der Uni zu hocken und mir jeden Tag das Gelaber der Professoren anzuhören. Ich will etwas erleben. Wenigstens solange ich noch jung bin.«

»Und später?«

»Wird geheiratet. Ich denke, so mit fünfundzwanzig werde ich schon einen finden, der genügend Geld hat.«

Karin Klinger lächelte. »Vorstellungen hast du …«

»Wieso?«

»So einfach sind die Männer auch nicht zu kriegen. Die wissen heute genau, was sie wollen. Und meistens sind die guten Partien schon weg.«

»Sprichst du aus Erfahrung?«

»Teils – teils. Ich kannte mal einen, da dachte ich, es wäre die große Liebe. Aber dann habe ich gehört, dass der Knabe verheiratet ist. Pech – er hat mich eiskalt ausgenutzt.«

»Und jetzt?«, fragte Marion. »Hast du einen festen Freund?«

»Nein. Aber viele Bekannte.«

»Aha.« Marion lächelte wissend.

»Du, da fällt mir ein, wir könnten heute Abend eine Party starten. Hast du Lust? Ich lade ein paar von unserer Clique ein. Irre Typen, kann ich dir sagen.«

»Meinetwegen. Wenn es dir nicht zu viel Mühe macht.«

»Unsinn. Ich hänge noch einen Tag Urlaub dran. Dann können wir richtig auf die Pauke hauen. Dabei wirst du bestimmt diesen Mistkerl von gestern Nacht vergessen.«

Karin Klinger wollte aufspringen, um zum Telefon zu gehen, doch mitten in der Bewegung stoppte sie.

Marion Baumann war plötzlich blass geworden. Sie bog

sich auf der Couch zurück und presste ihre Hand in Höhe des Herzens gegen die Brust. Schweiß glänzte auf ihrem Gesicht.

»Himmel, Marion, was ist?« Karin Klinger war aufgesprungen. Aus entsetzten Augen starrte sie auf ihre Freundin, die zur Seite gekippt war und sich in wilden Krämpfen auf der Couch wand.

»Ich – ich …«, röchelte Marion. »Ich weiß nicht, was …« Ihre Stimme versagte. Schaum stand plötzlich vor ihrem Mund. Sie schrie auf, ihr Gesicht lief blau an. Fingerdick traten die Adern hervor.

Karin Klinger rannte zum Telefon. Ein Arzt, hämmerte es in ihrem Hirn. Ich muss einen Arzt anrufen.

Es war schon zu spät. Als Karin Klinger einen Blick auf ihre Freundin warf, sah sie, wie sie sich ein letztes Mal aufbäumte und dann mit einem Ächzlaut zusammensank. Ihr linker Arm fiel herab, die Finger wühlten sich in den flauschigen Teppich.

Marion Baumann war tot!

Das nackte Entsetzen war in Karin Klingers Gesicht gemeißelt. Sie konnte nicht fassen, was ihre Augen sahen. Mit leerem Blick stierte sie auf die Tote.

»Marion«, flüsterte sie. »Marion, um Himmels willen, so sag doch etwas!«

Doch Marion Baumann gab keine Antwort.

»Marion!« Plötzlich brüllte Karin Klinger los. Ihre Nerven spielten nicht mehr mit. Sie warf sich auf dem Absatz herum, rannte durch die kleine Diele und riss die Wohnungstür auf.

»Sie ist tot!«, schrie sie. »Sie ist tot!«

… tot … tot …

Schaurig hallte die Stimme im Treppenhaus wider. Türen wurden aufgerissen. Menschen liefen zusammen. Ein Mann packte die Tobende an den Schultern, rüttelte sie durch, und als das auch nichts half, versetzte er ihr eine Ohrfeige.

Karin Klingers Schreien verstummte. Verwirrt blickte sie den Mann an.

»Also, was ist geschehen, Fräulein Klinger?«

Karin begann zu weinen. »Sie ist tot«, schluchzte sie.

»Wer ist tot?«

»Marion, meine Freundin. Sie liegt – sie liegt in meinem Zimmer. Plötzlich, ich weiß auch nicht wie …«

Der Mann hörte gar nicht mehr zu, sondern rannte in die Wohnung. Betroffen blieb er auf der Schwelle zum Wohnraum stehen.

»Au, verdammt«, keuchte er und lief zurück. »Wir müssen die Polizei benachrichtigen. Kümmere dich um das Mädchen«, sagte er zu seiner Frau, die ebenfalls aus der Wohnung gekommen war.

Mit zitternden Fingern wählte der Mann den Notruf der Polizei. Mit ein paar Worten erklärte er die Lage, und der Beamte versprach, einen Wagen vorbeizuschicken.

Der Mann ging wieder zurück in den Flur. Karin Klinger lehnte an der Wand und weinte. Andere Hausbewohner standen ratlos herum. Manche tuschelten miteinander, doch keiner wusste so recht, wie er sich verhalten sollte.

»Sie war doch noch so jung«, flüsterte Karin Klinger unter Tränen. »Warum musste gerade sie sterben? Alles kam so plötzlich. Wir hatten noch miteinander gesprochen – und dann …«

Die gleichen Worte erzählte Karin auch eine Stunde später der Polizei. Sie saß im Präsidium Oberkommissar Hartmann gegenüber. Hartmann war ein alter Praktiker, schon über zwanzig Jahre im Dienst und hätte sich eigentlich gar nicht weiter um diesen Fall gekümmert, wenn er nicht das Fernschreiben von Interpol gelesen hätte. Darin hieß es, dass sämtliche angeblich normalen Todesfälle, vor allen Dingen bei jungen Mädchen, sofort gemeldet werden müssten. Und dies war solch ein Todesfall.

Hartmann begann zu kombinieren und rief – nachdem Karin Klinger nach Hause gebracht worden war – das Bundeskriminalamt in Wiesbaden an. Die Beamten dort hatten einen direkten Draht zur Interpol-Zentrale in Paris.

Ein Computer begann zu arbeiten, stellte Parallelen zu den

anderen Todesfällen fest, und über Fernschreiber gelangte auch die Meldung nach London auf Superintendent Powells Schreibtisch.

Der Beamte schlug mit der Faust auf den Schreibtisch. »Das ist der zehnte Fall«, sagte er leise. »Es wird verdammt Zeit, dass wir etwas unternehmen.«

Lange konnte Powell die Sache nicht mehr geheim halten, und wenn sich erst mal die Presse darauf stürzte, war ein effizientes Arbeiten unmöglich. Hoffentlich schaffte John Sinclair es, dieses Rätsel zu lösen.

Der ganze Fall passte John Sinclair von Beginn an nicht. Er hatte zu wenig in der Hand. Vieles beruhte auf Vermutungen, Hypothesen, doch einen handfesten Anhaltspunkt, den gab es nicht.

John war nicht der Typ eines Grüblers. Er gehörte zu den Praktikern, die auch mal richtig hinlangten. Das hieß allerdings nicht, dass er arbeitete, ohne seinen Verstand einzusetzen. Im Gegenteil, John Sinclair war schon mit Fällen konfrontiert worden, bei denen andere verzweifelt wären. Er hatte die unglaublichsten Dinge erlebt, hatte sich mit der Dämonenwelt angelegt und bisher immer gesiegt. Langsam war sein Name zu einer Drohung für Geister und Dämonen geworden, und gewisse Kräfte hatten alles darangesetzt, um John Sinclair zu töten. Bisher ohne Erfolg. Dabei half dem Oberinspektor, dass ihn die Schattenwesen nicht ohne weiteres erschießen wollten, nein, das war ihnen zu billig. Sie wollten John Sinclair fangen, um ihn langsam sterben zu lassen. Aber das waren bisher Wunschträume finsterer Mächte geblieben, denn John war schließlich auch kein Dummkopf und wusste sich schon gegen gewisse Attacken zu wehren.

Dabei war John Sinclair vom Äußeren her das glatte Gegenteil eines finsteren Hexenjägers. Er hatte die Dreißig soeben überschritten und war damit der jüngste Oberinspektor bei Scotland Yard. John war ziemlich groß, hatte blonde, kurz geschnittene Haare und blaugraue Augen.

Als Powell John den Fall übertragen hatte, hatte er sich leicht ironisch nach dem Befinden des Oberinspektors erkundigt.

»Mir geht es gut«, hatte John wider besseres Wissen geantwortet. Am liebsten hätte er sich ins Bett gelegt, denn am vergangenen Abend hatten er, die Privatdetektivin Jane Collins und das Ehepaar Conolly eine Party gefeiert. Doch Powell nahm auf so etwas keine Rücksicht. Ein Beamter ist immer im Dienst, pflegte er zu sagen.

Nun ja, John gab sein Bestes.

Momentan hatte er eine Liste vor sich liegen. Die Namen der Opfer waren darauf vermerkt. Zehn an Herzschlag verstorbene Frauen waren es. Die letzte Meldung war erst vor zwei Stunden über Interpol eingetroffen. In Deutschland hatte es ebenfalls einen rätselhaften Todesfall gegeben. Die Parallelen waren eindeutig, und Interpol hatte es für richtig gehalten, sich ebenfalls einzuschalten. Ein deutscher Kommissar mit Namen Will Mallmann vom BKA sollte am nächsten Tag in London eintreffen.

Immer wieder las John Sinclair die Namen und die Lebensläufe der Toten durch, suchte nach Gemeinsamkeiten und fand sie eigentlich nur bei den Opfern, die von der Insel stammten. Die fünf toten Girls hatten samt und sonders an der Uni London studiert. Das war vielleicht ein Punkt, bei dem man einhaken konnte. John kannte an der Universität einige Dozenten und hatte sich auch schon für vierzehn Uhr angemeldet.

Eine Stunde vorher setzte er sich in seinen metallicfarbenen Bentley und fuhr los. Es war eine ziemliche Strecke, quer durch London. Über die Whitehall Parliament Street ging es in Richtung Norden. Dann weiter auf der Charing Cross Road, die in die Tottenham Court Road überging, an der auch ein paar Gebäude der Universität lagen.

John fuhr an den modernen, neu errichteten Studentenwohnheimen vorbei und parkte auf einem großen Platz vor dem Verwaltungsgebäude der Universität.

Es herrschte ziemlich viel Betrieb. Das schöne Wetter hatte die Studenten nach draußen gelockt. Man sah die ersten duftigen Kleider und engen T-Shirts der jungen Mädchen. Ein prächtiger Anblick für jedes Männerauge. Auch John Sinclair genoss ihn.

Das Verwaltungsgebäude war ein alter Kasten mit dicken Mauern und hohen Gängen.

An der Anmeldung döste ein Portier, den John durch das Klopfen an der Glasscheibe aufschreckte.

Der Oberinspektor nannte den Grund seines Kommens und musste mit dem Paternoster in den dritten Stock fahren, wo der stellvertretende Personaldirektor, Mr Higgins, residierte.

Higgins kam mit ausgestreckten Händen auf John zu. »Hallo, Oberinspektor!«, rief er. »Ist ja eine Ewigkeit her, dass wir uns das letzte mal gesehen haben!«

»Meine Studentenzeit liegt ja auch schon etwas zurück«, erwiderte John grinsend.

Higgins lachte. »Immer noch der alte Witzbold, wie?«

»Ich kann's nicht leugnen.«

Higgins ließ sich in seinen Stuhl fallen. »Also, wenn Sie meinen Job hätten, wäre Ihnen das Lachen schon vergangen.«

»Ansichtssache.«

John kannte Higgins schon einige Jahre.

Der stellvertretende Personalchef war ein Mann mit krummem Rücken, fahrigen Bewegungen und ewig verschnupfter Nase. Sein schütteres Haar klebte am Kopf.

»Es geht wohl um die toten Mädchen, nicht?«, sagte er, als die Männer Platz genommen hatten.

»Ich erwähnte es ja schon am Telefon und hoffe, dass Sie mir helfen können.«

Higgins zog ein trauriges Gesicht und schnäuzte sich umständlich die Nase. »Ich fürchte, mein lieber Oberinspektor, da sind Sie auf dem falschen Dampfer. Ich fühle mich hier praktisch als menschlicher Computer. Über das Privatleben der Studenten bin ich leider nicht informiert.«

John kniff das rechte Auge zu. »Tatsächlich nicht?«

Higgins wusste nicht, was er sagen sollte. Er lächelte fahrig. »Wie meinen Sie denn das?«, fragte er vorsichtig.

»Reden wir doch mal im Klartext, mein lieber Higgins. Wir

sind ja unter uns. Seit den Studentenunruhen gibt es doch auf den Universitäten so etwas wie eine geheime Polizei. Es gibt Spitzel, die ihre Kommilitonen im Auge behalten und der Direktion laufend Berichte erstatten. Das System ist sogar sehr gut ausgeklügelt, direkt vom Secret Service übernommen. Sie sehen also, Higgins, wir wissen so einiges. Und deshalb bin ich ja auch zu Ihnen gekommen.«

Higgins war blass geworden. Abwehrend winkte er mit beiden Händen. »Um Himmels willen, Oberinspektor, reden Sie nicht so viel. Diese Sache gibt es gar nicht offiziell. Wenn das nach außen dringt ...«

»Wird es nicht, Higgins.«

»Also gut, weil Sie es sind, Sinclair.«

John lächelte. »Ich wusste, dass ich mich auf Sie verlassen kann. Die Namen kennen Sie ja selbst.«

»Natürlich.« Higgins stemmte sich aus dem Stuhl. »Ich muss Ihnen aber noch einmal sagen, wie sehr mir das gegen den Strich geht.«

»Und mir erst«, erwiderte John grinsend. Doch im nächsten Augenblick wurde er ernst. »Schließlich geht es um die Klärung von zehn rätselhaften Todesfällen, und da muss man eben zu etwas unkonventionellen Mitteln greifen.«

Higgins trat kopfschüttelnd an einen Schrank und schloss ihn auf. Er holte einen unscheinbaren grauen Schnellhefter hervor und drückte ihn John in die Hand. »Ich habe schon alles vorbereitet, Oberinspektor«, meinte er mit einem säuerlichen Lächeln.

»Wir verstehen uns immer besser, Higgins.« John schlug den Schnellhefter auf. Die Namen der Toten waren alphabetisch geordnet. Die erste Seite beschäftigte sich mit den persönlichen Daten der Mädchen, wie Geburtstag, -ort und so weiter.

John las die Vermerke in aller Ruhe. Ein paar Mal machte er sich Notizen und klappte den Hefter schließlich zu.

Higgins riss ihn John förmlich aus der Hand und schloss ihn wieder weg.

»Nun, Oberinspektor, schlauer geworden?«

»Ja.«

»Ach.« Higgins ließ sich überrascht in seinen Stuhl fallen. »Was ist Ihnen denn aufgefallen?«

»Dass die Schreibmaschine hakt, mit der die Berichte getippt worden sind.«

»Hä, hä. Sie sind ja heute besonders lustig.«

»Wer ist eigentlich Victor Jory?«, fragte John und wechselte urplötzlich das Thema.

»Jory? Wie kommen Sie denn auf den?«

»Er ist hier in der Akte mehrmals vermerkt worden. Jedes der Mädchen scheint ihn gekannt zu haben.«

»Das hat nichts zu sagen.« Higgins winkte ab. »Jory kennt jeder. Er ist hier unser Bücherwurm. Ein bisschen versponnen, der Knabe. Ist Stellvertreter des Universitätsbibliothekars und lebt nur für seine dicken Schwarten.«

»Hat er vielleicht irgendwelche besonderen Interessen?«, wollte John wissen.

»Kaum. Wenn man einmal davon absieht, dass er einige Jahre auf Haiti gelebt hat. Davon schwärmt er heute noch.«

»War er beruflich dort?«

»Keine Ahnung.«

»Hm.« John sah nachdenklich auf seine Fingernägel. »Kann ich diesen Victor Jory mal sprechen?«

Higgins antwortete mit einer Gegenfrage: »Welches Datum haben wir denn heute?«

»Den siebten April.«

»Ja, das geht, dann ist Jory wieder aus seinem Urlaub zurück.«

»Umso besser.« John stand auf. »Bringen Sie mich zu ihm, Mr Higgins?«

Higgins blickte auf seine Uhr. »Das geht schlecht. Ich muss gleich zu unserem Personalchef. Aber ich erkläre Ihnen den Weg. Die Bibliothek liegt«, die beiden Männer traten ans Fenster, »in dem schräg gegenüberliegenden Gebäude. Dort fragen Sie einfach nach ihm. Jory ist da. Er arbeitet immer bis siebzehn Uhr.«

»Danke, Higgins. Sie haben mir sehr geholfen.« John reichte dem Mann die Hand.

Higgins grinste säuerlich. »Und vergessen Sie, was ich Ihnen gezeigt habe.«

»Keine Sorge.«

John verließ das Verwaltungsgebäude wieder und ging über einen mit Platten belegten Weg, der eine Rasenfläche teilte, auf das betreffende Gebäude zu.

Eine Steintreppe führte zu der gläsernen Eingangstür. Sie war ziemlich neu und passte überhaupt nicht zu dem alten, ehrwürdigen Bau. Auf einer Tafel konnte John erkennen, wo Jory arbeitete. Über eine gebohnerte Treppe stieg John in den ersten Stock, ging ein paar Meter einen Gang entlang und hielt direkt auf eine Tür zu, auf der das Schild »Bitte Ruhe« angebracht war.

John hob die Schultern und trat ein, ohne anzuklopfen.

Stille umfing ihn. Das Geräusch, das entstand, als John die Tür zudrückte, kam ihm überlaut vor.

Der Geisterjäger war umgeben von hohen Regalen. Dazwischen Gänge und Lesetische, an denen einige Studenten saßen und Bücher durchschmökerten. Ein junger Mann lief John in die Quere. Er fuhr eine Leiter auf Gummirädern vor sich her. Anscheinend brauchte er ein Buch aus der oberen Etage der Regale.

John tippte dem Knaben auf die Schulter.

»Sir?«, fragte dieser und blickte den Oberinspektor über den Rand seiner Nickelbrille fragend an.

»Ich möchte Mr Jory sprechen.« John dämpfte unwillkürlich seine Stimme.

Der Student nickte verstehend und erklärte John dann ein wenig umständlich den Weg zu Jorys Büro.

Der Oberinspektor bedankte sich und tigerte los. Er verlief sich zweimal, schreckte hinter einem Regal ein Liebespärchen auf, ging grinsend weiter und stand schließlich vor Jorys Bürotür.

Er klopfte.

Das »Herein« war mehr ein Hauch.

Energisch öffnete John die Tür, und im selben Augenblick spritzte Jory hinter seinem Schreibtisch hoch.

»Sie wünschen, Sir?«, fragte er.

John musterte den Mann innerhalb von Sekunden. Jory war ein Mann in mittleren Jahren, hatte schwarzes Haar, ein scharf geschnittenes Gesicht mit hoch stehenden Wangenknochen und dunkle Augen, in denen ein Feuer zu glühen schien. Jorys Hände lagen auf der Schreibtischplatte, und dem Geisterjäger stach sofort der grünlich schimmernde Ring ins Auge, der für Jorys schmale, feingliedrige Finger viel zu groß war.

Das Büro war ein kleines Abziehbild der Bibliothek. Auch hier Regale und Bücher. John wunderte es, dass der Platz für das Fenster noch freigelassen worden war.

John Sinclair schloss die Tür und setzte ein verbindliches Lächeln auf. »Ich bin Oberinspektor Sinclair von Scotland Yard und hätte Sie gern einmal gesprochen, Sir.«

Bei Nennung des Namens Scotland Yard hatte sich Jorys Haltung sekundenlang versteift. Das hatte jedoch nichts zu sagen. Jeder reagiert etwas komisch, wenn er einem Polizisten gegenübersteht.

Jory deutete auf einen braun lackierten Holzstuhl. »Aber natürlich, Oberinspektor. Bitte, nehmen Sie doch Platz.«

»Danke sehr.« John setzte sich und blickte sich um. »Sie haben hier eine richtige Oase«, sagte er. »Also ich würde mich zwischen den Büchern nicht wohl fühlen.«

»Das ist Ansichtssache, Oberinspektor«, erwiderte Victor Jory.

»Da haben Sie wohl recht, Sir. Aber nun zum Grund meines Besuches. Es geht um fünf tote Mädchen, die Sie gekannt haben, Mr Jory. Und zwar haben diese armen Geschöpfe hier an der Universität studiert.«

»Moment, Oberinspektor, ich kann Ihnen nicht so recht folgen. Hier studieren viele Mädchen, und da Sie von der Polizei sind, darf ich doch wohl annehmen, dass es beim Tod dieser Frauen nicht mit rechten Dingen zugegangen ist.«

»Teils – teils. Ich will offen zu Ihnen sein, Mr Jory. Die Mädchen starben an Herzschlag.«

»An Herzschlag?« Jory zog die dunklen Augenbrauen zusammen. »Aber was haben Sie dann damit zu tun?«

»Das ist eben der springende Punkt. Die Mädchen waren jung, keine älter als fünfundzwanzig. In diesem Alter stirbt man nicht so ohne weiteres an Herzschlag.«

»Sie meinen, hier hätte jemand nachgeholfen«, folgerte Victor Jory.

»Genau.«

»Und weshalb kommen Sie da zu mir?«

»Sie haben die Mädchen gekannt. Das ist festgestellt worden.«

»So.« Jory senkte den Kopf und spielte an seinem Ring herum. »In welcher Hinsicht soll ich denn …?«

»Augenblick.« John unterbrach den Mann. »Ich habe hier die Namen der Toten.«

Der Oberinspektor zählte die Namen auf. »Nun?«, fragte er. »Erinnern Sie sich jetzt?«

»Ja, ich gebe zu, ich kenne die Namen. Mein Gott, ich komme mit vielen jungen Mädchen zusammen. Täglich, ja, stündlich. Sie haben ja selbst gesehen, ich bin stellvertretender Leiter der Universitätsbibliothek. Zu mir kommen Hunderte von Studentinnen und leihen sich Bücher aus. Aber das hat doch nichts zu sagen.«

»Natürlich nicht, Sir«, sagte John. »Es bezieht sich ja nicht auf Ihre beruflichen Zusammenkünfte, denn ich habe Informationen, dass Sie auch versucht haben, sich privat mit den Mädchen zu treffen.«

Wie eine Rakete schoss Jory von seinem Stuhl hoch. »Wer hat Ihnen dieses Lügenmärchen aufgetischt?«

»Das kann ich Ihnen leider nicht sagen. Auch ich habe so etwas wie ein Dienstgeheimnis. Und ob es Lügenmärchen sind, möchte ich ja gern herausfinden.«

»Ja, zum Teufel, es sind Lügenmärchen. Irgendjemand will mir etwas anhängen, und Sie glauben dieser betreffenden Person natürlich.«

»Was ich glaube, spielt hier keine Rolle, Mr Jory. Sie streiten also ab, dass Sie diese Mädchen näher gekannt haben?«

»Ja, das streite ich ganz entschieden ab.«

John hob die Schultern. »Dann tut es mir leid. Übrigens, Sie waren in Urlaub, hörte ich?«

Jory hatte sich wieder hingesetzt. »Ich wüsste nicht, was Sie das angeht.«

»Es war eine Frage. Ich meine, Sie brauchen Sie mir nicht zu beantworten.«

»Ja, ich war in Urlaub.« Jory betonte jedes einzelne Wort. »Das darf ich doch noch – oder?«

»Wo sind Sie denn hingefahren?«

»Ich war auf dem Kontinent.«

»Auch in Deutschland?«

»Ja.«

»Fahren Sie zufällig einen blauen BMW?«

»Wie kommen Sie denn darauf?«

»Es war so eine Vermutung.« Das stimmte nicht, denn John wusste aus den Unterlagen von Interpol, dass eine gewisse Karin Klinger, die Freundin der ermordeten Marion Baumann, von einem BMW gesprochen hatte, dessen Fahrer Marion mitgenommen hatte. Genaueres war noch nicht bekannt. Die deutschen Behörden ermittelten noch.

Jory blickte John Sinclair an. »Damit Sie beruhigt sind, Oberinspektor, ich fahre keinen BMW, sondern einen beigen Austin. Reicht Ihnen das?«

»Ja, Mr Jory. Das wäre eigentlich alles, was ich von Ihnen wissen wollte.« John deutete auf den Ring. »Haben Sie dieses Prachtstück aus Haiti mitgebracht?«

Victor Jory räusperte sich. »Sie sind sehr gut informiert, Oberinspektor.«

»Das ist so meine Art, bevor ich mit jemandem rede.« John Sinclair erhob sich. »Das wäre für heute alles, Mr Jory. Ich bin sicher, dass wir uns nicht das letzte Mal gesehen haben. Sie müssen mir unbedingt noch von Ihrer Reise nach Haiti erzählen. Auf Wiedersehen.«

John deutete eine leichte Verbeugung an und schloss sorgfältig die Tür hinter sich.

Er hinterließ einen verdutzten, aber auch nachdenklichen Victor Jory.

Jory benötigte zehn Minuten, um sich von dem Schock des plötzlichen Besuches zu erholen. Steif wie ein Brett saß er auf seinem Stuhl und trommelte mit den Fingerkuppen auf der Schreibtischplatte herum. Jeden Besuch wies er mit schroffen Worten ab. Victor Jory wollte allein sein. Er musste nachdenken.

In einer Hinsicht war der Besuch des Schnüfflers von Vorteil gewesen. Victor Jory war jetzt wenigstens gewarnt. Man war ihm also auf den Fersen. Und er schätzte Sinclair als einen Mann ein, der nicht so leicht aufgab.

Aber eine erkannte Gefahr ist nur noch eine halbe Gefahr. Und deshalb musste John Sinclair verschwinden. Und das so schnell wie möglich. Jory wollte ihn nicht selbst umbringen – nein, dazu war er nicht der Typ, aber er kannte einige Leute, die dies ohne weiteres übernehmen würden. Schließlich hatte Jory einige gute Beziehungen. Sinclair stellte schon kein Problem mehr dar.

Blieb Punkt zwei.

Er hatte vorgehabt, seine teuflischen Trümpfe erst später auszuspielen, doch durch den Besuch dieses Oberinspektors musste er umdenken. Und dafür mussten auch seine Auftraggeber Verständnis haben.

Victor Jory sah auf seine Uhr. Er beschloss, jetzt schon Feierabend zu machen. Schließlich ging die andere Angelegenheit vor.

Jory sagte seiner Vertretung Bescheid – einer älteren Frau, die die Bibliothek überwachte –, nahm seinen leichten Staubmantel und verließ das Gebäude.

Er stieg in seinen Austin und fuhr einige Straßen weiter bis zur nächsten Telefonzelle.

Von dort rief er eine bestimmte Nummer an. Sie stand in keinem Telefonbuch und gehörte zu einer ausländischen Botschaft.

Dort schaltete man schnell, gab Jory für sein Vorhaben freie Bahn, und schon zwei Stunden später waren die Killer für John Sinclair unterwegs …

Victor Jory hatte noch eingekauft und war dann wieder zu seiner Wohnung gefahren. Er führte ein nach außen hin normales bürgerliches Leben, und niemand ahnte, dass sich hinter dieser Maske die Fratze eines Satans verbarg.

Jory war der nette Herr von nebenan, der nie auffiel und von Hausbesitzern als idealer Mieter angesehen wurde.

Mit der Einkaufstüte im Arm ging er langsam die Stufen zur ersten Etage hoch.

Auf dem Treppenabsatz begegnete ihm eine Hausbewohnerin. Sie wohnte ein Stockwerk über Jory, war Witwe, hatte die Vierzig knapp überschritten und machte dem Bibliothekar schöne Augen.

»Guten Tag, Mr Jory«, flötete die Dame, als Victor grüßend nickte. »Haben wir heute nicht wieder einen wunderschönen Frühlingstag?«

»In der Tat, Madam«, erwiderte Jory und lächelte die vollbusige Blondine an. Die Haarfarbe war nicht echt. Dunkle Streifen schimmerten bereits in der blonden Pracht. »Aber jetzt lassen Sie mich bitte durch, ich habe noch zu arbeiten.«

Die Blonde nickte verständnisvoll. »Ja, das verstehe ich. Mein seliger Mann hatte auch immer …«

Jory hörte gar nicht mehr hin. Er war weitergegangen, öffnete seine Wohnungstür und verschloss sie sorgfältig hinter sich.

Er stellte die Einkaufstüte in die Küche und füllte den Kühlschrank wieder auf. Dann widmete er sich seiner eigentlichen Arbeit.

Heute schon sollte sein erster Trumpf stechen. Das hieß, dass er versuchen wollte, mithilfe des Voodoo-Zaubers eine Tote wieder zum Leben zu erwecken. Ob ihm das gelang, war fraglich. Noch nie hatte er ein solches Experiment durchgeführt. Die Theorie kannte er, wusste von den gefährlichen Beschwörungsformeln, aber die Praxis …

Victor Jory kannte zwei Arten von Totenbeschwörung. Er konnte selbst zum Grab der Toten fahren und dort die Zeremonie vornehmen, er konnte es aber auch von seiner Wohnung aus bewerkstelligen, und das schien ihm der ungefährlichste Weg zu sein.

Victor Jory verschwand in seinem Zimmer, in dem er die Puppen aufbewahrte, und schloss sich ein. Er zündete drei Kerzen an und stellte sie so neben den Teppich, dass sie ein gleichschenkliges Dreieck bildeten.

Die Flammen brannten ruhig und ohne zu flackern, tauchten den Raum in ein geisterhaftes, unwirkliches Licht und zeichneten schimmernde Kreise an die Decke.

Jory öffnete den Schrank. Er nahm eine Schale heraus, die mit Hühnerblut gefüllt war, und stellte sie auf den Teppich mit den magischen Formen des Pentagramms. Dann holte er die Schale mit der geweihten Dämonenerde und platzierte sie neben der Schale mit dem Hühnerblut.

Der erste Teil seiner Vorbereitungen war nun abgeschlossen.

Victor Jory betrachtete sein Werk, war zufrieden und begann, seine Kleidung abzustreifen. Als er nur noch einen knappen Lendenschurz trug, rieb er seinen Körper mit der magischen Dämonenerde ein, sodass er von einem dunklen Film überzogen wurde. Die Erde war feucht und blieb an der Haut kleben.

Nun kam das Wichtigste.

Die Puppe!

Victor Jory sah sich die kleinen Figuren genau an und griff nach der, die das Aussehen einer gewissen Nelly Parker hatte. Das Mädchen war vor einigen Tagen in einem Lokal urplötzlich zusammengebrochen. Herzschlag, hatte die Diagnose gelautet. Victor Jory lachte leise, er wusste es besser.

Wie ein kostbares Schmuckstück hielt er die Puppe zwischen seinen Fingern. Sie stellte das Verbindungsglied zwischen ihm und der Toten dar, die unter der Erde in ihrem Sarg lag und durch einen unseligen Zauber geweckt werden sollte.

Victor Jory war überzeugt, dass ihn diese uralte Magie nicht im Stich lassen würde. Und wenn er es geschafft hatte, wenn er den Plan seiner Auftraggeber zur Zufriedenheit ausgeführt hatte, dann würde er aus England weggehen und sein teuflisches Werk auf dem Kontinent fortsetzen. Die Weichen dazu waren bereits gestellt.

Draußen neigte sich ein Frühlingsnachmittag dem Ende entgegen, doch für Victor Jory existierte keine Zeit mehr. Er war ganz in seine Aufgabe vertieft.

Jory hatte sich auf den magischen Teppich gesetzt und eine lange Feder in das Hühnerblut getaucht. Er nahm die Puppe in die linke Hand und malte mit dem Federkiel seltsame Zeichen und Symbole auf den kleinen Körper. Noch immer steckte die Nadel in der Brust, und sie würde auch so lange darin bleiben, bis das Ende der Beschwörung erreicht war.

Victor Jory hockte im Schneidersitz. Sein Kopf war nach vorn gesunken, fast berührte das Kinn die Brust. Die Kuppen seiner Finger strichen über die Puppe, während die Lippen Beschwörungsformeln murmelten.

Die Zeit verstrich. Victor Jory schien seine Umwelt völlig vergessen zu haben.

Draußen lastete bereits die Dunkelheit, und ein zunehmender Mond sandte sein geisterhaft fahles Licht über die Millionenstadt London.

Die Kerzen waren heruntergebrannt, hatten nur noch die Hälfte ihrer Größe.

Und noch immer murmelte Jory die Formeln. Er musste Kontakt aufnehmen mit den Mächten des Bösen, musste ihre Kraft erflehen, um seine Aufgabe lösen zu können.

Mitternacht näherte sich.

Die Stunde der Geister. Tageswende, Zeit der Dämonen und Untoten. In dieser kurzen Zeitspanne, ehe der neue Tag begann, lag die Lösung zahlreicher geheimnisvoller Zauber. Denn dann wurde das Tor zum Jenseits einen Spalt breit geöffnet. Gefährliche Kräfte wurden freigesetzt, die von Eingeweihten ausgenutzt werden konnten.

Nur noch Sekunden bis zur Tageswende.

Victor Jory war in Schweiß gebadet. Er spürte den Zeitpunkt nahen, obwohl er auf keine Uhr schaute. Eine ungeheure Erregung hatte ihn gepackt.

Fest umklammerten seine Finger die Puppe. Wenn ihm jetzt ein Fehler unterlief …

Und plötzlich geriet die Luft im Zimmer in Bewegung. Die

Kerzenflammen begannen zu flackern. Schatten tanzten über Wände und Vorhänge.

Victor Jory fühlte einen kalten Hauch über seinen Rücken streifen.

Jetzt! Jetzt war es so weit.

Jory riss die Nadel aus der Brust der Puppe!

Wie ein Stromstoß zuckte es durch seinen Körper. Ein Blutstropfen rann am Körper der Puppe herab. Sie bewegte ihr Gesicht, die kleinen Finger öffneten und schlossen sich.

Jory starrte gebannt auf die Puppe. Sein Herz hämmerte, und dann erfasste ihn ein Schwindel, der ihn in eine unauslotbare Tiefe zog.

Victor Jory verlor das Bewusstsein.

Nach zwanzig Uhr war auf dem Gelände der Hund begraben. Man traf nicht mal mehr Liebespaare in den Grünanlagen, dafür gab es ja schließlich die Studentenwohnheime. Wenn nicht vereinzelt einige Lampen und Peitschenleuchten gebrannt hätten, wäre der Vergleich mit einer Mondlandschaft ziemlich treffend gewesen.

Auf dem kleinen Friedhof, der ebenfalls zur Universität gehörte, brannte keine Lampe. Er lag ruhig und friedlich im Licht des Mondes. Der silbrige Schein strich über Grabmäler, beleuchtete einfache Holzkreuze und ließ die Zweige der Trauerweiden wie dünne, dem Boden zufallende Finger aussehen.

Es war still. Nicht mal ein Käuzchen stieß seinen klagenden Ruf aus.

Sorgfältig geharkte Kieswege verrieten die Hand eines Gärtners. Er schnitt auch die mannshohen Buschhecken und kümmerte sich um das Unkraut, das zwischen den einzelnen Gräbern wucherte.

Der Friedhof war in eine Ost- und eine Westhälfte eingeteilt. Die Schnittlinie bildete ein breiter Mittelweg, der mit Blumenrabatten verschönert worden war.

Auf der Westseite des Gottesackers befanden sich die älteren

Gräber. Sie grenzten direkt an die Steinmauer einer Kirche. Der Ostteil des Friedhofs war noch längst nicht belegt, hier wölbten sich die Hügel der frischen Gräber, und zahlreiche schmale Lehmwege waren nur durch Holzplanken passierbar.

Auch Nelly Parkers Grab lag hier. Es war das letzte in einer langen Reihe. Kränze und Blumen bildeten einen natürlichen Hügel. Die Blumen waren schon verwelkt, sie rochen nach Verfall und Moder.

Der Totengräber wollte das Grab erst am nächsten Tag einebnen, doch dazu sollte es nicht kommen …

Genau um Mitternacht geschah im Innern des Grabes etwas so Unvorstellbares und Schreckliches, dass einem Beobachter die Haare zu Berge gestanden hätten.

Die Erde begann sich plötzlich zu bewegen. Ein grausames Stöhnen drang aus den Tiefen des Grabes. Kränze und Blumen rutschten von dem Hügel und blieben auf dem schmalen Weg liegen, als wären sie vom Wind weggewischt worden. Die schwere Erde wurde zur Seite gedrückt, fiel in sich zusammen. Lehmbrocken rollten zur Seite, und das Ächzen der Toten wurde von Sekunde zu Sekunde lauter.

Böse magische Kräfte griffen in das Spiel ein, erweckten das, was tot gewesen war, zu einem Schattenleben.

Dann beruhigte sich die Erde wieder, doch es war nur die Ruhe vor dem Sturm.

Plötzlich gab es einen Ruck, und dann tauchte eine Hand mit zu Krallen gekrümmten Fingern aus dem feuchten Lehm.

Der Zauber hatte gewirkt. Nelly Parker stand von den Toten auf!

Ein Arm wurde sichtbar, vom geisterhaften Mondlicht angeleuchtet. Dann ein Stück der Schulter – und der Kopf!

Nelly Parkers tote Augen starrten in die Runde.

Tief lagen sie in den Höhlen, wirkten leblos wie Glasmurmeln. Die langen Haare hingen in Nellys Gesicht, waren dreckverklebt, genau wie das ehemals weiße Leichenhemd, das eng an ihrem Körper lag.

Die gekrümmten Finger mit den langen Nägeln bohrten

sich in die Erde. Nelly Parker stemmte sich hoch, entstieg endgültig der kalten, grauenvollen Tiefe.

Dann stand die Untote vor ihrem Grab.

Es war ein Bild des Schreckens. Sie stand dort wie ein Denkmal, der Wind bewegte ihre schmutzigen Haare. Kein Atem drang aus ihrem Mund, und der Körper strömte die Kälte des Todes aus.

Über dem Friedhof leuchtete der Mond, Kraftbrunnen für alle Schattenwesen.

Nelly Parker hob den Kopf. Ihre Augen blickten die fahle Scheibe an, und wenig später setzte sich die lebende Leiche Schritt für Schritt in Bewegung.

Tapp – tapp – tapp …

Hohl wurden ihre Schritte von den Holzplanken zurückgeworfen. Splitter drangen in die nackten Füße, doch Nelly Parker verspürte keinen Schmerz.

Unbeirrt ging sie ihrem Ziel entgegen.

Sie erreichte den Mittelweg. Unter den Füßen knirschte der feine Kies. Der Weg führte zum Tor, und da es verschlossen war, musste Nelly Parker über den Zaun klettern. Sie tat dies mit abgehackten, aber gekonnten Bewegungen. Schon bald stand sie auf der schmalen Zufahrtsstraße, die zum Friedhof führte.

Bis jetzt war ihr kein Mensch begegnet, doch das konnte sich schnell ändern. Es gab auf dem Gelände der Universität immer wieder Studenten, die später nach Hause kamen.

Ein Plan bildete sich im Gehirn der Untoten. Obwohl mit dem Tod seine Funktionen erloschen waren, hatte der gefährliche Voodoo-Zauber doch bewirkt, dass es in eine bestimmte Richtung denken konnte.

Die Untote tastete mit ihren Augen die Umgebung ab, als suche sie etwas Bestimmtes.

Schließlich ging Nelly Parker weiter, näherte sich unaufhaltsam den großen Parkplätzen. Ihre Füße klatschten auf den Asphalt. Die Untote war aber so geschickt, dass sie sich immer in Deckung irgendwelcher Buschgruppen hielt, um nicht schon zu früh entdeckt zu werden.

Einmal hörte sie Stimmen.
Sofort blieb Nelly Parker stehen.
Ein Mädchen lachte perlend, und ein Mann antwortete ebenfalls lachend.
Dann verstummten die Stimmen. Das Pärchen hatte sich in eine andere Richtung entfernt.
Nelly ging weiter. Schon sah sie die Konturen der abgestellten Wagen. Das Mondlicht spiegelte sich auf dem glänzenden Lack.
Neben einem deutschen Wagen, einem Mercedes, blieb Nelly Parker wartend stehen. Sie hatte Zeit. Irgendwann würde schon jemand kommen.
Es war eine wunderbare Frühlingsnacht. Der Wind trieb den Geruch von Ginster und Kirschbaumblüten über den Parkplatz und verdrängte den Totengeruch der lebenden Leiche.
Eine Viertelstunde verging. Und dann tauchten plötzlich die Scheinwerfer eines Wagens auf.
Die Haltung der Untoten spannte sich. Sollte sie jetzt schon solch ein Glück haben?
Das Fahrzeug fuhr in eine Kurve und rauschte dann mit singenden Reifen in die Einfahrt zum Parkplatz.
Nelly Parker ging los.
Der Wagen hatte gestoppt und wurde rückwärts in eine Lücke gesetzt.
Nelly Parker näherte sich dem Fahrzeug von der Seite, blieb geschickt im toten Winkel.
Der Fahrer löschte die Scheinwerfer, stieg ahnungslos aus, bückte sich noch einmal und holte seinen Mantel aus dem Wagen.
In dieser Haltung traf ihn der Schlag. Die Untote hatte die Hand zur Faust geballt und sie dem jungen Studenten in den Rücken gehämmert.
Ächzend brach der Mann zusammen, fiel mit dem Oberkörper auf den Fahrersitz, während die Beine aus dem Wagen heraushingen.
Nelly Parker packte die Füße, zog den Mann aus dem

Wagen. Er fiel mit dem Kopf auf den Asphalt, wurde für Sekunden bewusstlos.

Die Zeit reichte der Untoten. Geschickt schwang sie sich hinter das Lenkrad, startete und fuhr los.

Ihr Ziel kannte sie. Es war die William Road, in der ein Mann namens Victor Jory wohnte …

Victor Jory wusste nicht, wie lange er bewusstlos gewesen war. Jedenfalls umfing ihn völlige Dunkelheit, als er aufwachte.

Er hatte ein seltsam taubes Gefühl im Kopf, und seine Zunge klebte dick und pelzig am Gaumen.

Mühsam ordnete Jory seine Gedanken, dann wusste er wieder, was geschehen war. Er stand auf, wankte zur Tür und torkelte aus dem Raum. Seine Hand tippte gegen den Lichtschalter.

Die Helligkeit schmerzte in seinen Augen.

Victor Jory presste die Hände gegen das Gesicht, riss die Tür zum Bad auf und hielt seinen Kopf unter einen eiskalten Wasserstrahl.

Dann stützte er sich am Waschbecken hoch, öffnete die Augen, blickte in den Spiegel – und erschrak.

Sein Gesicht glich einer Furcht erregenden Fratze.

Durch das Wasser war die Dämonenerde verlaufen und zum Teil abgespült worden. Nur unter den Augen und in den Mundwinkeln hielten sich noch Krusten.

Sein Oberkörper war nach wie vor mit der braunen Erde bedeckt.

Jory stellte sich unter die Dusche und spülte auch diesen Schlamm ab. Dann zog er sich an, setzte sich an den Küchentisch und starrte auf die Platte.

Seine Gedanken wirbelten. Er wusste, dass er die Hölle beschworen hatte, und wusste auch, dass es ihm gelungen war.

Doch jetzt fürchtete er sich plötzlich vor den Folgen. Welche Kräfte hatte er damit freigesetzt? Würde es ihm überhaupt noch gelingen, sie unter Kontrolle zu halten?

Schwer atmete Jory aus. Mit zitternden Knien verließ er die Küche und blieb vor der Tür seines Arbeitszimmers stehen. Fast hatte er Angst, es zu betreten.

Was würde ihn dort erwarten? Was war geschehen, während er bewusstlos gewesen war?

Jory gab sich einen Ruck und stieß die Tür auf. Er ließ sie ganz aufschwingen. Von der Diele her fiel genügend Licht in den Raum.

Jory sah den Teppich, die heruntergebrannten Kerzen, die Schale mit Hühnerblut, die Dämonenerde – und die Puppe.

Sie lag auf dem Rücken, die Nadel daneben.

Zögernd betrat Jory das Zimmer, bückte sich und hob die kleine Puppe auf.

Prüfend hielt er sie vor sein Gesicht. Das Hühnerblut war eingetrocknet. Die Puppe hatte eine braunrote Farbe angenommen.

Dann saugten sich Jorys Augen an dem Gesicht fest.

Es hatte sich verändert.

Die Züge waren glatt und nichts sagend geworden. Kein Anzeichen deutete auf Nelly Parker hin.

Victor Jory starrte die Puppe an wie einen Geist. Mit marionettenhaften Bewegungen ging er zum Schrank und stellte die Puppe weg. Die Nadel ließ er ebenfalls verschwinden. Fröstelnd zog er die Schultern hoch. Der Raum strömte eine Kälte aus, die ihm unbekannt war. Jory ahnte, dass es die Kälte des Todes war …

Es war still in der Wohnung, und auch von draußen war kein Laut zu hören. Jetzt – in den Stunden nach Mitternacht – schlief die Riesenstadt London, holte Atem vor einem neuen, ereignisreichen Tag.

Victor Jory zündete sich eine Zigarette an. Er sah, dass seine Finger zitterten. Tief sog er den Rauch in die Lungen, und je mehr Zeit verging, umso besser verkraftete er den Schock. Es hatte ja schließlich alles geklappt. Besser, als er angenommen hatte.

Das Brummen eines Automotors drang an seine Ohren. Dann quietschten Bremsen.

Victor Jory wurde hellhörig. Der Wagen hatte direkt vor seinem Haus gehalten.

Jory drückte die Zigarette aus und hastete zum Fenster. Einen Spaltbreit schob er den Vorhang weg.

Vor seiner Haustür parkte der Wagen. Eine Tür wurde zugeworfen. Jory hatte nicht sehen können, wer ausgestiegen war, der Winkel war zu ungünstig.

Eine innere Unruhe hatte ihn gepackt. Wer war dort unten aus dem Fahrzeug gestiegen, und wem galt dieser Besuch?

Das Schrillen der Klingel drang beinahe schmerzhaft in sein Bewusstsein.

Victor Jory zuckte zusammen wie unter einem Peitschenhieb. Seine Hände verkrampften sich.

Langsam ging er zur Tür.

Wieder klingelte es. Diesmal länger, fordernder.

Jory beeilte sich. Er wollte nicht, dass die Mieter des Hauses geweckt wurden. Hoffentlich war unten die Tür nicht abgeschlossen.

Jory drückte auf den Türknopf und öffnete gleichzeitig die Wohnungstür.

Unten wurde die Haustür geöffnet, fiel wieder ins Schloss.

Schritte näherten sich der Treppe.

Victor Jory hielt den Atem an. Nervös grub er seine Zähne in die Unterlippe.

Stufe für Stufe kam der Besucher höher, hatte jetzt den ersten Absatz erreicht.

Jory stand breitbeinig auf seiner Fußmatte, hatte die Hände zu Fäusten geballt und starrte seinem nächtlichen Gast entgegen.

Und dann sah er sie!

Jorys Gesicht verzerrte sich. Nur mühsam unterdrückte er einen Schrei. Die Person, die dort steif die Stufen heraufstieg, war niemand anderes als Nelly Parker!

Wie ein Roboter ging sie auf Jory zu, blieb einen Schritt vor ihm stehen. Victor Jory spürte den Hauch von Tod und Verwesung, der ihm entgegenströmte.

Die Untote öffnete den Mund. Mit dumpfer Stimme sagte sie: »Du hast mich gerufen. Jetzt bin ich da, Meister!«

Es schellte.

John Sinclair unterdrückte einen Fluch, schaltete den Elektroherd aus und nahm die Pfanne von der Platte. Er hatte keine Lust, verbrannte Spiegeleier zu essen.

Es war schon nach zwanzig Uhr. John rechnete eigentlich nicht mehr mit Besuch. Er war noch lange im Büro gewesen und hatte versucht, Auskünfte über den Bibliothekar zu erhalten. Ohne Erfolg. Victor Jory war in keiner Kartei vermerkt. Da musste selbst der Computer passen.

Aber diese Arbeit hatte eben aufgehalten. John war ziemlich sauer nach Hause gefahren, wollte eine Kleinigkeit essen, danach etwas lesen und sich ins Bett legen.

Und jetzt dieser unangemeldete Besuch.

John schleuderte seine Schürze in die Ecke und hatte kaum die kleine Diele betreten, da schellte es abermals.

»Ja doch, zum Teufel«, knurrte der Oberinspektor.

Er blieb trotz der Eile vorsichtig, zog die Klappe vom Türspion zur Seite und peilte durch die Optik.

Vor der Tür stand ein Telegrammbote. John sah es an der grauen Uniform.

Der Oberinspektor öffnete.

John Sinclair sah den Faustschlag gar nicht kommen. Etwas explodierte in seiner Magengrube und schleuderte ihn zurück in die Diele. Instinktiv krümmte John den Körper, rollte sich nach hinten ab.

Wie ein Fisch auf dem Trockenen schnappte er nach Luft. Wuchtige Schritte stampften auf ihn zu. Und dann zielte eine Schuhspitze nach seinem Kopf.

John Sinclair nahm im letzten Augenblick den Schädel zur Seite, wurde aber an der Schulter getroffen und prallte mit dem Hinterkopf gegen die Wand.

Das war für Sekunden der Blackout.

Wie aus weiter Ferne hörte John, dass die Flurtür ins Schloss geknallt wurde, dann vernahm er hastige Schritte und wurde hochgerissen.

Die Welt um ihn herum schwankte. John sah alles wie durch Watte und hörte sich selbst ächzen.

Er wurde mit dem Rücken gegen die Wand gepresst und von kräftigen Fäusten gehalten.

John Sinclair versuchte einzuatmen. Sogar die Rippen schmerzten bei dem Atemzug. Aber langsam wich der Nebel vor seinen Augen, und die Gesichter der beiden Männer kristallisierten sich heraus.

Es waren fremdländische Gesichter. Die Männer hatten einen braunen Teint. So sahen die Leute aus Westindien aus. Als John sich vorhin wie ein blutiger Anfänger hatte überrumpeln lassen, war ihm dies gar nicht aufgefallen.

Unter der Schirmmütze des »Telegrammboten« quoll schwarzes, lockiges Haar hervor. Der andere Typ trug einen hellblauen Anzug, hatte eine breite, platt geschlagene Nase und eine behaarte Brust. Sein Hemd war drei Knöpfe weit geöffnet.

Die Männer hatten noch kein Wort gesprochen. John konnte sich nicht denken, was sie von ihm wollten. Dämonen in Menschengestalt waren sie nicht, denn dann hätten sie die versteckt angebrachten Dämonenbanner am Betreten der Wohnung gehindert.

Aber auch John Sinclair brachte keinen Ton hervor. Noch immer wüteten in seinem Leib die Schmerzen.

Die beiden Eindringlinge rissen ihn von der Wand weg, zogen ihn durch die offen stehende Tür in den Livingroom und warfen ihn in einen Sessel.

Fast wäre das Möbelstück umgekippt, so viel Wucht hatten die Männer hinter den Stoß gelegt.

Drei Schritte vor John Sinclair blieben sie stehen. Gleichzeitig zogen sie ihre Revolver. Lange Schalldämpfer steckten auf den Läufen.

Johns Magen zog sich zusammen. Unvermittelt brach dem Oberinspektor der Schweiß aus.

Der Geisterjäger brauchte nur in die Gesichter der Kerle zu sehen, um zu wissen, dass man ihn töten wollte.

Jetzt und hier!

John Sinclair war wirklich kein ängstlicher Mann, das hatte er mehr als einmal bewiesen. Aber jetzt, in dieser Sekunde, als er in die Mündungen der Waffen starrte, begann sein Herz plötzlich rasend zu hämmern.

In einer mutlos wirkenden Geste hob er den Arm. Er bemühte sich, ein paar Worte herauszupressen.

»Was – was habt ihr mit mir vor? Weshalb wollt ihr mich umbringen? Wer hat euch den Auftrag gegeben?«

Der »Telegrammbote« beantwortete seine Frage nicht. »Kein Kommentar, Bulle. Dein Tod ist beschlossene Sache. Wir werden bezahlt und damit fertig.« Er fletschte die Zähne wie ein Wolf und wechselte noch einen Blick mit seinem Partner.

In Johns Hirn überschlugen sich die Gedanken. Er wollte sich einfach auf die beiden stürzen, egal, ob die Revolver nun auf ihn gerichtet waren oder nicht. Nur nicht abknallen lassen wie ein Hase.

Die beiden Killer hoben die Mündungen der Waffen um eine Winzigkeit an.

»Das wär's wohl, Bulle«, sagte der »Telegrammbote« …

Im selben Moment läutete das Telefon.

Nervenzerfetzend klang das Schrillen durch die lastende Stille. Die beiden Mietkiller zuckten zusammen, wurden unruhig.

Gnadenfrist für John Sinclair …

»Wer kann das sein?«, herrschte der Typ im blauen Anzug John Sinclair an.

Der Oberinspektor hob die Schultern. Ein tiefer Atemzug entrang sich seiner Brust. »Ich habe keine Ahnung. Wahrscheinlich mein Chef«, sagte er aufs Geratewohl.

»Weiß er, dass du zu Hause bist?«

»Ja.«

»Verdammt, geh dran! Das Klingeln macht mich nervös. Und kein falsches Wort, Bulle!«

»Sollen wir ihn nicht einfach abknallen?«, flüsterte der »Telegrammbote«.

John hörte die Worte, und seine Rückenhaut spannte sich. Er vernahm aber auch die Antwort.

»Nein, du Trottel. Wenn es wirklich sein Chef ist, weiß er doch sofort, dass etwas nicht stimmt.«

Nach dem sechsten Läuten hob John den Hörer ab. »Sinclair«, meldete er sich.

Es war tatsächlich Superintendent Powell. »Na endlich«, tönte sein lautes Organ aus dem Hörer. »Schlafen Sie schon, Oberinspektor?«

»Nein, das nicht – aber …« John stockte, weil der »Telegrammbote« dicht an ihn herangetreten war und ihm den Schalldämpfer in den Rücken bohrte.

»Was heißt das?«, bellte Powell.

»Ich habe mir gerade mein Abendessen zubereitet«, erwiderte John Sinclair.

»Dann lassen Sie das ruhig kalt werden und begeben Sie sich zum Flugplatz. Dieser BKA-Kommissar aus Deutschland trifft in fünfundvierzig Minuten am Flughafen Heathrow ein. Fahren Sie hin und holen Sie ihn ab. Im Hall Ermins Hotel ist bereits ein Zimmer für ihn reserviert worden. Und kümmern Sie sich etwas um den Mann.«

»Ist gut, Sir«, bestätigte John.

Powell legte noch nicht auf. »Ist irgendetwas, Sinclair?«

»Nein. Warum?«

»Nun – Ihre Stimme klingt komisch. Belegt, will ich mal sagen.«

John wollte gerade eine passende Antwort geben, da verstärkte sich der Druck des Schalldämpfers in seinem Rücken. »Ein Ton nur, und du bist 'ne Leiche«, hauchte die Stimme des Killers dicht an seinem Ohr.

John Sinclair nickte und antwortete gleichzeitig. »Alles klar, Sir. Ich werde nur nicht gern beim Essen gestört. Außerdem …«

Mitten im Satz kreiselte John herum und schmetterte aus der Drehung heraus dem Killer den Telefonhörer ins Gesicht.

»Plopp« machte es. Hautnah sirrte die Kugel an dem Oberinspektor vorbei und klatschte in die Wand.

Der Mörder war von diesem Angriff völlig überrascht worden. Er hatte viel zu spät reagiert, aber auch außer Acht gelassen, dass man einem Mann wie John Sinclair nie eine Waffe direkt gegen den Körper pressen durfte.

Das weitere Geschehen spielte sich so schnell ab, dass es kaum zu beschreiben ist.

Johns Fäuste krallten sich um den Hals des Killers, gleichzeitig rammte er sein Knie in den Rücken des Mannes, hielt ihn als lebenden Schutzschild vor sich.

Aus dem herabbaumelnden Telefonhörer quäkte Powells aufgeregte Stimme. Doch er konnte John nicht helfen. Wenigstens nicht im Augenblick.

John hatte eine empfindliche Stelle des Killers getroffen. Der Mann war zusammengeknickt. Doch Sinclair musste jetzt hart sein, denn es ging um sein Leben.

Der »Telegrammbote« hatte seine Mütze verloren. John griff mit der linken Hand in den Haarschopf des Mannes, riss den Kopf in den Nacken und wand dem Kerl mit der rechten die Waffe aus den Fingern.

»Plopp.« Killer Nummer zwei hatte geschossen.

Der »Telegrammbote« zuckte unter Johns Griff zusammen. In seiner Brust befand sich plötzlich ein Loch, aus dem ein dünner Blutfaden sickerte und von der Kleidung aufgesaugt wurde.

John Sinclair war über die Brutalität des anderen Schießers entsetzt. Dieser Mann scheute sich nicht, seinen eigenen Kumpan umzulegen.

John stieß den »Telegrammboten« von sich und hechtete über den niedrigen Tisch hinweg.

»Plopp.« Die Kugel zupfte fast an seinem Nackenhaar. John prallte auf die Couch, ließ sich blitzschnell herunterrollen, entging so der nächsten Kugel und wuchtete den Tisch hoch.

Der hielt die nächsten beiden Kugeln auf.

Der Killer fluchte lästerlich. Der Tisch kippte ihm entgegen. Der Schießer konnte nur mit zwei raschen Schritten ausweichen, geriet dadurch in eine schlechte Schussposition und war somit im Nachteil.

John rollte sich über den Boden, bekam die Waffe des Toten zu fassen und feuerte im Liegen.

Dicht neben Killer Nummer zwei riss das Geschoss das Türholz auf.

Der Mörder wirbelte zur Seite. Er war ungeheuer schnell, übersah aber den umgestürzten Tisch und strauchelte.

John flog fast durch den halben Raum, um den Gangster mit einem Schlag den Rest zu geben.

Doch der Kerl fing Johns Hieb mit der Handkante ab. Dem Oberinspektor wurde die Waffe aus der Hand geprellt. Gleichzeitig musste er einen Tritt in die Seite hinnehmen.

Und schon war der Mörder wieder auf den Füßen, legte auf John Sinclair an.

Der Geisterjäger säbelte ihm mit einem Tritt das Standbein weg.

Der Mann knallte auf den Teppich.

Er verzog das Gesicht, als sein Hinterkopf in Mitleidenschaft gezogen wurde, riss aber noch in der Bewegung sein rechtes Knie hoch.

John wich aus, bückte sich und hob die Waffe vom Boden auf.

»Jetzt ist Schluss, Freundchen«, sagte er mit keuchender Stimme. »Steh auf!«

Der Killer stemmte sich vom Boden hoch. Langsam, zu langsam für Johns Geschmack.

Und richtig. Aus der Bewegung zuckte sein rechtes Bein vor, zielte nach Johns Schusshand.

Der Geisterjäger drückte ab. Er hatte die Waffe bewusst etwas zur Seite gedreht.

Die Kugel jagte dorthin, wo er sie haben wollte. In die Schulter des Mörders.

Die Wucht des Einschlags trieb den Killer zurück. Er drehte sich wie ein Kreisel, zischte einen gemeinen Fluch in Johns Richtung und bewegte sich auf das Fenster zu.

John sah das Unheil kommen, konnte es aber nicht verhindern.

Er sprang über den umgekippten Tisch, versuchte, den Killer noch festzuhalten, doch in dieser Sekunde prallte der

Mann bereits mit aller Wucht gegen die Scheibe, durchbrach sie und stürzte mit einem irren Schrei auf den Lippen in die Tiefe.

John Sinclair hielt unwillkürlich den Atem an. Er wartete auf den Aufprall des Körpers, und Augenblicke später hörte er dieses makabre Geräusch.

John Sinclair stand einige Herzschläge lang unbeweglich. Er zitterte wie Espenlaub.

Unten auf der Straße bremsten die Wagen, eine Frau schrie spitz und gellend.

Dieser Schrei riss John Sinclair wieder in die Wirklichkeit zurück.

Er jagte aus seiner Wohnung, erreichte einen der Lifts und fuhr nach unten.

Sinclair wohnte in einem Apartmenthaus. Als John im Foyer ankam, war der Portier aus seinem Glaskasten gestürzt und nach draußen gerannt.

Es war bereits dunkel. John wunderte sich, welch eine Menschenmenge sich innerhalb der kurzen Zeit angesammelt hatte. Der Oberinspektor drängte sich durch.

»Er hat eine Pistole!«, schrie eine Frau. Erst jetzt wurde dem Geisterjäger bewusst, dass er noch immer den Revolver in der Hand hielt. Automatisch steckte er ihn in den Hosenbund.

»Bitte, lassen Sie mich durch. Polizei!«

Nur widerwillig machten die Menschen Platz.

Dann sah John den Killer. Er lag auf dem Bauch. Überdeutlich wurde er von zwei Autoscheinwerfern der Dunkelheit entrissen. Polizeisirenen jaulten in der Ferne.

John ging neben dem Mann in die Knie, fühlte nach dem Puls.

Dem Killer konnte keiner mehr helfen. Er war tot.

Langsam stand John auf. Sein Gesicht glich einer steinernen Maske. Er hörte nicht die aufgeregten Stimmen der Neugierigen, sah aber plötzlich Superintendent Powell, der sich mit rudernden Armen durch die Menschenansammlung einen Weg bahnte und von zwei kleiderschrankbreiten Polizisten begleitet wurde.

Powell blieb vor John Sinclair stehen. Er musste an dem Oberinspektor hochblicken.

»Was ist geschehen, John?«

John Sinclair deutete mit dem Daumen der rechten Hand über die Schulter. »Er und sein Kumpan wollten mich umbringen.«

Powells Augen wurden hinter den dicken Brillengläsern weit vor Staunen.

»Und der andere?«, fragte der Superintendent. »Ist er …?«

John nickte. »Ja, er ist ebenfalls tot. Sein Kumpan hat ihn eiskalt abgeknallt. Verdammt noch mal, was ist das für eine Welt, in der wir leben?«

Superintendent Powell zuckte nur mit den Schultern. Darauf wusste auch er keine Antwort.

Eine Viertelstunde später saßen Superintendent Powell und der Oberinspektor in John Sinclairs Wohnung. Die Mordkommission war eingetroffen. Die Männer mussten sich die Arbeit teilen, es gab schließlich zwei Leichen.

John und Powell hielten sich im Hintergrund, sie wollten ihre Kollegen nicht bei der Arbeit stören.

»Das Fenster werde ich wohl mit Pappe abdichten müssen«, sagte John. »Heute Nacht kommt kein Glaser mehr.«

»Frische Luft härtet ab«, lautete Powells bissige Antwort. Der Superintendent war ziemlich sauer. Dieser Anschlag auf seinen besten Mann war ihm an die Nerven gegangen. Außerdem machte sich sein Magen wieder bemerkbar. Zum Glück hatte Powell jedoch Tabletten mit.

John rauchte schon die zweite Zigarette hintereinander. Noch immer hatten sich seine Nerven nicht beruhigt. Er zerbrach sich den Kopf über ein mögliches Motiv des Anschlags auf ihn. Doch er konnte keine Erklärung finden.

Superintendent Powell und John Sinclair warteten auf das Eintreffen der Männer vom Erkennungsdienst. Vielleicht konnten sie die beiden Killer identifizieren. John hatte sie jedenfalls noch nie gesehen. Die Toten führten auch keinerlei Papiere mit sich. Sie waren eben Profis aus der Killerbranche.

»Wissen Sie wirklich kein Motiv, Oberinspektor?«, fragte Powell und vergrub beide Hände in den Taschen seines Mantels.

John schüttelte den Kopf. »Darüber habe ich mir schon das Hirn zermartert.«

»Haben Sie vielleicht irgendwem in letzter Zeit zu stark auf die Füße getreten?«, wollte Powell wissen.

»Tut mir leid, Sir, aber darauf kann ich Ihnen keine Antwort geben.«

»Dann muss es ja wohl mit diesem Victor Jory zusammenhängen.«

John drückte die Zigarette aus. »Kaum vorstellbar. Wie ich diesen Knaben einschätze …«

»Da lassen Sie sich mal nicht täuschen, mein lieber Sinclair«, meinte Powell. »Wir haben schon genug erlebt.«

»Stimmt auch wieder«, gab John zu und blickte auf, als die Männer vom Erkennungsdienst den Livingroom betraten.

Sie meldeten sich bei Powell und sahen sich dann die Leiche genauer an.

Sie brauchten nicht einmal fünfzehn Sekunden. Und ihr Urteil war einstimmig.

»Dieser Tote und der Mann, der dort unten auf der Straße liegt, sind keine unbeschriebenen Blätter. Sie gehörten einer Terroristengruppe an.«

»Was?« John Sinclair riss vor Staunen die Augen weit auf. Und selbst Superintendent Powell war überrascht.

Der Mann vom Erkennungsdienst nickte. »Ja, die beiden arbeiteten für einen mittelamerikanischen Inselstaat und bezeichneten sich offiziell als Terroristen und Anarchisten. Sie handelten jedoch nicht aus politischen Motiven, wie wir wissen, sondern waren reine Mietkiller.«

Superintendent Powell und John Sinclair tauschten einen schnellen Blick. Wahrscheinlich dachten sie beide das Gleiche.

Victor Jory war den Auskünften nach lange in der Karibik gewesen. Er hatte dort Kontakte knüpfen können und diese wahrscheinlich im Laufe der Zeit intensiviert. Aber das waren nur Hypothesen, Beweise brauchte man.

»Anscheinend doch unser Freund Jory«, murmelte Superintendent Powell.

»Scheint so«, gab John zu. »Nur verstehe ich nicht, wie diese fünf toten Mädchen mit den Terroristen in Verbindung gebracht werden können. Das sind doch eigentlich zwei verschiedene Fälle.«

»Wahrscheinlich nicht.« Powell tippte John mit dem Zeigefinger gegen die Brust. »Aber das herauszufinden ist Ihr Job, mein lieber Oberinspektor.«

»Worauf Sie sich verlassen können, Sir.«

»Ich habe übrigens einen anderen Beamten zum Flughafen geschickt, um den Kommissar abzuholen«, sagte Powell.

John hob die Schultern. »Ehrlich gesagt, Sir, ich weiß nicht, weshalb der Fritze vom Bundeskriminalamt überhaupt kommt. Meint er, wir würden mit dem Fall nicht fertig werden?«

»Das wissen nur die Götter. War auch nicht meine Idee. Vielleicht will man gerade hier einen Musterfall gut nachbarlicher Zusammenarbeit exerzieren.«

»Ausgerechnet bei uns«, knurrte John.

»Nehmen Sie's gelassen«, lautete Powells Antwort. Der Superintendent tippte gegen seine Hutkrempe und verließ das Zimmer. Auf der Türschwelle drehte er sich noch einmal um. »Ich erwarte morgen früh Ihren mündlichen Bericht, Oberinspektor.«

»Geht in Ordnung, Sir«, erwiderte John müde.

Soeben wurde die Leiche in eine Kunststoffwanne gelegt und abtransportiert. John dachte daran, wie leicht er an der Stelle dieses Mörders in dieser Kunststoffwanne hätte landen können.

Eine grauenhafte Vorstellung.

Die Beamten der Mordkommission räumten die Wohnung. Auf der Straße hatten sich die Neugierigen verzogen. Nicht mal mehr Reporter waren zu sehen. Sie hatten auf ihre bohrenden Fragen nur abweisende Antworten erhalten.

John schlug noch die restlichen Glassplitter aus dem Fenster und vernagelte die Öffnung dann mit Pappe. Morgen früh wollte er Victor Jory einen zweiten Besuch abstatten.

Der Geisterjäger hätte dies lieber noch in der Nacht erledigen sollen, denn dann wäre ihm einiges erspart geblieben …

Victor Jory stand völlig unter dem Einfluss seines unheimlichen Besuchers.

Von dieser Toten strömte eine mörderische Kälte aus, die ihn zittern ließ. Er hatte Nelly Parker mit in sein Zimmer genommen und dort abgeschlossen. Ein paar Mal hatte er daran gedacht, seine Auftraggeber anzurufen, doch dann hatte er diesen Gedanken wieder verworfen. Er wollte dies erst tun, wenn er eine weitere Untote zur Verfügung hatte.

Nelly Parker hatte sich umgezogen. Jory hatte ihr einige Sachen gegeben, die er in weiser Voraussicht besorgt hatte. Die Untote trug jetzt einen braunen Hosenanzug. Sie hatte sich auch gewaschen wie ein normaler Mensch.

Wenn Victor Jory daran dachte, glaubte er, den Verstand verlieren zu müssen. Was er erlebte, war einfach unmöglich, mit menschlichem Begriffsvermögen nicht zu erfassen.

Die beiden saßen sich gegenüber. Schweigen lastete im Raum. Noch immer ging von der Untoten ein modriger Geruch aus, der wie ein Pesthauch durch das Zimmer wehte.

Jory atmete schwer aus. Jetzt musste er einfach etwas sagen. Er konnte es nicht länger aushalten. »Was – was soll ich tun?«, presste er hervor.

Die Untote blickte den Mann aus ihren leblosen Pupillen an. »Hol die anderen aus den Gräbern«, sagte sie.

Jory sprang von seinem Stuhl hoch. »Was?«

»Du sollst die anderen holen.« Die Stimme der Untoten wurde um eine Idee schärfer.

»Aber das kostet Kraft. Ich – ich kann keine Beschwörung mehr durchführen.«

»Ich werde dir helfen. Beeile dich, der Tag fängt bald an.«

»Ja. Ich werde tun, was du verlangst.« Mit schweren Schritten ging Jory zum Schrank und öffnete die Tür. Er nahm die nächste Puppe aus der Reihe in die Hand. Und plötzlich hatte er den Wunsch, dieses Teufelswerk einfach zu zertreten.

Doch dann fehlte ihm der Mut. Außerdem steckte Victor Jory schon viel zu tief in diesem gefährlichen Sumpf, aus dem es für ihn kein Entrinnen gab.

Henry Bolz war Totengräber.

Er stammte aus Deutschland, war nach dem Krieg in englische Gefangenschaft geraten und nach der Entlassung auf der Insel geblieben. Er hatte eine Engländerin kennen gelernt, sie geheiratet und mittlerweile schon erwachsene Kinder. Der älteste Sohn studierte Medizin.

Bolz war zufrieden mit seinem Job. Ihm redete niemand rein, und die Toten konnten ja bekanntlich nicht sprechen.

Auch an diesem Aprilmorgen stand er wie immer um fünf Uhr auf. Er ließ sich von seiner Frau das Frühstück zubereiten und aß schweigend, während er ab und zu einen Blick in die Zeitung warf.

Mrs Bolz saß ihrem Mann gegenüber und beobachtete ihn schweigend. Es war jeden Morgen das gleiche Spiel. In den langen Ehejahren hatte man sich eigentlich nicht mehr viel zu sagen, man verstand sich auch so.

Henry Bolz sprach eigentlich nie viel. Doch was er sagte, hatte Hand und Fuß. Man konnte sich jederzeit auf ihn verlassen, etwas Seltenes in der heutigen Zeit.

Schließlich faltete Bolz die Zeitung zusammen, schob die Tasse zurück und schlüpfte in seine derbe Wetterjacke.

»Habe das Gefühl, dass es heute noch Regen gibt«, meinte er zu seiner Frau beim Abschied. »Ich werde mich deshalb etwas beeilen. Du brauchst mit dem Essen nicht auf mich zu warten. Ich arbeite durch.«

»Das musst du wissen, Henry.«

Henry Bolz nickte seiner Gattin noch einmal zu und schloss die Wohnungstür auf.

Der Totengräber wohnte über der Leichenhalle. Er hatte hier vier Zimmer und brauchte nur sehr wenig Miete zu zahlen. Denn wer wohnte schon gern auf Tuchfühlung mit Leichen?

Henry Bolz verließ die Leichenhalle auf der Rückseite, ging über einen schmalen Pfad und gelangte dann zu einem Geräteschuppen. Er holte sich dort eine Schubkarre, lud eine Schaufel und einen Spaten auf und schob die Karre vor sich her auf den Hauptweg zu.

Es war kühl. In der Nacht hatte sich Nebel gebildet. Es war mehr Bodennebel, ein dichter, grauweißer wattiger Schleier, der – weil es windstill war – auch nicht aufgerissen wurde.

Henry Bolz schob die Schubkarre über den Hauptweg. Kleine Kieskörner spritzten unter dem gummibereiften Rad zur Seite. Der Atem stand als nie abreißende Wolke vor dem Mund des Totengräbers.

Für einen Außenstehenden war die Stille beklemmend. Nicht für Henry Bolz. Der Friedhof war praktisch seine zweite Heimat. Ihn konnte nichts mehr erschrecken.

Jedenfalls nahm er das an …

Büsche und Sträucher verschwanden in der milchigen Nebelsuppe. Grabsteine und Kreuze wirkten jetzt wie Furcht erregende Gestalten aus einem fantastischen Film.

Henry Bolz dachte daran, dass er am Nachmittag noch eine Leiche einsargen musste. Bis dahin wollte er mit seiner Arbeit fertig sein. Er hatte drei Gräber einzuebnen.

Das Einsargen der Leichen brachte ihm immer noch einen kleinen Nebenverdienst, mit dem er seinen ältesten Sohn während des Studiums unterstützen konnte.

Henry Bolz hatte das Ende des Hauptweges fast erreicht und wollte gerade in den Weg einbiegen, der zum neuen Teil des Friedhofes führte, als er stutzte.

Eine Gestalt schälte sich aus dem Nebel.

Henry Bolz blieb stehen.

Die Gestalt kam näher.

Im ersten Augenblick dachte der Totengräber, dass es ein Penner war, der die Nacht auf dem Friedhof verbracht hatte. Das war schon mehr als einmal vorgekommen. Aber nach ein paar Sekunden erkannte Henry, dass er sich geirrt hatte.

Die Gestalt war eine Frau. Unbeirrt hielt sie auf ihn zu. Sie trug ein langes Kleid.

Wie ein Totenhemd, dachte Henry Bolz. Er konnte nicht vermeiden, dass ihm eine Gänsehaut über den Rücken kroch.

Jetzt war die Gestalt nur noch wenige Schritte vor ihm.

Und plötzlich hatte Henry Bolz das Gefühl, eine eiskalte Faust würde sein Herz umschließen.

Er kannte die Frau. Sehr gut sogar.

Denn er selbst hatte sie erst vor nicht einmal vierzehn Tagen begraben …

»Ich – ich bin doch nicht betrunken«, flüsterte der Totengräber. Mit einer abgehackt wirkenden Bewegung wischte er sich über die Augen, als könne er den Anblick dadurch verscheuchen.

Doch das Bild blieb.

Die Tote war drei Schritte vor Henry Bolz stehen geblieben. Sie fixierte den Totengräber aus starren Augen. Nicht ein Muskel regte sich in ihrem Gesicht, und kein Atem drang aus dem halb geöffneten Mund.

Sie stand dort wie eine Statue, eingehüllt in das schmutzige zerrissene Leichenhemd und umweht von wabernden, grauweißen Nebelschleiern.

Henry Bolz zitterte vor Angst. Seine Zähne schlugen aufeinander. Er konnte einfach nicht begreifen, was seine Augen sahen. Das Geschehene war zu ungeheuerlich, widersprach jeder Logik.

Der Totengräber konnte später nicht mehr sagen, welche Gedanken ihm in diesen Augenblicken im Kopf herumschwirrten – er wusste nur, dass er nicht einmal fähig war, wegzulaufen.

»Aus dem Weg!«, befahl die Untote.

Henry Bolz hörte die Worte zwar, verstand sie aber nicht.

Als der Totengräber nicht gehorchte, ging die lebende Leiche vor und schlug zu.

Die flache Hand knallte dem Totengräber vor die Brust. Der Schlag war so wuchtig, dass Bolz wie ein Stock umkippte. Die Untote musste ungeheure Kräfte besitzen.

Der Totengräber spürte den Kies unter seinen Rippen und erwartete, dass die Spukgestalt seinem Leben ein Ende setzen würde. Im Geiste sah er schon die gekrümmten Finger an seine Kehle fahren – doch nichts dergleichen geschah.

Henry Bolz wälzte sich auf die Seite und öffnete die Augen.

Die Tote marschierte bereits den Weg hinunter, dem Ausgang zu, und wurde von den Nebelschleiern verschluckt.

Minutenlang lag der Totengräber regungslos auf dem Boden. Er konnte das Erlebte kaum verkraften. Dann aber rappelte er sich auf und lief mit unsicheren Schritten dem neuen Teil des Friedhofes entgegen, dort, wo das Grab der Leiche sein musste.

Henry Bolz' Atem ging keuchend, seine Schuhsohlen hämmerten über die Planken.

Er sah zwei offene Gräber!

In dem einen hatte Nelly Parker gelegen und in dem anderen – es lag einige Meter weiter – Jane Archer, die Person, die ihm begegnet war.

Es war ein makabres Bild. Die Erde über den Gräbern war verrutscht. Kränze und Blumen lagen durcheinander, die beiden Kreuze waren umgekippt.

Jetzt spürte Henry Bolz zum ersten Mal in seinem Leben, was Angst ist. Er hatte nie Angst vor dem Tod oder dem Friedhof gehabt, doch nun schoss dieses grässliche Gefühl wie ein Stromstoß durch seinen Körper.

Sein Blick glitt über die Reihe der Gräber.

Sie lagen still und friedlich.

Henry Bolz rechnete jeden Moment damit, dass sich irgendwo auf einem Grab die Erde bewegen würde – und …

Der Totengräber dachte den Gedanken nicht mehr zu Ende.

Auf dem Absatz machte er kehrt und rannte, wie von Furien gehetzt, los.

Am liebsten hätte er seine Not hinausgeschrien, doch er beherrschte sich im letzten Augenblick.

Die Strecke erschien ihm auf einmal unendlich lang. Der Weg vor der Leichenhalle war nicht asphaltiert und durch den Nebel glitschig geworden. Um ein Haar wäre Henry Bolz gefallen.

Er warf sich gegen die stabile Haustür und legte seinen Zeigefinger auf den Klingelknopf.

Die Glocke schrillte durch das ganze Haus.

Schon wenig später wurde das Fenster zum Schlafzimmer aufgerissen, und Bolz' Frau beugte sich heraus.

»Mach auf!«, brüllte der Totengräber abgehackt, dessen Lungen wie Blasebälge arbeiteten.

Die Frau stellte keine Fragen. Wenn ihr Mann so reagierte, musste etwas passiert sein.

Sekunden später war die Tür offen.

Henry Bolz blieb auf der Schwelle zum Livingroom stehen. Er lachte schaurig. »Was passiert ist, willst du wissen?«, schrie er. »Zwei Leichen sind aus ihren Gräbern gestiegen! Zwei Leichen, mehr nicht.« Wieder lachte er. »Ich glaube, ich werde wahnsinnig.« Er schlug sich mit der Hand gegen die Stirn. »Ich habe eine lebende Leiche gesehen.«

Henry Bolz torkelte in den Livingroom und ließ sich in einen Sessel fallen. Der Mund des Totengräbers war halb geöffnet, und kichernde Laute drangen über seine Lippen.

Der Frau war der Schreck in die Knochen gefahren. Und doch tat sie in diesem Augenblick das Richtige.

Sie rannte zum Telefon und rief die Polizei an.

John Sinclair saß schon um sieben Uhr in seinem Büro und trank Automatenkaffee.

Der Oberinspektor hatte schlecht geschlafen. Die Ereignisse der vergangenen Nacht hatten ihm einfach keine Ruhe gelassen. Er fühlte sich wie jemand, der durch eine dunkle Schlucht ging und darauf wartete, aus dem Hinterhalt abgeschossen zu werden, dabei aber gar nicht wusste, wer überhaupt seine Feinde waren.

Terroristen? John wollte es einfach nicht glauben. Bisher hatte er diesen Leuten nicht auf die Zehen getreten. Wenigstens nicht bewusst.

Superintendent Powell traf eine Viertelstunde später ein als John. Er rief Sinclair sofort in sein Büro und bot ihm mit einer knappen Geste einen Platz an.

»Sie sehen müde aus, Oberinspektor.«

John grinste schmal. »Raten Sie mal, wie lange ich geschlafen habe, Sir.«

Powell putzte umständlich seine Brillengläser. »Denken Sie, mir ist es besser ergangen?« Er setzte sich die Brille mit den dicken Gläsern wieder auf. »So, dann wollen wir mal zur Sache kommen.«

Auf dem Schreibtisch lagen bereits die ersten Untersuchungsergebnisse der Mordkommission und Fahndungsabteilung.

Die beiden toten Killer hatten Fito Gomez und Ramon Batista geheißen. Sie waren staatenlos gewesen und hatten keinen festen Wohnsitz gehabt. Gesucht wurden sie in Frankreich und in den Vereinigten Staaten. In England waren sie bis zum vorherrschenden Tag noch nicht in Erscheinung getreten. Doch ihre Gesichter waren auch bei der Sonderabteilung von Scotland Yard bekannt, die sich speziell mit Terrorismus beschäftigte.

»Über die Kerle kommen wir nicht weiter«, meinte Powell. »Oder wenigstens vorläufig nicht«, schränkte er ein. »Durch sie Verbindungen zu anderen Gruppen aufzudecken, nimmt zu viel Zeit in Anspruch. Sie müssen es eben auf einem anderen Weg versuchen, Oberinspektor.«

»Victor Jory«, sagte John nur.

»Genau.«

»Ich hatte sowieso vor, ihn um neun Uhr zu besuchen. Bin gespannt, welche Antworten er auf meine Fragen hat.«

»Bestimmt keine guten«, meinte Powell und reichte John

die Fotos der beiden Killer hinüber. »Halten Sie ihm die vor die Nase. Mal sehen, wie Jory reagiert.«

John steckte die Bilder ein.

Das Telefon auf Powells Schreibtisch summte. Der Superintendent hob ab, hörte dem Anrufer einen Moment zu und sagte dann: »Bringen Sie ihn zu mir.«

Powell grinste säuerlich. »Der BKA-Beamte ist da.«

»Dann kann ich mich ja verziehen«, meinte John und wollte sich erheben.

»Sie bleiben hier, Oberinspektor. Schließlich sollen Sie ja mit dem Mann zusammenarbeiten.«

»Wenn's sein muss.«

Drei Minuten später betrat Kommissar Will Mallmann das Dienstzimmer des Superintendenten. Er begrüßte die beiden Beamten mit festem Händedruck. Auf John blieb sein Blick ein wenig länger haften. Dann sagte er in fließendem Englisch: »Sie sind also der berühmte John Sinclair. Ich freue mich, dass wir zusammenarbeiten werden.«

»Ganz meinerseits«, sagte John, dem Mallmann gar nicht mal unsympathisch war, »aber den berühmten John Sinclair können Sie vergessen. Ich habe nur Glück gehabt.«

»Nur keine falsche Bescheidenheit.«

Kommissar Mallmann war ein Mann, der die Vierzig schon überschritten hatte. Er hatte sich allerdings für sein Alter noch gut gehalten, wenn sich auch sein pechschwarzes Haar an der Stirn schon etwas lichtete. Mallmann hatte dunkle, etwas tief in den Höhlen liegende Augen und ein energisch vorspringendes Kinn. Seine Gesichtshaut war straff, leicht gebräunt und wies keinerlei Falten auf.

Superintendent Powell bot dem BKA-Beamten einen Platz an.

Kommissar Mallmann nickte dankend, stellte seinen Aktenkoffer auf die Knie und entnahm diesem einen schmalen Schnellhefter.

»Ich habe hier einige Unterlagen mitgebracht, die Sie vielleicht interessieren werden, Gentlemen. Aber lassen Sie mich kurz zusammenfassen. Wie Sie wissen, hatten wir auf dem

Kontinent auch einige rätselhafte Todesfälle, wenn ich sie mal so bezeichnen darf. Primär geht es hier um eine gewisse Marion Baumann. Meine Kollegen haben sehr gut gearbeitet. Marion Baumann ist bei einer Freundin – sie heißt Karin Klinger – ums Leben gekommen. In den Stunden zuvor hatte sie Fräulein Klinger von ihrem Erlebnis in der vorhergehenden Nacht erzählt. Marion Baumann ist von dem Fahrer eines stahlblauen BMW mitgenommen worden. Der Fahrer ist mit ihr in ein einsam gelegenes Waldstück gefahren. Dort hat er das Mädchen betäubt, und als Marion Baumann nach einiger Zeit aus ihrer Bewusstlosigkeit erwachte, war der Mann verschwunden. Ihr war angeblich nichts passiert. Sie hat ihrer Freundin in Nürnberg alles haarklein erzählt, und diese hat uns dann die entsprechenden Hinweise gegeben. Der BMW war ein Leihwagen. Besagte Person hat ihn sich in Hamburg geliehen. Und jetzt kommt das Beste. Die Firma, die die Wagen verleiht, hat schon einige Male böse Erfahrungen mit ihren Kunden gemacht und aus diesen Gründen einen versteckt angebrachten Fotoapparat installiert. Diese Kamera nimmt jeden Kunden auf. Auch den bewussten BMW-Fahrer.«

Kommissar Mallmann schlug den Schnellhefter auf und entnahm diesem ein Foto. »Das ist der Mann, Gentlemen. Ist er Ihnen vielleicht bekannt?«

Mallmann legte das Bild auf Powells Schreibtisch. John Sinclair war aufgesprungen, starrte das Foto an und hätte am liebsten einen Freudenschrei ausgestoßen.

»Teufel noch mal«, sagte er mit rauer Stimme, »und ob ich den Kerl kenne. Das ist niemand anderer als Victor Jory, der Mann, den wir in Verdacht haben, hinter diesen rätselhaften Verbrechen zu stehen.« John wischte sich über die Stirn. »Jetzt haben wir endlich den Beweis.«

Kommissar Mallmann lächelte. »Dann war mein Besuch ja doch nicht umsonst.«

»Das ganz bestimmt nicht«, erwiderte John. »Wenn ich nur wüsste, was dahintersteckt.«

John wurde unterbrochen, weil das Telefon auf Powells Schreibtisch wieder anschlug.

Der Superintendent nahm ab, lauschte und sagte dann: »Ja gut, verbinden Sie mich.«

John blickte seinen Chef an und bemerkte, dass Powells Gesichtsausdruck während des Telefonates immer verkniffener wurde. »Ja, geht in Ordnung. Wir werden die Sache weiter verfolgen.« Dann legte Powell den Hörer auf.

Powells Blick streifte die beiden Beamten. Dann sagte der Superintendent: »Sagen Ihnen die Namen Nelly Parker und Jane Archer etwas, Oberinspektor?«

»Natürlich.« John nickte. »Sie waren doch unter den Leichen, die an Herzschlag gestorben sind.«

»Aber jetzt leben sie anscheinend wieder.«

Johns Augen wurden groß. »Wie soll ich das verstehen?«

»Ich erhielt einen Anruf des dritten Reviers aus Bloombury. Jane Archer ist dort einem Totengräber begegnet. Und als der gute Mann zu ihrem Grab ging, sah er, dass das Grab von Nelly Parker ebenfalls verlassen war. Wir müssen damit rechnen, dass zwei Tote wieder lebendig geworden sind und jetzt in London umherirren. Sie wissen, was das bedeutet, Oberinspektor?«

John Sinclair war blass geworden. »Ja, Sir«, knirschte er. »Ich habe nicht zum ersten Mal mit lebenden Leichen zu tun.« John senkte seine Stimme, als er weitersprach. »Es liegt ja beinahe auf der Hand. Victor Jory war auf Haiti, und diese Insel ist die Hochburg des Voodoo-Zaubers. Dass ich Idiot nicht früher darauf gekommen bin. Und jetzt haben wir die Zombies, diese lebenden Toten, in London. Verdammt noch mal.«

»Tut mir leid, Gentlemen«, sagte Kommissar Mallmann, »aber ich verstehe das alles nicht so recht.«

»Das macht nichts«, erwiderte John. »Kommen Sie mit, Kommissar, wir werden jetzt jemandem einen Besuch abstatten. Da können Sie sich nur wundern …«

Victor Jory hatte seinen Dienst gar nicht angetreten. Im Sekretariat der Universität erhielten John Sinclair und Kommissar Mallmann die Auskunft.

John Sinclair war sauer. Er sah im Geiste schon seine Felle

wegschwimmen. Wahrscheinlich hatte Jory Lunte gerochen. Denn es lag keine Krankmeldung vor, und auch der BKA-Kommissar war überzeugt, dass sich Jory abgesetzt hatte.

»Wir können es ja noch einmal bei seiner Privatwohnung versuchen«, sagte er, als sie wieder in John Sinclairs Bentley saßen.

John grinste. »Das hatte ich sowieso vor.«

Die Adresse hatte man ihnen im Sekretariat gegeben. Der Bibliothekar wohnte in der William Road, gar nicht weit vom Gelände der Universität entfernt.

John gab seinem Bentley die Sporen, wie man so schön sagt. Einmal fragte Kommissar Mallmann, ob man sich als Oberinspektor solch einen Wagen überhaupt leisten könne.

»Es ist mein Hobby«, erwiderte John. »Ich verzichte dafür auf einige andere Dinge.«

»Auch auf Frauen – oder?« Mallmann schmunzelte.

»Das gerade nicht.«

Die beiden Männer hatten sich in der kurzen Zeit, in der sie sich kannten, angefreundet. Mallmann hatte von seinem Job und Privatleben erzählt und ungläubig Johns Berichten von dessen letzten Fällen gelauscht.

John bog in die William Road ein. Es war eine ruhige Straße in einer reinen Wohngegend.

John parkte den Bentley direkt vor dem Haus des Bibliothekars. Er und Mallmann stiegen aus, liefen die Stufen der Treppe hoch und wollten sich schon der kleinen Tafel mit den Namensschildern zuwenden, als die Tür geöffnet wurde.

Eine ältere Frau in grauem Kittel und mit hochgesteckten Haaren blickte die Männer misstrauisch an.

»Wollen Sie zu wem?«, fragte sie und versperrte demonstrativ den Weg.

John setzte sein Sonntagslächeln auf. »Gewiss, Madam«, sagte er. »Wir hätten gern mit Mr Jory gesprochen.«

»Oh.« Die Frau spitzte die farblosen Lippen. »Das tut mir leid, Mr Jory ist nicht mehr da. Er hat das Haus schon sehr früh verlassen. Es ist eigentlich gar nicht seine Art, aber – na ja, vielleicht hatte er noch etwas zu besorgen.«

»Das wird es wohl sein«, vermutete John. »Sie wissen nicht zufällig, wo Mr Jory hingefahren ist?«

»Nein.« Plötzlich funkelte wieder Misstrauen in den Augen der Frau. »Wieso fragen Sie eigentlich? Wer sind Sie überhaupt?«

John war das Versteckspielen leid und präsentierte seinen Dienstausweis.

»Um Himmels willen, Scotland Yard«, hauchte die Frau. »Was hat Mr Jory denn verbrochen?«

»Gar nichts, Madam. Wir wollen ihn nur wegen einer Zeugenaussage sprechen«, log John.

»Also nein, da kann ich Ihnen wirklich nicht helfen. Ich weiß nur, dass er weggefahren ist. Allerdings nicht allein.«

»So?«

»Ja, Sir. Ich meine, ich habe die Person nicht gesehen, die bei ihm war, aber als ich aufstand, hörte ich Schritte auf der Treppe. Und nicht nur von einer Person.«

»Sie haben nicht zufällig noch aus dem Fenster geschaut?«, flüsterte John im Verschwörerton.

»Aber Sir, wofür halten Sie mich?«

»Für eine ehrenwerte Frau natürlich. Aber es hätte ja mal sein können.«

John kannte solche Frauen zu Genüge. Sie hatten den lieben langen Tag nicht viel zu tun und kümmerten sich eigentlich nur um das Privatleben ihrer Nachbarn.

Die Frau stellte sich auf die Zehenspitzen. Ihr Mund näherte sich John Sinclairs Ohr. »Ganz unter uns, Sir. Ich habe doch aus dem Fenster geschaut und Mr Jory auch gesehen. Er war nicht allein. Ich habe zwei Frauen bei ihm gesehen.«

»Kannten Sie die Damen?«, fragte John.

»Nein. Außerdem sah ich nur ihre Rücken, als sie in den Wagen einstiegen.«

»Danke, Madam, Sie haben mir sehr geholfen«, sagte John.

Die Frau lächelte geschmeichelt. »Das habe ich doch gern getan.«

Die beiden Beamten gingen wieder zu Johns Bentley. »Sollen wir uns die Wohnung dieses Jory nicht ansehen?«

»Ich habe keinen Hausdurchsuchungsbefehl«, erwiderte John.

»Mist. Und jetzt?«

John schloss die Beifahrertür auf. »Wir lassen eine Fahndung anlaufen. Jory muss gefunden werden.« John hatte sicherheitshalber ein Foto aus Jorys Personalakte mitgenommen.

So rasch wie möglich fuhren die Männer zurück zum Yard-Gebäude. Innerhalb von Minuten wurde eine Großfahndung eingeleitet. Dieses unsichtbare Netz erstreckte sich über ganz London, und es war eigentlich nur eine Frage der Zeit, wann sich der Bibliothekar darin verfing.

Trotzdem hatte John Sinclair ein ungutes Gefühl. Er gab zu, dass er Jory unterschätzt hatte. Er musste während seiner Zeit auf Haiti die Kunst des Voodoo-Zaubers erlernt haben. Dieser grässliche Kult, der Leichen zum Leben erweckte, war wohl das Schlimmste, was man sich vorstellen konnte.

Oberinspektor Sinclair wollte keine Minute mehr ungenutzt verstreichen lassen. Er wollte noch den Friedhofswärter sprechen, dem die lebende Leiche begegnet war.

»Kommen Sie mit?«, fragte er Kommissar Mallmann.

»Aber sicher. Nur …«

»Ja?« John hob fragend die Augenbrauen.

»Also, wenn ich ehrlich sein soll, John. Ich glaube an den ganzen Zauber nicht. Voodoo, das ist doch was für Horror-Autoren mit viel Fantasie. Mag sein, dass es irgendwelche übernatürlichen Dinge gibt, aber lebende Leichen – na, ich weiß nicht.«

John Sinclair lächelte nur. Dann sagte er: »Sie werden sich noch wundern, Kommissar.«

Henry Bolz war noch immer mit den Nerven fertig. So schnell konnte er den Schock nicht verkraften. Seine Frau hatte einen Arzt kommen lassen, der dem Totengräber eine Beruhigungsspritze gegeben hatte.

Als John Sinclair und Kommissar Mallmann bei Henry Bolz

klingelten, öffnete ihnen dessen Frau. Sie hatte verweinte Augen und sah sehr verstört aus.

John wies sich aus und bat um Einlass.

Schweigend gab die Frau die Tür frei.

Henry Bolz lag auf der Couch, bleich im Gesicht wie ein Leichentuch. Er hob kaum den Kopf, als die beiden Beamten den Raum betraten.

»Da ist Besuch für dich, Henry«, sagte Mrs Bolz.

»Ich will niemanden sprechen.«

»Die Gentlemen sind Polizeibeamte, keine Reporter.«

So etwas wie Interesse flackerte in Bolz' Augen auf. »Bitte, setzen Sie sich doch«, sagte er mit schwacher Stimme.

Die Männer nahmen Platz.

»Es tut mir leid, Mr Bolz, dass wir Sie noch einmal an die unselige Sache erinnern müssen, aber Sie wollen doch auch, dass wir diesen Fall aufklären.«

»Natürlich. Aber ich glaube kaum, dass Ihnen das gelingen wird.«

»Wir werden ja sehen«, erwiderte John Sinclair und wartete ab, bis Henry Bolz von selbst anfing zu erzählen.

Der Totengräber sprach mit leiser, monotoner Stimme, und seine Frau musste ihm zwischendurch immer wieder den Schweiß vom Gesicht wischen. Als er von der Begegnung mit der Toten sprach, verkrampften sich seine Hände ineinander.

»Es war grauenhaft«, flüsterte er, »ich wusste plötzlich nicht mehr, was ich tun sollte. Sie hat mich niedergeschlagen, ich bin zu dem Grab gerannt und dann hierher.«

Erschöpft hielt Henry Bolz inne.

Seine Frau reichte ihm ein Glas Wasser, und der Totengräber trank in kleinen Schlucken.

John glaubte dem Mann jedes Wort, während Kommissar Mallmann ein zweifelndes Gesicht zog. Er hatte auch während Bolz' Erklärung mehrmals den Kopf geschüttelt.

Henry Bolz und seine Frau blickten John Sinclair an. Sie warteten darauf, dass der Oberinspektor eine Erklärung abgeben würde, dass er diesem Bericht keinen Glauben schenkten und den Totengräber auslachen würde.

Doch John Sinclair warf all die Vermutungen und Erwartungen um. Er sagte: »Ich glaube Ihnen, Mr Bolz.«

»Was?« Der Totengräber riss verwundert die Augen auf. »Aber die anderen Polizisten haben doch ...«

»Mr Bolz«, sagte John mit ruhiger Stimme. »Ich gehöre einer Sonderabteilung an, die sich mit außergewöhnlichen, übersinnlichen Fällen beschäftigt. Ich habe in meiner Laufbahn schon die tollsten Sachen erlebt. Auch ich habe einmal Begriffe wie Dämonologie oder Spiritismus als Unfug abgetan. Doch man hat mich eines Besseren belehrt. Und dass die Polizisten Ihren Bericht nicht glaubten, ist nur zu menschlich. Sie wissen es nicht anders.«

»Tja.« Henry Bolz wusste nicht, was er sagen sollte. Er senkte den Blick und sah auf die karierte Decke, die über seinen Beinen lag. Dann hob er den Kopf und blickte John an. »Und was haben Sie jetzt vor, Oberinspektor?«

»Ich werde mir die Gräber mal ansehen.«

»Weshalb?«

John wiegte den Kopf. »Es ist schwer für mich, Ihnen eine Erklärung zu geben, Mr Bolz. Aber Sie haben ja selbst in letzter Zeit fünf Studentinnen beerdigt.«

»Ja, das stimmt.«

»Und zwei Gräber sind offen.«

Bolz nickte.

»Nun, dann liegt es durchaus im Bereich des Möglichen, dass auch die anderen drei Leichen ihre Särge verlassen, um neues Unheil anzurichten. Deshalb muss ich die Särge ausgraben und sie in einen ausbruchsicheren Raum transportieren. Wenn dort etwas passiert, ist es nicht schlimm. Gibt es hier solch einen Raum?«

»Hm.« Der Totengräber rieb sich sein Gesicht. »Bisschen viel auf einmal, was Sie mir da sagen, Oberinspektor, aber einen Raum wüsste ich schon. Wir nehmen einfach unsere Leichenhalle. Da kommt so leicht niemand raus. Die Tür ist stabil, die Fenster sind vergittert, und die Mauern sind aus der guten alten Zeit, wo noch auf Dauer gebaut wurde.«

John nickte. »Prächtig, dann ist ja alles klar.«

Henry Bolz schlug seine Decke von den Beinen weg und stand auf.

»Wo willst du hin?« Mrs Bolz krallte ihre Hände in Henrys Oberarm.

»Ich werde dem Oberinspektor helfen«, knurrte der Totengräber. »Schließlich muss diese Brut …«

»Nein, das lasse ich nicht zu. Du wirst hierbleiben.«

Henry Bolz schüttelte die Hand seiner Frau ab. »Ich habe mir noch nie etwas verbieten lassen«, sagte er, »und tu es auch jetzt nicht. Okay?«

»Ja, ist gut.« Mrs Bolz senkte den Kopf.

Der Totengräber wandte sich John Sinclair zu. »Wir brauchen einige Schaufeln, Spaten und Seile, um die Särge hochzuziehen. Und dann den Elektrokarren, mit dem wir die Särge transportieren können. Kommen Sie, Gentlemen.«

Die beiden Beamten folgten dem Totengräber. Kommissar Mallmann hielt John Sinclair am Ärmel zurück. »Na, ob das Sinn hat?«, fragte er zweifelnd.

»Und ob, mein lieber Kommissar. Man kann in diesem Geschäft nie vorsichtig genug sein.«

Victor Jory stand mittlerweile völlig unter dem Bann der beiden Untoten. Sie lenkten ihn und gaben ihm Anweisungen, wie er sich zu verhalten hatte.

Im Osten kroch die Morgendämmerung über den Horizont und vertrieb den Nebeldunst, der sich zwischen den Häuserschluchten gebildet hatte.

Victor Jory stand am Fenster seines Livingrooms und starrte auf die Straße. Sein Blick war glanzlos, stumpf. Er hatte die Hände auf das Fensterbrett gelegt.

Hinter seinem Rücken hörte Jory ein Geräusch. Langsam drehte er sich um.

Jane Archer hatte das Zimmer betreten. Auch sie hatte von Jory Kleidung erhalten, hatte sich ihr Gesicht geschminkt, und wer es nicht gewusst hätte, hätte sie für einen normalen Menschen gehalten. Die lebende Leiche zeigte auch keinerlei Verwesungserscheinungen, nur der unangenehme Modergeruch zog noch immer durch die Wohnung.

»Wir müssen hier weg«, sagte Jane Archer. Sie hatte eine harte Stimme, die zu ihrem Aussehen passte. Das Gesicht war scharf geschnitten, mit hohen Wangenknochen und einer gebogenen Nase. Jane Archer war keine Schönheit, und ihre Figur ließ ebenfalls viel zu wünschen übrig.

Victor Jory blickte die Untote an. Das Licht einer Wandlampe spiegelte sich auf ihrem rotblonden Haar.

»Warum sollen wir weggehen?«, fragte Jory.

»Es ist hier zu gefährlich. Du hast uns von diesem Oberinspektor erzählt. Er ist ein schlauer Kopf und wird bestimmt wiederkommen.«

»Unsinn. Er kann mir nichts beweisen.« Victor Jory machte eine wegwerfende Handbewegung.

»Aber er wird uns sehen. Und es wird auch nicht mehr lange dauern, dann entdeckt man unsere offenen Gräber. Die Polizei wird verrückt spielen.«

»Aber niemand kommt darauf, dass dies etwas mit uns zu tun hat«, widersprach Victor Jory.

»Sinclair ist schlau. Du hast mir genug erzählt. Und unsere eigentliche Aufgabe darf nicht gefährdet werden. Wir werden die Leute töten und die Macht an uns reißen, vergiss das nie.«

Victor Jory senkte den Kopf und nickte. »Dann – dann soll ich alles hier zurücklassen?«, fragte er leise.

»Es wird dir wohl nichts anderes übrig bleiben«, lautete die knappe Antwort.

»Aber die Puppen, meine Arbeit ...«

»Die kannst du mitnehmen. So, und jetzt beeil dich. Wir werden uns ein Versteck an der Themse suchen. Dort gibt es genügend verlassene Piers.«

Nelly Parker betrat den Raum. In der Tür blieb sie stehen. »Hast du es ihm gesagt, Jane?«

»Ja. Wir werden in zehn Minuten fahren. Wir warten, bis es hell wird, und schlagen dann zu.«

Victor Jory drückte sich an Nelly Parker vorbei. Immer wieder schüttelte er den Kopf. Wenn das nur gut geht, dachte er. Sie wollen das Chaos, und gewisse Mächte unterstützen sie dabei. Ich gehöre dazu.

Jory machte sich Vorwürfe. Er spielte schon mit dem Gedanken, Oberinspektor Sinclair anzurufen und ihm alles zu erklären.

»Beeil dich!«, hörte er hinter sich die Stimme von Nelly Parker.

Wie ein ertappter Sünder zuckte Victor Jory zusammen. Er lächelte falsch und schloss seinen Schrank auf, in dem er die Puppen verwahrte.

Die Untote trat näher. »Du weißt ja, aussteigen ist nicht mehr drin, Victor Jory.«

Der Bibliothekar gab keine Antwort. Behutsam nahm er die zehn Puppen, auch die von Jane Archer und Nelly Parker, in denen keine Nadeln mehr steckten, und verstaute sie nebeneinander in einer flachen Ledertasche. Die beiden Nadeln legte er dazu. Dann zog er sich einen Mantel über, nahm den Schlüssel und verließ mit den beiden Zombies die Wohnung.

Möglichst leise gingen sie durch das Treppenhaus. Der Austin parkte vor der Haustür.

Jory schloss den Wagen auf. Jane Archer kletterte in den Fond, Nelly Parker nahm auf dem Beifahrersitz Platz.

Dann fuhren sie los.

Auf den Straßen herrschte kaum Verkehr. Die Millionenstadt war gerade erst im Begriff, zu erwachen.

Niemand ahnte, dass der Tod durch London fuhr. Der Tod in Gestalt von zwei lebenden Leichen, die ein schrecklicher Zauber aus dem Grab geholt hatte.

Über die breite, vierspurige Kingsway Street fuhren sie nach Süden, der Themse entgegen. An der St. Clemens Church bogen sie in die Fleet Street ein, fuhren parallel zum Fluss und erreichten schließlich durch ein Gewirr von kleinen Straßen und Gassen die Piers.

Lichter blitzten durch die graue Morgendämmerung. Das Rattern von rangierenden Eisenbahnwaggons dröhnte über das Wasser. Kräne hoben quietschend schwere Lasten und luden sie auf tief im Wasser liegende Schlepper.

Hier – in der Nähe des Hafens – wurde Tag und Nacht gearbeitet. Die Docks ragten wie lange breite Finger in das Gelände der Millionenstadt hinein.

In mäßigem Tempo rollte der Austin an den Piers vorbei in Richtung Osten. Der Hafenlärm blieb zurück. Die Gegend wurde ärmlicher, verfallener. Ratten huschten – aufgescheucht durch das Licht der Scheinwerfer – in ihre Löcher. Lagerhallen tauchten auf. Manche waren schon verfallen und eingestürzt. Andere wieder – aus Stein gebaut – boten noch einen sicheren Unterschlupf, wenn auch in den Fenstern die Scheiben fehlten und der Wind hindurchpfiff.

Die Augen der beiden Untoten tasteten die Umgebung ab. Plötzlich fasste Nelly Parker nach Victor Jorys Arm. »Die nächste Halle. Fahr da hinein.«

Jory nickte. Die Halle war ein riesiger viereckiger Kasten, aus Wellblech gebaut und mit einem Tor versehen, dessen linke Hälfte schief in den Angeln hing. Es war aber noch so viel Platz vorhanden, dass der Austin bequem hindurchpasste.

Jory schaltete zurück und fuhr langsam in das neue Versteck. Wie zwei breite Speere bohrten sich die Lichtfinger der Scheinwerfer in die Dunkelheit. Staubpartikel, von den Reifen aufgewirbelt, schimmerten in den Lichtbahnen.

Die Halle war leer. Nur der Boden war mit allerlei Gerümpel bedeckt. Steine, Holz, ein paar Blecheimer.

Jory hielt. Er wollte gerade die Scheinwerfer abstellen, da sah er die huschende Bewegung.

Auch Nelly Parker hatte sie gesehen.

»Verdammt!«, zischte die Untote, öffnete die Tür und sprang aus dem Wagen.

»Was war los?«, fragte Jane Archer vom Rücksitz her.

»Da ist jemand in der Halle«, antwortete Jory.

»Ein Mensch?«

»Ja.«

»Dann werden wir ihn töten. Niemand darf uns sehen.

Jory und Jane Archer stiegen ebenfalls aus. Die Parker lief sofort zurück zum Tor und versperrte dort den Weg. Jory blieb neben dem Austin stehen. Nelly Parkers schleichende Schritte drangen an seine Ohren.

Und dann hörte er den Schrei!

»Neiiinnn! Nicht! Aaaah!«

Victor Jory verzog das Gesicht. Etwas klatschte, dann war Stille, die nach einigen Sekunden von Nelly Parkers hässlichem Lachen unterbrochen wurde.

»Ich habe diese Ratte«, sagte sie.

Schritte klangen auf, Dreck knirschte unter den Sohlen. Und dann trat Nelly Parker in den Lichtschein der beiden Scheinwerfer. An einer Hand zog sie ein lebloses Bündel hinter sich her. »Du kannst kommen, Jane, es ist alles erledigt.«

Jane Archer tauchte wieder auf. Sie erschien gerade rechtzeitig, um sehen zu können, wie Nelly einen toten Penner in das Licht der Scheinwerfer zerrte.

Victor Jory presste die Lippen zusammen und atmete scharf durch die Nase ein.

Die Untote hatte dem bedauernswerten Mann das Genick gebrochen. Noch immer lag der Schrecken auf seinem Gesicht. Victor Jory konnte sich jetzt ungefähr vorstellen, was geschehen würde, wenn er nicht mehr mitspielte. Die Untoten töteten gnadenlos. Sie waren ja auch keine Menschen mehr, in ihnen waren jegliche Gefühle erloschen.

Nelly Parker schleppte die Leiche des Mannes in eine finstere Ecke der Halle und ließ sie dort liegen.

Viktor Jory hatte inzwischen die Scheinwerfer gelöscht.

Draußen war es fast hell geworden, und grautrübes Licht drang durch das offen stehende Tor in die Halle.

»Und was machen wir jetzt?«, fragte Victor Jory.

Die beiden Untoten blickten ihn an. »Du hast doch noch acht Puppen«, sagte Jane Archer mit gefährlich leiser Stimme.

Jory nickte verkrampft.

»Auch unsere Schwestern sollen leben!«

»Jetzt?«

»Ja. Erst einmal die drei, die hier in London begraben sind.

Sie werden aus ihren Gräbern steigen und Angst und Schrecken verbreiten. Wir müssen die Polizei ablenken, um unsere Aufgabe erfüllen zu können. Man hat es dir befohlen, und du wirst diese Anordnungen ausführen.«

»Aber – ich – ich dachte ...« Jory war völlig durcheinander. Er hatte sich alles ganz anders vorgestellt.

Jane Archer trat dicht vor den Mann. Sie blickte ihm aus ihren leblosen Pupillen in die Augen.

»Es ist dir doch wohl klar geworden, dass wir hier das Kommando führen. Und wir bestimmen, was geschieht. Du bist nur ein Rädchen in dem großen Uhrwerk des dämonischen Spiels. Wir jedoch geben den Takt an. Wir sind die Wegbereiter des Chaos. Merke dir das gut, Victor Jory.«

Der Bibliothekar senkte den Kopf. »Ja«, hauchte er.

»Dann nimm die Puppen.«

Jory holte die Tasche aus dem Wagen und öffnete mit zitternden Fingern die Schlösser.

Die beiden Zombies standen dicht hinter ihm, beobachteten jede seiner Bewegungen.

Jory wusste, dass es mithilfe der lebenden Leichen leicht war, die anderen Toten zu erwecken. Jane Archer und Nelly Parker traten in eine Art geistigen Kontakt mit den anderen »Schwestern«. Es bedurfte keiner all zu langen Vorbereitung, um das grausige Experiment durchzuführen.

Jory strich sich über die schweißnasse Stirn. Seine Augen brannten, sein Herz hämmerte.

Er reichte die erste Puppe Jane Archer. Sie nahm sie in die Hand und strich mit den Fingerkuppen über den Leib. Dann versank sie in tiefe Trance, während Nelly Parker Victor Jory nicht aus den Augen ließ, der verzweifelt überlegte, wie er aus diesem mörderischen Spiel aussteigen konnte.

John Sinclair, Will Mallmann und Henry Bolz hatten geschuftet wie selten. Aber nun hatten sie es geschafft. Die drei Gräber lagen offen vor ihnen.

John hatte den Friedhof durch Polizei absperren lassen.

Kein Besucher sollte sich hierher verirren, denn das, was sie vorhatten, war nicht für jedermanns Auge bestimmt. Außerdem war die Gefahr längst noch nicht gebannt.

Aufatmend wischte sich John den Schweiß aus dem Gesicht. Seine Schuhe und der untere Teil der Hosenbeine waren lehmverklebt. Kommissar Mallmann und dem Totengräber erging es nicht anders.

Mallmann stützte sich auf den Spatenstiel. »Hätte ich mir auch nicht träumen lassen, dass ich noch einmal Gräber aufwühlen würde.«

»In unserem Job muss man eben mit allem rechnen«, erwiderte John Sinclair.

Henry Bolz hatte inzwischen die starken Seile geholt. Er sprang in das erste offene Grab, hievte den Sarg an einer Seite an und legte das Seil darunter.

Das Gleiche machte er mit dem zweiten Seil an der anderen Seite des Sarges.

Die Stricke waren lang genug, dass Kommissar Mallmann und John Sinclair jeweils die Enden packen konnten. Sie drehten sie um ihre Handgelenke, und dann gab Henry Bolz, der unten im Grab stand, ein Zeichen.

John Sinclair und Will Mallmann mobilisierten ihre Kräfte. Stück für Stück hievten sie den Sarg hoch, von Henry Bolz unterstützt, der seine Hände gegen den Boden der Totenkiste gestemmt hatte.

Schließlich stand der erste Sarg neben dem offenen Grab. Zehn Minuten später der Zweite und schließlich der dritte.

Henry Bolz kletterte aus dem letzten Grab.

»So«, keuchte er, »das wäre geschafft.« Er griff in die Innentasche seiner Jacke und holte eine flache Flasche hervor.

Goldbrauner Whisky schimmerte darin. Bolz grinste. »Ich glaube, den haben wir uns verdient.«

Er trank, danach wischte er sich über den Mund. »Jetzt müssen wir die Kisten nur noch zum Wagen tragen.«

»Man hätte ja auch hier den Weg erweitern können«, meinte John.

Der Totengräber zuckte mit den Schultern. »Sie wissen ja,

wie das ist. Platzmangel. Außerdem haben wir bei Beerdigungen ja noch die Sargträger. Da fällt mir ein, heute Nachmittag haben wir eine Beerdigung. Soll ich sie absagen?«

»Lassen Sie erst mal«, erwiderte John. »Bis dahin kann noch viel geschehen.«

»Und Sie glauben tatsächlich, dass die Leichen aus dem Sarg steigen werden?«, fragte Kommissar Mallmann.

»Ich will es wenigstens nicht hoffen, mein lieber Kommissar«, sagte John und schlug dem Deutschen auf die Schulter. »Aber wenn es wirklich der Fall sein sollte, dann möchte ich, dass Sie dabei sind.«

Und wieder machten sich die drei Männer an die Arbeit. Ächzend und keuchend schleppten sie die Särge nacheinander zu dem mit einem Elektromotor angetriebenen Wagen. Er hatte eine offene Ladefläche, und sie war zum Glück so groß, dass die drei Särge gerade darauf passten.

Henry Bolz setzte sich in das kleine Führerhaus und fuhr los. Immer im Schritttempo, damit John und Will Mallmann, die neben dem Wagen hergingen, auch mithalten konnten, denn sie hielten die Särge fest, damit ihnen nicht noch einer von der Ladefläche fiel.

Langsam fuhr der schwarz lackierte Karren den Hauptweg hinunter und näherte sich der Leichenhalle.

Die seltsame Prozession hatte etwa zwei Drittel des Weges hinter sich gebracht, als es geschah.

John Sinclair hörte das Stöhnen.

Es war aus dem linken der drei Särge gekommen.

Der Geisterjäger fühlte, wie sich seine Rückenhaut spannte. Die Narbe auf seiner Wange begann zu brennen.

Wieder das Stöhnen.

Jetzt wurde auch Kommissar Mallmann aufmerksam. Irritiert blickte er John an.

John nickte heftig. »Ja, zum Teufel, es stimmt. Sie haben richtig gehört. Die Leichen werden langsam wach.«

Will Mallmann wurde blass.

John Sinclair aber sprang vor, erreichte das Führerhaus und klopfte gegen die Scheibe.

Henry Bolz kurbelte sie herunter. »Was ist, Oberinspektor?«

»Unsere drei Freundinnen werden rührig. Fahren Sie schneller, Mister. Es kommt jetzt auf jede Sekunde an.«

Bolz erschrak heftig. Im selben Augenblick schrie Will Mallmann auf.

»John!«

Der Geisterjäger warf sich auf dem Absatz herum. Der Wagen hatte jetzt Fahrt aufgenommen, und die beiden Männer mussten rennen.

Und dann sah John, was Kommissar Mallmann so aus der Fassung gebracht hatte.

Der Deckel des linken Sarges splitterte. Die »Leiche« musste mit einer ungeheuren Kraft von innen dagegen drücken.

Wieder krachte es. Holz knirschte.

Und dann sahen die Männer die Hand. Lange, krallenförmige Fingernägel bohrten sich den Männern entgegen.

Die Untote hatte die erste Hürde geschafft. Der Sarg war offen.

Mallmann verlor die Nerven. Er zog seine Pistole, feuerte drei Kugeln in den Sarg.

»Damit erreichen Sie nichts!«, brüllte John.

Die Polizisten am Eingangstor waren herumgezuckt. Sie wollten auf den Friedhof stürmen.

»Bleiben Sie da!«, schrie John.

Wieder splitterte das Holz. Eine armlange Latte brach heraus, breit wie ein Balken.

John Sinclair und Kommissar Mallmann konnten in den Sarg sehen. Die leblosen Augen eines jungen Mädchens starrten sie an. Es war ein schauriger Anblick. Das Gesicht war zur Grimasse verzogen, tief steckten die Kugeln in der Brust. Die Hand hatte die Untote zur Faust geballt. Mit dem anderen Arm stützte sie sich ab, wollte endgültig den Sarg verlassen.

Und sie würde es schaffen, bevor sie die Leichenhalle erreicht hatten.

John Sinclair wagte alles.

Er sprang auf die Ladefläche, hatte Mühe, das Gleichgewicht zu halten, lag quer auf den beiden anderen Särgen und presste seine Hände um die Kehle der Untoten.

Es war ein mörderisches Ringen.

John drückte die lebende Leiche, die sich gegen Johns Griff anstemmte und die Kräfte, die ihr die Hölle gegeben hatte, mobilisierte, mit aller Macht zurück.

Es gab keinen Sieger in diesem mörderischen Kampf. John Sinclair wurde auf den Särgen hin- und hergeschleudert, es grenzte fast an ein Wunder, dass er sich noch halten konnte.

Plötzlich stoppte der Wagen.

John wurde nach vorn gefegt, zog instinktiv den Kopf ein und krachte mit der Schulter gegen die Rückwand des schmalen Führerhauses.

Henry Bolz sprang aus dem Wagen.

John hatte die Untote bei dem Bremsvorgang loslassen müssen. Er sah, wie sich der Sarg rechts langsam zur Seite neigte und über die Ladefläche kippen wollte.

»Will!«, gellte seine Stimme.

Mallmann reagierte sofort. Er konnte den Sarg gerade noch packen und stemmte sich dagegen.

Die Untote hatte sich aufgerichtet, mit einem letzten Kraftakt den Deckel des Sarges völlig zerfetzt. Sie saß in ihrer Totenkiste, traf aber jetzt Anstalten, daraus hervorzuklettern.

Da drehte Henry Bolz durch. Vielleicht tat er auch das einzig Richtige.

Er schnappte sich eine Schaufel, riss beide Arme hoch und schlug zu. Das breite Schaufelblatt traf die Brust der Untoten, schleuderte die lebende Leiche zurück in die Totenkiste.

Das gab den drei Menschen Luft. John Sinclair hatte sich von der Ladefläche gerollt, während Henry Bolz losrannte und die Tür zur Leichenhalle aufschloss.

»Fassen Sie mit an!«, schrie John dem BKA-Kommissar zu.

Mallmann verstand. Er ließ den Sarg, den er festgehalten hatte, los. Der Sarg wankte zwar, blieb aber auf der Ladefläche stehen.

Mallmann und John Sinclair schnappten sich den zersplitterten Sarg, in dem sich die Untote wieder wie eine Puppe aufrichtete.

Henry Bolz hielt die Tür offen.

Jetzt kam es auf Sekunden an.

Die Männer kippten die Totenkiste nach rechts.

Die Untote fiel wieder zurück.

Und dann hatten sie die Leichenhalle erreicht. So schnell es ging, setzten sie den Sarg ab, sprangen zurück, rannten nach draußen, und Henry Bolz knallte die Tür zu.

Zweimal schloss er ab.

Die Männer blickten sich an.

Kommissar Mallmanns Gesicht war eine Maske. »Mein Gott«, flüsterte er mit bebenden Lippen. »Ich hätte nie gedacht, dass es ...«

John winkte ab. »Geschenkt. Wir müssen uns um die anderen beiden Särge kümmern.«

»Wie kriegen wir sie in die Halle?«, fragte der Totengräber. »Wenn ich die Tür aufschließe, greift uns die Untote an.«

»Das stimmt.« John Sinclair überlegte einen Moment. Dann fragte er: »Haben Sie ein geweihtes Kreuz?«

»Ja«, antwortete der Totengräber.

»Holen Sie es. Schnell!«, drängte John Sinclair, und der Totengräber rannte los.

»Was wollen Sie denn damit?«, fragte Kommissar Mallmann. »Ich denke, so etwas hilft nur gegen Vampire. Jedenfalls habe ich das einmal in einem Film gesehen.«

Henry Bolz kehrte keuchend zurück. Er hielt ein braun lackiertes schlichtes Holzkreuz in den Händen.

Der Geisterjäger nahm es ihm aus der Hand. »Folgendes«, sagte er. »Ich schließe auf, gehe in die Leichenhalle und treibe die Untote mit dem Kreuz zurück. In der Zwischenzeit schleppt ihr die beiden Särge hinein. Okay?«

Henry Bolz und Will Mallmann nickten.

»Dann los.«

John nahm den Schlüssel, schloss auf und schlüpfte in die Leichenhalle.

Die Untote hatte in einer Ecke gelauert, die der Tür direkt gegenüberlag.

Jetzt stürmte sie los.

Hassverzerrt war ihr Gesicht, ein grässliches Fauchen drang aus dem Mund, und die Hände waren zu mordgierigen Klauen gekrümmt.

Da riss der Geisterjäger das Kreuz hoch.

Die Untote stoppte, als wäre sie gegen eine Wand gerannt. Ein schauriges Heulen drang aus ihrem Mund. Sie riss die Arme hoch, deckte das Gesicht ab.

John Sinclair ging vor.

Hinter seinem Rücken hörte er die beiden Männer keuchen.

Immer noch heulte die Untote. Sie war zurück in die Ecke gekrochen, sank dort wimmernd zusammen.

John lächelte zufrieden. Das Kreuz hatte seine Wirkung getan. Der Anblick konnte die Untote zwar nicht töten, aber immerhin schwächen und zur Wehrlosigkeit verdammen.

»Wir sind fertig, John!«, klang die Stimme des Kommissars auf.

»Okay.« John Sinclair legte das Kreuz dicht vor die Untote auf den Boden und rannte hinaus.

Mit einem satten Laut knallte die Tür zu. Henry Bolz verschloss sie sorgfältig.

Die drei Männer sahen sich an. »Das wäre geschafft«, sagte John Sinclair leise.

»Und was jetzt?«, fragte Kommissar Mallmann.

John deutete auf die Leichenhalle. »Die Untoten sind hier sicher untergebracht. Darum kümmern wir uns später. Wir müssen jetzt erst mal den Drahtzieher zu fassen kriegen, und das wird schwer. Und bedenken Sie eins: Noch laufen zwei lebende Leichen in London herum, und wir wissen nicht, was sie vorhaben …«

Jane Archer sprang auf.

Ihr Gesicht war verzerrt, die Finger der linken Hand hatten

sich um die kleine Puppe gekrallt, aus deren Brust die Nadel bereits entfernt worden war.

Irgendetwas musste die Untote gestört haben, sonst hätte sie die finstere Beschwörung nicht unterbrochen.

»Was ist los?«, fragte Nelly Parker.

»Ich weiß es auch nicht. Aber etwas stört den Kreis, unterbricht ihn. Meine Gedanken erreichen ihr Ziel nicht mehr. Eine Tote habe ich zum Leben erwecken können, aber jetzt ist es vorbei.«

»Vielleicht sind sie uns schon auf der Spur?«, sagte Victor Jory mit kreischender Stimme.

Jane Archer schnellte auf dem Absatz herum. »Unsinn. Wer sollte denn wissen, dass wir hier sind? Nein, dieses plötzliche Versagen muss eine andere Ursache haben. Ich werde es noch mal versuchen.«

Wieder setzte sich die Untote auf den Boden, verfiel in einen Trancezustand und versuchte durch die Puppe in ihrer Hand gedanklichen Kontakt mit der Toten aufzunehmen.

Es misslang abermals.

Wütend warf Jane Archer die kleine Puppe auf den Boden. »Dann fangen wir eben ohne die drei an«, sagte sie.

»Das geht doch nicht!«, schrie Victor Jory. »Es war alles abgesprochen. Unsere Auftraggeber verlassen sich darauf!«

Jane Archer lachte leise. Dann stieß sie Victor Jory gegen die Brust. »Du meinst wohl *deine* Auftraggeber. Wir gehorchen nur dem Teufel. Und wir tun nur, was wir für richtig halten. Verstanden?«

Jory schüttelte den Kopf. »Nein, ich muss darauf bestehen. Ich habe diesen Oberinspektor Sinclair umbringen lassen. Ich ...«

»Bist du sicher, dass er tot ist?«, fragte Nelly Parker.

Victor Jory kreiselte herum. »Natürlich.«

»Du hast also die Leiche mit eigenen Augen gesehen?«

»Das nicht. Aber ...«

»Kein aber, Victor Jory. Wir haben jetzt das Kommando, und du wirst tun, was wir dir sagen.« Nelly Parker gab der anderen Untoten mit dem Kopf ein Zeichen. »Los, Jane, fahren wir!«

»Nein, das erlaube ich nicht.« Victor Jory sprang auf Nelly Parker zu, wollte sie festhalten.

Die lebende Leiche riss ihr Knie hoch.

Jory brüllte auf und sackte zusammen. Die beiden Untoten bedachten ihn mit kalten Blicken. »Sollen wir ihn töten?«, fragte Jane Archer.

Nelly Parker hob die Schultern. »Nachher, wenn wir zurückkommen. Er muss ja hierbleiben.«

Nur allmählich ebbte der Schmerz in seinem Leib ab. Jory biss die Zähne zusammen und quälte sich auf die Beine.

Er schwankte wie ein Grashalm im Wind. Vor seinen Augen drehte sich die Halle.

Jane Archer startete. Die Halle war ziemlich groß, sodass der Wagen hier wenden konnte.

Langsam fuhr die Untote den Bogen.

Und noch einmal wollte Victor Jory es versuchen.

Mit torkelnden Schritten und rudernden Armen setzte er sich in Bewegung. »Halt!«, brüllte er mit sich überschlagender Stimme. »Haltet an! Ich lasse das nicht zu. Ihr müsst hierbleiben. Ich will erst noch anrufen!«

Jory schrie lauter dummes Zeug, und die beiden Zombies reagierten eiskalt.

Sie hatten den Wagen angehalten und ließen Victor Jory auf das Fahrzeug zurennen.

Dann gaben sie Gas.

Jory merkte viel zu spät, was los war. Und als er sich endlich der Gefahr bewusst war, raste der Austin schon auf ihn zu. Es war zu spät, um auszuweichen.

Der ungeheure Schlag traf Victor Jory in der Höhe der Hüfte. Der Bibliothekar wurde zur Seite und gleichzeitig hochgeschleudert. Er flog durch die leer stehende Fabrikhalle und krachte mit dem Rücken gegen die Wand.

Als er auf den Boden prallte, raste der Austin mit aufheulendem Motor davon.

Jory wusste nicht, wie lange er gelegen hatte, doch irgendwann stemmte er sich auf die Knie.

Der Bibliothekar sah das Blut, das über seine Hände lief und auch von einer Platzwunde am Kopf in seine Augenbrauen rann. Er kriegte kaum noch Luft.

Vorsichtig zog er ein Bein an. Seine Hose verfing sich in irgendeinem Gegenstand. Stoff riss.

Speichel tropfte aus Victor Jorys offen stehendem Mund. Der Bibliothekar hatte nur den einen Wunsch, diese Halle zu verlassen.

Er begann zu kriechen. Genau auf die Tasche zu, in der er die Puppen aufbewahrt hatte.

Drei Voodoo-Puppen lagen auf dem Boden, daneben die kleinen Stahlnadeln.

Jory packte die Puppen und warf sie zusammen mit den Nadeln zu den restlichen sieben Puppen in die Tasche. Mühsam drückte er die Schlösser zu.

Dann kroch er weiter. Auf allen vieren schleppte er sich über den schmutzigen, rissigen Boden. Die Tasche schob er mit den Händen vor sich her.

Unendlich fern erschien ihm der Ausgang. Fast zu fern.

Doch Jory gab nicht auf. Da war plötzlich eine Kraft in ihm, die er nie gekannt hatte. Vielleicht war es auch nur der Wille, etwas von dem Schaden wiedergutzumachen, den er angerichtet hatte. Er schob sich an der Leiche des toten Penners vorbei. Ein sinnloses Opfer zweier mordender Bestien.

Jory hatte auf der Hinfahrt draußen am Pier eine Telefonzelle gesehen. Die wollte er erreichen.

Vielleicht war es noch nicht zu spät.

Victor Jory wusste nicht, wie viel Zeit vergangen war, bis er das Tor erreicht hatte. Er spürte nur, dass er sich zu viel zugemutet hatte und dass die Kräfte ihn langsam verließen.

Keuchend kroch er nach draußen.

Die Sonne blendete ihn. In seinem Kopf schienen tausend Teufel zu hämmern, und Jory stöhnte vor Schmerzen.

Wie weit war die Telefonzelle noch entfernt!

Wertwolle Zeit verging. Zeit, die die beiden Zombies nutzen würden.

Doch dann hatte Victor Jory Glück im Unglück.

Er hörte plötzlich das Brummen eines Motors.

Jory riss den Kopf in den Nacken. Ein kleiner Lieferwagen fuhr über den Pier.

Jory wollte den rechten Arm heben, um zu winken, doch nicht einmal dies schaffte er.

Aber der Fahrer des Wagens hatte ihn gesehen. Wenig später stoppte er vor dem zusammengebrochenen Bibliothekar, dessen rechte Hand sich um den Griff der Tasche gekrallt hatte.

Eine Wagentür klappte. Dann eine Stimme. »Mann, was ist denn mit Ihnen?«

Mühsam drehte Jory den Kopf. »Polizei«, ächzte er, »bringen Sie mich zur Polizei.«

»Okay, Mann. Teufel, mit Ihnen ist man auch nicht gerade zart umgegangen.«

Kräftige Fäuste fassten Victor Jory unter beide Achselhöhlen. Jorys Beine knickten weg, als der Mann ihn aufrecht stellte. Wie ein Baby schleppte der Helfer Victor Jory zu dem Lieferwagen.

»Wohin wollten Sie?«, fragte der Mann, als er hinter dem Steuer saß.

»Polizei. Ich – ich muss unbedingt anrufen. Es geht um das Leben des Innenministers von Großbritannien. Machen – machen Sie schnell, bitte.«

Der Fahrer hielt Victor Jory für einen Verrückten, konnte aber nicht vermeiden, dass es ihm flau im Magen wurde. Wie eine Rakete schoss der Wagen los.

John Sinclair war auf dem Weg zum Yard-Gebäude, als er die Nachricht über Autotelefon erhielt.

Superintendent Powell persönlich war am Apparat.

»Es geht los, John«, sagte er. »Victor Jory hat sich gemeldet. Er befindet sich momentan auf dem Dritten Revier der River Police. Er will unbedingt einen leitenden Beamten von Scotland Yard sprechen. Fahren Sie hin.«

»Okay, Chef.«

»Jory hat wohl kalte Füße gekriegt«, sagte der BKA-Beamte. »Damit hätte ich nicht gerechnet.«

John wiegte den Kopf, während er über die Southampton Road in Richtung Süden brauste. »Wer sich mit der Dämonenwelt einlässt, muss immer Tribut zahlen. Die Menschen machen es sich zu einfach. Sie denken immer, sie hätten die finsteren Mächte in der Hand. Dabei ist es umgekehrt. Wer mit dem Teufel einen Pakt schließt, kann nur verlieren. Das hat sich bisher noch immer bewahrheitet.«

»Und warum wird es immer wieder versucht?«, wollte Mallmann wissen.

»Geld, Macht, das sind wohl die dominierenden Faktoren. An etwas anderes denken diese Typen ja nicht. Vielleicht kommt auch noch eine unsagbare Menschenverachtung hinzu. Wer weiß. Aber dieses Problem werden wir wohl nie völlig durchleuchten können.«

Je mehr sich die Männer der Themse und damit dem Zentrum Londons näherten, umso dichter wurde der Verkehr. Noch mehr Zeit ging verloren, und John schwor sich, dass sein Wagen in den nächsten Tagen mit Blaulicht ausgerüstet werden sollte.

Nach weiteren zwanzig Minuten Fahrt hatten sie endlich das Revier erreicht.

Es lag direkt an den schmutzig grauen Fluten der Themse. In der Ferne war die Waterloo Bridge zu sehen.

John wurde schon erwartet.

»Der Mann liegt in einem hinteren Raum«, berichtete ihm der Leiter der Dienststelle, ein spindeldürrer Inspektor. »Für mich ist es ein Rätsel, dass er noch am Leben ist. Wir haben zufällig einen Arzt hier gehabt. Er hat den Mann untersucht und festgestellt, dass er innere Blutungen haben muss.« Der Inspektor schüttelte den Kopf.

Victor Jory lag auf einem Feldbett. Er wandte kaum den Kopf, als der Inspektor, John Sinclair und Kommissar Mallmann den Raum betraten.

John trat dicht an das Bett des Schwerverletzten. Jetzt erst erkannte Jory den Oberinspektor.

In seinen Augen blitzte es auf. Gleichzeitig weiteten sie sich zu ungläubigem Staunen.

John kapierte augenblicklich. »Sie dachten, ich wäre tot, Mr Jory?«

»Ja«, flüsterte der Schwerverletzte.

»Die beiden Killer haben es nicht geschafft.«

Über Victor Jorys Gesicht glitt ein leichtes Lächeln. »Es ist gut, dass alles so gekommen ist.« Jory atmete ein und verzog vor Schmerzen das Gesicht. »Mr Sinclair, bitte, Sie müssen mir jetzt genau zuhören. Ich weiß nicht, wie lange ich noch zu leben habe, ich fühle, dass es bald zu Ende geht, und möchte noch etwas gutmachen. Versprechen Sie mir, dass Sie meinen letzten Wunsch erfüllen?«

»Ja, dieses Versprechen kann ich Ihnen geben, Mr Jory.«

»Dann ist es gut.« Jorys Hände lagen flach auf der Decke. Sein Gesicht war weiß. Spitz stach die Nase daraus hervor.

So sehen Menschen aus, die kurz vor dem Tod stehen, dachte John.

Kommissar Mallmann und der Inspektor der Wasserpolizei hielten sich im Hintergrund.

Und dann begann Jory zu sprechen. Er redete mit leisen, kaum verständlichen Worten. »Ich war vor einigen Jahren in Haiti. Mich hatten schon immer mittel- und südamerikanische Geschichte und Mythologie fasziniert, und vor allen Dingen der Voodoo-Zauber. Auf Haiti lernte ich einen Medizinmann kennen, der diese Dinge beherrschte. Ich erschlich sein Vertrauen, und er weihte mich in die Geheimnisse des Voodoo-Kults ein. Jetzt – im Nachhinein – kann ich sagen, es war die Hölle. Doch je mehr ich damals davon hörte, umso besessener wurde ich. Und dann kam die Nacht, in der wir die erste Leiche aus dem Grab holten. Es war Vollmond, ich weiß es noch genau. Drei Stunden dauerten die Vorbereitungen für das schaurige Ritual. Es war grauenhaft und faszinierend zugleich, als der Tote plötzlich vor uns stand. Er hatte schon ziemlich lange in der Erde gelegen – nun, was soll ich weiter sagen, der Medizinmann tötete ihn direkt, indem er die Nadel wieder in die Puppe stach. Doch dieses Erlebnis hatte mich geprägt. Ich wich nicht mehr von der Seite des Medizinmannes und bettelte so lange, bis ich selbst meine erste Totenbeschwörung durchführen durfte. Es gelang. Und von diesem Zeitpunkt an hatte mich das Böse gepackt. Ich brauchte den Medizinmann auf einmal nicht mehr und habe ihn bei einer günstigen Gelegenheit getötet.«

Totenstill war es in dem kleinen Zimmer, und man hätte eine Stecknadel fallen hören können. Jory blickte John Sinclair an. »Ich weiß, ich bin ein Verbrecher«, flüsterte er. Sein Gesicht glänzte schweißnass, und er verlangte nach einem Glas Wasser.

Der Inspektor brachte es ihm. Jory trank in kleinen, vorsichtigen Schlucken. Zwischendurch verzog er immer schmerzhaft das Gesicht. Dann erzählte er weiter.

»Ich kehrte wieder zurück nach England, hatte mir jedoch geweihte Dämonenerde mitgenommen und fühlte mich als Herr über Leben und Tod. Ich erhielt die Stellung an der Universität und lebte einige Zeit wieder ganz normal. Doch dann fühlte ich wieder den bösen Trieb in mir, ich musste mich wieder beweisen. Aber meine Kunst sollte mir auch Geld bringen. Ich nahm Kontakt mit einem gewissen Inselstaat auf, berichtete von meinen Künsten, und die Leute waren so angetan, dass sie mich mit einer Terroristengruppe zusammenbrachten. Gemeinsam klügelten wir einen Plan aus. Er war teuflisch, das gebe ich zu. Ich nahm Studentinnen mit, betäubte sie und fertigte Puppen nach ihrem Ebenbild an. Wenn die Mädchen erwachten, wunderten sie sich, dass angeblich mit ihnen nichts geschehen war. Sie ahnten allerdings nicht, dass sie den Tod in sich trugen.«

»Und weshalb haben Sie das getan?«, fragte John Sinclair.

»Moment, Oberinspektor, lassen Sie mich ausreden. Wir warteten auf einen günstigen Zeitpunkt. Die Vorbereitungen waren also getroffen. Aber nicht nur in England, sondern auch in Frankreich und Deutschland. Die Terroristen wollten das Chaos. Sie brauchten die lebenden Leichen, um an die Leute heranzukommen, die sie töten wollten. Vor einigen Tagen gab man mir grünes Licht. Alles war schon vorbereitet. Sie benötigten nur die Zombies. Und England sollte den Anfang machen. Ich weiß nicht, was mit den anderen drei Leichen geschehen ist, aber Nelly Parker und Jane Archer sind durch meine Beschwörung den Gräbern entstiegen. Sie kamen zu mir nach Hause. Und dort merkte ich, dass ich mir zu viel vorgenommen hatte. Nicht ich dirigierte die beiden, sondern es war umgekehrt, sie gaben mir die Befehle. Doch vorher hatten Sie mich ja aufgesucht, Oberinspektor. Ich verlor die Nerven und rief eine gewisse Telefonnummer an. Man versprach mir, Sie aus dem Weg zu räumen. Inzwischen hatte ich völlig die Kontrolle über die beiden Zombies verloren. Ich musste mit ihnen zu einer stillgelegten Fabrikhalle fahren, und dort versuchten die beiden dann, die anderen drei Toten aus den Gräbern zu holen. Ob es ihnen gelungen ist, weiß ich nicht. Ich jedenfalls hatte plötzlich die Nase voll und wollte aussteigen. Die Zombies ließen es nicht zu und fuhren mich mit meinem eigenen Wagen halb tot. Ich schleppte mich dann aus der Halle und wurde zufällig von dem Fahrer eines Lieferwagens gefunden, der mich hierherbrachte.«

»Was ist mit den beiden Untoten?«, wollte John wissen.

Victor Jory blickte den Oberinspektor an. John erkannte in den Augen des Bibliothekars jenen trüben Schimmer, der den endgültigen Tod ankündigte.

»Die beiden …« Victor Jory hatte jetzt Mühe zu sprechen. »Sie – sie sollen heute Nachmittag den Innenminister umbringen. Es wird der Anfang sein in einer langen Kette von Morden.«

John Sinclair und Kommissar Mallmann blickten sich an. Der Inspektor der Flusspolizei war kreidebleich geworden. Alle drei Männer wussten, was die Glocke geschlagen hatte. Es war ein gigantisches teuflisches Spiel, in das die Terroristen eingestiegen waren. Lebende Leichen wurden auf Männer des öffentlichen und politischen Lebens gehetzt. Zombies, die immun gegen normale Kugeln waren. Eine grauenhafte Vorstellung. Aber nicht nur für England. Auch in den anderen Staaten Europas warteten Tote darauf, aus ihren kühlen Gräbern geholt zu werden. Und sie würden Erfolg haben, wenn nicht …

»Wann soll das geschehen?«, fragte John Sinclair, dessen Gesicht zu einer Maske erstarrt war.

»Am Nachmittag«, kam Jorys schwache Antwort.
»Ja. Aber wann genau?«
»Ich weiß es nicht. Der Innenminister wird zu einer Konferenz fahren. Und vorher …«
»Schon gut«, sagte der Geisterjäger und blickte auf seine Uhr. Es war noch fast eine Stunde Zeit, um Gegenmaßnahmen einzuleiten. Verdammt wenig.
Victor Jory bäumte sich plötzlich auf. Ein Schrei entrang sich seinem offen stehenden Mund.
John Sinclair kniete sich hin. Ganz nah brachte er sein Ohr an den Mund des Sterbenden.
»Jory«, sagte er mit beschwörender Stimme. »Wie kann man diese Untoten endgültig töten?«
Mit einer letzten Kraftanstrengung drehte Victor Jory den Kopf. Röchelnde Laute und rasselnder Atem entrangen sich seiner Kehle. »Die Tasche – die Tasche – Sinclair. Denken Sie an – aaaah …«
Jory wimmerte und schrie gleichzeitig. Dann lag er völlig still.
Oberinspektor Sinclair fühlte nach dem Puls des Mannes. Er schlug nicht mehr.
Victor Jory war tot.
Langsam stand John auf. Kommissar Mallmann wischte sich den Schweiß von der Stirn. Immer wieder schüttelte er den Kopf. Der Inspektor der Flusspolizei atmete schwer. Er begriff die Welt nicht mehr.
John trat zu ihm. »Was Sie hier gehört haben, Inspektor, das vergessen Sie.«
»Ja«, hauchte der Mann.
»Und wir?«, fragte Will Mallmann.
John hob beide Arme in Schulterhöhe. »Wir müssen versuchen, den Innenminister zu retten.«
»Großeinsatz?«
»Nein.« Der Geisterjäger schüttelte den Kopf. »Ein Großeinsatz würde zu lange dauern, und außerdem würde uns niemand glauben. Sie wissen ja, wie skeptisch Sie selbst waren, Will, als ich Ihnen von den Dingen erzählte.«

»Also Alleingang«, sagte der Kommissar.

»Ja.«

»Aber wie? Wie sollen wir das schaffen? Diese Zombies sind immun gegen Kugeln.«

John gab keine Antwort, sondern bückte sich, hob die Tasche auf und öffnete sie.

Sie war zur Hälfte mit Dämonenerde gefüllt, und John sah auch die zehn Puppen, die nebeneinander lagen. »Die letzten Worte des Sterbenden bezogen sich auf die Tasche. Darin wird die Lösung liegen. Und ich habe auch schon eine Idee.«

»Wenn Sie es so genau wissen, dann tun Sie doch etwas«, sagte Mallmann.

»Nein.« John schüttelte den Kopf. »Das ist mir zu risikoreich. Wir werden in die Downing Street fahren und dort an Ort und Stelle Gegenmaßnahmen einleiten. Falls meine Idee nicht hilft, müssen wir mit der Brechstange vorgehen.«

»Und die wäre in diesem Fall?«

John blickte Kommissar Mallmann an. »In diesem Fall hieße das Flammenwerfer.«

Kommissar Will Mallmann wurde blass.

Noch nie im Leben hatte John Sinclair in so kurzer Zeit so viele Telefongespräche geführt. Unterstützt von Superintendent Powell hatte John in der Downing Street Number 10 angerufen, wo der Innenminister vor der Konferenz noch eine Unterredung mit dem Premierminister hatte. Powell hatte persönlich mit dem Innenminister gesprochen und ihm in eindringlichen Worten erklärt, wie ernst die Lage war.

Mit dem Handrücken wischte sich Powell den Schweiß von der Stirn. Dann putzte er die Gläser seiner Brille. »Das wäre geschafft. Jetzt sind Sie an der Reihe, John.«

Der Geisterjäger blickte auf seine Uhr. Sie hatten noch zwanzig Minuten Zeit. Vom Scotland-Yard-Gebäude bis zur Downing Street war es nur ein Katzensprung. Zeitlich müsste es also zu schaffen sein.

Noch nie hatte John seinen Chef so aufgeregt gesehen.

Powell rannte in seinem Büro wie ein gereizter Tiger auf und ab. Kommissar Mallmann hielt sich im Hintergrund. Er hatte nur langsam seine Fassung wiedergefunden.

Superintendent Powell blieb plötzlich stehen. Ruckartig wandte er den Kopf. Sein Blick traf den Oberinspektor. »Ich will Ihnen eins sagen, John. Wenn das schiefgeht, dann …« Powell unterbrach sich und schüttelte den Kopf. »Das wäre gar nicht auszudenken. Ich glaube, man würde uns die Köpfe von den Schultern reißen.«

John versuchte seinen Chef zu beruhigen. »So schlimm wird es auch nicht sein. Schließlich ist der Innenminister ein erwachsener Mann, und er wird alles tun, um sein Leben zu schützen. Sie können also ganz beruhigt sein, Sir.«

Nur wenige Personen wussten von der Gefahr, in der der Politiker schwebte. Und diese Leute hielten den Mund. Nicht einmal der Geheimdienst war eingeweiht worden.

»Wir fahren«, sagte John Sinclair und erhob sich von dem Besucherstuhl. »Wir bleiben in ständiger Funkverbindung, Sir.«

»Gut.« Powell nickte. »Und John«, sagte er, als der Geisterjäger und Kommissar Mallmann bereits an der Tür waren. »Machen Sie ganze Sachen, John. Es darf nichts schiefgehen.«

»In Ordnung, Sir.«

John Sinclair schloss behutsam die Bürotür hinter sich. Mit dem Expresslift ging es nach unten.

»Der Alte war ganz schön nervös«, meinte Mallmann.

John grinste sparsam. »Wären Sie das nicht?«

»Glaube schon.«

Der Bentley stand fahrbereit in einer reservierten Parktasche vor dem Yard-Gebäude.

Zwölf Minuten vor vierzehn Uhr fuhren John Sinclair und Kommissar Mallmann los. John hatte bewusst lange gewartet, er wollte die beiden lebenden Leichen nicht schon vorher auf sich aufmerksam machen.

Nur wenig später rollte der Bentley vor der Downing Street aus. Es war eine kleine Sackgasse mitten im Hexenkessel

London. Ein Reiseführer stand mit einer Touristengruppe an der Absperrung. Johns Augen waren überall. Der Oberinspektor sah auch die beiden Bobbys, die mit stoischen Mienen vor dem Haus Nummer 10 Wache hielten.

Nichts ließ auf eine Gefahr schließen.

Oder doch?

Im Innenspiegel sah John einen Austin hinter sich auftauchen. Der Wagen fuhr langsam, so als suche der Fahrer etwas. John konnte erkennen, dass beide Vordersitze besetzt waren.

Noch vier Minuten …

»Sie sind da«, sagte John Sinclair leise zu Kommissar Mallmann.

»Wo?« Mallmanns Kopf ruckte herum.

»Hinter uns. Der Austin. Victor Jory hat solch einen Wagen gefahren. Jetzt überholt er uns.«

Der Austin schob sich an dem metallicfarbenen Bentley vorbei. Die beiden Zombies würdigten den Bentley mit keinem Blick. Das linke Blinklicht des Austins flackerte auf. Dann rollte der Wagen in eine Parklücke.

Noch zwei Minuten bis vierzehn Uhr.

»Die werden sich wundern, wenn auf einmal kein Innenminister erscheint«, sagte John.

Er fuhr an dem parkenden Austin vorbei und scherte ein Stück weiter in eine Parklücke.

Kommissar Mallmann hatte sich umgedreht. »Sie steigen aus«, sagte er. Seine Stimme klang vor Aufregung ein wenig schrill.

Der Geisterjäger blieb gelassen. Jetzt, wo es darauf ankam, hatte ihn eine große Ruhe ergriffen.

Sanft stoppte er den schweren Wagen, klinkte die Tür auf. »Geben Sie mir die Tasche«, sagte er zu Kommissar Mallmann.

John schwang sich aus dem Wagen und schlug die Tür zu. Die Tasche hielt er in der linken Hand.

Die Untoten standen nicht weit von den Touristen entfernt an der Einmündung der Downing Street. Zwanzig Schritte trennten John Sinclair und Kommissar Mallmann von den beiden.

Vierzehn Uhr!

Wie zwei Spaziergänger schlenderten die Polizeibeamten auf die Zombies zu.

Noch immer hatten sie nichts bemerkt, wurden aber langsam unruhig, da sich vor dem Haus nichts rührte. Nur die beiden Bobbys standen dort und ließen sich von der Sonne bescheinen.

Noch zehn Schritte …

John spürte, wie auch ihn die Spannung packte.

Da drehten sich die Zombies um, blickten John und Kommissar Mallmann voll ins Gesicht.

Für Sekundenbruchteile trafen sich ihre Blicke.

Die Untoten mussten gespürt haben, dass etwas nicht stimmte, denn wie auf ein geheimes Kommando sprangen sie zu ihrem Austin.

Zu spät.

John Sinclair startete wie eine Rakete. In vollem Lauf krachte er gegen Nelly Parker, die die Hand schon am Türgriff gehabt hatte.

Der Inspektor und die Untote flogen zurück, knallten auf das Pflaster.

Ein grauenhaftes Kreischen drang aus dem Mund der lebenden Leiche. John sah die gekrümmten Finger auf sein Gesicht zufahren und zog im letzten Moment den Kopf zurück.

Die Hand zischte ins Leere.

John packte die schmerzunempfindliche Untote an den Haaren und schnellte mit ihr in die Höhe. Wuchtig warf er sie gegen die Flanke des Austin.

Das Blech dröhnte, als der lebende Leichnam dagegen flog.

Die beiden Bobbys vor Downing Street Number 10 setzten sich in Bewegung, um nachzusehen, was der Aufruhr zu bedeuten hatte.

John sah es aus den Augenwinkeln. »Bleiben Sie da!«, brüllte er. »Scotland Yard!«

Die Polizisten blieben irritiert stehen.

John hörte Kommissar Mallmann schreien. Der anderen Untoten war es gelungen, den Kommissar auf das Pflaster zu werfen. Sie hatte Mallmanns Kopf angehoben, um ihn mit aller Kraft wieder zurückzuschmettern.

John Sinclairs Tritt kam ansatzlos. Die Untote flog zur Seite und überschlug sich.

Jetzt hatte John ein paar Sekunden Zeit. Zeit, die er unbedingt nutzen musste.

Er riss die Tasche auf und holte die Puppe hervor, die Nelly Parkers Aussehen hatte.

Die Untote – schon im Begriff, John anzugreifen – stoppte. Ihre Augen weiteten sich entsetzt.

John hatte die Tasche fallen lassen, und Nelly Parker sah die Nadel in seiner rechten Hand schimmern, während er in der linken die Puppe hielt.

John hatte nur Augen für Nelly Parker. Hinter seinem Rücken hörte er Kommissar Mallmann mit Jane Archer kämpfen.

Der Geisterjäger sagte keinen Ton.

Dann rammte er blitzschnell die Nadel in die Brust der Puppe, genau dort, wo das Herz lag.

»Aaaah!« Ein mörderischer Schrei entrang sich Nelly Parkers Kehle. Die lebende Leiche drehte sich verzweifelt um ihre eigene Achse, schrie, brüllte und brach dann zusammen.

Aber das sah John Sinclair schon nicht mehr. Blitzschnell hatte er die Puppe aus der Tasche geholt, die wie Jane Archer aussah.

Jane Archer, die mit Kommissar Mallmann auf dem Boden lag und wie eine Furie kämpfte, schien die Gefahr zu spüren.

Gedankenschnell riss sie den Kopf herum. Die Blicke der beiden Todfeinde trafen sich.

John hielt die Puppe so, dass die Untote sie sehen konnte. Dann stieß er wortlos mit der Nadel zu.

Jane Archer schrie nicht. Sie zuckte nur unter einem unsichtbaren Stoß zusammen, krümmte sich am Boden und wand sich in verzweifelten Krämpfen.

Ihre Glieder zuckten, als wären sie elektrisch geladen. Die Hände peitschten über den Boden. Fingernägel brachen, und dann war es vorbei.

Jane Archer starb lautlos.

Diesmal endgültig.

John Sinclair reichte Kommissar Mallmann die Hand und zog ihn hoch.

»Wir haben es geschafft, John«, sagte Mallmann und blickte auf die leblose Nelly Parker, die sich in ihrem verzweifelten Todeskampf die Kleider selbst zerfetzt hatte.

Die gesamte Auseinandersetzung hatte nicht mal zwei Minuten gedauert. Vielleicht hundert Sekunden, doch eine Zeit, die John nie in seinem Leben vergessen würde.

Für John Sinclair war der Fall noch nicht zu Ende. Auf ihn wartete noch eine traurige Pflicht.

Er fuhr mit Jorys Tasche zum Hyde Park, parkte den Wagen an einer einsamen Stelle und stieg aus. Schon bald brannte ein kleines Feuer.

John nahm die erste Puppe und warf sie in die Flammen.

Plötzlich zuckte er zusammen.

Ein leiser, wehklagender Ruf war an seine Ohren gedrungen. John blickte in die Flammen und sah das Gesicht der Puppe, das schmerzverzerrt war. Dann gab es nur noch Asche.

Siebenmal noch wiederholte sich der makabre Vorgang.

Danach löschte John das Feuer, setzte sich in seinen Bentley, und starrte durch die breite Frontscheibe.

Fast eine Stunde saß er allein in seinem Wagen. Dann fuhr er zurück zum Yard-Gebäude. Auf seiner Zunge spürte der Geisterjäger einen bitteren Geschmack.

ENDE

DAS TRIO DES TEUFELS

Hastig richtete sich das Mädchen im Bett auf. Giselas Blick wanderte zum Fenster. Sie hatte dort eine Bewegung gesehen. Ein Schatten – nichts weiter.

Aber das reichte aus, um Gisela Hoff Angst einzujagen. Es war zu viel passiert in der letzten Zeit. Die Angst und das Grauen gingen um, schlichen lautlos durch die Nacht. Wie der Nebel, der vom Meer her trieb.

Gisela stand auf. Sie schwang ihre langen Beine aus dem Bett, strich das braune Haar zurück und schlüpfte in die flachen Pantoffeln. Über das lange, durchsichtige Nachthemd streifte sie einen Morgenmantel. Automatisch knotete sie den Gürtel fest, während sie ihre Blicke nicht vom Fenster ließ.

Da – wieder der Schatten!

Ein Gesicht!

Gisela öffnete den Mund, um zu schreien. Plötzlich flackerte Panik in ihren Augen, doch ehe ein Hilferuf über ihre Lippen drang, verzog sich das Gesicht hinter dem Fenster zu einem Lächeln, und Gisela Hoff atmete beruhigt auf.

Das Gesicht kannte sie. Sehr gut sogar. Sie lief hin und öffnete. Der Riegel klemmte etwas, wie immer bei feuchtem Wetter. Doch der junge Mann half von außen nach, und rasch war das Fenster offen.

Gisela Hoff wollte reden, doch der »heimliche Dieb« legte seinen Zeigefinger auf die Lippen und ließ sich kopfüber in das Zimmer fallen. Er war Judoka, rollte sich geschickt ab, stand auf den Füßen und presste, bevor sich Gisela versah, seine Lippen auf ihren Mund und nahm sie fest in die Arme.

Das junge Mädchen drückte seinen Freund zurück. »Ja, bist du denn des Wahnsinns«, flüsterte sie. »Du kannst doch nicht mitten in der Nacht zu mir kommen.«

Hans winkte ab. Er ging zum Fenster und schloss es. Dann drehte er sich um. »Warum nicht?« Er lachte. »Du weißt doch, Liebe überwindet alle Hindernisse.«

»Ach, Hans!« Gisela warf sich in seine Arme. Sie und der junge Mann kannten sich seit gut zwei Monaten und hatten Gefallen aneinander gefunden. Hans Schneider arbeitete als Elektriker bei einer Firma, die ihren Sitz im Ruhrgebiet hatte und an der holsteinischen Küste ein Kraftwerk errichtete. Bei einem Tanzabend hatten sie sich kennen gelernt. Gisela war Internatsschülerin und stand kurz vor dem Abitur. Wenn sie ehrlich gegen sich selbst war, dann musste sie sich eingestehen, dass ihr der junge Mann längst nicht gleichgültig war.

Hans setzte sich auf das Bett, und Gisela blieb vor ihm stehen. Der junge Mann lächelte. »Was ist? Willst du dich nicht zu mir setzen?«

Gisela schüttelte den Kopf. »Nein, ich kann nicht.«

»Und warum nicht?«

»Du musst wieder gehen, Hans!«

Der junge Mann mit den flachsblonden Haaren lachte lautlos. »Wieso denn? Glaubst du, ich hätte den beschwerlichen Weg umsonst gemacht? Nein, jetzt will ich meine Belohnung.«

Gisela schüttelte den Kopf. »Aber du weißt doch, was hier los ist!«

»Du denkst an die Morde?«

»Ja.«

Hans Schneider winkte ab. »Irgendwann werden sie den Täter schon fassen.«

»Das ist kein Täter im normalen Sinne, Hans.«

»Hast du ihn schon gesehen?«

»Nein. Aber die Toten – sie waren schlimm zugerichtet. Es wird sogar die Vermutung laut, dass wir es hier mit einer Bestie oder einem Raubtier zu tun haben. Jedenfalls habe ich das gehört.«

Hans Schneider tippte sich gegen die Stirn. »Jetzt sag nur noch ein Werwolf, dann fange ich aber an zu lachen.«

Gisela nickte ernst. »Möglich ist alles.«

»Also, ich habe keinen gesehen. Und zu dir ins Zimmer wird er nicht kommen.«

»Nein, das nicht.«

Hans schlug sich auf den rechten Oberschenkel. »Wovor hast du dann Angst?«

Gisela Hoff ging trotzdem zu ihm. Sie beugte sich vor, und während Hans' Hände ihre Hüfte umklammerten, strich sie über sein Gesicht. »Du kannst wirklich nicht hierbleiben, Liebling«, sagte sie leise. »Es geht nicht um diesen Mörder, sondern um die Kontrolle.«

»Welche Kontrolle?«

»Die Rektorin geht in jeder Nacht durch die Zimmer. Sie kontrolliert, ob die Schülerinnen im Bett liegen. Sie muss jeden Augenblick kommen.«

Hans lächelte verwegen. »Dann verstecke ich mich eben.«

»Wo denn? Im Schrank?«

Der junge Mann löste seine Hände von Giselas Hüften und nickte. »Ich sehe schon, du hast heute keinen Bock auf mich.«

»Aber das ist doch gar nicht wahr. Ich habe nur Angst, dass man uns entdeckt.«

»Ein Liebender muss leiden.« Hans Schneider sprach mit dumpfer Schauspielerstimme, sodass Gisela lachen musste. »Aber morgen, Mädchen, da lasse ich mich nicht so einfach abspeisen. Du rufst mich in der Firma an?«

Gisela nickte. »Ich ...« Sie horchte. »Himmel, die Alte kommt. Weg, Hans, los!«

Auch der junge Mann hörte die Schritte und das Klappen der Türen. Wenn man ihn hier erwischte, bekam Gisela schweren Ärger. Das stand fest. Sie würde von der Schule fliegen, und da ihr Vater sich das Geld für den Internatsaufenthalt buchstäblich vom Munde absparte, wollte sie ihm diese Schande nicht antun.

Hans verstand sie.

Während die Rektorin im Nebenzimmer kontrollierte, schlich Hans zum Fenster. Er hatte es nur angelehnt, sodass es ihm keine Mühe bereitete, es zu öffnen.

Er drückte seiner Freundin noch einen schnellen Kuss auf die Lippen und schwang sich nach draußen.

Wie ein Dieb klebte er an der Hauswand. Seine Füße fanden auf einem schmalen Vorsprung Halt, die Hände krallte er in das rissige Mauerwerk des ehemaligen Schlosses. Geschmeidig bewegte er sich nach links. Er musste das Vordach des Hauptportals erreichen. Von dort konnte er dann auf den weichen Grasboden springen. Giselas Zimmer lag im zweiten Stock. Im ersten befanden sich die jetzt leeren Klassenräume. Es bestand also keine Gefahr, von dort aus entdeckt zu werden.

Hans ging diesen Weg nicht zum ersten Mal.

Trotzdem war er vorsichtig. Besonders schwierig wurde es, als er um eine Säule herum musste.

Aber auch das schaffte er.

Dann hatte er das Vordach erreicht. Es bestand aus Beton und war nachträglich angebaut worden, ebenso das Schwimmbad und die Turnhalle. Hans Schneider sprang auf das Dach. Er kam federnd auf, und ein wildes Lächeln umspielte sein Gesicht.

Im Augenblick fühlte er sich wie Tarzan auf einem seiner Dschungel-Streifzüge.

Hans lief vor bis zum Rand, schaute nach unten und zuckte zurück.

Vor dem Eingang stand jemand.

Ein Mann.

Er rauchte eine Zigarette und ging langsam auf und ab. Nach oben schaute er nicht.

Hans Schneider wich lautlos zurück und legte sich flach auf das Dach, während er vorsichtig nach unten peilte. Er kannte den Mann. Es war Harry Hart, der Sportlehrer. Ein Typ, auf den die Mädchen flogen.

Hans grinste, als er den Lehrer beobachtete. Er musste heimlich rauchen, weil sich das mit dem Image des Sportlehrers nicht vertrug.

Hans' Blick wanderte weiter. Ein großer Park umgab das Internatsgebäude. Er wurde von schmalen Wegen durchschnitten, und es führte auch eine asphaltierte Straße hindurch, die die Verbindung zur Bundesstraße war. Die Schule lag einsam. Hinter dem Park begann ein großes Waldgelände, nur von Wiesen und kleineren Seen unterbrochen. Zehn Kilometer war das nächste Dorf entfernt. Vor einigen Wochen war die kleine Ortschaft zugeschneit gewesen.

Der Turnlehrer hatte seine Zigarette zu Ende geraucht. Er

warf die Kippe im hohen Bogen fort. Sie landete auf einer gefrorenen Pfütze und verlosch.

Harry Hart reckte und streckte sich. Er strich sich noch einmal über das Haar und verschwand dann im Haus.

Hans Schneider ließ einige Minuten verstreichen, bis er ganz sicher war, dass ihn niemand mehr beobachtete. Dann lief er zur rechten Seite des Dachs, schätzte kurz die Entfernung ab und sprang hinunter.

Er landete weich. Rasen und Schnee dämpften seinen Sprung. Bis zu den Bäumen hatte er rund fünfzig Meter freie Strecke zu überwinden. Er schaffte dies in Sprintermanier und war froh, als er zwischen den Stämmen der Buchen, Eichen und Pappeln untertauchen konnte.

Nachtnebel kroch über den Boden. In langen Schleiern rollte er sich um Bäume und hüllte auch bald den einsamen Mann ein wie ein Watteschleier. Hans Schneider stieß seine Hände in die Hosentaschen und schritt zügig voran.

Angst kannte er nicht. Obwohl zwei Mädchen in den letzten Tagen auf bestialische Weise umgekommen waren, fühlte er sich sicher. Was sollte ihm schon passieren?

Doch der junge Mann täuschte sich. Er hatte seinen kleinen Fiat nahe der Bundesstraße abgestellt und die Hälfte der Strecke bereits hinter sich, als er die Gestalt sah.

Abrupt blieb Hans stehen.

Wie ein Denkmal stand die Gestalt zwischen den Bäumen.

Aber …?

Hans atmete unwillkürlich schneller, als er dies sah. Die Gestalt saß in einem Rollstuhl!

Ein Traum? Eine Halluzination?

Hans ging näher. Er nahm seine Hände aus den Taschen und ballte sie zu Fäusten.

Die Gestalt hatte ihm das Gesicht zugedreht. Hans sah, dass es einer alten Frau gehörte.

Aber was suchte sie um diese Zeit im Park? Und dazu noch im Rollstuhl? Dem jungen Mann wurde es flau im Magen, trotzdem ging er weiter vor, und als er sich nur noch zwei Meter von der Frau entfernt befand, blieb er stehen.

Sie starrten sich an.

»Guten Abend«, sagte die Frau. Ihre Stimme klang krächzend.

Hans nickte. »Haben Sie sich verlaufen?«, fragte er.

Die Alte kicherte. Sie hatte ein Kopftuch umgebunden. Das Gesicht schien nur aus Falten zu bestehen. Es glänzte nebelnass. »Ich habe auf dich gewartet«, sagte sie.

Hans schluckte. »Auf mich?«

»Ja, mein Kleiner.«

»Und warum?« Seine Stimme war nicht mehr als ein Flüstern.

Die Alte antwortete nicht sofort. Stattdessen griff sie mit der rechten Hand unter die Decke, und als sie sie wieder hervorzog, hielt ihre Faust ein Messer mit unterarmlanger Klinge umklammert.

»Ich habe auf dich gewartet, weil du jetzt sterben wirst«, sagte sie mit harter, seltsam tonloser Stimme …

Hans Schneider war im ersten Augenblick ziemlich perplex. Er begriff die Situation nicht. Sie war auch zu abstrakt. Da saß vor ihm jemand im Rollstuhl. Bewegungsunfähig, wie ihm schien, hielt jedoch ein langes Messer in der Hand und wollte ihn töten.

Makaber – sehr makaber sogar.

»Lassen Sie doch den Unsinn«, sagte er, »und legen Sie bitte das Messer weg.«

»Bübchen, du bist zu vorlaut.«

»Soll ich Sie nach Hause fahren?« Hans trat einen Schritt auf die alte Frau zu.

Sie winkte mit dem gekrümmten Zeigefinger der linken Hand. »Ja, Bübchen, komm ruhig näher, komm näher. Mein Messer wartet auf dich. Sieh dir die blanke Klinge an.« Die Alte kicherte, dann stieß sie blitzschnell zu, führte den Arm dabei von oben nach unten, und Hans Schneider musste den Bauch einziehen, um nicht verletzt zu werden.

Die Alte lachte. Ihre Augen funkelten, und Hans glaubte, darin die Freude des Satans zu sehen.

Wäre die gebrechliche Frau ein Mann gewesen, so hätte

Hans Schneider kurzen Prozess mit ihr gemacht. Aber bei dieser Person, die sicherlich schon über siebzig Jahre zählte, dazu noch im Rollstuhl saß, konnte er sich für einen Angriff nicht entscheiden. Er nahm sich vor, davonzulaufen. Aber er wollte auch der Polizei Bescheid geben, denn diese Frau war wirklich gefährlich. Vielleicht war sie aus einer Irrenanstalt ausgebrochen? Auf jeden Fall durfte sie mit ihrer gefährlichen Waffe nicht so frei herumlaufen.

Aber wie war sie in dieses Waldstück gekommen?

»Es ist aus mit dir, Bübchen!« Die Alte hob das Messer und fuhr mit dem Daumen der linken Hand über die Schneide. »Vorbei …« Wieder begann sie zu kichern.

Hans Schneider schüttelte den Kopf. »Ich gehe jetzt«, sagte er entschlossen und wollte kehrtmachen.

Es blieb beim Wollen.

Plötzlich hörte er über sich ein gespenstisches Fauchen. Er riss den Kopf in den Nacken, schaute nach oben und hatte das Gefühl, sein Herz würde stehen bleiben.

Auf den starken Ästen der Esche hockte ein Panther!

Schräg stehende Raubtieraugen funkelten ihn an. Das Maul war weit aufgerissen und präsentierte sich als dunkle Öffnung.

Die Reißzähne blitzten!

In Bruchteilen von Sekunden fielen dem jungen Mann die beiden Morde ein. Gisela hatte von einer Bestie gesprochen, von einem Raubtier.

Hier sah er den Beweis!

»Sterben!«, kreischte hinter ihm die Alte. »Sterben!«

Da sprang der Panther.

Hans Schneider – durch seine Judo-Kenntnisse mit fantastischen Reflexen ausgestattet – reagierte zu spät. Der Panther fiel mit seinem gesamten Gewicht auf ihn.

Die Tatzen schlugen zu.

Das Letzte, was Hans Schneider in seinem Leben hörte, war das Lachen der alten Frau im Rollstuhl.

Dann wurde er hineingezogen in die ewige Dunkelheit …

Die Mordkommission stand vor einem Rätsel. Erst am anderen Morgen war die grausige Tat entdeckt worden. Ein junges Mädchen, das zum Arzt wollte, wäre fast über den Toten gestolpert. Das Mädchen hatte einen Schock erlitten.

Die Schule fiel aus. Endlose Verhöre begannen. Dr. Mensching, der Direktor, rief das Lehrerkollegium zusammen und redete mit jedem Einzelnen.

Doch heraus kam dabei nichts.

Die Spuren waren fast die gleichen. Irgendeine wahnsinnige Bestie musste gewütet haben. Das hatten natürlich auch rasch die Reporter herausgefunden. Sie waren noch fixer zur Stelle als die Beamten, doch sie erhielten eine Abfuhr.

»Ich möchte nicht, dass die Öffentlichkeit damit behelligt wird«, sagte der leitende Beamte.

Der Reporter protestierte. Es gab einen wilden Krach, den der Beamte schließlich für sich entschied.

Die Verhöre dauerten einen Tag. Gisela Hoff gab zu, dass der junge Mann bei ihr gewesen war. Sie konnte die Aussage erst am späten Nachmittag machen. Einen Schritt weiter kamen die Beamten nicht. Sie zogen wieder ab, nicht ohne eine Wache dazulassen. Während der Nächte sollten Polizisten den Park durchkämmen. Die Männer waren mit Maschinenpistolen bewaffnet. Außerdem führten sie dressierte Hunde bei sich.

Die Eltern der übrigen Schülerinnen waren sehr beunruhigt. Einige spielten mit dem Gedanken, ihre Tochter von der Schule zu nehmen, doch Dr. Mensching konnte sie noch einmal beruhigen. »Es wird alles getan, was in unseren Kräften steht.« So und ähnlich lauteten seine Kommentare.

Die Polizei bildete eine Sonderkommission. Und von dieser Kommission hörte auch ein Mann, der beim BKA seinen Dienst tat und mit einigen Sondervollmachten ausgestattet war.

Es war Kommissar Will Mallmann.

Mallmann ließ sich die Akten schicken. Er betrachtete sich die Tatortfotos genau. Verglich. Er las die Aussagen der Fachärzte und wurde plötzlich an einen Fall erinnert, der etwas über ein Jahr zurücklag und der sich im Spessart zugetragen hatte. Dort hatte unter anderem ein Werwolf sein Unwesen getrieben. Seine Opfer hatten ähnlich ausgesehen.

Mallmann zog Parallelen.

Eine halbe Stunde schloss er sich in seinem Büro ein und war für niemanden zu sprechen.

Dann ging er zu seinem Chef. Und ihm legte er einen gewaltigen Plan auf den Tisch, wie man diese Bestie unter Umständen fangen konnte.

»Wir müssen in diesem Fall auf eine andere Weise vorgehen«, sagte der Kommissar. »Anders können wir die Bestie nicht fangen.«

Der hohe Beamte lächelte etwas überheblich und wiegte zweifelnd den Kopf. »Magie, Wer-Bestien. Mallmann, sagen Sie ehrlich, glauben Sie daran?«

»Ja!«

»Ich verstehe Sie nicht. So etwas gibt es doch nur in Horror-Romanen.«

Will Mallmann lehnte sich auf seinem Stuhl zurück. »Das habe ich früher auch geglaubt, bis mich die Praxis eines Besseren belehrte. Sie kennen doch meine Berichte.«

»Sicher, aber sie lesen sich ein wenig fantastisch, um einmal zu untertreiben.«

Mallmann fragte direkt. »Bekomme ich die Vollmachten oder nicht?«

Sein Chef wand sich. Schließlich gab er die Zustimmung. »Meinetwegen. Führen Sie Ihren Plan durch und weihen Sie bitte nur Dr. Mensching ein.«

Will Mallmann lächelte. Mit Daumen und Zeigefinger strich er über seine Römernase. Ein Zeichen, wie sehr er zufrieden war. Dann verließ er das Büro und meldete sofort ein Gespräch nach London an.

Der Teilnehmer dort hieß John Sinclair …

Eine Party im eigentlichen Sinne war es nicht, sondern ein regelrechter Empfang.

Es ging alles ein wenig steif zu, es wurden Reden gehalten,

Lob wurde verteilt, und es gab Beifall. Die Zuhörer saßen auf harten Stühlen, machten keep smiling und wünschten sich wahrscheinlich zwanzig Yards weiter, denn dort war die Getränkebar aufgebaut.

Mir ging es nicht anders. Ich saß in der ersten Reihe, zupfte hin und wieder am Kragen meines zu engen, nagelneuen Smokinghemds und hörte einem der offiziellen Vertreter von Scotland Yard zu, der meinen Chef und dessen Wirken über alle Maßen lobte.

Was war geschehen?

Ganz einfach, Freunde. Superintendent Powell hatte sein großes Etappenziel erreicht.

Er war geadelt worden!

Jawohl, Sie haben richtig gelesen. Sir Powell hieß er nun. Die Nachricht traf urplötzlich ein, und noch nie hatte ich meinen Chef so aus dem Häuschen gesehen. Jahrelang hatte er gezittert, gebangt und gehofft, in den Adelsstand erhoben zu werden. Nun hatte ihn die Queen persönlich zu einem Sir gemacht.

Hoch lebe die Queen!

Und hoch lebe Sir Powell!

Er war stolz wie Oskar. Endlich konnte er mit seinen Clubmitgliedern gleichziehen. Sir Powell, wie sich das anhörte. Vielleicht würden jetzt sogar seine Magenbeschwerden verschwinden, da er ja nicht mehr so frustriert war wie früher, als er noch ein einfacher Superintendent war.

Ich gönnte es dem alten Nörgler. Irgendwie hatten wir uns in den Jahren zusammengerauft, obwohl wir nicht nur vom Alter her so verschieden waren, sondern auch von der Weltanschauung. Powell ging für mich durchs Feuer, und umgekehrt war es ebenso. Schließlich hatte er dafür gesorgt, dass ich meine Vollmachten erhielt, auf die ich manchmal sehr angewiesen war.

Der Redner verstummte, wartete den Beifall ab und schritt zu seinem Platz.

Dann ging Sir Powell zum Rednerpult. Mit hochrotem Kopf, und in seinen Augen leuchtete die Freude.

Ich klatschte besonders laut. Das animierte meine Nachbarin ebenfalls, kräftig für die Durchblutung ihrer Hände zu sorgen.

Neben mir saß Glenda Perkins.

Auch heute, bei dieser offiziellen Feier, sah sie wieder zum Anbeißen aus. Sie trug ein schwarzes, zweiteiliges Kleid mit gewebten Silberfäden im Oberteil. Das Kleid war hochgeschlossen, nur dicht unter der Halsgrube setzte ein kleiner Tropfenausschnitt an, durch dessen schmale Öffnung das Weiß der Haut schimmerte. Glenda hatte das lange schwarze Haar mit zwei Spangen im Nacken zusammengesteckt, sodass es einen sehr breiten Pferdeschwanz bildete und locker auf die Schultern fiel. Glendas Lippen glänzten lackrot. Ich sah ihr Profil mit der schmalen Nase und den beiden Grübchen im Kinn.

Glenda Perkins war nicht nur meine Sekretärin, sondern auch eine geballte Ladung an Sex. Wenn ich sie anschaute, wurde es mir heiß und kalt zur gleichen Zeit.

Bei solch einer Frau konnte ein Mann einfach nicht ruhig bleiben. Vor allen Dingen, wenn man Junggeselle ist.

Himmel, Amor und Wolkenbruch! Glenda war in mich vernarrt. Das gab sie mir oft sehr deutlich zu verstehen.

Wie auch jetzt.

Die Stühle standen dicht beieinander. Sehr dicht sogar, und unsere Schenkel berührten sich zwangsläufig. Der Kleiderstoff war dünn. Ich spürte die Wärme der Haut und fühlte auch den leichten Druck, den mir Glenda entgegenbrachte. Als sie einen raschen Seitenblick meinerseits auffing, huschte ein Lächeln über ihre vollen Lippen.

Glenda wusste genau, was sie tat.

Aber ich befand mich in einer Zwickmühle. Denn da gab es noch eine Frau, die mir einiges bedeutete.

Die hieß Jane Collins, war Privatdetektivin und hatte mich auf manchen Einsätzen begleitet. Natürlich war Jane rasend eifersüchtig auf Glenda. Sie gab zu, dass meine Sekretärin sehr gut aussah. Ferner wusste sie, dass Glenda mich anhimmelte.

Es war schon ein Problem, Freunde.

Mit Gewalt konzentrierte ich mich auf Powells Rede. Er sprach von den Erfolgen, die nicht er, sondern Scotland Yard errungen hatte, und wie stolz er darauf war, zur besten Polizeiorganisation der Welt zu gehören.

Glenda beugte sich zu mir. Sie brachte ihre Lippen dicht an mein Ohr. Ich spürte den warmen Atem und hörte ihre Stimme. »Sind Sie nicht auch froh, John, zum Yard zu gehören?«

Eine Gänsehaut rieselte über meinen Rücken. Ich schluckte. »Natürlich, Glenda, sicher. Und Sie doch sicherlich auch?«

»Noch stolzer.«

Glenda beugte sich wieder zurück, und ich konnte mich auf Powells Rede konzentrieren.

Er ging mit keinem Wort auf die Abteilung ein, die er leitete. Es gab sie offiziell gar nicht. Wie hätte man auch den Namen Geisterpolizei erklären sollen? Für die Öffentlichkeit war ich ein normaler Oberinspektor, allerdings mit besonderen Vollmachten ausgestattet. Einige Kollegen wussten inzwischen, womit ich mich beschäftigte. Ihren anfänglichen Spott hatten sie abgelegt, denn die Erfolge, die Suko, Bill Conolly, Jane Collins und ich erzielt hatten, konnten sich sehen lassen. Dabei arbeiteten meine Freunde nicht einmal für den Yard. Sie unterstützten mich nur, und dafür war ich mehr als dankbar.

Sir Powell sprach die letzten Worte. Er bedankte sich noch einmal und versprach, auch in der Zukunft all seine Kraft für das Wohl des Landes einzusetzen.

Beifall brandete auf, an dem Glenda Perkins und ich uns beteiligten.

Sir Powell wirkte etwas verlegen. Als er das Rednerpult verließ, hatte er einen hochroten Kopf. Da ich besonders laut klatschte, warf er mir noch einen bitterbösen Blick zu.

Ich musste grinsen. Das war der alte Powell.

Der offizielle Teil der Feier war nun abgeschlossen. Jetzt begann der gemütliche.

Das kalte Büfett ging auf Kosten von Scotland Yard. Ebenso die zahlreichen Getränke. Sir Powell hatte für den nächsten

Tag den Gesellschaftsraum seines Clubs gemietet. Dort wollte er dann noch im kleinen Kreis eine Feier geben. Mein Freund Bill Conolly und Sheila, dessen Frau, waren ebenfalls eingeladen, genau wie ich.

Wir standen auf.

Glenda schaute mich an. Ihre Augen und ihr Mund lächelten. »Haben Sie keinen Hunger, John?«

»Doch – natürlich.«

»Dann lassen Sie uns zum Büfett gehen.« Sie hakte sich bei mir unter. Ich winkelte den Arm an und spürte, dass die Ellbogenspitze gegen ihren linken Busen stieß. Glenda war ein Biest. Sie drückte sich bewusst so eng an mich. Falls sie überhaupt einen BH unter dem Kleid trug, dann war es ein weicher.

Sir Powell wurde von einigen Gratulanten umdrängt. Es waren Vertreter aus der Politik und des Wirtschaftslebens darunter. Aber auch hohe Beamte vom Yard.

Da war mir Glendas Gesellschaft lieber.

Ober liefen mit gefüllten Tabletts umher. Ich nahm zwei Sektschalen ab und reichte Glenda eine davon.

Wir prosteten uns zu. Unsere Blicke trafen sich.

Glenda formulierte den Trinkspruch. »Auf uns und auf diesen Abend, John.«

»Der bald vorbei sein wird«, rutschte es mir heraus.

Doch Glenda war nicht böse. »Der Teil hier – ja. Aber wir brauchen nicht sofort nach Hause zu gehen, sondern könnten irgendwo in einer netten Bar noch einen kleinen Drink zu uns nehmen.«

Der Vorschlag hatte es in sich. Sicherlich würde es nicht beim Trinken bleiben. Ich wollte mich nicht so recht festlegen, sondern erwiderte: »Mal sehen.«

Glenda lachte kokett, leerte ihr Glas und machte auf dem Absatz kehrt. Ich schwitzte. Teufel, diese Person konnte einem ganz schön einheizen. Ich folgte ihr zum kalten Büfett. Der Rock schwang hin und her wie eine Glocke. Glenda hatte einen unnachahmlichen Hüftschwung, mit dem allein sie schon die Männer verrückt machen konnte.

Und ich bin auch kein Roboter.

Wir nahmen uns Teller und Bestecke. Ich hatte Appetit auf Fisch und nahm einige Sorten. Vor allen Dingen der Lachs hatte es mir angetan.

Glenda probierte von den zahlreichen Salaten, die mit einem fettarmen Dressing zubereitet waren.

Und dann stand Sir Powell neben uns.

»Hallo, Sir.« Ich lächelte.

Der Superintendent zeigte mit der Gabel auf mich. »Ich habe Sie und Glenda schon lange beobachtet«, sagte er. »Denken Sie daran, dass das hier Dienst ist.«

»Wie meinen Sie das, Sir?«, fragte ich unschuldig.

»Das wissen Sie ganz genau.« Er senkte seine Stimme. »Meinen Sie denn, es fällt nur mir auf, wenn Sie Miss Perkins mit Ihren Blicken regelrecht verschlingen?«

»Aber Sir, das ist doch gar nicht der Fall.«

»Reden Sie nicht, Sinclair. Ich weiß, was ich gesehen habe.« Er verstummte, als Glenda auf uns zukam.

»Darf ich Ihnen noch einmal meinen Glückwunsch aussprechen«, sagte die schwarzhaarige Super-Sekretärin. »Ich freue mich mit Ihnen, Sir.«

»Danke sehr.« Sir Powell hielt sich gerade. »Sie wissen, dass solch eine Beförderung nicht nur aus Rechten besteht, sondern auch aus Pflichten. Deshalb müssen wir ab heute noch mehr darauf achten, dass auf unsere Abteilung kein Makel fällt.«

Glenda nickte mit ernstem Gesicht, und ich fiel mal wieder aus der Rolle.

»God save the Queen«, sagte ich.

»Sie sollten nicht spotten, John!«, zischte Powell.

»Sorry.«

Sir Powell nickte uns noch einmal zu und begab sich dann zu den anderen Gästen.

Ich aß meinen Lachs.

»Respekt haben Sie vor Ihrem Vorgesetzten auch nicht«, bemerkte Glenda.

Ich schluckte den Fisch hinunter, spülte mit Sekt nach

und sagte dann: »Das täuscht, Glenda, ich habe Respekt vor ihm. Doch Sir Powell sieht das alles ein wenig zu eng. Und er nimmt alles zu ernst. Wenn ich nicht meinen gesunden Humor hätte, wäre ich an den Dingen, mit denen ich zu tun habe, längst zerbrochen. Glauben Sie mir das. Sie haben es in Schottland doch selbst erlebt, als es gegen den schwarzen Henker ging. Das war wirklich kein Kinderspiel.«

Glenda nickte. »Da haben Sie recht, John.«

Ich lachte. »Aber warum sollen wir uns groß Gedanken machen? Trinken wir auf den heutigen Abend.«

»Auf einmal so fröhlich, John?« Auch Glenda lachte, und in ihren Augen las ich ein Versprechen für die kommende Nacht.

Sir Powell war der Held des Tages. Er musste unzählige Hände schütteln.

»Schade, dass man hier nicht tanzen kann«, sagte Glenda, drehte sich dabei um ihre eigene Achse, sodass ihr Rock hoch bis über die Knie schwang. Nicht nur ich sah die verführerisch hübschen Beine, sondern auch die älteren Gentlemen, und sie lächelten sehr angetan.

Nur Sir Powell nicht. Jetzt würde er wieder Magenschmerzen bekommen. Glenda schien leicht beschwipst zu sein. Sie ließ sich gegen mich fallen.

»Fang mich auf, John«, rief sie übermütig und dachte nicht mehr an das unpersönliche Sie.

Ich hielt sie fest. Und ehrlich gesagt, ich tat es gern. Dabei schaute ich mich nach einem Ober um, denn ich hatte Durst auf einen doppelten Whisky.

Der Ober kam, und er wollte auch zu mir! Nur trug er kein Tablett auf den Armen, sondern einen Telefonapparat. Den Hörer hielt er in der linken Hand.

Ich wollte noch schnell verschwinden, aber es war bereits zu spät. Der Ober hatte mich entdeckt. »Mr Sinclair!«, rief er und hielt den Hörer hoch.

»Aber nicht jetzt!«, zischte Glenda mir ins Ohr.

»Sorry«, sagte ich. »Vielleicht ist es meine Tante.«

»Die heißt doch nicht zufällig Jane Collins?«, fragte Glenda Perkins spitz.

Der Ober sagte: »Bitte sehr.«, und ich nahm den Hörer.

»Sinclair.«

Verstehen konnte ich nichts, zudem der Anrufer auch noch in einer anderen Sprache redete.

»Moment«, sagte ich laut. Die Schnur war lang genug, und ich verzog mich mitsamt dem Telefon in eine ruhige Ecke. Den Apparat stellte ich auf der Fensterbank ab, hielt mir das rechte Ohr zu und klemmte den Hörer an das linke.

Jetzt endlich verstand ich meinen Gesprächspartner. »Mein Gott, was ist denn bei euch los, John?«

»Will«, rief ich, »du alter Haudegen! Was macht denn so die Kunst? Läuft die Stereoanlage noch? Rollt der heiße Manta?«

»Ach, hör auf, John. Mit dem Manta habe ich mich gedreht.«

»Wie das?«

»Glatteis auf der Autobahn. Du fährst nichts ahnend, und plötzlich spielst du Kreisel.«

»Ist dir denn was passiert?«

»Zum Glück nicht. Die Strecke war frei.«

»Dann herzlichen Glückwunsch.«

»Kannst du wohl sagen, John. Aber jetzt was anderes: Ich rufe nicht zu meinem Vergnügen an. Hast du im Moment einen heißen Fall auf der Rolle oder kannst du rüberkommen?«

»Privat?«

»Nein, hochoffiziell. Eine Zusammenarbeit der Behörden beider Länder.«

Ich dachte rasch nach. Wenn Will Mallmann so redete, dann brannte ihm ein Fall unter den Nägeln. »Worum geht es denn?«, fragte ich.

»Um drei Morde.«

»Und?«

Der Kommissar berichtete in Stichworten. Ich hörte zu, ohne ihn zu unterbrechen. Dann aber rückte er mit seinem Plan heraus. Trotz des Ernstes der Lage musste ich lachen. »Um Himmels willen, Will, wie stellst du dir das vor? Ich als Lehrer?«

»Das geht doch. Du kannst Englisch unterrichten. Es soll ja auch nicht für immer sein, John. Am besten ist, du bringst noch jemanden mit. Eine weibliche Lehrperson.«

Ich wusste, wen er meinte. »Jane Collins?«

»Genau.«

»Ich werde es mir überlegen, Will.«

»Nein.« Damit war Mallmann gar nicht einverstanden. »Du kannst mich jetzt nicht hängen lassen, John. Ich habe mich für die Sache ungeheuer stark gemacht. Wenn das nun in die Hose geht, bin ich der Blamierte. Nimm die nächste Maschine und komm rüber. Ich erwarte dich um sechs Uhr dreißig nach unserer Zeit am Hamburger Flughafen. Du bist doch sonst von der schnellen Truppe.«

»Mir kommt das alles nur etwas plötzlich«, gab ich zu bedenken.

»Keine Ausrede. Dein Chef bekommt auch Bescheid. Am besten ist, du bringst Suko mit. Er kann ja im Hintergrund operieren. Das war das Wichtigste. Alles andere später.«

Ehe ich noch eine Frage stellen konnte, legte Will Mallmann auf. Auch ich drückte den Hörer auf die Gabel und griff nach meinen Zigaretten. Nachdenklich steckte ich mir ein Stäbchen zwischen die Lippen.

Eine bläuliche Gasflamme zischte vor der Zigarettenspitze hoch. »Darf ich dem Herrn Feuer geben?« Glenda stand vor mir.

»Danke.«

»Ärger?«, fragte Glenda, die mich ziemlich gut kannte.

Ich wiegte den Kopf. »Es geht.«

Glenda Perkins verstand. »Dann wird es wohl nichts mit dem Weiterfeiern?«

»So ungefähr.«

»Schade«, sagte sie, »schade, dass Sie solch einen Job haben, John.« Sie machte abrupt kehrt, doch ich hatte die Tränen in ihren Augenwinkeln sehr wohl bemerkt.

Ich wischte mir über die Stirn und suchte Superintendent Powell. Er stand im Mittelpunkt einer Gruppe älterer Herren, und sie unterhielten sich über die Vor- und Nachteile der Monarchie.

Zwei Minuten nahm man mich nicht zur Kenntnis, dann machte ich mich durch hartes Räuspern bemerkbar.

Und nun reagierte Sir Powell prächtig. »Sie entschuldigen mich, Gentlemen«, sagte er, »aber ich werde verlangt, wie Sie sicherlich sehen. Wir unterhalten uns später noch.«

»Was gibt's denn, John?«, fragte mich mein Chef, und wir gingen einige Schritte zur Seite.

Ich berichtete ihm von Mallmanns Anruf. Sir Powell nickte. »Das hatte ich gewusst«, erklärte er mir. »Ich wollte Ihnen nur nicht den Abend verderben. Die deutschen Behörden haben sich bereits am frühen Nachmittag mit mir in Verbindung gesetzt, und ich habe ihnen unsere Hilfe zugesagt.«

»Mit anderen Worten – ich kann fliegen.«

»Ja, John.«

Ich war ärgerlich, dass man mich so hintergangen hatte. »Ich werde aber noch zwei Personen mit auf die Reise nehmen. Jane Collins und Suko.«

Sir Powell war einverstanden. Kein Wort des Vorwurfs, keine Silbe über die hohen Spesen.

Ich hatte das Gefühl, die Welt ginge unter. Sagte aber nichts, sondern meinte nur: »Dann werde ich mich jetzt verabschieden, Sir.«

Superintendent Powell reichte mir die Hand. »Alles Gute, John!«

»Danke, Sir.« Ich deutete in die Runde. »Und noch viel Vergnügen.«

Dann ging ich. Von Glenda Perkins sah ich nichts mehr. Sie schien die Feier bereits verlassen zu haben.

Ich konnte sie verstehen.

Jane Collins lag noch nicht im Bett, sondern arbeitete an ihrer Einkommensteuererklärung. Als ich ihre Wohnung betrat, strahlte die blondhaarige Detektivin, doch als ich sie an mich drückte, verzog sie das Gesicht und stieß einen Zischlaut aus.

»Du riechst nach Parfüm!«, stellte sie fest.

»Ich? Wieso …?«

»Ja, du riechst nach Parfüm.« Sie trat einige Schritte zurück und schaute mich von oben bis unten an. »Festliche Garderobe, piekfein in Schale, warst du aus?«

»Ja, dienstlich. Powell feiert seinen Sir!« Ich sagte es mit grimmiger Miene, und sofort schnappte Jane Collins den Ball auf.

»Dann war auch Glenda Perkins in der Nähe.«

»Stimmt.«

»Daher das Parfüm.«

»Sie hat neben mir gesessen«, verteidigte ich mich.

»Dem Geruch nach zu urteilen hat sie auf deinem Schoß gesessen, mein lieber John.«

»Das ist doch albern.« Unwillig schüttelte ich den Kopf. »Bei einer offiziellen Feier …«

»Es gibt Nebenräume.«

Ich gab keine Antwort, sondern ging an Jane vorbei, ließ mich in einen Sessel fallen und bat um einen Schluck Sodawasser.

Jane brachte mir sogar das Glas. Auch sie war eine fantastische Frau. Der seidene Morgenmantel schmiegte sich eng um ihren gut gewachsenen Körper. Ich sah deutlich den Abdruck des winzigen Slips, und als sie sich bückte, um mir das Glas zu reichen, erkannte ich die schmale Schlucht zwischen den beiden Brüsten.

Mit dem Fuß löschte Jane fünfzig Prozent der Lichtquellen. Drei Minuten später brannte nur noch die kleine Lampe neben dem Bett. Und ich brannte ebenfalls lichterloh.

Aber in Janes Armen.

Der Kavalier genießt und schweigt.

Erst eine halbe Stunde vor Mitternacht kam ich dazu, Jane Collins von meinem Vorhaben zu berichten. Ich saß im Bett und rauchte eine Zigarette, während Jane vor dem Spiegel ihr langes Haar ausbürstete.

»Das ist doch fantastisch!«, rief sie. »Natürlich fahre ich mit. Ich als Lehrerin. Was soll ich denn unterrichten?«

»Meinetwegen Schwimmen.«

»Damit du mich im Bikini beobachten kannst?«

»Denk daran, es ist ein Internat. Da ist züchtige Kleidung Vorschrift. Nimm dir einen Badeanzug mit.«

»Einen Einteiler?«

»Sind die nicht gerade ›in‹?«, fragte ich.

»Du bist ein Ekel.«

Ich stand auf.

»Wo willst du hin?«

»Suko anrufen.«

Jane Collins schlug sich gegen die Stirn. »Stimmt, der ist ja auch mit von der Partie. Willst du ihn als Karatelehrer einstellen?«

»Nein, höchstens als Kinderschreck für Sextanerinnen.«

»Es gibt ja nicht nur Sextanerinnen im Internat«, sagte Jane.

Ich blieb an der Tür stehen und drehte den Kopf. »Wie meinst du das denn jetzt schon wieder?«

Jane erwiderte spitz: »Nun, ich habe schon öfter attraktive Oberprimanerinnen kennen gelernt. Die konnten einem Mann schon den Kopf verdrehen.«

»Aber doch nicht mir, Jane.« Ich ging hinüber in den Livingroom. Suko bewohnte das Apartment neben mir. Obwohl es bereits Nacht war, hob er schon nach dem zweiten Klingeln ab.

»Hier ist John.«

Suko war überrascht. »Ist die Feier schon zu Ende? Oder hatte Glenda keine Lust?«

»Mann, sei ja ruhig.«

Suko lachte. »Was gibt's?«

Ich erklärte es ihm, und der Chinese war begeistert. »Na, das ist doch mal wieder was für mich«, rief er. »Wann soll's losgehen?«

»In aller Herrgottsfrühe.« Ich sagte ihm die genaue Zeit.

»Und wann kann ich dich erwarten?«

»Ich fahre gleich los.«

»Rufst du von Jane aus an?«

»Ja.«

»Lass mich raten, was du anhast …«

Ich lachte und legte auf.

Suko hatte sich, seitdem er bei mir war, zu einem regelrechten Partner entwickelt, auf den ich mich hundertprozentig verlassen konnte. Oft kämpften wir Seite an Seite, und gerade dadurch waren wir oft stärker als unsere Gegner, die immer wieder aus den Reichen der Finsternis in diese Welt stießen. Erst vor Kurzem war mir durch einen wirklichen Glücksfall eine Waffe in die Hand gefallen, mit der es noch leichter war, das Heer der Dämonen zu bekämpfen. Es war die Dämonenpeitsche. Wurde ein Dämon damit getroffen, so löste er sich einfach auf. Zurück blieb meist nur eine nach Pest und Schwefel stinkende Wolke. Sie lag in meinem Spezialkoffer.

Die Fliege band ich erst gar nicht mehr um, sondern steckte sie in die Smokingtasche.

Jane brachte mich bis an die Tür. »Und fahr nicht bei einer anderen vorbei«, gab sie mir als Abschied mit auf den Weg.

Ich lächelte schief. »Die Primanerinnen schlafen ja jetzt alle.«

»Ekel!«, zischte sie und gab mir trotzdem einen Kuss.

Als ich das Haus verließ, war es zwei Minuten vor Mitternacht. Durch tauenden Schneematsch schlitterte ich zu meinem Wagen. Ich wollte noch etwas schlafen, denn in wenigen Stunden startete bereits unsere Maschine.

Der Mann hieß Karl. Seinen Nachnamen hatte er vergessen. Er war knapp vierzig Jahre alt und arbeitete schon seit seinem vierzehnten Lebensjahr für den größten Lebensmittelhändler im Ort. Karl gehörte fast zur Familie.

Auch an jenem bewussten Morgen musste er wieder eine Fahrt antreten. Sein Opel Caravan war mit Lebensmitteln vollgestopft. Die Kunden hatten telefonisch bestellt.

Karl hakte noch einmal die einzelnen Posten auf seiner Liste ab, nickte zufrieden und schlug die Wagentür zu. Dann ging er wieder ins Haus, betrat über die steile Treppe sein Zimmer und nahm eine Flasche Bier aus dem Kühlschrank.

Das zweite Frühstück.

Karl lächelte, als er die Flasche ansetzte. Für ihn war das Biertrinken eine Zeremonie. Dass er dabei bis zu dreimal in der Woche betrunken war, störte ihn nicht.

Karl nuckelte an der Flasche und setzte sie erst ab, als sie zur Hälfte leer war. Ein paar Schaumflocken hingen noch an seinem Oberlippenbart. Mit dem Handrücken wischte Karl sie weg. Dann pellte er sich ein hartes Ei und aß es langsam und genussvoll, wobei er die zweite Hälfte der Flasche leerte.

Anschließend zündete er sich eine filterlose Zigarette an, trat ans Fenster und blies den Rauch gegen die Scheibe. Die letzten Schatten der Nacht verschwanden. Im Osten stieg die rote Februarsonne über den Horizont und verdrängte die letzten Morgennebel. Karl rauchte zu Ende und verließ sein Zimmer.

Er trug bereits den grauen Arbeitskittel mit der Aufschrift des Lebensmittelladens.

Auf dem Hof begegnete ihm sein Chef.

»Wann bist du zurück, Karl?«

Karl strich sich über sein schon leicht angegrautes Haar und fuhr mit dem Daumen im Nacken auf und nieder. »Tja, wenn ich zu den Tanten soll, dann dauert es bis gegen zehn.«

»Gut. Bis dahin sind auch die neuen Waren eingetroffen. Du kannst sie dann auszeichnen und sortieren. Ich lege dir die Preisliste dazu.«

»Wird gemacht, Chef.« Karl stieg in den Wagen.

Der Lebensmittelhändler winkte und gab Karl noch den Rat, auf diesen schneeglatten Wegen vorsichtig zu fahren.

Karl begann mit seiner Tour. Er fuhr erst zu zwei Familien im Dorf, bekam bei der letzten einen Korn und kippte ihn in die Kehle. Er fuhr auch, wenn er leicht einen sitzen hatte. Er nahm das nicht so genau.

Als er dann wieder in seinen Wagen stieg, fiel ihm ein silbergrauer Opel Manta auf. Der Wagen hatte ein fremdes Kennzeichen und war mit drei Männern und einer Frau besetzt. Karl schaute dem Manta nach, bis der hinter der nächsten Kurve verschwand.

Dann fuhr er weiter.

Jetzt hatte er nur noch die drei alten Frauen zu beliefern. Einmal im Monat fuhr Karl dorthin, und immer hatte er ein komisches Gefühl. Etwas stimmte mit diesen Weibern nicht. Sie saßen alle drei im Rollstuhl, waren an sich harmlos, aber Karl spürte doch jenen kalten Hauch der Gefahr, der von diesen Frauen ausging, wenn er ihnen gegenüberstand. Sie wohnten schon lange in ihrem einsamen Haus, und jeder im Ort fürchtete sich vor ihnen.

Die Hexen-Drillinge wurden sie genannt.

Eine Gänsehaut lief über Karls Rücken, als er daran dachte. Er lenkte seinen Wagen mit einer Hand, die andere lag auf der Rückenlehne des Beifahrersitzes.

Noch fuhr er über die Hauptstraße, doch nach einem Kilometer musste er rechts abbiegen.

Flach wie ein Brett war das Land. Wiesen und Felder bildeten ein geometrisches Muster. Tauende Schneemassen bedeckten sie. Als dunkle Inseln hoben sich die Mischwälder ab. Die Waldstücke waren oft kilometerlang und wurden hin und wieder von kleineren Seen unterbrochen.

Im Sommer war diese Gegend ein bevorzugtes Feriengebiet, ein Paradies für Kinder.

Der Weg wurde schmaler. Die Räder des Opels wühlten sich durch den tauenden Schnee und fußhohen Matsch. In einer Linkskurve rutschte er nach hinten weg, doch Karl gelang es, ihn wieder in die Spur zu bringen. Der gelbe Opel hob sich als Farbklecks von der Landschaft ab. Er zog eine helle Auspuffahne hinter sich her.

Das Haus der drei Schwestern lag in einem Wald. Wie im Märchen. Ringsum waren die Bäume abgeholzt, auf der Lichtung stand das Gras kniehoch und lugte zwischen Schneeresten empor.

Karl fuhr zwischen den Bäumen. Das klare Morgenlicht wurde gefiltert, der Wald machte es zu einem Wechselspiel von Hell und Dunkel. Noch eine Kurve, und Karl war da.

Jedes Mal rann ihm eine Gänsehaut über den Rücken, wenn er das Haus betrachtete.

Es war aus Holz gebaut, hatte zahlreiche Giebel und Vorsprünge und war verwinkelt wie eine Hexenhütte.

Ja, Hexenhütte war der richtige Ausdruck.

Die schmalen Reifen walzten das Gras platt, als Karl bis dicht vor die Tür fuhr.

Er stieg aus.

Die Frauen hatten seine Ankunft bereits beobachtet. Es war immer das gleiche Spiel.

»Komm ruhig rein, Söhnchen«, ertönte eine krächzende Stimme, »die Tür ist offen.«

Karl öffnete die Heckklappe des Kombis und packte den ersten Karton. Er trug ihn auf beiden Armen und stieß die Tür mit der rechten Fußspitze auf.

Zwei Schritte hinter der Schwelle blieb er stehen. Es dauerte etwas, bis sich seine Augen an das Dämmerlicht gewöhnt hatten.

Die drei Frauen saßen in ihren Rollstühlen genau vor ihm. Er wusste nicht, wer Elisa, Stina oder Martha war. Sie sahen alle gleich aus. Sie trugen dieselben langen, dunklen Kleider, hatten faltige Gesichter und gichtkrumme Hände, deren Finger um die Seitenlehnen der Stühle geklammert waren.

Die Diele war leer. Auf den feuchten Holzdielen schimmerte grünlicher Schimmel. Links führte eine wurmstichige gewundene Treppe bis unter das Dach.

»Bring es in die Küche, Söhnchen«, sagte die Frau in der Mitte.

»Ja, natürlich.« Karl schritt vor. Er musste rechts an den Frauen vorbei, passierte eine windschiefe Holztür und betrat einen Raum, dessen Einrichtung noch aus dem vorigen Jahrhundert zu stammen schien. Die Möbel waren uralt. Überall knackte und knarrte es. In den Schränken nistete der Holzwurm.

Hinter sich hörte Karl ein rollendes Geräusch. Eine Frau war ihm gefolgt. »Stell die Sachen auf dem Unterteil ab, Söhnchen.«

Karl tat, wie ihm geheißen.

Dann drehte er sich um.

Die Frau grinste ihn an. Er sah einen zahnlosen Mund, die zahlreichen Falten im Gesicht, und durch das mit Spinnweben verklebte Fenster fiel noch genügend Licht, um den gelblich leuchtenden Ausdruck in den Augen der Alten sehen zu können.

Wie bei einem Raubtier, dachte Karl und schüttelte sich. »Darf ich vorbei?«, fragte er und quälte sich ein Lächeln ab. »Im Wagen draußen stehen noch zwei Kartons.«

»Aber natürlich, Söhnchen. Warte, ich mache dir Platz.« Die Alte rollte zurück zu ihren beiden Schwestern, die ebenfalls keinen Blick von Karl ließen, als er das Haus verließ.

»Er ist ein schöner junger Mann«, flüsterte Martha.

»Ja, wirklich«, bestätigte Stina. »Sollten wir ihn nicht …«

»Sei ruhig!«, zischte Elisa. »Wer bringt uns sonst die Waren?«

»Aber er ist doch so kräftig!«

Karl kam zurück, und Martha verstummte. Sie folgte nur mit hungrigen Blicken dem Mann, wie er die Küche betrat und dort den zweiten Karton absetzte.

Dann holte er den dritten.

Als Karl das Haus betrat, lächelte er den alten Frauen zu, obwohl er am liebsten davongelaufen wäre.

Karl stellte den dritten Karton auf einen Stuhl. Er bemerkte, dass eine der Schubladen im Küchenschrank offen stand. Karl schaute hinein, zog sie noch weiter auf und sah plötzlich das Messer.

Die Klinge war blutig!

Karl sprang zurück. Plötzlich schwitzte er und begann zu zittern.

Von wem stammte das Blut?

Von einem Menschen – oder einem Tier?

Karl atmete scharf aus. Er wischte sich über die Stirn, und als er auf seine Finger schaute, waren sie nass. Karl dachte an die Morde, die in der letzten Zeit passiert waren und die Bevölkerung der näheren Umgebung in Angst und Panik versetzt hatten.

Hatten die drei Frauen etwas damit zu tun?

»O Gott«, stöhnte Karl und schüttelte sich.

»Söhnchen?« Die krächzende Stimme riss ihn aus seinen Überlegungen in die Wirklichkeit zurück. Er schob die Schublade wieder halb zu und verließ die Küche.

Das Messer mit der blutigen Klinge ging ihm nicht aus dem Kopf. Karl war ein einfacher Mensch. Er arbeitete, trank sein Bier und ließ sonst den lieben Gott einen guten Mann sein. Aber er verstand es doch, eins und eins zusammenzuzählen.

Hier stimmte etwas nicht.

Als er die Küche verließ, war er blass. Die drei Frauen hatten ihre Stellungen verändert. Eine wartete dicht vor der Treppe, die beiden anderen hielten sich in der Nähe der Tür auf.

Martha winkte mit dem gichtkrummen Finger. Sie sah dabei wirklich aus wie eine Hexe.

»Komm zu mir, Söhnchen.«

Karl zögerte noch.

Die Alte kicherte hässlich. »Hast du Angst, Söhnchen?«

Karl schüttelte den Kopf und trat langsam auf sie zu. Die Alte griff unter ihr Kleid, und als die Hand wieder zum Vorschein kam, lag ein Fünfmarkstück auf dem Handteller.

»Hier, das ist für dich.«

Karl nahm das Geld. Seine Fingerspitzen berührten dabei die Haut der Frau. Hastig steckte er die Münze weg.

»Danke. Danke sehr.«

»Dann bis zum nächsten Mal«, flüsterten die drei Frauen fast gleichzeitig.

Karl wandte sich um und vollführte eine etwas linkische Verbeugung. »Ja – ich gehe dann jetzt. Auf Wiedersehen.«

Er stolperte fast nach draußen, rannte zu seinem Wagen und warf sich hinein.

Karl war nass geschwitzt. Er würgte den Motor vor lauter Aufregung ab, dann aber startete er durch. Dreck spritzte hinter den Reifen des Opels hoch. Er vermischte sich mit kleineren Grassoden, und das Heck des Wagens schlingerte, als Karl beschleunigte.

Seit er das blutige Messer gesehen hatte, hatte er noch mehr Angst vor den drei Frauen.

Die drei Weiber aber lachten und rieben sich die knöchernen Hände. Martha sprach aus, was die anderen beiden dachten. »In der Nacht wird es ein nächstes Opfer geben …«

Das Internat lag an einem idyllischen Plätzchen, das musste man ohne Neid eingestehen. Der Park um das große Gebäude herum war gepflegt, und auf den breiten Wegen wuchs kein Unkraut. Man merkte überall die Hand des Gärtners.

Suko blieb im Wagen sitzen, während Jane Collins, Kommissar Mallmann und ich ausstiegen.

Der Chinese hielt mich noch an der Schulter zurück. »Halt die Ohren steif, John«, sagte er eindringlich.

Ich lächelte. »Wird schon schiefgehen.«

Will und ich nahmen Jane in die Mitte. Wir schritten die Stufen hoch, auf das nachträglich eingebaute Glasportal zu. Es schwang automatisch zurück, als wir einen Kontakt berührten.

Zwei Meter weiter befanden wir uns in einer anderen Welt.

Es war die typische Schule, wie ich sie von früher her kannte. Eine hohe Decke, zwei breite Steintreppen, die in die erste Etage führten, Rundbögen, die die Decke stützten, blank gescheuerte Fliesen auf dem Boden und ein Hausmeister, der uns am Weitergehen hinderte. Er war ein kompakter Typ mit einem borstigen Igelschnitt. Der Hausmeister trug einen grauen Kittel und hatte beide Hände in den Taschen vergraben. Auf Janes Figur blieb sein Blick länger haften.

Die blondhaarige Detektivin trug ein elegantes, blau gemustertes Winterkostüm aus Cashmere-Stoff, Stiefel in einer blaugrauen Farbe und hatte eine kecke Mütze auf dem Kopf.

»Sie wünschen?«, wurden wir angesprochen.

Will Mallmann redete. »Wir möchten zu Dr. Mensching und sind bei ihm angemeldet. Mein Name ist Mallmann.« Er deutete auf Jane. »Das ist Miss Collins, und der Herr dort ist Mr Sinclair. Beide kommen aus England und sind die neuen Lehrpersonen.«

Das Gesicht des Hausmeisters wurde freundlicher. Mit den Lehrern wollte er es sich wohl nicht verderben. »Wenn Sie einen Augenblick warten wollen?« Er verschwand in seiner kleinen Box und telefonierte.

Ich schaute mich inzwischen um. Die Koffer hatte ich abgestellt. Auch mein Spezialkoffer war dabei.

Wohl konnte ich mich in dieser Schule nicht fühlen. Alles war düster, die Wände, die Gänge, die Decken.

Der Hausmeister kam zurück. »Dr. Mensching lässt bitten«, sagte er. »Ich darf Sie führen?«

Er nahm zwei unserer Koffer.

Von den Schülerinnen hörten wir nichts. Jetzt war Unterricht, und in den Klassen herrschte Ruhe.

Der Hausmeister brachte uns in die erste Etage, wo Dr. Mensching, der Schulleiter, sein Büro hatte.

Wir gelangten in ein Vorzimmer.

Eine rothaarige Mittdreißigerin erhob sich von ihrem Stuhl. Sie trug eine Brille, hatte zahlreiche Sommersprossen im Gesicht und eine Jayne-Mansfield-Figur.

Ich sah Janes eifersüchtigen Blick und musste grinsen. Also nicht nur die Primanerinnen.

Die Frau stellte sich als Elfriede Lachmann vor. Sie lächelte strahlend, als sie uns begrüßte.

»Sie sind also die neuen Lehrpersonen«, sagte sie. »Ich würde mich freuen, wenn Sie sich bei uns wohl fühlten.«

»Danke sehr.«

Sie deutete auf eine gepolsterte Nebentür. »Dr. Mensching wartet bereits. Bitte sehr.«

Das Büro des Direktors war doppelt so groß wie das Vorzimmer. Dr. Mensching erhob sich hinter seinem antiken Schreibtisch und kam mit ausgestreckten Händen auf uns zu.

»Darf ich Sie herzlich begrüßen«, sagte er und zu seiner Vorzimmerelfe gewandt: »Sie können gehen, Fräulein Lachmann.«

»Sehr wohl, Herr Doktor.«

Wir schüttelten uns die Hände.

Dr. Mensching war etwa fünfzig Jahre alt und reichte mir nur bis zur Schulter. Sein schwarzes Haar lichtete sich bereits. Er hatte es jedoch so raffiniert gekämmt, dass dies kaum auffiel. Sein grauer Anzug war von konservativem Schnitt, und auch die Krawatte zählte nicht gerade zu den modernsten.

Er trug eine Goldrandbrille und hatte eine tiefe Stimme. Dr. Mensching war eingeweiht. Als er uns Plätze angeboten hatte, kam er auch sofort zur Sache.

»Die drei Morde sind noch immer nicht aufgeklärt, meine Herren. Wie ich weiß, steht die Polizei nach wie vor vor einem Rätsel. Aber das ist Ihnen ja bekannt, Herr Kommissar.«

Will Mallmann nickte. Mit den beiden Zeigefingern fuhr er an seinen gelichteten Schläfen entlang. »Die Polizei ist auf einen höheren Befehl hin abgerufen worden«, erklärte er. »Das gehört alles zu unserem Plan, Herr Doktor.«

»Oh, das wusste ich nicht.«

Mallmann lächelte nur weise.

Ich fragte direkt. »Welche Aufgaben sollen wir nun übernehmen?«

Dr. Mensching schaute mich an. »Sie wollte ich als Englischlehrer einsetzen. Ihre Kollegin, Miss Collins, könnte unserem Sportlehrer, Dr. Hart, ein wenig zur Hand gehen. Sie sollte sich vor allen Dingen um das Schwimmen kümmern.«

»Und wann sollen wir mit dem Unterricht beginnen?«, fragte Jane.

»Am besten heute Nachmittag. Da sind noch zwei Stunden Unterricht. Auch Schwimmen und Englisch. Trauen Sie sich das zu?« Er schaute uns fragend an.

Ich nickte. Auch Jane Collins sah keine Schwierigkeiten. Wir sprachen noch über die Mordfälle und über den Ärger, den Dr. Mensching dadurch hatte. »Sie werden das Rätsel bestimmt lösen«, meinte er zuversichtlich.

»Erwarten Sie bitte keine Wunder«, dämpfte ich seinen Optimismus. »Wir sind auch nur Menschen.«

Will Mallmann stand auf. »Dann werde ich mich verabschieden.« Er wandte sich an uns. »Ihr wisst, wo ihr mich findet. Okay?«

Wir nickten.

Der Kommissar ging und schloss leise die Tür. Mit ihm und Suko hatten wir einen starken Trumpf in der Hinterhand.

Dr. Mensching rieb sich die Hände. »Und nun zu uns«, sagte er. »Mir ist aufgefallen, dass Sie beide sehr gut deutsch sprechen. Waren Sie schon öfter in Deutschland?«

»Ja«, sagte ich.

Ich hatte keine Lust, mich mit dem Direktor über unsere Reisen zu unterhalten, und wollte ihm schon vorschlagen, uns endlich mit den Kollegen bekannt zu machen, als es klingelte.

»Große Pause«, sagte Dr. Mensching.

Jane hatte den gleichen Gedanken wie ich. »Dann gehen wir jetzt ins Lehrerzimmer, um unsere Kollegen kennen zu lernen.«

»Das Gleiche wollte ich Ihnen eben vorschlagen«, erwiderte Dr. Mensching. »Bitte sehr.«

Das Lehrerzimmer lag auf derselben Etage. Dr. Mensching ging vor. Zahlreiche Mädchen stürmten aus den Klassenräumen. Die kleineren rannten, die größeren gingen gemächlicher. Ich sah auch Oberprimanerinnen. Es waren verteufelt hübsche Girls darunter.

Mensching wurde gegrüßt. Er aber nickte kaum zurück.

Wir waren nicht die ersten im Lehrerzimmer. Zwei ältere, bebrillte Damen waren dabei, ihre Sandwichs auszupacken. Sie hielten aber damit inne, als wir das Zimmer betraten.

»Die neuen Kollegen«, sagte Dr. Mensching. »Bevor ich Sie bekannt mache, möchte ich noch das Eintreffen der anderen abwarten.«

Die Jungfern nickten. Jane Collins bedachten sie nicht gerade mit freundlichen Blicken.

So nach und nach trudelten alle ein. Besonders fiel mir ein blondhaariger Sportstyp auf, der etwa die gleichen Lebensjahre zählte wie ich. Er war der Siegermensch, trug einen blauen Trainingsanzug mit roten Streifen, und ich nahm an, den Sportlehrer vor mir zu haben.

Er zog Jane Collins mit seinen Augen fast aus. Mich bedachte er nicht. Später erfuhr ich, dass sein Name Harry Hart lautete.

Dr. Mensching übernahm die Vorstellung. Zum Glück machte er es knapp und zündend. Als er damit herausrückte, dass er Jane Collins diesem Hart zuteilen wollte, ging auf dessen Gesicht die Sonne auf.

»Es wird mir ein Vergnügen sein, Sie einzuarbeiten«, sagte der Knabe mit Schmelz in der Stimme.

Jane Collins lächelte zuckersüß. Mir streckte sie heimlich die Zunge heraus.

Wir schüttelten Hände. Die Namen der einzelnen Personen konnte ich mir nicht merken. Außer dem Sportlehrer gab es noch einen Mann, der unterrichtete.

Er hieß Dr. Kastner und war Biologe. Weißes, abstehendes Haar, eine randlose Brille, ein fleckiger Anzug und eine Uhrkette über der Weste waren seine Kennzeichen. Er ging gebeugt und führte hin und wieder Selbstgespräche.

Die Lehrerinnen waren durchweg ältere Frauen. Nur eine davon war verheiratet. Die anderen wollten mit Fräulein angeredet werden.

Dann bimmelte wieder die Glocke.

Ende der Pause.

»Sie können mit mir gehen«, sagte Harry Hart und hielt Jane galant die Tür auf.

Die Detektivin hatte nichts dagegen.

Ich sah den beiden nach und machte mir meine Gedanken.

»Dann werde ich Sie Ihrer Klasse vorstellen«, erzählte mir Dr. Mensching. »Bitte, kommen Sie.«

Der Direktor und ich verließen als Letzte das Lehrerzimmer. Auf den Gängen war es wieder ruhig geworden. Hier und da lag Papier. Dr. Mensching regte sich darüber auf.

Er ging ein paar Schritte vor.

Durch die großen Fenster an der Seite fiel blasses Sonnenlicht und leuchtete den Steinboden aus.

»Wir können auf dieser Etage bleiben«, erklärte mir der Direktor. »Die übernächste Tür, dort ist es.«

Und da hörten wir den Schrei!

Dr. Mensching stand da wie angewurzelt. Ich aber reagierte, stieß den Direktor zur Seite und rannte auf die breite Treppe zu, die weiter nach oben führte.

»Sind dort die Zimmer der Mädchen?«, rief ich über die Schulter zurück, und meine Stimme hallte im Treppenhaus nach.

»Ja.«

Vier Stufen nahm ich auf einmal. Mein Körper streckte sich wie der eines Kurzstreckenläufers. Die rechte Hand klatschte auf das Geländer, und nach wenigen Sekunden hatte ich die Treppe überwunden.

Wieder ein Gang.

Ebenso breit wie der eine Etage tiefer. Unter mir keuchte Dr. Mensching die Stufen hoch.

Aus welchem Zimmer war der Schrei gekommen?

Ich wartete auf eine Wiederholung, und abermals schrie die Frau oder das Mädchen.

Jetzt wusste ich, von wo der Schrei gekommen war.

Die dritte Tür auf der rechten Seite. Ich spurtete hin, riss sie auf und sprang über die Schwelle.

Eine Gardine flatterte im Luftzug. Das Fenster stand offen. Im Bett saß ein braunhaariges Mädchen. Es hatte vor Angst die Decke bis zum Kinn hochgezogen.

Das alles nahm ich in Bruchteilen von Sekunden auf. Und ich sah auch, wohin das Mädchen schaute.

Schräg an mir vorbei – nach oben!

Ich drehte den Kopf und glaubte verrückt zu werden.

Auf dem Schrank saß ein Panther!

Eine pechschwarze Bestie mit glühenden Augen und weit aufgerissenem Maul, sodass ich die spitzen Fangzähne genau erkennen konnte.

Dr. Mensching tauchte auf der Türschwelle auf. Er entdeckte den Panther ebenfalls und wurde kreidebleich. Dann torkelte er nach hinten. Stöhnlaute drangen aus seinem Mund.

Der Panther sprang.

Sein Ziel war ich.

Ich konnte gar nicht so rasch reagieren. Das Raubtier war

ungeheuer schnell. Ich sah nur noch einen Schatten, warf mich zur Seite und deckte instinktiv mit dem angewinkelten Arm mein Gesicht ab.

Dann peitschten die Krallen in meine Schulter. Ich trug noch den Mantel, und selbst der unverwüstliche Burberry-Stoff war den Krallen des Raubtieres nicht gewachsen.

Sie fetzten lange Risse hinein.

Ich prallte zu Boden. Der Panther ebenfalls. Doch er war wesentlich geschmeidiger als ich. Als ich mich zur Seite rollte, schlug er mit den Vorderpfoten zu, und ich hörte die Krallen über meinen Rücken ratschen.

Während ich rollte, zog ich meine Beretta. Noch im Liegen brachte ich sie in Anschlag.

Die Kugel konnte ich mir sparen.

Ein gewaltiger Satz, und der Panther schnellte auf das Fenster zu. Sein geschmeidiger Körper war innerhalb eines Atemzugs verschwunden.

Ich rappelte mich hoch, lief zum Fenster und warf einen Blick nach draußen.

Das Raubtier war auf einen in der Nähe stehenden Baum zugesprungen und lief schon an der mir entgegengesetzten Seite des Stammes hinunter. Blitzschnell war die Riesenkatze im Park verschwunden.

Ich drehte mich wieder um. Zahlreiche Gedanken schossen mir durch den Kopf.

Hatte ich da den Mörder vor mir gehabt? Einen Panther? Bestimmt sogar, denn wie ich wusste, hielt der Arzt, der die Leichen untersucht hatte, viel von der Raubtier-Theorie.

Aber wie kam der Panther hierher?

Sein Lebensraum war nicht Europa, sondern Afrika. In diesem Klima musste er einfach eingehen. Oder war er aus einem Zoo entwichen?

Ich wollte dafür sorgen, dass Kommissar Mallmann in dieser Richtung etwas unternahm.

Dr. Mensching hockte auf dem Gang. Er lehnte mit dem Rücken an der Wand, war kalkweiß im Gesicht und hatte seine rechte Hand gegen die linke Brustseite gepresst.

»Mein Herz«, stöhnte er, »oh, mein Herz!«

Ich ging zu dem Mädchen. Rehbraune Augen schauten mich ängstlich an. Die Kleine hatte sich ganz zurückgedrängt und zitterte wie Espenlaub. Die Knöchel der Finger, die das Laken umklammert hielten, traten weiß und spitz hervor.

Ich lächelte sie an. »Sie brauchen keine Angst zu haben, mein Fräulein. Ich tue Ihnen nichts.«

Sie gab keine Antwort.

»Wie heißen Sie?«

»Hoff«, hauchte sie. »Gisela Hoff.«

Der Name war mir bekannt. Kommissar Mallmann hatte ihn erwähnt. Gisela Hoff war die Freundin des letzten Opfers gewesen. Verständlich, dass sie Angst hatte.

»Ich bin der neue Englischlehrer«, gab ich mich zu erkennen. »Möchten Sie reden?«

Ihr ängstlicher Blick glitt an mir vorbei. Ich drehte den Kopf. Dr. Mensching rappelte sich auf. Mit der linken Hand lockerte er seinen Krawattenknoten. Er taumelte in das Zimmer und ließ sich auf einen Stuhl fallen.

Ich schloss die Tür.

»Was – was war das?«, keuchte Mensching.

»Ein Panther«, erwiderte ich und nahm wieder auf der Bettkante Platz.

»Aber – aber …«

»Sagen Sie nichts, Doktor«, wehrte ich ab. »Es ist besser so. Ich weiß, dass alles sehr unwahrscheinlich klingt, aber wir müssen den Tatsachen ins Auge sehen.«

Der Direktor schwieg.

Ich wandte mich an Gisela Hoff. »Wenn Sie uns nichts sagen wollen, ist es auch nicht schlimm.«

Sie schaute mich an. Ihre Augen schwammen in Tränen. Dann flüsterte sie: »Doch, fragen Sie.«

Ich deutete auf das Fenster, das ich geschlossen hatte. »Haben Sie das Tier hereingelassen?«

Gisela nickte.

»Warum?«

»Weil ich eine Stimme hörte.«

»Erzählen Sie das bitte genauer, Gisela. Sie hörten also eine Stimme. War sie weiblich, männlich?«

»Eine Frauenstimme.«

»Und was sagte sie?«

Gisela Hoff zog die Nase hoch und schluckte. »Sie rief nach mir und lockte mich. Sie sagte immer, ich solle das Fenster öffnen und abwarten. Das ist alles.«

»Was Sie auch taten.«

»Ja.«

Der Direktor begann zu lachen. »Alles Unsinn!«, rief er. »Glauben Sie ihr kein Wort, Sinclair!«

»Nein!«, rief das Mädchen. »Es ist kein Unsinn. Ich habe es erlebt. Ich schwöre es!«

Dr. Mensching hätte sich fast gegen die Stirn getippt, doch auf halbem Wege überlegte er es sich anders.

Ich wandte mich an den Direktor und stellte fest: »Ich stelle hier die Fragen, Dr. Mensching. Bitte, denken Sie daran.«

»Meinetwegen.«

Gisela Hoff sah ihren Direktor misstrauisch an, der sich mit einem roten Tuch den Schweiß von der Stirn wischte.

Aufmunternd lächelte ich dem Mädchen zu. »Sie haben die Stimme vernommen. Kam sie Ihnen bekannt vor?«

»Ja und nein.«

»Was heißt das?«

Gisela Hoff hob die Schultern. »Gehört habe ich sie schon mal. Das ist allerdings auch alles. Ich kann mich nur nicht erinnern, wo ich sie gehört habe.«

»Überlegen Sie genau!«, drängte ich.

»Ich – ich weiß nicht.«

»Gut.« Ich winkte ab. »Erzählen Sie bitte, was dann weiter geschah, nachdem Sie das Fenster geöffnet hatten.«

»Ich stand am Fenster, schaute nach draußen und suchte den Rufer. Doch da meldete sich niemand. Ich versuchte es noch einmal und beugte mich dabei hinaus. Plötzlich …« Gisela stockte. Sie holte tief Luft und sprach leise weiter. »Plötzlich sah ich den Schatten. Zuerst wusste ich nicht, was los war, hörte aber das Fauchen, und im nächsten Moment sprang das Tier ins Zimmer. Ich – ich bin vor Angst bald wahnsinnig geworden, kann ich Ihnen sagen. Ich schrie und warf mich in mein Bett, und der Panther sprang auf den Schrank.« Sie holte noch einmal tief Luft. »Dann kamen Sie.«

»Von der Frau haben Sie nichts mehr gesehen?«, forschte ich.

»Nein.«

»Aber die Stimme klang so laut, dass Sie sie verstehen konnten?«

Gisela nickte und bat um eine Zigarette. Ich gab ihr das Stäbchen und auch Feuer.

Dr. Mensching räusperte sich. Er war leidenschaftlicher Nichtraucher.

Ich unterhielt mich noch einige Minuten mit dem Mädchen und schlug ihm vor, einen Arzt kommen zu lassen. Doch Gisela winkte ab. »Machen Sie sich meinetwegen keine Umstände, Herr Sinclair. Es geht schon wieder einigermaßen. Vor ein paar Tagen war es schlimmer, als sie – als sie meinen Freund fanden.« Gisela sog hastig an der Zigarette, so erregt war sie.

Ich stand auf. »Okay«, sagte ich, »dann bis später.«

»Herr Sinclair?«

»Ja?«

»Ich freue mich schon darauf, wenn Sie Unterricht geben. Morgen bin ich wieder dabei.«

»Das will ich hoffen.«

Zusammen mit Dr. Mensching verließ ich das Zimmer des Mädchens. Auf dem Gang meinte der Direktor: »Den Täter haben Sie nun.« Er sagte es fast heiter.

»Sie denken an den Panther?«

Er nickte.

»Und die Stimme, die das Mädchen gehört hat?«, fragte ich.

Dr. Mensching winkte ab. »Alles Einbildung. Sie steht noch unter Schock.«

Den Eindruck machte mir Gisela Hoff allerdings nicht. Doch das sprach ich nicht aus. Und ein weiterer Gedanke schwirrte mir im Kopf herum. Was war, wenn der Panther und diejenige, die gesprochen hatte, ein und dieselbe Person waren?

Der Direktor blieb plötzlich stehen. Er wirkte auf einmal fröhlich. »Eigentlich ist Ihr Job schon beendet«, meinte er.

Ich tippte ihm gegen die Brust und zeigte ihm meine Zähne. »Im Gegenteil, Herr Doktor. Jetzt fängt der Job für mich erst richtig an.«

Dr. Mensching sah mich an, als hätte er in mir einen Geisteskranken vor sich.

Das Gemälde zeigte ein Abbild des Teufels!

Grausam war das Ziegenbock-Gesicht anzusehen. Hässlich das grinsende Maul, widerlich der behaarte Körper und lächerlich der Bocksfuß. Der Teufel war so dargestellt, wie man es aus zahlreichen Büchern und Veröffentlichungen kannte.

Der Teufel ein Ziegenbock!

Über Jahrhunderte war dieses stilisierte Satanssymbol erhalten geblieben, und auch die drei alten Weiber verehrten ihn.

Denn er war ihr Lehrer und Meister.

Ihm verdankten sie alles. Auch ihr langes Leben.

Die drei alten Weiber hatten eine Aufgabe zu erfüllen. Und der Meister drängte, es endlich zu tun. Er wollte Gefolgsleute haben. Mädchen, junge Mädchen, die ihm huldigten und andere wiederum in den Strudel mit hineinrissen.

Dafür sollten die drei Weiber sorgen. Und dafür hielten sie die höllische Kraft am Leben.

Der Satan schaute auf sie herab. Aus dem Gemälde sah er ihnen entgegen, da die drei mit ihren Rollstühlen vor dem Bild hockten.

Elisa, Martha und Stina waren seine Dienerinnen. Und würden es auch bleiben, bis zum bitteren Ende. Wie lange das noch dauerte, hing von ihnen selbst ab.

Sie mussten Erfolg haben, denn Satan war ungeduldig.

Er wollte die jungen Mädchen.

Die drei Weiber hatten ihre Köpfe in den Nacken gelegt und starrten zu dem Bild an der Wand.

»Satan«, flehten sie und rangen die gichtkrummen Hände. »Wir tun alles, was du verlangst. In vielen Mädchen steckt bereits der Keim des Bösen. Er wird sich erweitern, wird wachsen und dann voll zum Ausbruch kommen. Schon bald, schon heute …«

Satan antwortete nicht. Nur die schwarzen Augen im Kopf des Ziegenbocks veränderten sich. Sie wurden dunkelrot, und die Frauen hatten das Gefühl, von den Blicken durchbohrt zu werden. Sie kreischten und schrien, ruckten in ihren Rollstühlen hin und her und hatten eine nahezu diebische Freude.

Der Teufel hatte ihr Angebot angenommen. Durch seine Blicke gab er ihnen kund, wie wohl er den Dienerinnen gesonnen war.

Die alten Weiber drehten ihre Rollstühle und fuhren aus dem Zimmer. Vor der nach oben führenden Treppe versammelten sie sich und rieben ihre Hände gegeneinander.

Stina kicherte hohl. »Alle, die uns gefährlich werden konnten, haben wir ausgeschaltet. Die jetzt noch übrig sind, stehen auf unserer Seite.«

»Und das Mädchen?«, fragte Martha krächzend.

Elisa fühlte sich angesprochen. »Ich war bei ihr und wollte diese Gisela überzeugen.«

»Und?«

Elisa senkte den Kopf. Sie hatte noch nichts berichtet, aber jetzt musste sie die Karten auf den Tisch legen. »Es kam etwas dazwischen. Ein Fremder stürmte plötzlich in das Zimmer hinein und hat das Mädchen beschützt.«

»Was ist das schon?«, kreischte Stina. »Ein Mann – lächerlich. Wirst du nicht mit ihm fertig?«

Elisas Schultern zuckten. »Eigentlich ja, aber da war etwas, das mir Angst machte.«

»Was denn?«

»Von diesem Mann ging eine Strömung aus, die mich in Panik versetzte. Ich konnte nicht nahe genug an ihn heran.«

Stina und Martha schauten sich an. Sie rollten mit ihren

Stühlen näher. »Das musst du uns genauer erklären, meine Liebe«, sagte Martha.

»Ich kann es auch nicht begreifen, aber ich hatte plötzlich rasende Angst und bin geflohen.«

»Kanntest du den Mann?«

Elisa schüttelte den Kopf. Ihr Faltengesicht zuckte. »Es war ein Fremder.« Sie atmete seufzend. »Er ist bestimmt gefährlich, liebe Schwestern. Ich spüre es. Das ist ein besonderer Mann. Wir müssen achtgeben.«

»Töten!«, kreischte Martha. »Sofort töten. Wir müssen unserem Freund Bescheid geben – sofort.«

»Ja, das machen wir.« Auch Stina und Elisa waren mit diesem Vorschlag einverstanden.

Sie ruckten mit ihren Stühlen herum, sodass sie ein Dreieck bildeten. Dann fassten sie sich gegenseitig an den Händen, schlossen die Augen und konzentrierten sich auf einen Mann in der Schule.

Es war – Harry Hart!

Harry Hart blieb stehen und legte Jane Collins vertrauensvoll die Hand auf die Schulter.

»Hat man Ihnen schon Ihr Zimmer gezeigt, Jane?« Der Sportlehrer sprach die Detektivin kurzerhand mit Jane an. Sie sagte zwar nichts, weil sie keinen Streit wollte, doch wenn Hart noch anhänglicher wurde, würde sie sich schon zu wehren wissen.

»Nein, ich weiß nicht, wo ich wohnen werde.«

»Dann ist dies meine Aufgabe, Sie einzuweisen. Bitte folgen Sie mir.« Er nahm Janes beiden Koffer hoch und schritt davon. Der Detektivin blieb nichts anderes übrig, als hinter ihm zu bleiben.

»Einen Fahrstuhl gibt es leider bei uns nicht«, bemerkte Hart, als sie die Treppe weiter hochstiegen. »Aber wir sind sportlich.« Er lachte. »Übrigens, als ich hörte, dass wir eine neue Kollegin bekommen, war ich sehr gespannt, doch nun bin ich, ehrlich gesagt, enttäuscht.«

»Wieso?«

Harry Hart lächelte und zeigte dabei ein blitzsauberes Gebiss. Auf der gebräunten Haut entstanden um die Augen herum einige Falten. »Ich bin angenehm enttäuscht, Jane. Ich ahnte schon oder hoffte, dass Sie hübsch sind, aber dass Sie so gut aussehen, hätte ich mir in meinen kühnsten Träumen nicht vorgestellt.«

Jane winkte ab.

»Ich meine es ehrlich.«

»Ja, ja, schon gut.«

Sie schritten über den Flur. Etwa in der Mitte blieben sie vor einer dunkel gebeizten Tür stehen. »Dahinter liegt Ihr Zimmer«, sagte der Sportlehrer. »Meins ist gleich gegenüber.«

»Ich glaube kaum, dass mich das interessiert«, erwiderte Jane Collins kalt. Sie mochte die Typen nicht, die so von sich eingenommen waren und dabei glaubten, jede Frau würde ihnen sofort zu Füßen liegen.

Doch Hart lachte nur.

Die Tür war offen, der Schlüssel steckte von innen. Harry Hart folgte Jane in den Raum und stellte die Koffer ab.

Das Zimmer war nicht sehr groß, aber wohnlich eingerichtet. Es beherbergte ein Klappbett, einen Schrank, Tisch, zwei Stühle, ein kleines Sofa, Radio und Fernsehapparat. Eine schmale Tür führte in das blau gekachelte Bad. Das Bett musste erst noch bezogen werden.

Harry Hart stand dicht hinter der Schwelle und schaute sich um. Jane wollte allein sein. »Ich danke Ihnen, Herr Hart«, sagte sie.

Er machte keine Anstalten zu gehen.

»Ist noch was?«, fragte Jane.

»Eine dumme Frage. Haben Sie einen Badeanzug dabei?«

»Ja.«

»Einteilige sind übrigens Vorschrift«, bemerkte Hart, »obwohl ich mir Sie im Bikini sehr gut vorstellen könnte.«

»Es wird wohl bei der Vorstellung bleiben«, entgegnete Jane Collins eisig.

»Was ist eigentlich mit Ihrem Kollegen?«, wollte der Sportlehrer noch wissen.

»Wir sind nicht verheiratet«, klärte die Detektivin ihn auf. »Aber ich finde ihn trotzdem sehr sympathisch. Reicht Ihnen das als Antwort, Herr Hart?«

»Natürlich. Entschuldigen Sie«.« Hart deutete eine Verbeugung an und verschwand.

Jane schloss ab und schüttelte den Kopf. Sie mochte die aufdringliche Art Harts nicht.

Sie packte nur das Nötigste aus ihrem Koffer, verstaute die Kleidungsstücke im Schrank und zog sich dann aus. Nur mit dem Bademantel bekleidet betrat sie das Badezimmer, stieg in die Duschwanne und ließ die heißen Strahlen auf ihren Körper prasseln.

Jane Collins war gespannt, was sie in der Schwimmstunde erwartete.

Zehn Schülerinnen befanden sich in meiner Klasse. Hübsche, junge Mädchen im Alter zwischen achtzehn und zwanzig Jahren. Ich wurde tatsächlich noch rot, als ich vor meinen Schülerinnen stand.

Dr. Mensching machte mich bekannt. Er redete fünf Minuten und sprach hauptsächlich über mein Heimatland.

»Herr oder Mr Sinclair wird Ihnen vor allen Dingen die englische Geschichte näherbringen, meine Damen. Ich hoffe, Sie bringen ihm das gleiche Vertrauen entgegen wie seinem Vorgänger. Ich danke Ihnen.« Dr. Mensching nickte mir zu und machte eine einladende Handbewegung. »Sie sind an der Reihe.«

»Danke sehr.« Ich trat zum Pult. Die Mädchen saßen vor mir auf ihren altertümlichen Bänken. Nichts von einem modernen Klassenzimmer. Hier stand noch der Mief der Jahrhunderte.

Ich wurde fixiert und überlegte mir, wo ich anfangen sollte. Der Direktor verließ auf Zehenspitzen das Klassenzimmer. Ich hörte kaum, dass er die Tür schloss.

Erst einmal machte ich es mir bequem. Die Mädchen bemerkten wohl meine kleine Verlegenheit.

Ich beschloss, auf die leichte Tour anzufangen. »Was hatten Sie denn in den letzten Stunden durchgenommen, meine Damen?«

Ein rothaariger Lockenkopf antwortete. Die Kleine kaute auf ihrem Kaugummi. »Wir waren bei Shakespeare.«

»Sie haben über die Dramen gesprochen?«

»Nein«, kicherte ein Girl aus der zweiten Reihe, »über sein Liebesleben.«

Alles lachte.

Nur ich blieb ernst, obwohl es mir schwerfiel. Ich kreuzte die Beine und umschloss mit den Händen mein Knie. »Über Shakespeares Liebesleben bin ich leider nicht informiert.«

»Sie können ja etwas über sich erzählen«, meinte die Rothaarige.

»Das wird Sie wohl nicht sehr interessieren, meine Damen. Sie werden bestimmt enttäuscht sein.«

»So alt sind Sie doch noch nicht«, meinte eine dritte.

Ich merkte, wie mir der Unterricht, der eigentlich noch gar nicht richtig begonnen hatte, aus den Händen zu gleiten begann. Jetzt hieß es aufpassen.

»Okay, kommen wir zu Shakespeare«, sagte ich. »Ich möchte gern von Ihnen wissen, meine Damen, wann er geboren wurde.«

Keine Antwort.

Schweigen.

Nicht ein Finger reckte sich in die Höhe.

Ich schaute die Schülerinnen an. Stumm – teilnahmslos saßen sie auf ihren Plätzen.

»Also, wann ist er geboren?«

Jetzt gab die Rothaarige eine Antwort. »Wir wissen es nicht, Mister.« Das letzte Wort betonte sie besonders spöttisch. »Wir haben auch kein Interesse daran, es zu erfahren. Wir haben etwas ganz anderes vor. Nicht wahr, Helga?«

Helga war das Mädchen mit den schwarzen Haaren. Sie nickte. Langsam stand sie auf.

Und auch die Rothaarige erhob sich von ihrem Platz. Sie drehte sich etwas und sagte zu den anderen gewandt: »Es ist so weit, Freundinnen. Wir gehen jetzt!«

Ich saß da wie der Ochse vor dem Berg. Was hier geschah, begriff ich nicht.

Noch nicht …

Ich rutschte vom Pult. »Moment mal, meine Damen. Darf ich erfahren, wohin Sie wollen?«

Helga und die Rothaarige waren bereits auf dem Weg zur Tür. Die anderen Mädchen hockten schweigend auf ihren Stühlen. Helga war es, die mir eine Antwort gab.

»Ich kann Ihnen sagen, wohin wir gehen, Mister. Zum Teufel gehen wir. Zum Teufel …«

Das Schwimmbad befand sich im Keller der Schule. Jane Collins hatte über ihren Einteiler einen Bademantel gestreift, als sie nach unten ging. Kaum hatte sie die Eisentür geöffnet, als ihr der typische Schwimmbadgeruch entgegenströmte. Eine Mischung aus Chlor, Seife und Desinfektionsmitteln.

Vor sich sah Jane das große Becken. Unter der Decke klebten zwei starke Leuchtstoffröhren. Ihr Licht spiegelte sich auf der Wasseroberfläche. Die Kacheln des Beckens erstrahlten in einem hellen Blau. Das Wasser warf blitzende Reflexe, die sich an den hellen Wänden widerspiegelten.

Jane gegenüber – auf der anderen Seite des Beckens – befand sich ein Ein-Meter-Brett.

Noch hatte sie niemand entdeckt, da die Decke von zwei starken Säulen gehalten wurde. Nahe einer der Säulen führte eine Tür zu den Duschräumen. Jane konnte hineinschauen, da die Tür offen stand.

Sie zählte genau zehn Mädchen. Sie hatten sich vor der Längsseite des Beckens hingehockt und hörten den Ausführungen ihres Lehrers gespannt zu.

Harry Hart machte eine gute Figur. Sein Körper war sonnenbraun, und die Badehose saß sehr knapp.

Zu knapp, fand Jane. Wenigstens für einen Lehrer. Sie wusste, dass er die Unterprimanerinnen unterrichtete. Auch diese Schülerinnen waren gut entwickelt. Die meisten von ihnen hatten frauliche Körper. Das sah Jane trotz der Einteiler, die sie trugen.

Die Detektivin ließ den Bademantel zu Boden gleiten und umrundete die obere Beckenkante.

Jetzt wurde sie nicht mehr von der Säule verdeckt, und Harry Hart sah sie auch sofort. »Ah«, rief er leutselig, »Miss Collins, der Gast von der Insel, gibt sich die Ehre!«

Jane fand, dass es der falsche Ton war, den Hart vor den Schülerinnen anschlug, sie sagte aber nichts.

Alle Augen wandten sich ihr zu.

Die Detektivin konnte sich mit ihrer Figur sehen lassen. Harry Hart konnte seine Blicke nicht von der neuen »Lehrerin« lösen.

Zwei Schritte vor ihm blieb Jane Collins stehen. Sie knickte den rechten Arm ein und stützte ihn in die Hüfte. »Genug geschaut, werter Kollege?«, fragte sie spitz.

Hart gab keine Antwort, doch was er dachte, stand in seinen Augen zu lesen.

Er wandte sich an die Schülerinnen. »Darf ich Ihnen die neue Lehrerin vorstellen? Das ist Miss Collins. Sie kommt aus England und wird mich bei meiner Arbeit ein wenig unterstützen.«

Die Mädchen sagten ihre Namen. Jane Collins gab allen die Hand. Dann setzte sie ihre Badekappe auf.

Harry Hart deutete auf das Wasser. »Wir waren gerade dabei, den Kopfsprung zu üben. Theoretisch – vorerst. Wie ist es, Miss Collins, haben Sie nicht Lust, uns diese Übung vorzumachen?«

»Okay.«

Harry Hart wandte sich an die Mädchen. »Und ihr schaut genau zu.«

Jane verschwand in der großen Kabine. Sie sah zehn metallene Duschen unter der Decke.

Eiskaltes Wasser rann auf ihre Haut. Die Detektivin duschte sich ab und lief dann zurück in die Schwimmhalle.

Die Schülerinnen waren aufgestanden und hielten sich in Reih und Glied am Beckenrand auf.

Jane Collins schritt an ihnen vorbei und lief leichtfüßig auf das Sprungbrett zu.

Zweiundzwanzig Augen verfolgten jede ihrer Bewegungen. Jane Collins stieg auf das Brett.

Es federte.

Die Detektivin schritt vor bis zum Ende. Unter sich sah sie das Wasser glitzern. Wellen führten kleinere Tänze auf, und das sich widerspiegelnde Deckenlicht wurde hin und her bewegt.

Jane stellte sich auf die Zehenspitzen, streckte ihre Arme nach hinten und machte sich sprungbereit.

Sie holte noch einmal tief Luft und wollte sich abschnellen. Mitten in der Bewegung stoppte sie. Das Brett federte nach, und Jane hatte Mühe, das Gleichgewicht zu halten.

Sie starrte auf das Wasser und konnte kaum fassen, was sie dort mit eigenen Augen sah.

Auf der Wasseroberfläche schwamm eine riesige Teufelsfratze!

Drei, vier Sekunden vergingen.

Die Teufelsfratze lag noch immer auf dem Wasser. Durch die Wellen wurde sie hin und her bewegt. Dabei verzog sich das hässliche Gesicht zu grimassenhaften Fratzen, die jedoch sekundenschnell wechselten, je nachdem wie sich der Wasserspiegel verhielt.

Jane ruderte mit den Armen, um sich auf dem Sprungbrett zu halten.

Da griff Harry Hart ein.

»Spring!«, schrie er. »Los, spring!«

Der Sportlehrer war vorgelaufen, befand sich nur noch wenige Schritte vom Sprungbrett entfernt. In seinen Augen leuchtete es. Dieser Mann war besessen.

Jane schrie zurück. »Sie sind wohl verrückt. Ich springe nicht. Was hat das überhaupt alles zu bedeuten?«

Harry Hart kam noch näher. »Das wirst du schon merken. Spring endlich!«

Jane Collins dachte nicht im Traum daran. Sie riskierte noch einen Blick auf die Schülerinnen.

Wie versteinert standen sie am Beckenrand und schauten auf die Teufelsfratze.

Nein, vor ihnen hatte Jane keine Hilfe zu erwarten. Aber in was war sie da hineingeraten? Welch ein Satanskreis hatte sich um sie geschlossen?

Da riss Harry Hart der Geduldsfaden.

Er stürmte plötzlich vor, sprang auf das Brett, und bevor Jane Collins ausweichen konnte, erhielt sie einen Stoß gegen die Brust, der sie nach hinten schleuderte.

Die Detektivin verlor das Gleichgewicht.

Sie fiel mitten in die Fratze hinein!

Im ersten Moment glaubte ich, mich verhört zu haben. Doch die Mädchen wiederholten ihre Antwort nicht. Stattdessen schritten sie zielstrebig auf die Tür zu.

Hinter mir vernahm ich das leise Lachen der anderen Schülerinnen. Das war es wohl, was einen Reflex bei mir in Gang setzte. Ich lief den beiden nach.

Sie schlugen mir die Tür vor der Nase zu, doch ich riss sie wieder auf und sprang in den Gang.

Helga und ihre rothaarige Freundin hatten ein paar Meter Vorsprung gewonnen. Doch den holte ich schnell auf und bekam sie noch vor der Treppe zu fassen.

An der Schulter zog ich Helga herum.

»Was ist los?«, herrschte ich sie an.

»Lassen Sie mich!«, fauchte sie. »Er wartet schon.«

»Wer wartet?«

»Der Teufel!«, kreischte die Rothaarige und begann zu lachen.

Also doch, ich hatte mich nicht verhört. Na, das konnte ja heiter werden.

»Und wo wartet er?«

»Verschwinde!«, knurrte mich die Rothaarige an. »Hau ja ab, du Mistkerl.« Sie sprach mit einer Stimme, die gar nicht ihr zu gehören schien. Mir wurde plötzlich bewusst, dass das Mädchen unter einem fremden Willen stand.

Wie auch ihre Freundin Helga. Aber sie griff mich plötzlich an. Mit einer Nagelfeile. Das Metall blitzte zwischen ihren schmalen Fingern auf, als sie den Arm von oben nach unten schlug.

Ich sprang zur Seite.

Der Schlag verfehlte mich. Die Faust des Mädchens prallte gegen die Gangwand, und die Spitze der Feile hinterließ eine hässliche graue Furche.

Zu einem zweiten Angriff ließ ich ihr erst gar nicht die Zeit. Ich packte ihren rechten Arm und hebelte ihn herum. Wie von selbst öffneten sich die Finger, sodass die Feile zu Boden klirrte. Ich trat sie weit weg.

Helga versuchte sich aus meinem Griff zu befreien, doch ich hielt eisern fest.

Jetzt griff ihre Freundin ein. Sie hob beide Arme. Ich sah die langen, rot lackierten Fingernägel. Damit konnte sie schon jemanden ernsthaft verletzen.

Ich war darauf nicht scharf, ließ Helga los, stieß sie jedoch gleichzeitig nach vorn, sodass sie gegen ihre Klassenkameradin prallte und beide zu Boden gingen.

Es sah lächerlich aus, aber es war eher zum Weinen.

Noch hatte niemand aus den anderen Klassen etwas von unserer Auseinandersetzung mitbekommen. Ich wollte, dass es auch so blieb, und setzte erst gar nicht nach.

Die Mädchen rappelten sich auf.

Erst schauten sie mich an. Sie warteten darauf, dass ich etwas unternahm. Doch den Gefallen tat ich ihnen nicht.

»Geht, verschwindet!«, herrschte ich sie an. »Geht zu eurem Teufel und bestellt ihm einen schönen Gruß!«

Die Schwarze warf ihre langen Haare zurück. »Ja, wir werden den Satan von dir grüßen, damit er auch dich holt. Warte es nur ab.«

Helga packte den Arm ihrer Freundin. Sie zog sie mit sich fort. Gemeinsam rannten sie den Gang hinunter auf die Treppe zu, wobei die Schwarzhaarige immer wieder Blicke über die Schulter zurückwarf, um zu sehen, wie ich reagierte.

Ich tat erst mal gar nichts.

Eine seltsame Schule war das schon. Anscheinend hatte der Teufel hier großen Einfluss, aber auf solche Sachen war ich spezialisiert. In welch einem Zusammenhang die Schülerinnen und der Panther mit den drei Morden standen, wusste ich noch nicht. Doch ich schwor mir, es herauszufinden.

Erst einmal musste ich sehen, wo die beiden Mädchen hinliefen. Dann konnte man weitersehen …

Jane Collins drehte sich in der Luft, denn sie wollte nicht mit dem Rücken auf die Wasserfläche klatschen, sondern seitlich einschießen.

Es gelang ihr.

Jane stach in das Wasser – und dabei genau in das Gesicht der Teufelsfratze.

Es war rot wie Blut. Die Farbe überdeckte das Blau der Kacheln.

Das Wasser schlug über der Detektivin zusammen. Sie wunderte sich, dass sie keine Schmerzen verspürte, sie hatte sogar damit gerechnet, in kochende Lava zu tauchen.

Doch alles war normal.

Dicht über dem Boden wendete die Detektivin. Sie tat dies mit einer geschmeidigen Bewegung. Jetzt gratulierte sich Jane dazu, dass sie vor dem Eintauchen noch einmal tief Luft geholt hatte. So konnte sie nun den Atem anhalten und zum Beckenrand schwimmen. Somit brauchte sie nicht inmitten der Fratze wieder aufzutauchen.

Über das Gesicht machte sie sich im Augenblick die wenigsten Sorgen. Sie wollte so rasch wie möglich aus dem Becken hinaus.

Jane schwamm unter Wasser weiter. Mit vier langen, gleichmäßigen Zügen hatte sie den Beckenrand erreicht. Sie sah den etwas dunkleren Randstein durch das blaue Wasser schimmern.

Jane tauchte auf. Ein Kraulzug noch, und ihre Hand klatschte gegen den Rand.

Da knallte etwas gegen ihre Stirn.

Jane schrie unbewusst auf und ließ sich nach hinten fallen. Ihr Kopf wurde in den Nacken gerissen. Wasser überspülte das Gesicht, drang in Janes Mund.

Die Detektivin keuchte. Ihr Kopf schnellte wieder aus dem Wasser. Sie trat auf der Stelle und schaute sich um.

Harry Hart hatte ihr den gemeinen Schlag versetzt. Lächelnd stand er am Rand und wies auf seinen Handballen, womit er sie geschlagen hatte. Die Schülerinnen hatten sich um das Becken verteilt. Sie standen jeweils in einem Abstand von ungefähr zwei Metern nebeneinander. Ihre Gesichter waren starr. Die Augen blickten kalt und leer. Und Jane Collins wurde in diesen Augenblicken klar, dass die Mädchen und auch Harry Hart nicht gewillt waren, sie aus dem Becken zu lassen.

Sie machte die Probe aufs Exempel. Jane legte sich auf die rechte Seite und schwamm auf eine Lücke zwischen zwei Mädchen zu. Sobald die Schülerinnen sahen, was die Detektivin vorhatte, schlossen sie die Distanz, beugten ihre Oberkörper etwas vor und waren bereit, Jane Collins wieder zurückzustoßen.

Harry Hart, der Sportlehrer, schaute kalt lächelnd zu.

Doch Jane dachte nicht daran, aufzugeben. Sie probierte es. Bis dicht an den Beckenrand schwamm sie heran, dann gab sie sich selbst den nötigen Schwung und schnellte aus dem Wasser. Mit ihren Händen versuchte sie die Schülerinnen wegzustoßen, doch sie traf nicht. Die Mädchen waren zur Seite gewichen. Stattdessen spürte Jane ihre Fäuste an der Schulter, und sie klatschte wieder zurück in das Becken.

Harry Hart lachte. Sein Gelächter dröhnte in Janes Ohren.

»So schaffen Sie das nie, verehrte Kollegin!«, höhnte er.

Jane schwamm an der Teufelsfratze vorbei und auf die Leiter zu. Sie rechnete damit, dass das Becken dort nicht so tief war, doch sie täuschte sich.

»Sie haben Pech oder Glück gehabt, liebe Miss Collins, dass Sie gerade heute zu uns gekommen sind. Denn dies ist der Tag, an dem er sich der Mädchen annehmen wird.«

Jane spie Wasser aus und rief zurück. »Wen meinen Sie mit er?«

»Schauen Sie auf das Gesicht. Den Teufel natürlich. Wer denn sonst, verehrte Kollegin?«

»Und was habe ich damit zu tun?«

»Das will ich Ihnen erklären!«

»Dann lassen Sie mich endlich hier raus, verdammt noch mal.«

Harry Hart schüttelte den Kopf. »Wo denken Sie hin, liebe Kollegin? Sie haben die Wahl: Entweder Sie machen bei uns mit – oder aber wir lassen Sie hier bis zur Erschöpfung schwimmen.« Er ging ein paar Schritte weiter nach rechts. »Allerdings gibt es noch eine dritte Möglichkeit, meine Liebe. Der Teufel persönlich wird sich Ihrer annehmen. Na, wie gefällt Ihnen das?«

Jane hatte die Badekappe bei ihren Tauchversuchen verloren. Ihre blonde Haarpracht lag wie ein Vlies auf dem Wasser und hing auch in ihrer Stirn.

»Das gefällt mir überhaupt nicht«, erwiderte sie und schlug sich mit einer Kopfbewegung das nasse Haar aus dem Gesicht. »Ich werde mich einen Dreck um Ihre Vorschläge scheren.«

Harry Hart stützte beide Hände in die Hüften. Sein Gesicht wurde zur Grimasse. »Sie scheinen verdammt hartnäckig zu sein!«, zischte er vor Wut sprühend. »Für mich kommt dann nur die dritte Möglichkeit in Betracht. Dass Sie der Teufel holt.«

»Man weiß, wo ich bin!«, rief Jane. »Und man wird mich hier herausholen.«

»Etwa Ihr komischer Kollege? Glauben Sie doch nicht daran. Dem geht es um keinen Deut besser als Ihnen. Auch er steht vor einer Klasse, die dem Teufel zugeteilt worden ist. Damit kommen Sie nicht durch. Was Sie sagen, ist reiner Bluff.«

Da versuchte es Jane Collins ein letztes Mal. Wild warf sie sich nach vorn und kraulte auf den Beckenrand zu. Selten in ihrem Leben war sie so rasch geschwommen.

In diesem Moment brüllte Harry Hart: »Hol sie dir, Satan!«

Er hatte die Worte kaum ausgesprochen, als Wellenberge das Wasser durchkämmten. Jane wurde sofort unter die Oberfläche gedrückt. Als sie dann wieder auftauchte und den Kopf drehte, war die Teufelsfratze verschwunden.

Dafür schwamm ein gewaltiger Krake in dem Becken …

Die Mädchen liefen die breiten Treppenstufen hinunter. Ich blieb am Beginn der Treppe stehen und peilte in den Schacht. Die Schülerinnen gingen hintereinander.

Jetzt erst nahm ich die Verfolgung auf.

Leichtfüßig lief ich über die Stufen, stoppte jedoch, als ich eine Stimme hörte.

»Wo wollen Sie denn hin? Mitten in der Unterrichtsstunde?«

Ich wurde blass. Das Organ klang mir ganz und gar nach einer Lehrerin.

Klar vernahm ich die Stimme der Rothaarigen. »Entschuldigen Sie, Fräulein Dr. Blomersfeld, aber wir gehören zur Schwimmgruppe und sind auf dem Weg ins Bad.«

»Das ist natürlich etwas anderes. Bitte gehen Sie, ich will Sie nicht aufhalten.«

»Danke sehr.«

Wenig später traf ich auf das Fräulein Doktor. Es war die verschrobenste Jungfer in der ganzen Schule. Als sie mich – einen Mann – so plötzlich auftauchen sah, erschrak sie sichtlich. Man hatte sie wohl nicht vorgewarnt.

»Keine Angst«, lächelte ich, »ich tue Ihnen nichts.«

»Aber sind Sie nicht der Neue?«

»Ruhig, meine Gnädigste. Und nun entschuldigen Sie mich. Ich habe noch zu tun.«

An der perplexen Jungfer lief ich vorbei und ließ sie mit ihren Mutmaßungen allein.

Die Schwimmhalle befand sich im Keller. Neben den Heizungs- und Wirtschaftsräumen.

Schon auf den letzten Stufen nahm ich den Geruch von Chlorwasser wahr. Ich mochte ihn nicht.

Die Mädchen blieben vor einer breiten Tür stehen und zogen sie auf. Rasch huschten sie in die dahinter liegende Schwimmhalle.

Ich blieb ihnen auf den Fersen, lockerte sicherheitshalber meine mit Silberkugeln geladene Beretta im Holster und zog dann vorsichtig die linke Hälfte der Tür auf.

Mit einem Auge peilte ich in die Schwimmhalle.

Zahlreiche Mädchen standen am Beckenrand. Sie schauten auf die Wasserfläche. Ich hörte einen Mann irgendetwas rufen, verstand es jedoch nicht, erkannte aber an der Stimme den Sportlehrer Harry Hart.

Im nächsten Moment brodelte und schäumte das Wasser auf.

Ich glaubte, meinen Augen nicht trauen zu dürfen, als ich den gewaltigen Kraken sah, dessen Fangarme das Wasser des Beckens peitschten.

Dann hörte ich den Hilferuf.

Sofort riss ich die Tür weit auf, drang in die Schwimmhalle ein, warf einen Blick auf das Becken und sah Jane Collins im Wasser, die ums Überleben kämpfte.

Jane hatte keine Chance. Einer der Fangarme schob sich aus dem Wasser und pendelte über Janes Kopf …

Die Detektivin kraulte, warf den Kopf herum, sah plötzlich den Arm über sich und fühlte die Todesangst, die in ihr hochstieg. Wasser drang in ihren Mund. Sie hustete und keuchte.

Dann packte der Tentakel zu.

Jane spürte den schleimigen Fangarm auf ihrem Körper. Ihre Schwimmbewegungen wurden abrupt gestoppt. Eine ungeheure Kraft hob sie hoch, und im nächsten Moment schwebte die Detektivin über der Wasseroberfläche. Wie durch einen Schleier sah sie die Mädchen am Beckenrand stehen. Wasser rann in ihre Augen. Jane wollte schreien, doch der Tentakel schnürte ihr die Luft ab.

Sie war herumgedreht worden, sodass sie den unförmigen Körper des Kraken erkennen konnte. Sie sah die beiden großen Augen und die restlichen fünf schenkeldicken Arme der Bestie, die in unregelmäßigen Abständen auf das Wasser peitschten.

Der Krake spielte mit ihr. Plötzlich jagte der Fangarm nach unten. Rasend schnell sah Jane Collins die Wasseroberfläche auf sich zukommen, dann tauchte sie auch schon ein.

Sie hatte keine Luft mehr einatmen können, aber Jane schloss den Mund. Mit dem Rücken schrammte sie über den Boden.

Sie hatte die Hände noch frei und versuchte, sich von dem Tentakel zu lösen.

Zunehmend machte sich der Luftmangel bemerkbar.

Außerdem näherte sich ihr ein zweiter Fangarm, und Jane Collins gab keinen Pfifferling mehr für ihr Leben …

Es war schon zu spät. Wäre ich zwei Sekunden früher erschienen, dann hätte ich es geschafft. So aber packte der Tentakel zu, wand sich um Janes Körper und hob ihn hoch.

Plötzlich schwebte die Detektivin in der Luft.

Ich riss meine Beretta hervor und zielte genau!

Da warf sich eines der Mädchen von der Seite her mit aller Kraft gegen mich.

Ich konnte mich nicht halten und fiel zu Boden. Es war die schwarzhaarige Helga, die mich angegriffen hatte und die sich jetzt wie eine Furie auf mich stürzte.

Die anderen hatten mich wohl gesehen, nahmen aber keine Notiz von mir. Auch Harry Hart nicht. Sie alle starrten auf den riesigen Kraken, in dessen Fangarmen sich Jane Collins befand.

Ich musste jetzt alle Rücksicht fahren lassen, wollte ich Jane vor einem schrecklichen Tod retten.

Mit dem Knie drückte ich das Mädchen zurück, dann packte ich es an der Hüfte und schleuderte es herum.

Helga verlor das Gleichgewicht, taumelte zur Seite, geriet an den Rand des Beckens, der feucht und glitschig war, rutschte durch den Schwung aus und fiel ins Wasser.

Blitzschnell war ich wieder auf den Beinen.

Von Jane sah ich nichts mehr.

Die Bestie hatte sie unter Wasser gedrückt.

Für mich gab es kein Zögern mehr.

Am Rand des Beckens stellte ich mich auf, und dann feuerte ich. Kugel auf Kugel jagte ich aus dem Magazin und in den Körper der dämonischen Bestie hinein.

Das geweihte Silber, die konzentrierte Kraft aus Licht, zerstörte den Dämon.

Wild peitschten die Fangarme das Wasser. Letzte Todeszuckungen durchliefen den Kraken, dann löste er sich buchstäblich vor meinen Augen auf. Erst schrumpfte er zusammen, wurde unansehnlich wie ein alter Apfel, und verbrannte schließlich in einer hellen Rauchfahne.

Aber wo war Jane?

Meine Blicke glitten über die Wasseroberfläche. Die Schwarzhaarige hatte das Becken verlassen. Laut schreiend lief sie auf die anderen Mädchen zu, lamentierte und fuchtelte mit beiden Armen.

Mich kümmerten die anderen im Moment nicht. Ich wollte schon in das Wasser hechten, als ich Jane Collins sah. Mit letzter Kraft schwebte sie der Oberfläche entgegen, gelangte an die Wasseroberfläche und schwamm auf die Leiter zu.

Ich lief hin, um ihr aufzuhelfen.

Doch nun griffen die anderen ein.

Harry Hart feuerte sie an.

Der Sportlehrer, der smarte Sonnyboy, doch in Wirklichkeit ein Diener des Satans.

Ich schaffte es gerade noch, die völlig erschöpfte Jane hochzuhieven, dann musste ich mich um die anderen kümmern.

Jane Collins blieb am Rand liegen. Sie keuchte, hustete und schnappte verzweifelt nach Luft.

Ich konnte ihr jetzt nicht helfen, denn die anderen waren bereits zu nahe. Sie gingen wie Marionetten, wie ferngelenkte Puppen, und in ihren Augen las ich, dass ich von ihnen keine Gnade erwarten durfte.

Harry Hart, der Initiator, hielt sich im Hintergrund. Er schickte seine Mädchen vor.

An der Spitze die Rothaarige aus meiner Klasse.

»Tötet ihn!«, kreischte sie. »Ja, tötet ihn!« Sie streckte ihren Arm aus und deutete mit dem Zeigefinger auf mich.

Die Mädchen nahmen die gesamte Distanz zwischen Beckenrand und Wand ein.

In der rechten Hand hielt ich noch immer meine Beretta. Drei Kugeln steckten noch im Magazin.

Aber was sollte ich damit?

Ich konnte doch nicht schießen! Nicht auf diese jungen Mädchen, auf Menschen, die sich unter die geistige Knute eines Dämons hatten zwingen lassen.

Und sie kamen näher.

Ich wich etwas zurück.

Sie gingen weiter.

»Ja, holt ihn euch!«, feuerte Harry Hart seine Geschöpfe an. »Er ist ein Feind des Teufels. Er hat hundertmal den Tod verdient!«

Ich warf einen raschen Blick auf Jane Collins. Es ging ihr immer noch mies, aber sie bemühte sich, auf die Füße zu gelangen. Ich streckte ihr meine Hand entgegen.

Jane ergriff sie und zog sich hoch.

Wie konnten wir uns wehren?

Fliehen? Eine Möglichkeit. Aber damit hatten wir die Mädchen nicht besiegt. Sie würden die anderen Schülerinnen, die normalen, ebenfalls in den Strudel mit hineinreißen.

Was also dann?

Noch drei Meter trennten uns.

Schweiß bedeckte meine Stirn. Bis Jane Collins plötzlich die rettende Idee hatte.

»Das Kreuz, John! Nimm dein Kreuz!«

Das war die Lösung! Ich selbst hatte im Moment nicht daran gedacht. Ich sprang so weit zurück, dass ich fast die Tür im Rücken spürte. Jane Collins zog inzwischen die eine Hälfte auf und stand schon halb im Treppenhaus.

Ich aber nahm das Kreuz mit den teilweise enträtselten Zeichen von meiner Brust und hielt es den Mädchen entgegen.

Zuerst geschah nichts.

Sie gingen weiter.

Einen Schritt – den zweiten …

Ich hatte schon Angst, dass das Kruzifix diesmal versagte, doch dann geschah das, worauf ich hoffte.

Die Mädchen blieben stehen.
Abrupt, als wären sie gegen eine Wand geprallt.
Ich fühlte, wie sich das Metall in meiner Hand erwärmte, wie die Kräfte des Guten aktiviert wurden und ihre unsichtbaren Strahlen aussandten, die auf die irregeleiteten Menschen trafen.
Sie wirkten wie ein Schock.
Allerdings wie ein positiver.
Der starre Ausdruck in den Augen verschwand. Klar schimmerten wieder die Pupillen.
Ich lächelte in dem Bewusstsein, es geschafft und eine vorläufige Gefahr gebannt zu haben.
Die Schülerinnen schauten sich gegenseitig an. Erste Worte wurden gesprochen.
»Was ist los? Wie kommen wir hierher?«
Ratlosigkeit, Unverständnis, wohin man schaute.
Jane Collins schloss die Tür. Allerdings von innen. Die Detektivin kehrte wieder zurück. Auch auf ihrem Gesicht las ich die Erleichterung.
»Kümmere du dich um die Schülerinnen«, sagte ich, während ich die beiden Mädchen aus meiner Klasse anschaute.
Auch Helga und ihre rothaarige Freundin waren wieder zu normalen jungen Menschen geworden.
Wir hatten alle aus den Klauen des Teufels entrissen. Und das wusste auch Harry Hart.
Er schrie einen wilden Fluch.
»Verdammt sollst du sein, Sinclair!«, brüllte er, dass es laut durch die Schwimmhalle dröhnte. »Ich werde noch mit dir abrechnen. Wir treffen uns wieder.«
Der Sportlehrer stand auf dem gegenüberliegenden Rand des Beckens. Er tobte und brüllte, aber dann warf er sich herum und wollte verschwinden.
»Gib du auf die Mädchen acht«, rief ich Jane Collins zu und nahm die Verfolgung auf.
Ich wartete die Antwort der Detektivin nicht ab und rannte so schnell es ging um das Becken herum. Die Tür, die Hart aufgerissen hatte, führte in eine Sauna.

Ich gelangte in einen kleinen Umkleideraum und schaute in ein Badezimmer.

Übereinander liegende Holzbänke dekorierten die Wand. Einen Ausgang entdeckte ich dort nicht.

Dafür in dem kleinen Vorraum, in dem ich mich befand. Es war nur eine schmale Tür und meiner Meinung nach Harts einzige Fluchtmöglichkeit. Ich riss die Tür auf und gelangte in einen schmalen Kellergang, der durch mehrere an der Decke hängende Glühbirnen spärlich erhellt wurde. Unter der Decke liefen armdicke Rohre entlang. Spinnweben glitzerten zwischen Stein und Metall.

Ich schaute den Gang entlang. Wohin war der Kerl verschwunden? Hatte er sich versteckt, lauerte er auf mich, um mir eine Falle zu stellen und hinterrücks zuschlagen zu können?

Ich hielt meine Beretta weiterhin fest umklammert. Hier unten war es grabesstill. Stimmen aus dem Schwimmbad waren nicht zu hören. Nur das Tropfen von Wasser drang an meine Ohren.

Die Hälfte des Gangs hatte ich hinter mich gebracht, als ich das Schlagen einer Tür hörte.

Ich blieb stehen.

Das Geräusch war von vorn erklungen. Dort irgendwo musste mein »Freund« lauern.

Langsam ging ich weiter, setzte Fuß vor Fuß, tauchte, da eine Glühbirne an der Decke defekt war, in eine Schatteninsel ein, durchquerte sie und schlich weiter.

Das silberne Kreuz baumelte jetzt vor meiner Brust.

Seit ich wusste, was die eingravierten Zeichen zu bedeuten hatten, war mir wohler. Das Kruzifix war uralt, und sein Weg, den man eigentlich nur als Legende bezeichnen konnte, führte weit zurück. Angeblich sollte das Kreuz von den Erzengeln abstammen, und wenn ich ehrlich gegen mich selbst war, so glaubte ich dies auch. Denn als ich einmal die Namen der vier Engel rief, erstrahlte das Kreuz in einem blendenden Licht und tötete einen der gefährlichsten Vampire.

Es gab nur eine Tür, die zugefallen sein konnte. Und genau

vor der blieb ich stehen. Sie befand sich auf der linken Seite des Ganges, war aus Metall und wies außen einige Beulen auf.

Als ich die Tür aufzog, spürte ich den Luftzug, der über mein Gesicht streifte.

Irgendwo musste es eine weitere Öffnung geben, sodass dieser Zug entstehen konnte.

Ich betrat einen finsteren Kellerraum, drückte die Tür hinter mir lautlos ins Schloss und verhielt mich erst einmal still, um nach verdächtigen Geräuschen zu lauschen.

Vorerst blieb alles ruhig.

Langsam gewöhnten sich meine Augen an das Dämmerlicht, und ich sah Umrisse und Konturen.

Ich war wohl in einem Heizungskeller gelandet, denn links von mir befanden sich hohe Kessel, von denen dicke Rohre in die Wände liefen. Armaturen zeigten Druck und Ölstand an. Ihr Glas schimmerte wie leere Augen. Geradeaus sah ich Werkzeug. Es hing an der Wand. Ich konnte einen Bohrer, eine Säge, einige Hammer und mehrere Zangen erkennen.

Und links pfiff die Luft durch einen Schacht. Er begann dicht unter der Decke und führte schräg nach draußen.

Ich hielt den Atem an. Die Armaturen summten leise. Die Nadeln auf den Instrumenten zitterten. Es war alles in Ordnung, wenn hier nicht irgendwo mein Gegner gelauert hätte.

Aber wo hielt er sich versteckt?

Als einzige Möglichkeit kam nur ein Platz hinter den Tanks in Frage.

Ein reiner Nervenkrieg begann. Wer verriet zuerst seine Position? Der Sportlehrer oder ich?

Ich hatte Zeit, war auf solche Geduldsspiele eingerichtet, aber der andere hatte es sicherlich sehr eilig.

Nach zwei Minuten tat sich etwas.

Zuerst vernahm ich nur ein kaum hörbares Knirschen. Schlich da einer davon?

Ich hielt den Atem an und lauschte.

Jetzt fiel ein schmaler Schatten auf die hellere Wand, wo das Werkzeug hing.

Ich wusste sofort, was mein Widersacher vorhatte. Er wollte sich einen Hammer oder eine Säge schnappen, um mich damit zu attackieren.

Das musste ich verhindern.

Der Schatten streckte sich, er wurde länger, und aus dem dunklen, noch unförmigen Gebilde schälten sich ein Arm und eine Hand, deren Finger gespreizt und gleichzeitig gekrümmt waren.

Um zugreifen zu können!

Ich startete wie ein Sprinter, schnellte aus meiner geduckten Stellung hoch, jagte quer durch den Kellerraum und seitlich auf den Sportlehrer zu.

Harry Hart wurde überrascht. Er reagierte erst, als es bereits zu spät war.

Die Finger, die schon einen Hammerstiel gepackt hielten, rutschten ab. Mit voller Wucht prallte ich gegen ihn. Beide fielen wir und rollten über den Boden. Ich hatte dabei das Pech, dass ich ihn zu tief an der Hüfte gepackt hielt, sodass Hart mir seine Fäuste auf den Rücken schlagen konnte.

Der Kerl hatte Kraft, aber mein Rücken hatte schon härtere Schläge schadlos überstanden. Ich schleuderte Harry Hart herum und ließ ihn sofort los.

Es dröhnte wie bei einem angeschlagenen Gong, als er gegen den Heizkessel fiel.

Er schüttelte den Kopf und hob beide Fäuste. Diese Geste bewies mir, dass er noch lange nicht genug hatte. Harry Hart wollte weiterkämpfen.

Und er griff an.

Wild und ungezügelt, von einem dämonischen Trieb besessen. Leider verstand er etwas vom Boxen, sodass ich wahrlich auf der Hut sein musste, um keinen harten Schlag zu kassieren.

Links, rechts – rechts, links, so flogen die Fäuste heran.

Die meisten Schläge konnte ich abblocken. Ich nahm ihnen mit der vorgeschobenen Schulter die größte Wucht oder ließ die Schläge an meinen hochgerissenen Armen abrutschen.

Quer durch den Keller tobte der Kampf.

Und langsam verlor Harry Hart seine Kondition. Er prustete und schnaubte. Hin und wieder sah ich zwischen den Fäusten sein schweißnasses Gesicht auftauchen, das vor Anstrengung verzerrt war.

Leider kämpfte er nicht fair, sondern versuchte auch Tiefschläge anzusetzen, denen ich aber durch geschickte Beinarbeit auswich.

Und dann kam er doch durch.

Ein aus der Hüfte geführter Schlag überwand meine Deckung. Durch rasches Zurücknehmen meines Kopfes erreichte ich, dass mich die Faust nur am Kinn streifte.

Ich gab mich allerdings angeschlagener, als ich war, und fiel zurück bis gegen die Wand.

Hart stieß einen Triumphschrei aus.

Noch während er schrie, flog seine Faust heran.

Ich zog genau im richtigen Moment den Kopf ein.

Der Luftzug der über mich hinwegzischenden Faust erfasste noch meine Haarspitzen, dann aber krachte die Hand gegen die Wand.

Harry Hart heulte auf wie eine alte Sirene. Er taumelte zurück und hielt seine Faust.

Er wankte zurück.

Ich folgte ihm.

»Gib auf«, riet ich dem Sportlehrer, »du hast keine Chance mehr. Ich bin besser.«

Er schüttelte den Kopf. War stur wie ein Bulle, der ein rotes Tuch gesehen hatte.

Dann tat er etwas für mich Unverständliches. Er warf sich auf dem Absatz herum, sprintete in Richtung Tür, machte plötzlich kehrt und hetzte auf den Luftschacht zu.

Ich hatte ihn verfolgt, fiel auf den Trick rein, konnte nicht so rasch stoppen und prallte gegen den Tank.

Wieder dröhnte es durch den Keller. Als ich mich umdrehte, sah ich Hart am Schacht stehen. Er hatte die Arme erhoben, seine Hände verschwanden in der Öffnung, und ich nahm an, dass er damit die Sprossen einer Steigleiter umklammerte.

Ich hatte mich nicht getäuscht.

Als ich bei ihm war, wollte er soeben das linke Bein anziehen. Meine Hand schnappte zu, und fünf Finger umklammerten seinen Knöchel.

Hart fluchte.

»Mach endlich Schluss!«, forderte ich ihn auf.

Er dachte nicht daran, sondern trat mit dem anderen Bein nach mir. Fast hätte mich die Schuhspitze an der Stirn getroffen. Jetzt war ich es leid. Mit einem gewaltigen Ruck zog ich den Kerl zu mir herunter.

Hart schrie auf und prallte neben mir zu Boden.

»Das hätten Sie sich ersparen können«, sagte ich.

Er fauchte mich an wie ein Raubtier. Noch immer war die Kraft des Satans in ihm nicht gebrochen.

Dann aber zeigte ich ihm das Kreuz.

Plötzlich zuckte er wie unter einem Stromstoß zusammen.

»Sieh her«, sagte ich. »Sieh es dir genau an. Damit werde ich dir den Satan aus dem Leib treiben.«

Harry Hart keuchte. Er rutschte zurück, bis er mit dem Rücken gegen die Wand stieß. Abwehrend streckte er einen Arm vor und schloss dazu noch die Augen, um das Kruzifix nicht ansehen zu müssen.

Es nützte ihm nichts.

Ich riss seine Hand zur Seite und näherte das Kreuz seinem Gesicht. Die magischen Strahlen wurden stärker, sie erreichten sein Inneres und kämpften gegen den bösen Einfluss an.

Der Körper des Mannes bäumte sich auf. Wie eine Sehne bog er sich durch. Und plötzlich fiel er zusammen. Auf dem Rücken blieb er liegen, die Augen halb geschlossen.

Das Kreuz hatte ihn besiegt. Harry Hart war wieder ein normaler Mensch.

Ein Mensch, mit dem man reden konnte.

In seinen Augen sah ich das gleiche Nichtverstehen wie zuvor bei den Mädchen.

Aber er erkannte mich. »Sinclair«, ächzte er. »Was – was, zum Henker, tun Sie hier?«

»Das ist eine lange Geschichte, die ich Ihnen vielleicht

später erzählen werde. Vorher jedoch habe ich einige Fragen an Sie, Herr Hart.«

Er schluckte und holte tief Luft. Mit der rechten Hand strich er sich über das schweißnasse Gesicht. Dabei schaute er auf seine Knöchel, die zwar dick angeschwollen, zum Glück aber nicht gebrochen waren.

»Okay, Sinclair, was wollen Sie wissen?«

Ich stellte meine Fragen, und die Antworten, die er mir gab, überraschten mich mehr und mehr …

Das Gasthaus trug den schönen Namen »Zur schönen Aussicht«. Es lag mitten im Dorf, und die Aussicht endete am Dach des gegenüberliegenden Gebäudes.

Schaute man allerdings aus den Zimmern, die nach hinten lagen, so glitt der Blick über weite Felder, grüne Wiesen und dichte Wälder, bis hin zum Horizont, wo Enthusiasten immer das Meer schimmern sehen.

Doch meistens erst nach dem zehnten Korn.

Und Korn wurde viel getrunken. Es gab ihn sogar farbig. Rot, grün und blau.

Einen normalen Korn bot der Wirt zur Begrüßung an. Kommissar Mallmann und Suko – sie hatten hier ihre Zimmer gemietet – nahmen dankbar an. Mallmann kippte den Schnaps in die Kehle, während Suko doch mehr nippte und dabei das Gesicht etwas verzog.

Er war kein Freund von harten Getränken.

Die Zimmer erreichte man von einem kleinen Flur aus. Man brauchte nicht erst durch die Gaststätte zu gehen.

Mallmanns und Sukos Räume lagen oben in der ersten Etage. Wegen der guten Aussicht. Doch die kümmerte den Kommissar nicht. Ihm kam es darauf an, dass die Zimmer sauber waren.

Und das konnte er schon nach einer ersten Inspektion bestätigen. Es gab zwar nur eine Etagendusche und nur ein Etagenklo, aber Waschbecken und Spiegel im Zimmer blitzten.

Auch Suko war zufrieden.

Die beiden wollten ein wenig ausruhen und dann hinunter in die Gaststätte gehen, um etwas Anständiges zu essen. Der Wirt war berühmt für seine Hausmannskost. So etwas ließ sich der gute Kommissar Mallmann nie entgehen.

Und auch Suko freute sich darauf, eine typisch deutsche Mahlzeit zu probieren. Was es gab, wusste er noch nicht. Er ließ sich überraschen.

Während sich der Chinese ein wenig aufs Ohr legte – mit mir wollten sie erst am frühen Nachmittag, wenn der Unterricht beendet war, zusammentreffen –, packte Will Mallmann seine Reiseschreibmaschine aus, stellte sie auf den Tisch und spannte einen Bogen nebst Durchschlag ein. Er war Beamter und musste auch auf Dienstreisen seine Berichte schreiben.

Will Mallmann stützte sein Kinn auf beide Hände und furchte die Stirn. Er überlegte, wie er am besten anfangen sollte, und schüttelte dann den Kopf. Diese dienstlichen Berichte waren ein Gräuel.

Mallmann trat ans Fenster und schaute nach draußen. Überall lagen noch Schneereste auf dem braunen Wintergras. Von der See her pfiff ein steifer Wind. Er spielte mit den langen blonden Haaren eines Mädchens, das eine schmale Straße entlangradelte. Vorbei an Feldern und Wiesen.

Das Mädchen hielt auf das Dorf zu. Es überholte sogar noch einen Trecker. Ein einsamer Lastwagen rumpelte ebenfalls in Richtung Dorf. Mallmann ließ seine Blicke höher wandern.

Der Himmel nahm eine graue Farbe an. Wolkenberge türmten sich am Firmament. Sie sahen schwer aus und würden wohl Schnee oder Schneeregen bringen.

Verstreut lagen die einzelnen Gehöfte. Manche Dächer waren mit Riedgras gedeckt. Andere wiederum waren mit Dachpfannen versehen, die hellrot schimmerten.

Es war ein schönes Land, dieses Schleswig-Holstein. Im Westen und Osten von Nord- und Ostsee umspült. Ein Land, in dem sich vieles um die Seefahrt drehte.

Alte Geschichten erzählten von versunkenen Städten, von Geistern und Meerungeheuern, von Feen und Trollen. Und es gab noch die Sage um die untergegangene Stadt Veneta, deren Bewohner in Saus und Braus gelebt und kein Herz für die Armen gehabt hatten. Bis es dem Herrgott zu viel wurde und er das Meer schickte, das die Stadt mit ihren Einwohnern verschlang.

Will Mallmann spürte die aufkeimende Müdigkeit. Die lange Fahrt hatte ihn geschlaucht.

Er schlug die Bettdecke zurück und legte sich aufs Ohr. Der Kommissar wollte nur ein paar Minuten die Augen schließen, doch ehe er sich versah, war er eingeschlafen.

Wie Suko.

Kurz nach zwölf Uhr wurde Mallmann wach. Hastig setzte er sich auf und schaute zum Fenster.

Grau in grau lag das Land dahinter. Die Wolkendecke war noch dichter geworden. Sie hing ein paar hundert Meter hoch über dem Erdboden. Jeden Moment konnte es anfangen zu regnen.

Der Wind rüttelte an den Fensterläden, und obwohl es warm im Zimmer war, zog Will fröstelnd die Schultern hoch.

Er wusch sich und verließ den Raum.

Mallmann klopfte an Sukos Tür. Der Chinese öffnete sofort. Er grinste von Ohr zu Ohr.

»Eigentlich wollte ich dich schlafen lassen«, sagte er zur Begrüßung und gab die Tür frei.

»Nein.« Mallmann winkte ab. »Lass uns nach unten gehen. Ich habe einen Bärenhunger.«

»Frag mich mal.«

Suko schloss die Tür ab, während der Kommissar schon vorging. Ein blitzsauberer, rot gemusterter Teppich lag auf den Stufen der hellen Holztreppe. Das Geländer war noch echte Drechslerarbeit. Auf der Fensterbank am ersten Treppenabsatz standen bunte Topfblumen. Sie blühten auch den Winter über.

Der Wirt wartete bereits.

Er hieß Hansen, war ein jovialer Bursche mit roten Wangen und einem beachtlichen Bauch, um den er eine lange weiße Schürze gebunden hatte. Die Ärmel des gemusterten Hemds waren hochgekrempelt, sein Gesicht strahlte.

»Ah, da sind die Herrschaften ja«, sagte er mit strahlendem Lächeln, »ich habe bereits gedeckt.«

»Fein.« Mallmann freute sich.

Er führte Will und Suko zu einem Tisch am Fenster, von wo aus sie die Straße beobachten konnten.

Es saßen noch einige Gäste im Lokal, und auch an der Theke standen drei Männer. Sie musterten Suko von Kopf bis Fuß. Der Chinese machte sich nichts daraus, er war so etwas gewohnt.

Will schaute aus dem Fenster. Die Gaststätte befand sich ziemlich in der Mitte des Dorfes. Gegenüber lag das Bürgermeisteramt, eine Apotheke, ein Supermarkt, ein Metzger, Konfektionsgeschäfte und eine Reihe von Parkbuchten, die alle besetzt waren. Frauen gingen einkaufen. Kinder spielten auf den sauberen Bürgersteigen. Es war eine gepflegte Stadt. Wenigsten nach außen hin.

Und in dieses Muster an Sauberkeit war nun ein dreifacher Mörder eingebrochen.

Der Kommissar fragte sich, was wohl hinter den Stirnen der Menschen vor sich ging, was sie dachten, ob sie sich vielleicht gegenseitig verdächtigten, die Morde begangen zu haben.

Mallmann bestellte ein Bier.

Suko wollte Mineralwasser nehmen, doch auf Anraten des Wirts bestellte auch er sich den Gerstensaft.

»Zu unserem Essen schmeckt Bier wirklich besser«, sagte Hansen.

Eine dralle Bedienung mit blonden, dicken Zöpfen brachte das Essen.

Es gab Grünkohl und Mettwurst, dazu noch Speck und Kasseler. Ein wahrer Leckerbissen für die meisten Deutschen. Und die Bratkartoffeln waren auch nicht zu verachten.

Suko hatte so etwas noch nie gegessen. »Was ist das denn?«, fragte er und zeigte auf die dampfenden Schüsseln.

Will Mallmann rieb sich die Hände und erklärte es.

»Schmeckt das denn?«

»Besser als eure chinesische Frühlingsrolle«, erwiderte er.

»Na, dann wollen wir mal.«

Mallmann und Suko legten sich die feinen Sachen auf den Teller. Der Kommissar nahm erst einen großen Schluck Bier. Dann begann er zu essen. Es beobachtete Suko dabei ganz genau und sah, wie sich das Gesicht des Chinesen immer mehr verklärte.

»Das ist ein Essen«, schwärmte er. Suko schmeckte es so gut, dass er Nachschlag bestellte.

Das freute natürlich den Wirt. Sogar seine Frau kam aus der Küche. Sie stellte sich als die Köchin des Grünkohls vor.

Mallmann schlug auf seinen Bauch und ließ sich erschöpft auf dem Holzstuhl zurücksinken. »Sagenhaft«, stöhnte er, »aber jetzt bin ich so satt, dass nichts mehr hineinpasst. Beim besten Willen nicht.«

Suko aß noch immer. Er hatte sich auch schon ein großes Glas Bier nachbestellt. »Ein Mann muss essen«, sagte er. »Wer weiß, wann wir wieder etwas kriegen.«

Die Wirtin lachte. »Da haben Sie recht. Essen Sie nur, solange es Ihnen schmeckt.«

Sie verstand Sukos holpriges Deutsch.

Als die Wirtin in die Küche verschwand und die Tür hinter sich zudrückte, betrat ein Mann das Lokal, dessen Mittagspause soeben begonnen hatte.

Der Mann war Karl, der Lebensmittelfahrer. Er ging sofort zur Theke und erhielt einen Korn und ein Bier. »He, Karl«, sagte der Wirt. »Auch wieder hier?«

Karl nickte und kippte den Korn. »Noch einen«, verlangte er.

Hansen bekam große Augen. »Was ist denn los mit dir, Karl? Du trinkst den zweiten doch immer erst nach dem Essen. Ist was passiert?«

Karl nickte. »Das kann man wohl sagen.«

»Erzähle.« Der Wirt stellte den Korn hin und beugte sich neugierig nach vorn.

Auch die anderen Gäste an der Theke warteten gespannt darauf, was Karl zu berichten hatte. Er fühlte sich als Mittelpunkt, ließ sich auch nicht lange bitten und fing an.

»Ich glaube, ich weiß, wer der Mörder ist!«

Seine Worte schlugen ein wie eine Bombe.

In der Gaststätte wurde es ruhig.

Will Mallmann horchte ebenfalls auf, und Suko ließ sein Besteck sinken.

Der Wirt lachte gekünstelt. »Du machst doch einen schlechten Witz, mein Lieber?«

»Nein.« Stur schüttelte Karl den Kopf. »Was ich gesehen habe, das habe ich gesehen.«

»Und was war das?«

Karl nahm erst einmal einen langen Schluck aus dem Glas und wischte sich den Schaum von den Lippen. Ein paar Reste blieben noch in seinem Oberlippenbart kleben, doch das störte ihn nicht. Dann blies er seine Wangen auf und schüttelte den Kopf. »Tut mir leid, aber das sage ich der Polizei. Nur der.«

Die Gäste waren enttäuscht. Erste Rufe wurden laut.

»Karl, mach keinen Mist, Mensch.« Oder: »Karl, sei doch kein Frosch. Stellst dich an wie eine Jungfrau.« Ein anderer meinte: »Ist doch egal, Karl.«

Karl blieb stur. Er stellte sich aufrecht hin, rollte mit den Augen und ließ seine Schnurrbartenden zittern. »Kameraden, ich spreche nur mit der Polizei.« Dabei hob er gewichtig den rechten Finger, um seinen Worten die nötige Unterstreichung zu geben.

Der Lebensmittelfahrer trank sein Glas leer und sagte laut und deutlich: »Zahlen!«

Hansen kassierte.

Stolz wie ein König drehte sich Karl um und wollte das Lokal verlassen. Kommissar Mallmann hatte die gesamte Zeit über mit Interesse seinen Ausführungen zugehört. Er mochte diesen Burschen. Karl gehörte zu den Typen, wie sie die Gegend hier schuf. Und bevor er zur Dorfpolizei lief, wollte Mallmann ihn sich vornehmen.

»Einen Moment bitte, der Herr«, rief der Kommissar und erhob sich von seinem Platz.

Karl blieb stehen. Sein rundes Gesicht zeigte Überraschung. Er wirkte in diesem Moment wie ein großer Teddybär und deutete dabei auf seine Brust. »Meinen Sie mich, mein Herr?«

Mallmann lächelte. »Ja. Ich möchte, dass Sie sich für ein paar Minuten zu uns setzen.«

Karl schüttelte den Kopf. »Tut mir leid, aber ich muss weg.«

Will ging auf Karl zu und flüsterte ihm ins Ohr: »Die Polizei sind wir.« Er wollte nicht, dass die anderen das Gespräch mitbekamen, sie waren sowieso schon neugierig genug.

Karl zögerte noch, doch Mallmanns zwingender Blick beseitigte seine Zweifel.

Er setzte sich zu Will und Suko an den Tisch.

Der Kommissar stellte seinen Kollegen und sich vor. »Und wie heißen Sie?«, erkundigte er sich.

Karl knetete seine leicht gerötete Nase. »Ich heiße einfach nur Karl. Sagen Sie Karl zu mir, so nennen mich hier alle.«

»Okay, also, Karl.«

Will Mallmann holte seinen Ausweis hervor und zeigte ihn Karl, um dessen Zweifel auszuräumen.

»Möchten Sie ein Bier?«, fragte Will.

Karl schmunzelte. »Ein Körnchen auch.«

Er erhielt beides. Nachdem er seine Filterlose angezündet und einen Schluck getrunken hatte, fragte er: »Was wollen Sie von mir wissen?«

Mallmann sah den Burschen ernst an. »Mein Kollege und ich sind hier, um diesen dreifachen Mord aufzuklären. Wie wir vorhin hörten, haben Sie etwas entdeckt. Was war dies genau?«

Karl zog die Nase hoch und nahm noch einen Schluck. Dann berichtete er ausführlich von seinem Besuch bei den alten Frauen. »Und als ich dann in die Küche kam, sah ich das Messer mit der blutigen Klinge. Damit haben die Weiber sicherlich die armen Geschöpfe umgebracht.«

»Aber die Frauen sitzen im Rollstuhl«, gab der Kommissar zu bedenken.

»Trau schau wem«, erwiderte Karl philosophisch. »Dieses Haus ist mir sowieso nicht geheuer.«

»Nicht?« Will runzelte die hohe Denkerstirn.

»Ja. Man erzählt sich schlimme Geschichten über das Gemäuer. Der Platz, auf dem das Haus steht, ist verflucht.

Vor einigen hundert Jahren, kurz nachdem der Dreißigjährige Krieg zu Ende war, haben dort, wo das Haus steht, die letzten Hexenverbrennungen stattgefunden. Die haben da drei Scheiterhaufen aufgestellt. Sie können das noch in der Kirchenchronik nachlesen. Kurz bevor die Hexen starben, haben sie noch einige Flüche ausgestoßen und gesagt, dass dieser Platz ein Areal des Teufels wäre und dass der Satan sich so etwas nicht ohne weiteres gefallen lassen würde. Irgendwann würde er sich rächen.«

Suko mischte sich ein. Er kam wieder auf die Frauen zu sprechen. »Was sind das denn für Typen?«

Karl nahm einen Schluck. Er trank das Bier wie ein Profi. »Das sind uralte Weiber. Manche sagen, die seien erst achtzig, andere wiederum schätzen sie auf mindestens hundert Jahre. Aber was Genaues weiß niemand. Soweit ich mich jedoch erinnern kann, haben sie schon immer in dem verfallenen Haus gewohnt.«

»Haben Sie noch andere Hinweise auf die Morde entdeckt?«, wollte Mallmann wissen.

»Nein – aber reicht das nicht?«

»Da haben Sie recht, Karl.«

»Können Sie uns zu diesem Haus bringen?«, fragte Suko.

»Nein!« Die Antwort kam spontan, und Karl bestellte sich auf den Schreck, den diese Frage bei ihm ausgelöst hatte, noch einen Korn. »Da fahre ich vorerst nicht wieder hin.«

Will Mallmann lächelte. Er konnte Karl verstehen. »Würden Sie uns denn den Weg erklären?«

»Das kann ich machen.«

Karl erklärte in seiner etwas langatmigen Art den beiden Männern, wie sie das Haus erreichen konnten. Dann fragte er: »Wollen Sie denn jetzt dorthin?«

»Vielleicht später.«

»Dann kann ich gehen?«

»Ja, Karl.« Will Mallmann legte seine Hand auf Karls angewinkelten Arm. »Und zu keinem ein Wort über unser Gespräch. Auch nicht zur örtlichen Polizei.«

Karl legte seine Hand auf die Brust. »Ehrenwort!«

Mallmann lächelte. »Okay, schon gut.«

Karl stand auf und schritt davon. Sein Gang war schon leicht onduliert. Die Körnchen klebten ihm in den Knochen. Aber er brauchte heute nicht mehr zu fahren. Er konnte sich an diesem Nachmittag im Lager aufs Ohr legen.

Anders Will Mallmann und Suko. Für die beiden fing die Arbeit erst richtig an. Dieses Haus, von dem Karl gesprochen hatte, schien wirklich sehr interessant zu sein …

Ich ließ Harry Hart nicht aus dem Keller, denn hier unten waren wir beide ungestört.

Das Kreuz hatte ich weggesteckt, ebenso die Beretta. Ich glaubte nicht mehr daran, dass der Sportlehrer Schwierigkeiten machen würde. Er war völlig geknickt.

Die Reue quälte ihn. »Was habe ich nur gemacht?«, fragte er leise. »Was habe ich nur angestellt?«

Ich lächelte ihm aufmunternd zu. »Es ist zum Glück nichts Schlimmes geschehen, Herr Hart.«

»Und die drei Morde?«

»Nehmen Sie denn an, dass sie in einem unmittelbaren Zusammenhang mit Ihnen stehen?«

Er hob die Schultern. »Ich weiß es nicht genau. Das ist ja das Schlimme. Mein Gedächtnis ist falsch programmiert worden. Ich kann mich an nichts mehr erinnern. Vielleicht war ich sogar der Täter.«

Darauf gab ich keine Antwort. Mich interessierten die Hintergründe. Ich wollte wissen, wie Harry Hart in diese Sache hineingerasselt war. Und danach fragte ich ihn.

»Alles begann vor etwa einem Monat. Ich habe die Angewohnheit, nachts noch etwas spazieren zu gehen. Das tat ich auch Anfang Januar. Der Schnee lag hier noch hoch, doch das machte mir nichts aus. Ich streifte auf meinen Langlaufskiern durch die Wälder der näheren Umgebung und gelangte auch an ein Haus. Es liegt im Wald, und die Leute im Dorf erzählen, dass es dort spukt. Aber ich war neugierig, klopfte an, und man ließ mich hinein. Drei Frauen bewohnen das Haus.

Sie sitzen alle drei im Rollstuhl. Ich war überrascht, aber die Frauen baten mich, hereinzukommen. Sie bewirteten mich, und als ich nach einem schmackhaften Essen den schweren Wein trank, geschah es. Ich hatte plötzlich einen Filmriss. Als ich das Haus wieder verließ, fehlten mir drei Stunden. Ich kam erst nach Mitternacht wieder hier an, legte mich ins Bett, schlief sofort ein und hatte die schrecklichen Albträume.«

Er sprach nicht mehr weiter, sondern senkte den Kopf.

»Welche Träume waren das?«, hakte ich nach.

»Der Teufel erschien mir. Ich sah immer diesen widerlichen Ziegenbock. Ich sollte den drei Frauen gehorchen, verlangte er. Und ich tat es. Abends spürte ich den Drang, das Haus zu besuchen. Es war wie eine schlimme Sucht. Ich konnte mich einfach nicht dagegen wehren. Ja, ich ging hin. Immer wieder. Und da hörte ich, dass die drei Weiber junge Mädchen suchten, die sie dem Teufel zuführen wollten. Aber auch, um selbst überleben zu können, denn wie ich hörte, sind die Frauen schon einige hundert Jahre alt. Das kann stimmen, muss aber nicht. Wenn Sie die Frauen jedoch sehen würden, kämen Ihnen auch Zweifel. Da bin ich mir ganz sicher.«

»Wo liegt das Haus?«, fragte ich.

Harry Hart schaute mich entsetzt an. »Wollen Sie – wollen Sie dahin gehen?«

»Ja.«

»Aber das ist Wahnsinn. Das ist Selbstmord. Sie würden das Gleiche mit Ihnen machen wie mit mir. Lassen Sie das, Sinclair. Bleiben Sie hier und unterrichten Sie. Überlassen Sie alles andere der Polizei. Ich werde meine Aussagen wiederholen, und dann sollen die sich um die Frauen kümmern.«

»Hat man sie denn im Laufe der Ermittlungen noch nicht verhört?«, fragte ich.

»Nein.« Er lachte. »Wer traut drei alten Frauen in Rollstühlen schon so etwas zu?«

»Da haben Sie auch wieder recht.« Doch mir lag noch eine andere Frage auf dem Herzen. »Ich habe einen Panther hier in der Nähe gesehen«, sagte ich. »Können Sie mir dafür eine Erklärung geben?«

»Nein.«

»Okay«, sagte ich. »Irgendwann wird sich das Rätsel aufklären.« Ich wollte dem Sportlehrer nicht meine Theorien darlegen und auch nicht mein Inkognito lüften.

»Morgen gehe ich zur Polizei«, sagte er fest, »und berichte alles, was ich erlebt habe.«

Das war mir egal. Meinetwegen konnte er mit den Polizisten reden. Bis dahin hoffte ich, mehr Licht in das Dunkel des Falls gebracht zu haben.

Harry Hart wandte sich noch einmal an mich. »Und wenn ich Ihnen einen Rat geben darf, Herr Sinclair, lassen Sie um Himmels willen Ihren Vorsatz fallen, und besuchen Sie dieses Haus auf keinen Fall. Ich müsste Ihnen Warnung genug sein.«

»Schon gut«, erwiderte ich ausweichend.

»Und nun?«, fragte er. »Was soll ich jetzt tun?«

»Gar nichts. Sie tun so, als wäre nichts gewesen.«

»Aber das ist doch nicht drin.«

»Und warum nicht? Hat irgendjemand etwas bemerkt? Außer mir und meiner Kollegin?«

»Nein.«

»Na also. Sie gehen hin und geben weiterhin Unterricht. Schließlich kann man auf eine gute Fachkraft wie Sie nicht einfach verzichten.«

Er lachte. »Da sagen Sie was.« Harry Hart hatte bisher auf dem Boden gesessen, jetzt stand er auf.

Wir verließen den Keller und gingen gemeinsam zurück in die unterirdische Schwimmhalle.

Jane Collins schaute uns erstaunt an. Sie unterwies die Mädchen in Schwimmdisziplinen. Ich bewunderte die Detektivin. Jane hatte es tatsächlich geschafft und sich nichts weiter anmerken lassen. Sie hatte auch den Schülerinnen gegenüber so getan, als wäre nichts geschehen. Wie es aussah, hatten die Mädchen es ihr abgenommen.

»Moment noch, John«, sagte Jane und wandte sich an die Mädchen. »Kinder, wir machen jetzt Schluss. Duscht euch und zieht euch um. Wir sehen uns später.«

Schlanke Körper kletterten aus dem Wasser. Dann rannten die Mädchen wie aufgescheuchte Hühner zu den Duschen. Jede wollte die Erste sein.

Harry Hart wirkte sehr verlegen. Mit gesenktem Kopf stand er vor Jane, und ich zwinkerte ihr ein Auge zu.

»Ich weiß nicht, wie ich es sagen soll, Fräulein – äh – Miss Collins, aber ich möchte mich …«

Janes burschikose Art überwand die Peinlichkeit der Situation. Sie reichte dem Sportlehrer die Hand. »Vergessen wir die Sache, Herr Hart. Okay?«

Harry Hart nickte hastig, und dann flog ein strahlendes Lächeln über sein Gesicht, als er bei Jane einschlug.

Wenig später verabschiedete er sich.

Jane und ich blieben noch in der Halle. Ich berichtete von dem, was mir Hart erzählt hatte.

Schweigend hörte Jane zu. Dann meinte sie: »Dieser Fall scheint doch größere Dimensionen anzunehmen, als wir ahnen konnten. Was hast du vor? Das Haus besuchen?«

»Darauf kannst du dich verlassen.«

Ich trennte mich von Jane Collins und suchte eine Telefonzelle auf. Es gab mehrere davon. Eine war nur noch frei. Drei Groschen rutschten in den Schlitz, und dann wählte ich die Nummer des Gasthauses, in dem Kommissar Mallmann und Suko abgestiegen waren.

Der Wirt meldete sich.

Ich sagte ihm, wer ich war und wen ich sprechen wollte.

»Oh, das tut mir leid, Herr Sinclair. Her Mallmann und sein chinesischer Begleiter sind weggefahren. Vor etwa einer Viertelstunde.«

»Wissen Sie wohin?«

»Nein.«

Ich bedankte mich und legte auf. Als ich die Zelle verließ, kam der Hausmeister auf mich zu.

»Vorhin kam ein Anruf für Sie, Herr Sinclair.«

Ich blieb stehen. »Wissen Sie den Namen?«

»Ja, ein gewisser Herr Mallmann.«

»Und? Hat er Ihnen gesagt, was er wollte?«

»Nein, das nicht.«

»Vielen Dank.« Ich lächelte. Dann ging ich hoch auf mein Zimmer, um einige Vorbereitungen zu treffen.

»Es ist weg!«, kreischte Elisa. »Es ist weg! Die Verbindung ist unterbrochen!« Sie hämmerte wütend mit ihren Fäusten auf die Lehnen des Rollstuhls.

Die beiden anderen Weiber sagten nichts. Sie starrten weiterhin auf den schwarzen Stein, der inmitten des Wohnraums lag, eine quadratische Form aufwies und bis vor wenigen Minuten noch eine helle Oberfläche gezeigt hatte, auf der sich einige verschwommene Bilder widerspiegelten.

Jetzt lag er kalt und leblos vor ihren Füßen.

»Er hat es tatsächlich geschafft«, flüsterte Stina. »Dieser Teufel hat es geschafft.« Sie wandte sich an Martha. »Wie heißt der Kerl noch?«

»Sinclair. John Sinclair!«

»Er muss etwas Besonderes sein, ich habe es gleich gespürt«, murmelte Elisa. »Er kennt sich aus und weiß, wie man mit den Mächten der Finsternis umgehen muss. Aber wir werden ihn schaffen. Da bin ich ganz sicher. Und bestimmt sucht er uns auf. Es muss ihm einfach auffallen. Es muss!« Ihre Augen begannen plötzlich zu leuchten. Gelb und kalt – wie bei einem Raubtier.

»Und dann?«, fragte Martha.

Elisa schaute ihre Schwester an. »Da fragst du noch? Bist du denn so dumm? Wenn er hier auftaucht, werden wir ihn töten. Wir drei stürzen uns auf ihn.« Sie lachte. »Wer glaubt denn schon, dass wir ahnungslosen Frauen je etwas Böses im Schilde führen könnten? Doch niemand – oder?«

Martha und Stina nickten. Auf ihren Gesichtern lag dabei ein wölfisches Lächeln.

Elisa nickte. »Irgendwann«, so murmelte sie, »irgendwann wird dieser Stein wieder anfangen zu leben und uns andere Bilder zeigen. Bilder, die wir sehen wollen. Verstanden?«

»Ja.«

»Gut, dann lasst uns jetzt die Vorbereitungen treffen.«

In diesem Augenblick klopfte es an der Tür.

Die Weiber schauten sich an. »Ob er schon da ist?«, flüsterte Stina.

»Wir werden sehen«, erwiderte Elisa und setzte ihren Rollstuhl in Bewegung …

»Hier muss es irgendwo sein«, flüsterte Kommissar Mallmann und blieb stehen.

Auch Suko hielt an.

Die beiden Männer hatten Mallmanns silbergrauen Manta an der Straße abgestellt und waren zu Fuß weitergegangen. Der Boden war glitschig und aufgetaut. Nasser Schnee klebte wie Leim an ihren Schuhen. Sie waren durch die Wiesen gestampft und über Zäune gestiegen, bis sie den Waldrand erreichten.

Jetzt wurde es schwierig.

Mallmann wollte sich nach rechts wenden, doch der Chinese war dagegen. Er deutete in die andere Richtung.

»Was ist?«, fragte Will.

»Da gibt es einen Weg. Den hat bestimmt auch dieser Lebensmittelfahrer genommen.«

»Ich sehe nichts.«

Suko lachte. »Mein Vater war Adler, daher die stärkeren Augen, mein Freund.«

Will Mallmann verließ sich auf Suko. Er schritt hinter ihm her. Der Chinese ging querbeet. Er teilte die kahlen Büsche mit seinen Händen, und schon bald hatten sie den von ihm entdeckten Weg erreicht.

Mallmann blieb stehen.

Vom Westen her wehte ein kalter Wind. Die Wolken hatten sich zu einer dicken, grauen Decke geschlossen. Jeden Augenblick konnte es anfangen zu regnen.

Will Mallmann hatte den Gedanken kaum zu Ende gedacht, als die ersten Tropfen in sein Gesicht klatschten.

Der Kommissar stellte den Kragen seines Mantels hoch. Der Schneeregen kam von der Seite.

»Scheißwetter!«, fluchte Will.

Suko war da gelassener. »Was willst du machen? Wir haben schließlich Winter.«

»Stimmt auch wieder«, gab Will zu.

Der Weg führte tiefer in den Wald hinein. Im Schlamm waren noch die Reifenabdrücke zu sehen, die Karls Wagen hinterlassen hatten.

Der Regen nahm zu. Und auch der Wind wurde stärker. Er rüttelte an den Bäumen.

Der Wind blies aus wechselnden Richtungen. Es war dunkler geworden, schon fast wie in der Nacht.

Der Kommissar fluchte. Sein Gesicht war klatschnass. Schnee und Regen rannen ihm in die Augen. Beides bildete einen grauweißen Vorhang, durch den beide Männer stapften.

Will Mallmann hatte versucht, in der Schule anzurufen, doch dort hatte man mich und Jane nicht gefunden. Der gute Will nahm an, dass wir verschwunden waren oder die Schule verlassen hatten, denn auch der Hausmeister hatte keine Ahnung, wo wir uns befanden.

»Da ist das Haus!«, rief Suko.

In der Tat tauchten die Konturen des Hauses aus dem Schneeregenvorhang auf. Der Weg wurde breiter und mündete in einen kleinen Platz. Das Haus war aus Holz gebaut. Es sah ziemlich baufällig aus. Schneeregenschleier klatschten gegen die morschen Wände. Der Wind rüttelte an den Fensterläden und heulte in Ecken und Winkel.

»Wie das Hexenhaus im Märchen«, sagte Will Mallmann und wischte sich mit dem Handrücken das Wasser aus dem Gesicht.

»Und die Hexen sind auch da«, meinte Suko.

Will lachte.

Sie gingen weiter. Der Weg endete. Schneenasses Gras umwickelte ihre unteren Hosenbeine.

Dann standen sie vor der Tür. Nach einer Klingel hielten die Männer vergebens Ausschau. Erst aus der Nähe fiel ihnen auf, wie morsch das Holz war. Moos wuchs in zahlreichen Spalten und Einkerbungen. Rechts von ihnen klapperte ein Fensterladen mit monotonem Geräusch gegen die Wand.

Suko drückte den Kommissar ein wenig zur Seite. »Ich werde klopfen«, sagte er und hämmerte mit der Faust gegen die Tür.

Dreimal dröhnte er gegen das Holz.

Dann warteten sie ab. Das Wasser rann Will Mallmann in den Kragen. Suko erging es nicht besser.

Plötzlich wurde die Tür aufgerissen. Will Mallmann trat unwillkürlich einen Schritt zurück, als er die alte Frau anblickte.

Sie sah tatsächlich aus wie die Hexe aus dem Märchen. Milchiger Lichtschein beleuchtete die gekrümmte Gestalt mit dem schmalen, geierartigen Kopf, der faltigen Haut, den stechenden Augen und den strähnigen grauen Haaren.

»Ja bitte?«, krächzte die Alte.

»Dürfen wir reinkommen?«, erkundigte sich Mallmann. Er holte seinen Ausweis hervor und hielt ihn der Frau dicht vor die Augen. »Polizei«, sagte er, »wir haben einige Fragen an Sie.«

Die Alte kicherte. »Polizei? Wie schön, aber treten Sie doch näher.« Sie drehte den Kopf zur Seite und rief über die knochige Schulter hinweg: »Martha, Stina, wir haben hohen Besuch im Haus. Die Polizei ist hier. Kommt her zu mir.«

Aus einem Nebenzimmer rollten zwei weitere Stühle. Die Frauen, die darin saßen, glichen der ersten aufs Haar. Elisa machte Platz, um Suko und Mallmann hereinzulassen.

»Bitte sehr.«

»Danke.«

Der Kommissar ging vor. Wie suchend schaute er sich um. Zuerst fiel ihm der muffige Geruch auf, aber den verströmten wohl alle alten Häuser, in denen kaum sauber gemacht wurde.

»Wollen wir nicht ins Zimmer gehen?«, fragte Elisa.

Sie und ihre beiden Schwestern hatten sich im Halbkreis vor Suko und Will aufgebaut, die Köpfe etwas in den Nacken gelegt und die Hände um die Lehnen gekrallt.

»Ja, natürlich. Komm, Suko.«

Elisa stellte sich und ihre Schwestern vor. »Aber uns werden Sie wohl kaum auseinanderhalten können«, meinte sie. »Das haben schon viele versucht und sind gescheitert.«

»Ich habe auch nur wenige Fragen«, sagte Kommissar Mallmann.

Die Frauen bildeten eine Gasse und ließen Will und Suko hindurch. Die Tür zum eigentlichen Wohnraum stand offen. »Gehen Sie bitte dort hinein«, forderte Elisa die Männer auf und grinste ihren Schwestern dabei zu, was Will und Suko allerdings nicht bemerkten. Sie hätten sich sicherlich ihre Gedanken dazu gemacht.

So aber waren sie ahnungslos.

Drei Schritte vor der Tür passierte es.

Urplötzlich gab der Boden unter den beiden nach.

Mallmann schrie auf und war verschwunden.

Suko besaß bessere Reflexe. Noch im Fall schnellten seine Arme vor. Sie fanden auf dem Rand der Luke Halt.

Elisa stieß einen Fluch aus.

»Schmeiß ihn runter, Martha!«, giftete sie.

Martha zog den Dolch unter ihrem Kleid hervor. Sie rollte an den Rand der Luke, bückte sich ein wenig und stieß wutentbrannt zu.

Suko ließ im letzten Moment los.

Das Messer sauste in das Holz und riss einen langen Span heraus. Die Weiber aber lachten. Sie holten einen Teppich und deckten ihn über die Öffnung.

Elisa rieb sich die Hände. »Das waren die ersten beiden. Die anderen werden folgen. Ich freue mich schon auf Sinclairs Gesicht, wenn er unten im Schlamm liegt und mit den Ratten spielt ...«

Leider hatte ich keinen Wagen. Bis zu meinem Ziel musste ich einige Kilometer laufen, und weil draußen der Sturm Schneeregenschauer vor sich hertrieb, hatte ich keine große Lust, auf Schusters Rappen zu wandern.

Wo bekam man einen Wagen her? Ich besprach mit Jane Collins das Problem, und sie hatte die rettende Idee.

»Frag doch Harry Hart.«

Ich schnippte mit dem Finger. »Wenn ich dich nicht hätte, Darling …«

Jane winkte ab. »Ja, ja, ich weiß.«

»Du sagst es.« Ich stand auf. »Wo hat Hart sein Zimmer?«

»Irgendwo hier auf dem Gang.«

»Danke.« Ich verließ meine Bude, in der ich mit Jane Collins gesessen hatte.

Zufällig lief mir eine Schülerin über den Weg. Sie grüßte freundlich, und ich fragte sie nach Harry Harts Zimmer.

»Dort, die dritte Tür«, sagte sie und deutete nach hinten.

Ich bedankte mich und wartete, bis die Schülerin um die Gangbiegung verschwunden war.

Als ich klopfte, hörte ich ein schwaches »Herein!«.

Harry Hart saß am Tisch, hatte eine Flasche Weinbrand vor sich stehen und ein halb gefülltes Wasserglas. Der Flüssigkeitspegel in der Flasche war bereits um die Hälfte gesunken. Wenn Hart so weiter trank, dann sah ich schwarz.

Ich nahm ihm die Flasche weg. Mit glasigem Blick folgte er meinen Bewegungen.

Auf einem Holzstuhl nahm ich Platz. »Sie sollten nicht so viel trinken«, ermahnte ich ihn.

Harry Hart machte eine müde Handbewegung. »Ist doch alles egal«, knurrte er.

»Nein.«

Er grinste schief. »Weshalb sind Sie eigentlich gekommen?«, fragte er mit unsicherer Stimme.

»Ich wollte mir Ihren Wagen ausleihen.«

Er setzte sich aufrecht, runzelte die Augenbrauen und legte dabei die Stirn in Falten. »Tatsächlich?«

»Ja.«

»Wo – wofür denn?«

»Draußen regnet und schneit es.«

»Ist ja auch egal.« Mit zitterndem Finger deutete er auf seine über dem Bett liegende Jacke. »Stellen – stellen – Sie sich nicht so an, und nehmen Sie den Schlüssel aus der Tasche. Der Wagen steht hinterm Haus auf dem Parkplatz.« Er nahm einen kräftigen Zug. Seine Augen wurden kleiner, die Lider schwer, dann sank sein Kopf nach vorn auf die Tischplatte, und Hart schlief ein.

Ich holte die Schlüssel.

Wenig später hatte ich das Zimmer verlassen. Anschließend zog ich meinen ramponierten Burberry über, prüfte noch einmal, ob alle Waffen vorhanden waren, und nickte zufrieden.

Mit raschen Schritten verließ ich das Haus.

Von Jane Collins hatte ich mich bewusst nicht verabschiedet. Sie brauchte gar nicht erst zu sehen, wann ich abfuhr.

Der Schlüssel gehörte zu einem Ford Granada. Es stand nur der eine Wagen dieser Marke auf dem Parkplatz. Der Schneeregen klatschte voll gegen die Frontscheibe.

Ich schloss auf und stieg ein.

Es war ungewohnt, auf der linken Seite zu sitzen, aber ich fuhr ja nicht in eine Großstadt.

Plötzlich sah ich eine Gestalt durch den Regenschleier huschen. Ihr Ziel war der Granada.

Ich erkannte Jane Collins.

Also doch. Nur mühsam unterdrückte ich einen Fluch, ergab mich in Resignation und öffnete die Beifahrertür.

Jane ließ sich auf den Sitz fallen und schüttelte die Tropfen von ihrem Mantel ab wie ein nasser Hund.

»Wusste ich's doch«, sagte ich.

»Denkst du, ich lasse dich allein fahren?«

Ich bugsierte den Zündschlüssel ins Schloss. Der Wagen war kalt und kam erst beim zweiten Startversuch. Die Wischer quietschten, als sie über die Frontscheibe fuhren und den Schneeregen wegputzten. Ich stellte das Gebläse auf die höchste Stufe und fuhr an.

Es war nicht einfach, mit einem fremden Fahrzeug umzugehen, doch nachdem ich einige Male auf dem Parkplatz hin und her gefahren war, hatte ich mich an den Granada gewöhnt.

Jane stellte den Kragen ihres hellen Trenchcoats hoch und bat um eine Zigarette.

Ich gab ihr meine Schachtel.

»Möchtest du auch eine?«, fragte sie.

»Nein.«

»Sauer?« Jane blies den Rauch gegen die Scheibe, wo er zu wolkenartigen Gebilden durcheinanderquoll.

»In gewisser Hinsicht schon«, erwiderte ich und lenkte den Wagen auf den breiten Kiesweg, der den Park durchschnitt und auf eine Bundesstraße zuführte. »Du weißt selbst, dass du vor etwas über einer Stunde nur haarscharf dem Tode entronnen bist. Und kaum hast du wieder Luft geschnappt, willst du dich in ein neues Abenteuer stürzen.«

»Die Masche zieht nicht, lieber John. Schließlich warst du es, der mich mitgenommen hat.«

Da musste ich passen. Jane Collins hatte recht. »Ja, aber nur für den Lehrerinnen-Job.«

»Soll ich so werden wie die Jungfern da?«

Ich grinste eindeutig.

Jane knuffte mich in die Seite. »Scheusal!«, zischte sie.

Wir erreichten die Straße. Unzählige Tropfen tupften auf das graue Asphaltband. Ich orientierte mich nach dem Wegweiser und bog in die linke Richtung ab. Die breiten Reifen wühlten durch Spurrillen. Ich musste vorsichtig fahren, wenn ich nicht wie auf einer Seifenbahn wegrutschen wollte.

Jane drückte ihre Zigarette aus. »Ich werde dir den Rücken decken«, gab sie zu verstehen.

»Mit anderen Worten, du bleibst im Wagen.«

»Mal sehen.«

Ich ließ das Thema lieber fallen. Wenn wir am Ziel waren, sahen wir weiter.

Der Schneeregen wurde dichter. Schwere Flocken klatschten gegen die Scheiben und die Karosserie. Sie schmolzen sofort weg.

Jane Collins schaute angestrengt nach vorn. »Wie weit haben wir es noch?«, wollte sie wissen.

»Wir müssten die Abzweigung bald erreichen. Aber wundere dich nicht. Wie mir Harry Hart erzählte, ist es nur ein schmaler Feldweg, der zudem noch in einen Wald führt.«

»Wie im Märchen, wie?«

»So ungefähr.«

Wir waren die Einzigen auf der Straße. Die Scheinwerfer des Granadas waren verschmutzt. Das Licht reichte kaum zwanzig Meter weit. Die schweren Flocken führten einen bizarren Tanz vor unserer Scheibe auf. Obwohl ich nur langsam fuhr, merkte ich den Wind doch, der an unserem Wagen rüttelte.

Fest hielt ich das Lenkrad und erschrak, als Jane Collins rief: »Da steht Wills Manta!«

Ich bremste stotternd, da ich nicht über die Straße schlittern wollte. Dann zog ich den Wagen auf die linke Seite und hielt dicht vor der Schnauze des Mantas an.

»Von Will und Suko ist aber nichts zu sehen«, meinte Jane.

Ich öffnete die Tür. »Bleib bitte im Wagen!«, rief ich der Detektivin zu. »Es reicht, wenn einer nass wird.«

Jane nickte.

Sturm und Regen packten mich mit voller Wucht. Wieder schlug ich den Mantelkragen hoch und stemmte mich gegen die Naturgewalten. Ich legte meine Hand auf die Kühlerhaube des Mantas. Sie war noch warm. Lange konnten Will und Suko noch nicht weg sein.

Vielleicht holten wir sie ein. Ich entdeckte den schmalen Weg, der von der Straße abzweigte. Reifenspuren zeigten an, dass auch Autos dort fahren konnten.

Ich stieg wieder in den Wagen.

»Und?«, fragte Jane.

»Wir fahren zum Haus hoch«, bestimmte ich. »Suko und Will sind zu Fuß hochgegangen. Vielleicht haben wir Glück und holen sie ein.«

Jane war einverstanden, und ich fuhr an.

Auf der Straße war die Fahrt trotz des Wetters noch ein Vergnügen gewesen, aber der schmale Weg bereitete dem Granada doch einige Probleme. Wie eine graue Wand stand der Wald vor uns. Es sah aus, als würde der Weg in einen Tunnel führen.

Die Reifen wühlten den Schlamm auf. Mit dem Heck schlingerte der Wagen hin und her. Hoffentlich schafften wir es heil durch den Wald. Ich hatte keine Lust, einen Blechschaden zu bezahlen.

Die ersten Zweige kratzten über den Lack. Konzentriert hockte ich hinter dem Lenkrad und hielt den Granada eisern in der Spur.

Ich spürte die innere Spannung, die sich in mir ausbreitete. Sie trat meistens dann ein, wenn wir kurz vor dem Ziel standen.

Aber drei alte Frauen? Konnten sie uns überhaupt gefährlich werden? Normalerweise nicht, aber wenn diese Weiber tatsächlich mit dem Teufel im Bunde standen und Hexen waren, dann sah die Sache schon ganz anders aus.

Ich nahm die Kurven manchmal wie ein Rallyefahrer, der Punkte sammeln wollte.

Und dann sah ich das Ende des Wegs. Er führte zu einer Lichtung, an deren Ende das Haus stand.

Ich löschte die Scheinwerfer.

»Weißt du, was mir komisch vorkommt?«, sagte Jane.

»Dass Suko und Will nirgends zu sehen sind«, erwiderte ich.

»Genau.«

»Ob sie in eine Falle gelaufen sind?«

Ich räusperte mich. »Mal den Teufel nicht an die Wand.« Ich fuhr den Wagen an den Rand der Lichtung und stoppte.

Etwa eine halbe Minute lang beobachteten wir das Haus. Viel konnten wir nicht sehen, denn der Vorhang aus Schneeregen nahm uns die Sicht. Von unseren beiden Freunden war nicht eine Schuhspitze zu entdecken.

Nicht einmal Licht sahen wir hinter den Fenstern schimmern.

»Vielleicht sind die drei Weiber gar nicht zu Hause«, vermutete Jane Collins.

»Wo sollen die denn bei diesem Wetter hin?«

»Ich meine ja nur.«

Die mit Silberkugeln geladene Beretta nahm ich aus dem Schulterholster und reichte der Detektivin die Waffe. »Hier, nimm du sie als Schutz, wenn ich nicht da bin.«

Jane wich zurück. »Aber dann hast du ja nichts.« Sie schaute auf die Waffe.

»Doch, ich habe noch die Dämonenpeitsche.«

»Die hatte ich ganz vergessen.« Jane Collins nahm die Beretta an sich.

»Außerdem bin ich noch mit dem Kreuz und meinem silbernen Dolch versorgt«, beruhigte ich Jane.

Sie schlang ihre Arme um mich. »Sieh dich vor, John. Ich habe auf einmal schreckliche Angst. Suko und Will Mallmann sind keine ängstlichen Kreaturen, aber auch sie sind plötzlich verschwunden. Wir wissen nicht, was mit ihnen geschehen ist.«

Ich spürte Janes kalte Hand an meiner Wange und streichelte ihr Haar.

»Wenn ich in einer Stunde nicht zurück bin, fährst du in die Stadt und alarmierst die Polizei. Okay?«

»Nein«, flüsterte Jane. »Ich schaue dann selbst nach.«

Sie hatte so bewusst gesprochen, dass es mir unmöglich war, zu widersprechen.

Ich stieg aus. Die Dämonenpeitsche, von der ich vorhin gesprochen hatte, hing an meinem Gürtel. Es war ein einfaches, unterarmlanges Rohr, sah harmlos aus, doch wenn es eingesetzt wurde, entwickelte es sich zu einer gefährlichen Waffe.

Natürlich nur gegen die Mächte der Finsternis, versteht sich.

Wieder wurde ich nass. Der schwarze Burberry glänzte wie das Fell einer Katze. Einen Hut trug ich nicht. In Strähnen klebte mir das blonde Haar am Kopf. Das Wasser rann über mein Gesicht, und der Boden war glitschig wie Schmierseife.

Ich unternahm erst gar nicht den Versuch, nach einem Hintereingang zu suchen, sondern wollte das Haus offiziell durch den Haupteingang betreten.

Etwa zwanzig Meter hatte ich bis dorthin zurückzulegen. Das schmutzige Grün des Bodens zeigte hier und da einen weißen Schleier. Meist dicht am Waldrand, wo der nasse Schnee liegen blieb.

Ich stand vor der Tür.

Eine Klingel sah ich nicht. Mein Magen hing mir schwer im Leib. Ich stand unter Hochspannung. Plötzlich wusste ich, dass ich das Rätsel in den nächsten Minuten lösen würde.

Ich warf noch einen Blick zurück. Die Umrisse des Granadas verschwammen hinter den Schneeregenschleiern.

Während ich tief Luft holte, hob ich die Faust. Dann klopfte ich gegen das Holz.

Sofort erhielt ich Antwort.

»Komm ruhig rein, John Sinclair. Die Tür ist offen. Drück fest dagegen!«

Die Stimme klang krächzend und gehörte einer Frau.

Mit der Schulter stemmte ich mich gegen die Tür. Sie schwang auf und wurde vom Wind weiter geöffnet.

Zwei Schritte brachten mich über die Schwelle.

»Schließ die Tür!«

Ich folgte der Aufforderung.

Zuerst sah ich nichts, aber dann hatten sich meine Augen an das Dämmerlicht gewöhnt.

Auf einer Kommode dicht neben der geschwungenen Treppe brannten mehrere Kerzen. Und ihr Schein streifte über die drei Frauen, die in ihren Rollstühlen vor mir saßen.

Aber was waren das für Weiber?

Sie glichen sich wie ein Ei dem anderen. Und doch gab es makabre Unterschiede.

Die Frau rechts von mir hielt eine Pistole in der knochigen Hand.

Die in der Mitte eine Axt mit spiegelblanker Schneide.

Und die Alte links hatte ein langes Messer, dessen Klinge rötlich braun schimmerte.

Alle Waffen zeigten auf mich.

Die Alte in der Mitte sprach die Begrüßungsworte. »Willkommen im Todeshaus, John Sinclair!«

»Pass doch auf, wo du hinfällst«, knurrte Will Mallmann. »Bald hättest du mich erdrückt!«

»Entschuldige!« Suko rollte sich über die Schulter ab und fluchte, weil er in einer Schlammpfütze gelandet war.

»Ist dir was passiert?«, fragte Will.

»Nein. Nur haben wir uns wie die letzten Trottel benommen. Himmel, das passiert mir nicht noch mal.«

»Falls wir noch mal die Gelegenheit dazu haben.«

Suko setzte sich auf. »Großer Pessimist, wie?«

»Nein, nur Realist.«

Der Kommissar wühlte in seinen Manteltaschen herum, fand nicht das, was er suchte, und forschte in den anderen Taschen weiter.

Doch da riss Suko bereits ein Zündholz an. Er schirmte die Flamme erst mit der gekrümmten Hand ab und leuchtete das Gefängnis aus.

Viel sehen konnten sie nicht. Sie waren in einer Sickergrube oder einem alten Schacht gelandet. Der Boden war schlammig, und sie steckten bis zu den Knöcheln im Dreck.

Aber sie hörten etwas, als die Flamme verlosch.

Ein unangenehmes Fiepen.

Ratten!

»Mist«, sagte Mallmann, obwohl er lieber ein anderes, treffenderes Wort gebraucht hätte, »jetzt haben wir diese Tierchen auch noch auf dem Hals.«

Suko schwächte ab. »Die haben bestimmt mehr Angst als du, mein lieber Freund.«

»Wer sagt denn, dass ich Angst habe?«

Suko gab keine Antwort, sondern riss ein zweites Streichholz an. Obwohl der Lichtkreis nicht sehr weit reichte, sah er doch die kleinen grauen Tiere davonhuschen.

Die Biester waren verdammt nah.

Und sie schienen hungrig zu sein, dass sie sich so nahe an die Menschen herantrauten.

Suko verlor seinen Galgenhumor nicht. »Auch für die Ratten war es ein langer Winter. Du musst sie verstehen, Will ...«

Der Kommissar fluchte, als eine Ratte an seinem Bein vorbei streifte. Blindlings trat er mehrere Male zu. Dann spürte er etwas Weiches unter seiner Fußsohle, trat noch einmal zu, und die Ratte war tot.

Jetzt hatten die anderen ihre Beute. Mallmann und Suko gingen zur Seite, als sich die Ratten über ihren Artgenossen stürzten. Die waren ungeheuer gefräßig. Jede wollte die erste sein. Die Tiere purzelten übereinander.

Suko und Will hatten etwas anderes zu tun, als den Ratten bei ihrem makabren Mahl zuzuschauen.

»Nach oben können wir nicht«, flüsterte Will, »vielleicht gibt es einen zweiten Ausgang. Die Ratten müssen ja auch von irgendwoher gekommen sein.«

Suko winkte ab. »Die gab es hier schon immer.«

Sie bewegten sich weiter nach rechts. Suko riss unentwegt Zündhölzer an.

Bis die beiden gegen eine Wand stießen und die Bestätigung hatten. Vor ihnen auf dem Boden lag ein Skelett.

Die Knochen waren blank und schimmerten weißgrün.

Das Streichholz verlöschte.

»Das wär's dann wohl«, meinte Suko. »Wie hätte unser alter Freund John Sinclair sicherlich jetzt so treffend festgestellt? Wir sitzen in einer wahren Rattenfalle, mein Freund …«

Die Alte in der Mitte kicherte böse. »Darf ich dich mit meinen Schwestern bekannt machen?«

Ich blieb gelassen, da ich den ersten Schock überwunden hatte. »Ja, gern.«

»Links von mir, die mit der Pistole, das ist Stina. Sie kann trotz ihres Alters sehr gut schießen.« Die Alte zeigte mit der Axt nach rechts. »Und das, mein lieber Sinclair, ist Martha. Sie verlässt sich immer auf ihr Messer.« Wieder das widerliche Lachen. »Und mich, junger Freund, kannst du Elisa nennen.«

»Und wo sind meine Freunde?«, fragte ich.

»Meinst du den Chinesen und den Kommissar?«

»Ja.«

Ihr Gesicht verzerrte sich, als sie mir die Antwort entgegenschleuderte. »Sie sind bei den Ratten, und dort werden sie auch bleiben. Bis an ihr Lebensende. Darauf kannst du dich verlassen.«

Ich schluckte. Diese Kaltblütigkeit und Brutalität der alten Weiber schockte mich bis ins Mark. Und ich stellte mir die Frage, ob ich es hier überhaupt mit Menschen oder bereits mit dämonischen Geschöpfen zu tun hatte. Zudem schienen sie mir in ihrem Siegestaumel sehr geschwätzig zu sein. Das wollte ich ausnutzen. Ich wollte jetzt die ganze Wahrheit erfahren.

»Gut«, sagte ich leichthin, »ihr habt also meine Freunde gefangen und mich ebenfalls. Aber warum? Und warum habt ihr die Morde begangen? Drei Menschen sind gestorben. Aus welchem Grund habt ihr sie getötet?«

Wieder antwortete mir Elisa. Mit der freien Hand wischte sie sich die Spinnweben aus dem Gesicht. »Die drei waren zu neugierig. Sie haben unser Geheimnis herausgefunden. Das ist alles. Aus dem Grund haben wir sie getötet.«

»Welches Geheimnis?«

»Kannst du dir das nicht denken?«

Ich hob die Schultern. »Vielleicht, aber ich möchte es gern von euch hören.«

»Also schön. Auf wie alt schätzt du uns?«

»Achtzig Jahre?«

Elisa lachte. »Falsch, Sinclair, völlig falsch. Wir sind weit über hundert und wären schon längst tot, wenn es da nicht einen alten Fluch gegeben hätte. Dieses Haus hier hat seine Geschichte. Es ist auf dem Grund und Boden gebaut worden, auf dem vor fast dreihundert Jahren die letzten Hexen verbrannt worden sind. Es waren drei. Und was niemand wusste, diese drei hatten Kinder geboren. Nachkommen, in denen das Böse weiterlebte und die sich sehr wohl an die Schmach und die Schande erinnerten, die ihren Müttern angetan worden war. Es musste irgendwann die Zeit der Rache kommen, denn die Hexen hatten einen Bund mit dem Teufel geschlossen. Und der Satan vergisst nie, auch wenn Zeit für ihn keine Rolle spielt. In der ersten Generation geschah nichts. Auch nicht in der zweiten, obwohl das Böse unterschwellig weiterlebte. Unsere Väter und Mütter gingen nie in die Kirche oder taten Gutes. Sie gehörten immer zu den Ausgestoßenen, zu denen, um die man einen großen Bogen schlug. Die Geschichte unserer Vorfahren wurde weitererzählt. Einer baute dann dieses Haus. Auf dem unheiligen Boden, auf der Richtstätte. Dann wurden wir geboren. Und bei uns war es so weit. Der Teufel meldete sich. Die Rache, die er unseren hingerichteten Hexenschwestern verwehrte, wollte er bei uns vollenden. Aber auch wir mussten was tun. Der Teufel wollte Mädchen. Junge Mädchen. Was lag näher, als uns darum zu bitten? Es war wie eine Fügung des Schicksals, dass die Schule gebaut wurde. Ein Mädchen-Internat. Da fanden wir unsere Opfer. Unsere Tarnung war perfekt. Wer verdächtigt schon drei alte, in Rollstühlen sitzende Frauen?«

Da hatte dieses Weib in der Tat recht. Auf sie würde nie ein Verdacht fallen. Die drei Weiber hatten das raffiniert eingefädelt. Das musste ich ehrlich zugeben.

Aber ich wollte noch mehr wissen. »Wie verhält es sich mit dem Panther?«, fragte ich. »Dieses Tier sah ich, als ich das Zimmer eines jungen Mädchens betrat.«

»Ach, Sie meinen diese Gisela Hoff?«

»Genau.«

»Ja, das Mädchen hatte einen Freund. Und wir hatten ihn in Verdacht, dass er etwas wusste. Da war es sicherer, ihn umzubringen.«

Mich erschreckte diese Kaltblütigkeit der Frauen. Aber das war ich gewohnt, trotzdem – gewöhnen würde ich mich nie daran. Für mich war ein Menschenleben unantastbar, aber meine Gegner gingen damit um, als wären Menschen nur Schachfiguren.

»Er kam von seiner Freundin«, erklärte mir Elisa. »Wir haben ihm aufgelauert. Was meinen Sie, wie er geschaut hat, als plötzlich eine Frau im Rollstuhl vor ihm saß. Aber der Angriff erfolgte von hinten. Ein Panther hat ihn getötet.«

Da waren wir bei meiner nächsten Frage. »Wer ist dieser Panther?«

»Kannst du dir das nicht denken?«, flüsterte Elisa, und die anderen Weiber lachten lautlos.

Plötzlich veränderte sich der Blick ihrer Augen. Er wurde stechend, grausam. Die Farbe wechselte dabei, nahm einen irrlichternden Ausdruck an. Die Augen stellten sich schräg, und dann hatte ich die Gewissheit.

Die Frauen wurden zu Raubtieren.

»Stina wird zum Panther«, erklärte mir Elisa, »meine Schwester Martha wird zum Wertiger, und ich verwandle mich in einen Werwolf, John Sinclair. Drei Raubtiere sitzen vor dir. Glaubst du immer noch, dass du gegen uns eine Chance hast?«

Noch hatten sie sich nicht verwandelt. Und ich besaß als Trumpf meine Peitsche. »Ich gebe erst auf, wenn ich nicht mehr am Leben bin«, antwortete ich.

Da kreischte Elisa auf. »Schieß, Stina, schieß ihn zusammen, den Teufel ...!«

Mir war klar, dass diese Stina keinen Augenblick zögern würde. Aber auch ich war nicht von gestern. Ich hatte genau gesehen, dass die Mündung nicht direkt auf mich zeigte, sondern um eine Winzigkeit vorbei. So weit schien es mit Stinas Schießkünsten auch nicht her zu sein.

Sie drückte ab. Die Kugel ging fast einen halben Meter an mir vorbei und pochte hinter mir in die Wand.

Das Weib fluchte, drückte immer wieder ab, doch sie traf mich nicht. Dann klickte die Pistole. Die Alte hatte sich verschossen.

Noch hatte ich meine Waffe nicht gezogen.

Ich kniete.

Elisa schrie und fluchte.

»Das Messer, Martha!«

Die Angesprochene saß leicht vorgebeugt in ihrem Rollstuhl. Jetzt hob sie die rechte Hand.

Dann sauste ihr Arm nach unten.

Und schon fegte die Klinge auf mich zu.

Flach hechtete ich über den Boden. Und knapp flog die mörderische Waffe über mich hinweg. Sie rasierte mir fast noch den Nacken. Ich weiß selbst nicht, warum ich damals nicht die Dämonenpeitsche zu Hilfe nahm. Vielleicht war es die unbewusste Scheu davor, drei Frauen als meine Gegner zu haben, aber ich konnte mich einfach nicht dazu entschließen, konzentriert zurückzuschlagen.

Als Elisa sah, dass mich die Klinge verfehlt hatte, wandte sie eine andere Taktik an.

Sie befahl ihren Schwestern, auseinanderzufächern. »Nehmt ihn in die Zange! Und du holst dir dein Messer wieder, Martha!«

Die Klinge steckte in der Holzwand. Der eingekerbte Griff zitterte noch, so heftig hatte die Frau das Messer geworfen.

Die Weiber fuhren einen Halbkreis. Sie wollten mich in die Mitte nehmen.

Ich sprang immer wieder zurück. Dann riss ich das Messer aus der Wand. Ich hielt es in der rechten Hand und schaffte mir so die Weiber für eine gewisse Zeit vom Hals, die ich benötigte, um an mein Kreuz zu gelangen. Damit wollte ich sie schocken.

Doch es kam anders.

Plötzlich schleuderte Stina die Pistole. In ihrer Wut hatte sie keine andere Möglichkeit gesehen. Was sollte sie auch mit der leer geschossenen Waffe anfangen?

Sie traf mich an der rechten Schulter.

Ein scharfer Schmerz durchzuckte mich. Ich biss die Zähne zusammen, versuchte keine Schwäche zu zeigen, doch Elisa, dieses Teufelsweib, hatte mich schon längst durchschaut.

»Ja«, keifte sie, »jetzt bist du reif!«

Sie schleuderte die Axt.

Ich weiß nicht, wie ich es schaffte, von der Stelle zu kommen. Es war mehr ein Fallen und Stolpern, aber die verdammte Axt traf mich trotzdem. Sie nagelte den weiten rechten Ärmel meines Mantels an der Tür fest.

Ich zerrte daran, aber der gute Burberry hielt. Jetzt war das gute Stück endgültig hinüber.

»Jetzt haben wir dich!«, kreischte Elisa. »Los, hin zu ihm. Geben wir ihm den Rest!«

Sie kümmerten sich nicht darum, dass ich noch das Beutemesser in der Hand hielt. Wahrscheinlich konnte man sie mit einer normalen Waffe nicht töten.

Aber dann geschah etwas, womit wohl keiner von uns gerechnet hatte. Die Hexenweiber hatten es so eilig, mich aus dem Weg zu schaffen, dass sie sich gegenseitig behinderten und nicht darauf achteten, wohin sie fuhren.

Ich glaube, es war Stina, die über die Falltür rollte. Und der Teppich hielt das Gewicht nicht aus.

Er gab nach. Plötzlich schrie Stina auf, und dann waren sie, der Rollstuhl und auch der Teppich verschwunden ...

Die Ratten hatten sich vorerst zurückgezogen, nachdem Will Mallmann noch zwei von ihnen getötet hatte. Die Biester waren ihm verdammt nahe auf den Pelz gerückt, und gegen so etwas war der gute Kommissar allergisch.

Jetzt berieten er und Suko, wie sie aus diesem Rattenloch wieder rauskamen.

»Wir schaffen es auch nicht, wenn du dich auf meine Schulter stellst«, sagte der Chinese.

Mallmann schaute hoch. Doch er konnte nichts sehen, bis auf ein paar hellere Umrisse, die die Konturen der Falltür nachzeichneten.

»Ganz geschlossen haben sie die nicht«, flüsterte Suko.

Will räusperte sich. »Vielleicht haben sie nur etwas darüber gelegt.«

»Möglich.«

Und dann ging es plötzlich Schlag auf Schlag. Erst hörten sie Stimmen. Sie wurden vom Teppich über ihnen gedämpft, aber einmal meinte Suko, John Sinclairs Stimme erkannt zu haben.

Dann fielen Schüsse, und polternde Geräusche waren über ihnen.

Die Unterlage auf der Luke bewegte sich plötzlich. Ein

schmaler Lichtstreifen fiel in den Schacht, der jedoch nicht den Boden erreichte, aber erkennen ließ, was da herunterfiel.

Ein Rollstuhl.

Mit einer Frau.

»Weg!« Suko riss den wie erstarrt stehenden Will Mallmann zur Seite, damit der nicht von dem herabfallenden Rollstuhl getötet wurde.

Dicht vor ihren Füßen krachte der Rollstuhl zu Boden. Die Räder verbogen sich, die Speichen brachen mit singenden Geräuschen.

Ein gellender Schrei, dann ein Fauchen, und urplötzlich schauten die beiden Männer in zwei gelblich funkelnde Raubtieraugen.

Sie gehörten nicht mehr Stina, sondern einem gefährlichen Panther!

Ich hatte es nur noch mit zwei Gegnern zu tun. Aber beide waren brandgefährlich.

Und sie verwandelten sich.

Was hatte diese Elisa noch gesagt? Sie wäre in Wirklichkeit ein Werwolf und die andere ein Wertiger?

Ich konnte mich von beidem überzeugen.

Innerhalb von Sekunden ging die Verwandlung der Frauen vor sich. Die Körper streckten sich, wurden immer größer. Die Haut verging. Stattdessen wuchs ein prächtig gestreiftes Fell bei dem Wertiger und braunes Fell bei dem Werwolf.

Der Tiger hatte sich als Erster verwandelt. Er hatte einen gewaltigen Körper, unter dessen Fell die Muskeln spielten. Wuchtig brach der Rollstuhl auseinander, als sich das dämonische Tier bewegte. Schon allein daran war zu erkennen, welche Kraft in dieser Ausgeburt der Hölle steckte.

Ich klemmte noch immer fest.

Dann ließ ich das Messer fallen und riss mit der jetzt freien Hand die Axt aus dem Holz. Zweimal musste ich ziehen, so tief saß die Waffe in der Tür.

Im selben Moment sprang der Tiger.

Aus dem Handgelenk schleuderte ich die Axt. Sie war auf den Kopf des dämonischen Tieres gezielt, sollte verhindern, dass mich die gefährlichen Reißzähne packen konnten. Doch der Tiger duckte sich blitzschnell ab, glitt zur Seite weg, und die Axt ritzte nur sein Fell.

Angst packte mich.

Riesengroß tauchte der Tier vor mir auf. Zeit, mich nach dem Messer zu bücken, hatte ich nicht. Ich konnte mich nur noch mit einem gewaltigen Hechtsprung retten.

Dicht vor der Treppe landete ich, krachte gegen das Geländer und riss einen gedrechselten Stützstab aus der Halterung. Während ich noch auf dem Rücken lag, verschwand meine Hand unter dem Mantel, und im nächsten Augenblick hielt ich die Dämonenpeitsche schlagbereit.

Eine rasche Kreisbewegung, und die drei Schnüre ringelten aus der Öffnung. Sie wirkten wie grüngelb schimmernde Schlangen.

Da sprang der Wertiger.

Jetzt hatte ich keine Zeit mehr zum Ausweichen. Der Rachen des Wertigers war weit aufgerissen. Es sah fast federleicht aus, als der schwere Körper auf mich zuflog.

Da drosch ich mit der Peitsche zu.

Ich schlug aus der Drehung und stieß dabei einen gellenden Schrei aus.

Die drei Riemen klatschten gegen den Körper des Wertigers. Sie trafen dort, wo ich es wollte, aber die Peitsche konnte den Sprung nicht mehr stoppen.

Der Wertiger prallte gegen mich.

Ich spürte noch den Raubtiergeruch, erwartete jeden Moment die Zähne an meiner Kehle, doch da machte sich die Wirkung der Dämonenpeitsche bemerkbar.

Nicht der strenge Raubtiergeruch ätzte mehr meine Nase, sondern der Gestank nach Schwefel und Verbrennung. Der riesige Körper hatte mich zurückgeschleudert, Tatzenkrallen hatten meinen Mantel fast vollständig zerfetzt, auch die Jacke darunter sah mitgenommen aus. Die Dämonenpeitsche war mir aus der Hand gefegt worden. In diesem Augenblick war ich waffenlos.

Doch die geballte Kraft der Waffe, die ich Myxin, dem Magier, durch Zufall entwendet hatte, entlud sich an diesem dämonischen Scheusal. Es verging.

Der Wertiger löste sich auf. Sein Körper verblasste, wurde zu Rauch, der gegen die Decke stieg.

Doch zum Atemholen kam ich nicht. Die Zeit, in der ich mit dem Wertiger kämpfte, die hatte Elisa genutzt.

Ihre Verwandlung zum Werwolf war perfekt.

Knurrend griff sie mich an. Mit gesträubtem Fell und weit aufgerissener Schnauze schlich das Ungeheuer auf mich zu. Es war größer als ich, bot einen Furcht erregenden Anblick und hatte mir den Weg zur Dämonenpeitsche verbaut.

Nur zwei Schritte lag sie von mir entfernt, aber sie war unerreichbar für mich.

Denn der Werwolf schnitt mir den Weg ab. Ich musste abermals zurück. Doch wohin?

Nur die Treppe kam in Betracht. Ich sprang nach hinten und griff dabei unter meinen Mantel, um den silbernen Dolch hervorzuholen. Dabei ging ich zu hastig vor, verfehlte eine Stufe, konnte mich nicht mehr fangen und fiel hin.

Ich kam nicht mehr an mein Messer. Auf solch eine Chance hatte der Werwolf nur gelauert.

Er brüllte auf, stieß sich vom Boden ab und flog im nächsten Moment genau auf mich zu …

Will Mallmann und Suko hörten das aggressive Fauchen des Raubtieres, und gleichzeitig streifte der heiße Atem ihre Gesichter.

Suko packte Wills Arm. »Zu Boden!«, schrie er und fegte dem Kommissar mit einem Tritt beide Beine weg. Mallmann fiel hin. Er presste sich in den Schlamm, denn er war waffenlos, im Gegensatz zu dem Chinesen.

Suko trug wie ich eine mit geweihten Kugeln geladene Waffe bei sich.

Und die zog er.

Er duckte sich dabei, starrte in die beiden schräg stehenden und irrlichternden Raubtieraugen, hob den rechten Arm, zielte und feuerte.

Der Knall dröhnte den beiden Männern in den Ohren. Plötzlich zuckten die Augen herum, das Fauchen steigerte sich zu einer grausamen Sinfonie, der schwere Körper der Werkatze wurde nach hinten geschleudert, die Pranken wischten dabei unkontrolliert durch die Luft. Suko spürte einen harten Schlag am Arm und sprang einen Schritt nach hinten. Er war bereit, in der nächsten Sekunde wieder zu schießen, falls eine Kugel für die Bestie nicht ausreichte.

Doch das Silber zeigte seine Wirkung. Zudem hatte der Chinese haargenau gezielt.

Der Werpanther wand sich im Todeskampf. Suko und Will konnten es zwar nicht sehen, sie hörten es jedoch an den Geräuschen, die ihnen sehr bekannt vorkamen.

Die dämonische Raubkatze hatte der Kraft des Silbers nichts entgegenzusetzen.

Sie verging.

Will Mallmann stemmte sich vom Boden hoch. Er hatte Mühe, auf dem rutschigen Boden das Gleichgewicht zu behalten, fasste nach Sukos Arm und murmelte einen Dank.

»Stell das Bier nicht zu früh kalt«, erwiderte der Chinese. »Noch wissen wir nicht, was mit John ist.«

Da schwieg der gute Will Mallmann.

Mir erging es in diesen Augenblicken nicht gut. Der Werwolf hatte mich in die Defensive gedrängt.

Ich lag auf der Treppe, spürte die Stufen im Kreuz, hatte die Arme erhoben und versuchte, mir das Tier vom Hals zu halten.

Es war ein verbissener Kampf. Denn wenn ich jetzt eine Schwäche zeigte, war es aus.

Dann würde mich die Bestie töten!

Weit klaffte die Schnauze auf. Der heiße Raubtieratem fauchte mir entgegen. Mein Gesicht fing an zu glühen. Ich strengte mich ungeheuer an. Das Blut pulsierte rasend durch meine Adern. Ich kam nicht an die Waffen heran, und auch das Kreuz war durch meinen Mantel verdeckt. Der Werwolf hatte alle Chancen auf seiner Seite.

Meine Hände wühlten sich in sein Fell. Ich stemmte mich gegen das Höllenbiest, doch der schwere Körper drückte weiter zu. Es war nur eine Frage der Zeit, wann ich zusammenbrechen würde.

Und dann hatte der Werwolf freie Bahn.

Seine Pranken waren etwas zu kurz. Wenn er sie bewegte, so streiften sie nur über die Reste des Burberrys. Aber jetzt versuchte er es mit einem Trick.

Der Werwolf warf sich zur Seite. Für Bruchteile von Sekunden verschwanden die hellweißen Pupillen aus meinem Blickfeld, dann holte er aus und rammte die Pranke nach vorn.

Ich konnte dem Schlag nicht ausweichen. Stoff riss wie Papier. Ich schrie auf, der Werwolf heulte in seinem wahnsinnigen Triumph.

Es war die Hölle!

Aus einer Wunde am Bein pulsierte das Blut. Verdammt, ich war angeschlagen.

Ich rollte mich herum, als sich der Werwolf aufrichtete, hoch über mir stand und zu einem letzten, alles entscheidenden Schlag ausholte.

Meine Hand raste unter die Jacke. Die Finger umklammerten den Griff des silbernen Messers, rissen es aus der Lederscheide, als zwei Schüsse aufbellten.

Und plötzlich sah ich alles wie im Zeitlupentempo.

Der Angriff des Werwolfs wurde gestoppt. Er hatte sich nach vorn werfen wollen, doch die silbernen Kugeln rissen ihn zur Seite. Schwer fiel die Bestie gegen das Geländer und durchbrach es. Inmitten eines Regens von Holzsplittern krachte sie zu Boden, sodass die morschen Planken dröhnten und vibrierten.

Der Werwolf hatte der Kraft des geweihten Silbers nichts mehr entgegenzusetzen. Was seit Urzeiten Bestand hatte, bewahrheitete sich auch in diesen Minuten.

Die Kraft des Guten siegte über die Mächte der Finsternis.

Der Werwolf – oder Elisa – verging.

Satan hatte verloren!

Ich warf einen Blick zur Tür und sah Jane Collins auf der Schwelle stehen. Die Waffe hatte sie sinken lassen. Wir schauten uns in die Augen, und plötzlich rannte Jane auf mich zu und warf sich in meine Arme.

»Danke!«, flüsterte ich ihr ins Ohr. »Ich danke dir!«

Dann wurde es mir schwindlig, und ich musste mich setzen. Ich landete auf einer Stufe.

»Aber du bist ja verletzt!« Jane presste die rechte Hand gegen ihren Mund und zeigte mit der anderen auf mein Bein.

Ich winkte ab. »Nur eine Fleischwunde.«

»Von wegen, wir müssen sie verbinden.« Jane war auf einmal sehr besorgt.

Ich drehte den Kopf nach links und warf einen Blick durch das zerstörte Geländer.

Der Werwolf war tot, das heißt die Frau, die stattdessen auf dem schmutzigen Boden lag. Sie hatte sich wieder zurückverwandelt und zerfiel langsam zu Asche. Jetzt zeigte es sich, wie alt diese Drillinge tatsächlich waren.

Das Trio des Teufels existierte nicht mehr. Und es war nicht nur mein Verdienst, sondern das Resultat einer gelungenen Partnerschaft zwischen Menschen, die sich geschworen hatten, den Mächten der Finsternis zu trotzen.

»He, wollt ihr uns hier unten verhungern lassen?«, hörten wir plötzlich Sukos Stimme.

Jane trat an die Luke. »Soll ich euch Verpflegung hinunterwerfen?«, erkundigte sie sich und zwinkerte mir dabei zu. »Denn die Chance bekommen wir so rasch nicht wieder.«

»Welche Chance?«, fragte Suko.

»Dass John und ich endlich mal allein sein können …«, antwortete sie.

Und als wir alle vier lachten, da stand fest, dass wir diesen Fall endgültig überstanden hatten …

ENDE

KNOCHENSAAT

Eigentlich führte Fred Spatzek trotz seiner zwei Berufe ein ziemlich ruhiges Leben. Ein Leben, wie man es vom Dorf her kennt. Man fühlt sich eingeschlossen in den Kreislauf der Natur, beobachtet die Jahreszeiten, diskutiert über das Wetter, redet über die Nachbarn und kommt hin und wieder auf die Arbeit zu sprechen.

Spatzek war Küster. Zum einen. Als zweiten Beruf hatte er den des Totengräbers gewählt. Ein nicht gerade attraktiver Job, aber die Gemeinde suchte einen Totengräber, und da hatte er sich gemeldet.

Kirche und Friedhof hingen zusammen, sie bildeten gewissermaßen eine Symbiose – eine Lebens- beziehungsweise Totengemeinschaft. Aber davon später.

Wenden wir uns zuvor Fred Spatzek zu. Als Junggeselle lebte er oben im Pfarrhaus, bewohnte dort zwei kleine Zimmer, die man schon mit dem Begriff Kammern umschreiben musste, so klein waren sie. Wenn er durch die schmalen Fenster schaute – sie lagen nach Osten –, sah er über die Hänge des Bayerischen Waldes bis weit in die Tschechoslowakei.

Ihn überlief jedes Mal ein Schauer, wenn er an die Wachtürme und Schießanlagen dachte, die die Grenze absicherten. Doch hin und wieder schaffte es ein Flüchtling, nicht zuletzt auch durch Fluchthilfe aus dem Westen, und so erlebte die kleine Gemeinde Waldeck hin und wieder etwas Besonderes.

In diesem Jahr jedoch hatte sich nichts getan. Das kam vielleicht daher, dass die Tschechen ihre Grenzkontrollen verstärkt hatten und auch sofort schossen, wenn sich etwas bewegte.

So war es also ruhig geblieben.

Touristen kamen kaum in den Ort. Und wenn, dann suchten die Urlauber Ruhe und Erholung. Denn in Waldeck gab es keinen Rummel, keine Discos, nur Gasthöfe, wo man sich einen Rausch antrinken konnte und hinterher vom Wirt auf die Straße gesetzt wurde.

Aber am gestrigen Tag hatte die Totenglocke geläutet. An diese Töne konnte sich der Küster und Totengräber nie gewöhnen. Immer wieder klang ihm das dünne Bimmeln noch lange in den Ohren nach. Er mochte die Totenglocke nicht.

Der Umgang mit Leichen machte ihm nichts aus. Leichen redeten nicht, Leichen taten ihm nichts. Und vor allen Dingen gaben sie keine Widerworte, wie Marie, die alte Haushälterin des Pfarrers und gleichzeitig Drachen vom Dienst.

Aber gestorben war lange keiner mehr aus dem Dorf. Den Alten bekam die frische Luft des Bayerischen Walds, einer im Dorf ging sogar auf die Hundert zu.

Das würde ein Fest werden.

Fred Spatzek freute sich jetzt schon darauf.

An diesem Abend – es war ein Montag, und er hatte die Abendglocke schon geläutet – machte sich Fred Spatzek für seinen kleinen Spaziergang bereit. Er endete regelmäßig im Gasthaus. Der Rückweg ging dann nicht so schnell. Vor allen Dingen die letzte Steigung bis zur Kirche hin bereitete ihm bei fünf Halben im Bauch immer große Mühe. Und wenn Marie ihn dann noch sah, gab es sowieso immer ein Donnerwetter.

Fred Spatzek zog sich in seiner Schlafkammer um. Den Rock des Küsters legte er auf das Bett, zog ein anderes Hemd an, eine Hose aus grobem Cord und streifte die Jacke über.

Er besah sich im Spiegel.

Eine Schönheit war Fred Spatzek nicht.

Einundfünfzig Jahre zählte er bereits, die Haare auf seinem Kopf konnte er bald einzeln legen, und aus seinem schmalen Gesicht stach die Nase spitz hervor. Das Kinn fiel zum Hals hin ab, und um seine Augen hatten sich unzählige Fältchen gruppiert.

Er pfiff vor sich hin, denn er hatte großen Durst. Den zu löschen, war für ihn immer ein Vergnügen.

Spatzek verließ seine Kammer, schloss die Tür ab und ließ den Schlüssel in die Jackentasche an der rechten Seite gleiten. Dann schritt er die Stufen der schmalen Holzstiege hinunter. Durch das schmale Fenster am ersten Treppenabsatz fiel das Abendlicht. Bald würde die Dämmerung einsetzen und wie mit langen, dunklen Fingern in die Täler kriechen.

Waldeck lag etwas höher, auf dem Kamm eines Hügels.

Zum Westen hin erstreckte sich dichter Wald, während in der anderen Richtung, auf die Grenze zu, die Bäume abgeholzt worden waren.

Spatzek erreichte das Erdgeschoss. Links lag die Wohnung des Pfarrers. Essensduft drang an Spatzeks Nase, und der Küster schnüffelte.

Er schlich zur Haustür.

Marie brauchte nicht unbedingt zu sehen, dass er wieder einmal verschwand.

Doch die hatte Argusaugen.

Plötzlich trat sie aus einer Nische und verbaute dem armen Spatzek den Weg.

»Na«, sagte sie mit ihrer Reibeisenstimme, und der Totengräber zuckte regelrecht zusammen. »Willst du wieder saufen?«

Spatzek grinste. »Nur ein Bierchen, Marie!«

Die Frau nickte. »Das kenne ich, du Säufer. Hinterher kommst du wieder stockbetrunken angetorkelt. Mich wundert es, dass der Pfarrer dich noch nicht entlassen hat.«

Spatzek hob die Schultern, schaute Marie an. Sie brachte mindestens zwei Zentner auf die Waage. Das Gesicht ähnelte dem eines Posaunenengels mit rosigen Wangen, und das immer noch schwarze Haar hatte sie zu einem Knoten hochgesteckt. Marie trug ein blaues Kleid und eine blütenweiße Schürze, die noch nach Stärke roch.

Spatzek hob die Hand. »Ich schwöre dir, dass …«

»Schwöre nichts, was du nicht halten kannst, du versoffener Strick.«

Spatzeks Arm fiel nach unten.

Bevor Marie jedoch zu einer weiteren Moralpredigt ansetzen konnte, klingelte es.

Marie drehte sich um. Die Haustür hatte einen Glaseinsatz. Dahinter sah sie die Umrisse einer männlichen Person. Marie ging hin und öffnete.

Otto Hirmer, ein Bauer, stand vor der Tür und knetete seine großen Hände. Er hatte verweinte Augen, und Marie wusste sofort, dass etwas passiert war.

»Ist Mutter …?«

Hirmer nickte. »Ja, sie ist gestorben.«

»Und der Pfarrer? Er war doch gar nicht bei ihr.«

Hirmer hob die Schultern. »Es – es ging sehr schnell«, berichtete er stockend. »Mutter fiel plötzlich um und war tot. Herzschlag, glaube ich. Sie war immerhin über fünfundachtzig.«

Marie nickte. »Ja, ja, das kommt schnell.« Dann griff sie nach der Hand des Mannes. »Auf jeden Fall mein herzliches Beileid, Otto. Es tut mir leid.«

»Danke!«

Der Pfarrer hatte gehört, dass gesprochen wurde. Er kam aus seinen Privaträumen. Marie sah ihn zuerst und erzählte mit wenigen Worten, was geschehen war.

»Friede sei mit ihr«, sagte der Geistliche salbungsvoll und reichte Hirmer ebenfalls die Hand, um zu kondolieren.

Der Pfarrer war ein Mann, der die Sechzig bereits überschritten hatte. Sein weißes Haar wuchs nur noch an den Seiten des Kopfes. Er hatte ein gesundes rosiges Gesicht, immer ein freundliches, gütiges Lächeln auf den Lippen und sah eigentlich aus wie ein Bilderbuchpastor.

Und er war schrecklich konservativ. Er hielt nichts von dem modernen Kram und hatte sich sogar geweigert, ein Paar zu trauen, von dem er wusste, dass die Frau keine Jungfrau mehr war.

In Waldeck hielt man eben noch auf Konventionen.

»Wie ist es denn passiert?«, erkundigte er sich leise.

Otto Hirmer erzählte seine Geschichte zum zweiten Mal, und der Pfarrer nickte.

»Ja, ja«, sagte er dann. »Man weiß nie, wann der Sensenmann zuschlägt. Irgendwann trifft es uns auch.«

Fred Spatzek jedoch war sauer. Seinen Bierabend konnte er vergessen, denn nun begann sein Job als Totengräber.

Fred Spatzek musste das Grab für die Tote ausheben. Für ihn ein Routinejob. Allerdings ahnte er nicht, dass er dabei das nackte Grauen kennen lernen sollte …

Irgendwie passte der Felsen nicht in die Umgebung. Schon von der Form her nicht und auch nicht vom Material.

Er sah aus wie ein riesiger Finger, der sich mahnend in den Himmel streckte. Dunkel glänzte das Gestein. Ja, es war ein regelrechter Glanz, den er ausstrahlte, denn der Felsen bestand aus einer Metallverbindung und sah aus wie Eisenpulver. Immer wieder blitzten silbern kleinere Körnchen auf, und wenn einmal die Sonne darauf schien, begann der Felsen zu strahlen.

Seltsam war nur, dass im Umkreis von fünf Metern kein einziger Baum, kein Strauch und auch kein Gras wuchs. Der Boden war trocken und steinig, er hatte Ähnlichkeit mit der Vulkanerde in Italien am Vesuv.

Jahrhunderte stand der Felsen dort und trotzte der Natur. Er hatte die Stürme der Zeit überstanden, und um seine Herkunft rankten sich Sagen und Legenden.

Böse Legenden …

Die einen besagten, dass der Teufel selbst in einem Anfall von Wut, weil ihm eine Jungfrau nicht zu Willen gewesen war, diesen Stein aus der Hölle geholt und dort in den Boden gerammt hatte. Danach war er Treffpunkt für die Hexen geworden. Im Mittelalter feierten sie dort ihre grässlichen Feste. Doch der Hexenwahn ging vorbei. Geblieben aber war die Angst der Menschen vor diesem Felsen.

Und immer warnten Eltern ihre Kinder davor, in die Nähe des Steins zu gehen, und die Kinder gehorchten.

Die Tradition saß eben noch sehr tief.

Selbst aufgeklärte junge Leute – oder die, die sich für aufgeklärt hielten – vermieden es, sich diesem Platz zu nähern, denn er war verflucht!

Das hatte der Pfarrer von der Kanzel gepredigt. Und der musste es schließlich wissen.

Und so rankten sich weiter die Sagen und Legenden, wurde der Felsen zu einem Horror-Ort, den jeder mied, über den jedoch oft gesprochen wurde. Vor allen Dingen an den langen Abenden wussten Einheimische den Touristen die größten Schauergeschichten zu berichten, sodass eine Gänsehaut garantiert war.

Was nun wirklich mit diesem Felsen los war, das wusste niemand.

Doch die Menschen hatten recht. Es gab ein Geheimnis um den Stein. Das jedoch war schlimmer als die Geschichten, die sich die Dorfbewohner ausgedacht hatten.

Denn der Felsen war ein Stützpunkt des Teufels!

Mit einem entschuldigenden Lächeln wandte sich Otto Hirmer an den Totengräber. »Darf ich Sie dann bitten, für meine Mutter ein Grab auszuheben?«

Der Pfarrer antwortete: »Natürlich macht er das. Und zwar heute Abend noch. Nicht wahr?«

Spatzek nickte.

Der Pfarrer lächelte gütig und wandte sich wieder an den Bauern Hirmer, wobei sein Gesicht sofort wieder ernst wurde. »Darf ich Sie begleiten?«, fragte er. »Ich möchte der Toten noch den Segen mit auf die lange Reise geben.«

»Natürlich, Herr Pfarrer. Bitte kommen Sie.«

Die beiden verließen das Pfarrhaus.

Marie aber schüttelte den Kopf. »Die arme alte Frau Hirmer. Sie war doch immer so lebenslustig. Gott sei ihrer armen Seele gnädig.«

Fred Spatzek hob nur die Schultern, was Marie, die Haushälterin, ärgerte. »Von dir kann man auch kein Mitgefühl verlangen«, schimpfte sie. »Du bist schließlich ein Säufer.«

»Das eine hat ja mit dem anderen nichts zu tun. Außerdem hatte die Frau ihr Alter.«

Empört holte die Haushälterin Luft. »Wie kann man nur so gottlos reden. Und so etwas wie du läutet in unserem Dorf die Glocken. Du müsstest dich schämen.«

»Meinetwegen kannst du dich an den Strang hängen und bimmeln«, erwiderte Spatzek patzig.

»Jetzt aber raus, du Subjekt!«, keifte die Haushälterin. »Ich werde dem Pfarrer alles erzählen …«

Fred winkte ab. »Ja, ja, quatsch du nur. Du hast sowieso nichts anderes zu tun.« Dann lief er aber schnell zur Tür, denn

Marie war in ihrem Zorn unberechenbar. Einmal hatte sie den leichtgewichtigen Küster schon verdroschen. Daran dachte Fred Spatzek nicht gern zurück.

Hart fiel die Tür hinter ihm ins Schloss.

Spatzek stand vor dem Pfarrhaus. Es lag von der Kirche aus gesehen etwas versetzt. Ein plattierter Weg führte auf den Kirchhof und auch um das Gotteshaus herum und endete vor einem kunstvoll geschmiedeten Gittertor, das den Eingang des Friedhofs markierte.

Man konnte die Grabstätte auch von der Kirche aus direkt durch eine schmale Tür erreichen, aber da Spatzek schon einmal draußen war, nahm er den normalen Weg.

Das Tor war nicht verschlossen. Es quietschte in den Angeln, als es aufgedrückt wurde.

Fred Spatzek betrat den Friedhof. Er ließ seinen Blick über das Gräberfeld wandern und suchte sich das älteste Grab aus.

Der Friedhof war rechteckig angelegt. Genau in der Mitte wurde er von einem mit Kies bestreuten Weg geteilt. Rechts und links des Weges befanden sich die beiden Grabreihen.

Zehn Gräber auf jeder Seite.

Also zwanzig insgesamt.

Ziemlich klein war dieser Friedhof, aber man konnte ihn wegen Platzmangels nicht ausweiten.

Wenn jemand starb, so wie an diesem Tag, dann hatte der Totengräber die Aufgabe, das älteste Grab zu öffnen, die Knochen des Verstorbenen dort herauszuholen und sie mittels einer Rutsche in den Keller der Kirche zu schaffen. Dort war im Laufe der Zeit ein regelrechtes Beinhaus entstanden. Die Knochen der Verstorbenen häuften sich in den kalten Gewölben unterhalb der Kirche zu regelrechten Bergen aus bleichen Gebeinen.

Ein schauriger Anblick …

Selbst der Totengräber betrat dieses Beinhaus nicht gern, obwohl er im Laufe der Jahre durch seinen Beruf doch ziemlich abgebrüht geworden war. Aber das Beinhaus in den Gewölben der alten Kirche bereitete ihm Unbehagen.

Als Routinejob empfand er das Öffnen eines Grabes. Doch dass er an diesem Abend noch arbeiten sollte, schmeckte ihm überhaupt nicht. Es sei denn, er beeilte sich mit seiner Arbeit und konnte danach noch ein Glas trinken gehen.

Ja, dieser Gedanke gefiel ihm.

Fred Spatzek schritt an den Gräbern vorbei. Sie waren äußerst gepflegt und auch mit Schmuck versehen. Auf einigen Gräbern brannten kleine Öllampen, die einen traurigen Schein verbreiteten, aber immer daran erinnerten, dass es dort, wo Licht ist, auch Schatten gibt. Und gleichzeitig waren diese Lampen Hoffnungsfunken für die Toten auf dem Weg ins Jenseits und Mahnung für die Lebenden auf der Erde.

Manche Grabsteine hatten ein kleines Vermögen gekostet. Sie waren Meisterwerke handwerklicher Steinmetzkunst, doch in ihren Motiven oft überaus kitschig, wenn man sie mit den Augen eines Kunstkritikers betrachtete.

Links wurde der Friedhof von der Kirchenwand begrenzt, auf der rechten Seite verschloss ihn eine zwei Meter hohe Mauer vor neugierigen Blicken. Doch am Ende der Mauer befand sich ein kleines Tor. Dahinter lag ein verwilderter Garten, und dort stand auch der kleine Bretterschuppen, in dem Fred Spatzek die Geräte aufbewahrte, die er für seine Arbeit benötigte.

Auf die Spitzhacke konnte er verzichten. Die nahm er nur, wenn der Boden gefroren war. Aber Spaten und Schaufel waren wichtig. Er lud beides auf seine rechte Schulter, hielt mit der linken Hand die Werkzeuge in der Waage und betrat wieder den kleinen Friedhof.

Das Grab direkt an der Mauer war das älteste.

Fred Spatzek legte die Schaufel zur Seite und begann damit, den Lehm aufzustechen. Zum Glück hatte das Grab nur ein einfaches Steinkreuz und kein riesiges Mal, sodass sich das Kreuz relativ leicht entfernen ließ.

Fred Spatzek arbeitete schnell und geschickt.

Spatzek hatte im Laufe der Jahre eine gewisse Technik beim Ausheben eines Grabes entwickelt. Sie ermöglichte es ihm, ohne großen Kraftaufwand viel zu schaffen. Er stach den Spaten mit einer routinierten Gleichmäßigkeit in das kalte Erdreich, und trotz dieser harten Arbeit ging sein Atem kaum schneller.

Neben und hinter ihm wurde der Erdhügel immer höher. Spatzek würde ihn noch brauchen, um das Grab am übernächsten Tag nach der Beerdigung wieder zuzuschaufeln.

Zuschauer hatte er keine. Niemand wollte ihn freiwillig bei seiner makabren Arbeit beobachten.

Natürlich hätte das Dorf längst einen neuen Friedhof woanders anlegen können, doch seit Jahrhunderten verfuhr man so wie der Totengräber Spatzek. Man öffnete alte Gräber, um für die neue Leiche Platz zu schaffen.

Die Dämmerung holte den Totengräber ein, und auch die Dunkelheit kam.

Am samtblauen Himmel blitzten die ersten Sterne. Sie erschienen Spatzek wie unendlich weit entfernte Diamantsplitter, die eine gewaltige Hand gegen den Himmel geschleudert hatte. Dann musste er in die Grube hineinklettern, um weiter schaufeln zu können.

Nur der Oberkörper schaute noch aus dem Grab hervor.

Mit einer fast maschinellen Gleichmäßigkeit flogen die Erdbrocken aus der Grube und erhöhten den Lehmhügel.

Dann stieß Spatzek auf den Sarg, oder vielmehr dessen Überreste. Das Holz war völlig verfault und kaum noch als solches zu erkennen. Er zerbröselte zwischen den Fingern, wenn man es anfasste.

Fred Spatzek grub jetzt vorsichtiger, denn er wollte die Knochen des Leichnams nicht zerstören. In diesem Grab lag ein Mann. Er war Anfang der dreißiger Jahre gestorben, noch vor dem Zweiten Weltkrieg.

Der Totengräber vertauschte den Spaten mit der Schaufel. Er grub auch nicht mehr direkt weiter, sondern trug die Erde vorsichtig ab. Dabei stellte er sich an das Ende des Grabes.

Am Himmel stand der Mond. Er sah aus wie eine durchgeschnittene Zitrone und nahm an Stärke zu. Sein silbrigfahles Licht beleuchtete nicht nur die Berge des Bayerischen Waldes, sondern fiel ebenso auf den kleinen Friedhof dicht an der alten Kirchenmauer. Wie ein Gespinst breitete sich der kalte Schein aus, und unwillkürlich drehte der Totengräber den Kopf und schaute hinauf zum Himmel.

Er sah nur den Mond und die weiter entfernten Sterne.

Eigentlich nichts Besonderes, und doch war dieser Abend anders als die übrigen.

Fred spürte es genau. Ein unruhiges Gefühl breitete sich in seinem Innern aus, und auch seine Arbeit kam ihm plötzlich komisch vor. Nicht dass er große Angst gehabt hätte, aber er beeilte sich doch, fertig zu werden.

Die Atmosphäre des Friedhofs gefiel ihm nicht. Sie hatte sich verändert, verdichtet, so – als würde etwas unbeschreiblich Grauenvolles irgendwo auf ihn lauern.

»Ich spinne«, murmelte Spatzek. »Langsam werde ich alt. Am besten hänge ich den Totengräber an den Nagel, aber sie finden ja keinen, der mich ablösen würde.«

Mit Selbstgesprächen vertrieb er sich die Furcht und die nächsten drei Minuten.

Dann stieß er auf die ersten Knochen.

Er legte den Schädel frei.

Das Mondlicht fiel jetzt voll in das Grab und leuchtete auf den grinsenden Totenkopf.

Fred Spatzek erschrak.

Er hatte plötzlich das Gefühl, als würde dieser Schädel leben. Unwillkürlich unterbrach der Totengräber seine Arbeit, dann lachte er auf und schalt sich einen Narren.

Wenn er sich jetzt verrückt machen ließ, konnte er einpacken. Das Skelett konnte nicht mehr leben.

Vorsichtig befreite er die übrigen Teile des Skeletts von Schmutz und Lehm.

Dann lag das Gerippe vor ihm.

Spatzek schluckte.

Plötzlich verspürte er Angst, denn das, was er sah, war ihm noch nie untergekommen.

Der Tote – das Skelett – hatte die Beine angewinkelt und die knochigen Hände zu Fäusten geballt. Aber so etwas war nur möglich, wenn der Tote noch gelebt hatte, als man ihn begrub …

Hastig schlug Fred Spatzek ein Kreuzzeichen. »Herrgott, Maria und Jesus!«, flüsterte er rau. »Das darf doch nicht wahr sein! Die – die konnten doch keinen Lebenden begraben.«

Und doch gab es so etwas.

Spatzek fielen die Geschichten von Scheintoten ein. Man erzählte sich, dass ein Scheintoter, wenn er im Grab erwachte und erfasste, wo er sich befand, in seiner Verzweiflung das Hemd anfraß, sich dabei wild bewegte, bis er qualvoll erstickte.

Dem Totengräber lief eine Gänsehaut nach der anderen über den Rücken.

Wenn er näher darüber nachdachte, dann war das, was er hier erlebte, der reinste Horror.

Grauenvoll …

Schnell schaute er sich um.

Der Friedhof war leer. Er befand sich als einzig Lebender darauf. Aus seiner Perspektive sahen selbst die Grabsteine und Kreuze bedrohlich aus. Und das flackernde Licht der kleinen Lämpchen trug ebenfalls dazu bei, dass die Atmosphäre noch gespenstischer wirkte.

Fred Spatzek, der Totengräber, wurde von Angst regelrecht durchgeschüttelt. Er wollte seine Arbeit so rasch wie möglich beenden, und dann nur weg von diesem unheimlichen Ort. Er beschloss außerdem, mit keinem Menschen über seine Entdeckung zu reden.

Fred bückte sich und nahm zuerst den Totenschädel in beide Hände. Den Spaten hatte er an die Innenwand des Grabes gelehnt.

Überrascht runzelte der Totengräber die Stirn. Mit dem Kopf stimmte etwas nicht. Normalerweise fühlte sich das Gebein kalt an, aber in diesem Fall war es warm, als würden die bleichen Knochen von einem unnatürlichen Leben erfüllt sein.

Dieser Schädel – er lebte!

»Aaaah …!« Der Totengräber schrie auf und ließ den Kopf fallen. Er klatschte auf den feuchten Lehm und blieb dort liegen.

Bewegungslos!

Tief saugte Fred Spatzek die Luft in seine Lungen. Er wollte aus dem Grab flüchten, doch jetzt blieb er. Ruhig lag der Totenschädel vor ihm.

Spatzek lächelte plötzlich, doch das Lächeln zerfaserte zu einer Grimasse. Eine Täuschung. Ja, er war einer miesen Täuschung zum Opfer gefallen. Er war einfach überreizt, die Nerven hatten ihm einen bösen Streich gespielt.

Ein lebender Schädel! Wo gab es denn so etwas? Spatzek beschloss, einmal einen Arzt aufzusuchen. In zahlreichen Illustrierten hatte er über den Begriff Stress gelesen. Vielleicht litt er darunter.

Er machte sich wieder an die Arbeit. Als er den Schädel zum zweiten Mal in die Hand nahm, hatten sich seine Nerven entspannt. Ihm kam die seltsame Wärme auch nicht mehr komisch vor. Dieser Schädel war eben anders als normal.

Aus der Jackentasche holte er einen dieser modernen Müllbeutel, die ein sehr großes Fassungsvermögen hatten, aber auch leicht zusammenzufalten waren. Er öffnete den Müllbeutel und ließ den Schädel hineinrollen. Vorsichtig, damit er nicht zerstört wurde. Spatzek wollte die Gebeine möglichst unbeschädigt an die Knochenrutsche bringen.

Nach dem Schädel nahm er die Armknochen in die Hand. Auch sie fühlten sich nicht so kalt an wie sonst üblich, aber nicht so warm wie der Schädel des Gerippes.

Vorsichtig legte der Totengräber die Gebeine in den Plastiksack. Er brauchte genau zwei Minuten, dann hielt er den letzten Fuß in der Hand.

Schließlich lagen alle Gebeine im Sack.

Er kletterte aus der Grube, nachdem er den Sack so hingestellt hatte, dass er ihn bequem von außerhalb des Grabes herausheben konnte. Fred Spatzek ging in die Knie und hob den Sack hoch. Die darin befindlichen Knochen klapperten gegeneinander, als er den Plastiksack bewegte. Es war eine schaurige Musik, die bei Spatzek eine Gänsehaut verursachte. Noch immer schien der Mond. Er war jetzt weitergewandert und warf sein kaltes Licht direkt auf den Friedhof.

Spatzek wusste auch nicht, warum er ausgerechnet jetzt daran denken musste, aber in alten Geschichten stand zu lesen, dass der Mond die Kraftquelle des Bösen war und den Mächten der Finsternis Macht und Stärke gab.

Eine beklemmende Vorstellung.

Da liebte der Totengräber trotz seines Berufes doch das Licht der Sonne und deren Wärme.

Den Plastiksack nahm er in die rechte Hand, marschierte damit auf die Kirchenmauer zu.

Etwa in der Mitte befand sich die Rutsche.

Der Eingang sah aus wie ein halbrundes Kellerfenster. Eine eingearbeitete Holztür mit einem Vorhängeschloss schützte vor Unbefugten. Die Schlüssel zum Schloss besaßen nur Spatzek und der Pfarrer.

Spatzek stellte den Sack ab, holte den Schlüssel hervor und bückte sich, um das Schloss zu öffnen.

Er hatte den Schlüssel noch nicht eingeführt, als er das Gefühl hatte, eine eiskalte Hand würde über seinen Rücken streichen.

Die Knochen hatten sich innerhalb des Sackes bewegt. Sie klapperten gegeneinander.

»Wahnsinn!«, ächzte der Totengräber. Er versteifte sich und schielte aus den Augenwinkeln zum Sack hin. Gleichzeitig fuhr ein kühler Windstoß über den kleinen Friedhof, bewegte raschelnd die Blätter der Büsche und glitt auch über den Plastiksack.

Fred Spatzek lachte auf.

Das war die Erklärung für das Klappern. Der Wind hatte die Knochen und den Sack bewegt.

Und er hatte schon gedacht …

Hastig öffnete er das Schloss. Jetzt aber nichts wie weg mit den Gebeinen. Länger wollte er die Dinger nicht mit sich herumschleppen. Er schüttelte sich, als er den Sack wieder aufzog.

Die Knochen lagen wirr durcheinander.

Spatzek rollte die Seiten des Sacks nach unten, damit er sich nicht zu tief zu bücken brauchte.

Einzeln holte er die oft sperrigen Gebeine hervor.

Die Tür hatte er inzwischen aufgezogen. Dahinter begann die eine Rutsche. Sie war aus Stein gebaut, aber mit einer sehr glatten Oberfläche versehen, sodass keine Hindernisse die Knochen auf ihrer kurzen Reise aufhalten konnten.

Die ersten Knochen rutschten in das Beinhaus.

Dann folgten Arme und Hände.

Danach Rippenbögen.

Und so ging es weiter.

Spatzek arbeitete rasch. Er wollte es endlich hinter sich bringen. Und das Bier würde ihm trotz der späten Stunde doppelt so gut schmecken.

Zuletzt hielt er den Schädel in der Hand.

Wie unter einem inneren Zwang schaute er sich den Totenkopf an.

Er blickte in die leeren Augenhöhlen, in das grinsende Gebiss und in die beiden Löcher, wo einst die Nase gesessen hatte.

Und dann hatte er wieder das Gefühl, als würde sich der Unterkiefer des Schädels bewegen.

Weg damit!

Hastig warf der Totengräber den Schädel zu den anderen Knochen hin.

Spatzek schaute ihm nach.

Plötzlich wurden seine Augen groß. Er schnappte nach Luft, stieß einen krächzenden Laut aus, denn das, was er sah, ließ ihn an seinem Verstand zweifeln …

Die letzten Gebeine waren nicht auf dem alten Knochenberg gelandet, sondern – schwebten darüber.

Ja, sie schwebten!

Obwohl es in den unterirdischen Gewölben der Kirche finster war, sah der Totengräber doch jede Einzelheit, denn die Gebeine strahlten ein silbrig schimmerndes Licht aus.

Jeder einzelne Knochen war von einer flimmernden Aura umgeben, jeder Einzelne tanzte und bewegte sich hin und her.

Es war ein makabres, aber auch faszinierendes Schauspiel. Die Knochen führten einen regelrechten Tanz über den länger daliegenden Gerippen auf, sie bewegten sich aufeinander zu, um dann wieder auseinanderzufächern. Sie überschlugen sich oder klapperten gegeneinander, so als würde ein unsichtbarer Dirigent den Taktstock schwingen.

Die Szene war unbeschreiblich.

Und unglaublich ...

Der Totengräber konnte es einfach nicht fassen. Für ihn war es unmöglich, was er dort sah.

Knochentanz.

Fred Spatzek wusste nicht, ob er Sekunden oder Minuten gestarrt hatte. Plötzlich gerieten die silbrig schimmernden Knochen in noch stärkere Bewegungen und schwebten einem Ziel entgegen.

Dem Schädel!

Wie der König auf seinem Thron saß, so hing er mitten in der Luft, über dem Gebirge von Gebeinen.

Und er war der Sammelpunkt!

Die einzelnen Körperteile flogen auf ihn zu, wuchsen wieder zusammen, und so entstanden ein Hals, die Schultern, die Arme, die Beine und Füße.

Auf einmal schwebte ein Gerippe über dem Berg.

Ein lebendes Skelett!

Das sich bewegte!

Der Totengräber glaubte, den Verstand zu verlieren. Das Bild war so irrational, dass er es einfach nicht fassen konnte. Wenn er das jemandem erzählte, würde man ihm kein Wort glauben.

Das Gerippe schleuderte sein rechtes Bein vor. Es war schon ein Schleudern, denn von einem normalen Gehen konnte man wirklich nicht sprechen.

Der Fuß berührte den unteren Rand der Rutsche, und der nächste folgte.

Und dann schritt das Gerippe entgegen allen physikalischen Gesetzen die Rampe nach oben.

Auf Fred Spatzek zu.

Der Totengräber stöhnte auf. Er öffnete den Mund, wollte schreien, doch seine Kehle war wie zugeschnürt. Keinen einzigen Laut brachte er hervor.

Schritt für Schritt näherte sich ihm das grinsende Skelett.

Immer höher – immer weiter …

Jetzt bückte es sich, denn sonst wäre es mit dem kahlen Schädel gegen die Decke gestoßen. Das Skelett nahm nun die Hände zu Hilfe, um die Rutsche weiter hochzuklettern. Noch gut einen Meter war es von dem Küster entfernt.

Da endlich erwachte Fred Spatzek aus seiner Erstarrung. Plötzlich konnte er sich wieder bewegen, seine Lähmung war gewichen. Er warf sich zur Seite, rollte einmal um die eigene Achse und sprang auf die Füße.

Und dann rannte er.

Er rannte, wie er noch nie in seinem Leben gelaufen war. Er nahm keine Rücksicht auf die Grabstätten, sondern hetzte quer darüber. Er warf Blumenkübel um und stolperte über die kleinen Steine der Randbefestigungen an den Gräbern. Doch das war ihm egal. Er wollte nur weg. Flucht! Nur dieser Gedanke beherrschte ihn.

Das Skelett verließ das Gewölbe durch die Kelleröffnung. Es sah sich kurz um, schaute hoch zum Mond und schritt dann ohne Eile quer über den Friedhof.

Es verschwand durch das kleine Tor in der Friedhofsmauer und lief rasch seinem neuen Ziel entgegen.

Es war der geheimnisvolle Stein!

Vor dem Gasthaus »Zur Eiche« parkte ein metallicfarbener Manta GT/E. Ein Geschoss auf vier Rädern mit über hundert PS, aber einem günstigen Spritverbrauch.

Dieser Wagen gehörte Kommissar Mallmann. Der deutsche Kriminalbeamte, der beim Bundeskriminalamt arbeitete, hatte es geschafft und eine Woche Urlaub herausgeholt.

Sieben Tage im Bayerischen Wald. Eine Woche Ruhe.

Keine Verbrecher, keine Gangster oder Falschmünzer. Nur normale Menschen. Und auch keine Dämonen, das hoffte der Kommissar sehr, denn er hatte in der Vergangenheit doch manch üble Erfahrung mit den Dienern der Finsternis gemacht.

Jetzt aber freute sich der gute Will auf wohlverdiente sieben Tage Ruhe.

Aber so ruhig, wie er es sich vorgestellt hatte, waren die ersten beiden Tage doch nicht geworden. Schuld daran trugen nicht etwa Geister oder Dämonen, nein, sondern jemand ganz anderes.

Eine Frau.

Jawohl, Sie haben richtig gelesen. Der alte Junggeselle Will Mallmann hatte eine Frau kennen gelernt, die ihn vom ersten Augenblick an faszinierte.

Sie hieß Karin Becker.

Auch ihr war der Kommissar mit dem leicht gelichteten dunklen Haar nicht gleichgültig gewesen. Schon am ersten Abend hatten sie gemeinsam an einem Tisch gesessen und eine Flasche Wein geleert. Karin Becker, Junggesellin, Lehrerin und stressgeplagt, war aus dem gleichen Grunde in Urlaub gefahren wie der Kommissar.

Sie wollte einfach nur ausspannen.

Das allerdings über zwei Ferienwochen.

Sie stammte aus Köln und unterrichtete dort in einer Grundschule. Nicht nur, dass die beiden gemeinsame Interessen hatten, nein, Karin Becker war auch noch eine außerordentlich hübsche Frau.

Ihre zweiunddreißig Jahre sah man ihr wirklich nicht an.

Zu zahlreichen Locken gedreht, fiel das lange, braunschwarze Haar bis auf die Schultern.

Ihre dunklen Augen waren wie zwei reife Kirschen, und die Lippen hatten genau den Schwung, der auf eine gehörige Portion Sinnlichkeit hindeutete.

Die Seite allerdings hatte der Kommissar bei Karin Becker noch nicht kennen gelernt.

Sie gab sich zwar freundlich, war aber in gewissen Dingen noch sehr reserviert, was wiederum dem Kommissar gefiel.

Und er sah die Welt durch eine rosarote Brille. Noch nie in seinem Leben hatte er solch eine gute Laune gehabt. Wie im Flug waren die beiden ersten Tage vergangen, und auch der Montag war schon zu drei viertel vorbei.

Sie waren an diesem Tag mit Mallmanns Wagen zum Arber, dem höchsten Berg des Bayerischen Waldes, gefahren und hatten dort die fantastische Aussicht genossen.

In einem kleinen Restaurant aßen sie zu Mittag, und auf das nachmittägliche Kaffeetrinken hatten beide verzichtet. Der Kalorien wegen. Dabei brauchte sich Karin Becker eigentlich keine Sorgen um ihre Figur zu machen. Sie war zwar nicht gerade schlank wie ein Mannequin, aber bei ihr saßen die Pfunde an den richtigen Stellen verteilt, wie der Kommissar wohlgefällig bemerkt hatte.

Er und auch Karin Becker hatten Halbpension gebucht. Das heißt, sie erhielten außer dem Frühstück noch ein Abendessen.

Das wurde um achtzehn Uhr serviert. Etwas früher als sonst, da die beiden noch einen Spaziergang machen wollten.

Natürlich war ihre gegenseitige Sympathie nicht unbemerkt geblieben. Die Wirtsleute und Pensionsinhaber freuten sich ebenso wie die anderen Gäste.

Aber das machte dem Kommissar plötzlich nichts mehr aus. Will Mallmann war ein anderer geworden.

Eine halbe Stunde vor Beginn des Essens befand er sich auf seinem Zimmer und zog sich um.

Geduscht hatte er, schlüpfte nun in seine Wanderkleidung. Trittfeste Lederschuhe, ein Hemd aus Baumwolle, eine strapazierfähige Cordhose und eine Windjacke. Fehlt nur noch der Wanderstab, dann ist Rübezahls Enkel perfekt, dachte der Kommissar.

Vor dem Spiegel kämmte er sich sein Haar. Will war plötzlich eitel geworden und überlegte, ob er die Haare teilen und dann nach links und rechts legen sollte oder ob er sie wie früher nach hinten kämmte und seine beginnende Glatze damit kaschierte.

Er probierte hin und her und entschied sich dann für die erste Möglichkeit. Die andere würde Karin noch früh genug sehen.

Will Mallmann hatte sich sogar zum zweiten Mal rasiert. Er betupfte sein Gesicht noch mit einem Duftwässerchen, drehte sich einmal vor dem Spiegel, zog dabei den Bauch ein und nahm sich vor, weniger zu essen. Aber die Verpflegung war hier leider so gut, dass er einfach nicht widerstehen konnte.

Will verließ sein Zimmer und schritt nach unten.

Die Treppe glänzte frisch gebohnert. Ein dunkelroter Teppich bedeckte sie in der Mitte und ließ nur die Seiten der Stufen frei.

Überhaupt war die Pension sehr sauber.

Aus der Küche wehten dem guten Will Essensdünste um die Nase, und er verspürte plötzlich einen Bärenhunger.

Karin Becker war noch nicht da, als er die Gaststube betrat.

»Guten Abend!«, grüßte er mit sonorer Stimme die wenigen Gäste und nahm an seinem und Karins Stammtisch Platz.

Sein Gruß wurde freundlich erwidert. Die Bedienung, ein achtzehnjähriges, rothaariges Mädchen mit Namen Anna, fragte nach seinen Wünschen.

Will bestellte ein Bier.

Kleine Gläser gab es nicht, der Kommissar erhielt einen halben Liter. Anna stellte den Krug vor ihm auf den Tisch. »Bitte schön, der Herr.«

»Danke.«

Will Mallmann hob den Krug an die Lippen und trank in langen, durstigen Zügen. Das bayerische Bier schmeckte ihm gut, und nach der Tageswanderung hatte er sich einen anständigen Schluck verdient, fand Will.

Er und Karin Becker hatten ihren Platz direkt am Fenster. Durch die sauberen Scheiben konnte Will auf den kleinen Parkplatz vor dem Haus schauen.

Dort stand die Eiche.

Sie war Jahrhunderte alt und hatte Wind und Wetter getrotzt. Knorrig breiteten sich armdicke Äste aus und griffen dann dem Himmel entgegen. Der Baum war noch voll belaubt und bildete ein schützendes Dach, unter dem einige helle Tische und Stühle standen, denn im Sommer wurde auch draußen serviert.

Will Mallmann hatte seinen Manta links neben der Eiche auf einem kleinen Parkplatz abgestellt. Dort standen auch die Autos der anderen Gäste.

Der Wirt trat an Wills Tisch. Er brachte zwei Obstler mit und schob dem Kommissar ein Gläschen rüber.

»Zum Wohl, Herr Mallmann!«

Will ließ sich nicht lange bitten.

Sie tranken den Obstler. Wie Feuer rann er durch die Kehle und in den Magen hinein.

Will verzog das Gesicht.

Der Wirt lachte. Er war dünn wie ein Besenstiel, aber ungeheuer zäh. Und er setzte sich gegen seine gewichtige Frau durch, die mehr als doppelt so viel wog wie er.

»Wo bleibt Ihre Bekannte?«, fragte der Wirt und drehte seinen Oberlippenbart.

Will schaute auf die Uhr. »Sie müsste gleich kommen. Wir haben uns zum Abendessen verabredet.«

Der Wirt lächelte. »Ich weiß. In der Küche ist schon alles bereit.«

»Das nenne ich Service.«

»Dafür sind wir bekannt.«

Der Wirt hieß Mayr, und er beschäftigte ausschließlich Fachkräfte in seinem Haus. Was auf den Tisch gebracht wurde, schmeckte. Prächtige Hausmannskost, davon konnte man wirklich satt werden.

»Fräulein Becker erzählte, dass Sie hinterher noch spazieren gehen wollen«, sagte Mayr.

Will nickte.

»Haben Sie schon ein Ziel?«

»Ja, ich habe von diesem Felsen gehört, der zwar dunkel ist und trotzdem glänzen soll. Da wollen wir mal hin, Herr Mayr.«

Das Gesicht des Wirts versteinerte. Der Mann senkte den

Kopf, schaute auf die weißblau gemusterte Tischdecke und drehte sein Schnapsglas zwischen Zeige- und Mittelfinger.

Will Mallmann bemerkte wohl die Veränderung des Mannes. »Haben Sie was?«, fragte er.

Mayr hob den Kopf. »Hat man Ihnen denn nicht gesagt, was es mit dem Stein auf sich hat?«

»Ich hörte etwas. Die Leute erzählen von einer seltsamen Gegend.«

Sepp Mayr lachte. »Seltsam ist nicht der richtige Ausdruck, Herr Mallmann. Die Gegend ist verflucht. Ja, verflucht. Glauben Sie mir!«

Will lächelte und trank einen Schluck. Er hatte zwar schon mit Geistern und Dämonen zu tun gehabt, hatte gegen sie gekämpft, aber im Urlaub sollte man ihm mit den Geschichten vom Halse bleiben. Da wollte er seine Ruhe haben.

Will kannte sich in den deutschen Landen aus. Da hatte jedes Dorf seine eigene Spukgeschichte. Irgendetwas gab es in jedem Ort. Ein altes Haus oder einen Stollen – warum sollte es hier nicht ein Stein sein?

Das war ganz natürlich.

»Na, ich weiß nicht so recht, Herr Mayr. So ernst kann man die Geschichten doch nicht nehmen.«

»Haben Sie eine Ahnung«, antwortete der Wirt. Es klang so, als wüsste er viel mehr. »Wenn ich Ihnen einen Rat geben darf. Gehen Sie überall hin, nur nicht zu diesem Felsen.«

»Was ist denn so Schlimmes dabei?«, wollte der Kommissar wissen.

Der Wirt kam nicht mehr dazu, eine Antwort zu geben, denn Karin Becker betrat den Gastraum.

Pünktlich auf die Minute. Als hätte die Schulglocke gerade geläutet. Herr Mayr stand auf. »Dann will ich nicht länger stören«, sagte er. »Guten Appetit noch.«

»Danke.« Will erhob sich ebenfalls und rückte der Lehrerin einen Stuhl zurecht.

»Danke sehr.« Karin lächelte und nahm Platz.

Wills Herz klopfte plötzlich schneller. Er fühlte sich wie ein Primaner vor dem ersten Rendezvous. Und wieder einmal stellte der gute Kommissar fest, dass die Bekanntschaft mit Karin Becker mehr war als nur ein Urlaubsflirt.

Nein, das ging tiefer.

Will hatte auf seinem Zimmer schon darüber nachgedacht. Er, der Junggeselle, war es plötzlich leid, allein zu leben. Er wollte heiraten. Und zwar Karin Becker. Er konnte sich vorstellen, dass ein Leben an ihrer Seite Spaß machen würde.

Aber dachte sie ebenso?

Will Mallmann entschloss sich, noch während des Urlaubs Karin diese Frage zu stellen.

Jetzt aber wollten sie essen.

Es wurde serviert. Anna schleppte ein großes Holztablett heran. Es gab eine Leberknödelsuppe und anschließend echt bayerischen Wurstsalat, den Will so gern aß. Die frischen Bratkartoffeln dampften noch in der Pfanne, und schon allein ihr Geruch ließ bei dem Kommissar das Wasser im Mund zusammenlaufen.

Karin lächelte ihn an. »Guten Appetit wünsche ich Ihnen, Will.«

»Danke sehr, gleichfalls!«

Es schmeckte beiden ausgezeichnet.

Zwischendurch musste Will Mallmann die Lehrerin immer wieder anschauen.

Karin trug ebenfalls Wanderkleidung. Sie hatte die Haare hinten im Nacken zusammengebunden. Einen großen Teil des Kopfes bedeckte ein gehäkeltes Stoffkäppi, wie es jetzt modern war.

Sie hatte sich dezent geschminkt, und Will fand, dass es ihr wirklich ausgezeichnet stand.

Die beiden aßen, bis sie satt waren.

Aufatmend lehnte sich Karin Becker zurück und klopfte auf ihren Bauch. »Puh«, stöhnte sie, »das war wirklich zu viel des Guten. Ich komme mir vor wie eine Kalorienbombe.«

»Fragen Sie mich mal.« Will lächelte.

Karin Becker holte aus ihrer braunen Umhängetasche eine Schachtel Zigaretten hervor. Nach jedem Essen rauchte sie eine Verdauungszigarette.

Will Mallmann war Nichtraucher. Trotzdem trug er ein Feuerzeug immer bei sich.

Er ließ es aufschnappen.

»Danke.« Karin blies den Rauch gegen die Decke. »Bleibt es bei unserem Gang?«

»Natürlich.«

Sie lächelte und schaute nach draußen. »Ich gehe gern in der Dämmerung.«

»Wieder etwas, das wir gemeinsam haben.«

Karin wurde plötzlich rot und senkte dann den Blick. Sie stäubte die Asche ab.

Für wenige Augenblicke schwiegen die beiden Menschen.

Die Gaststätte füllte sich langsam. Pensionsgäste kehrten zurück, auch mit Kindern. Sie ließen sich nieder zum Abendessen, und plötzlich war der gemütlich eingerichtete Gastraum mit Stimmengewirr erfüllt.

Karin Becker rauchte langsam zu Ende und drückte dann die Zigarette aus.

»Gehen wir?«, fragte Will.

Karin nickte und stand auf.

Als sie den Stuhl zurückschob, fragte sie: »Haben Sie schon ein Ziel, Will?«

Der Kommissar nickte. »Ja, ich wollte mir eigentlich mal den Felsen ansehen.«

»Welchen Felsen?« Karin runzelte die Stirn.

»Lassen Sie sich überraschen«, erwiderte Will und reichte ihr seinen Arm.

Den warnenden Blick des Wirts sahen sie nicht, als sie das Lokal verließen.

Karin Becker und Will Mallmann verließen das Gasthaus und wandten sich nach rechts. Die Stühle waren hochgestellt worden. Man hatte sie aber nicht weggeräumt. Laut Wetterbericht sollte der morgige Tag sonnig werden.

Will hatte nichts dagegen und Karin auch nicht.

Wie selbstverständlich fanden sich ihre Hände, und Will spürte den warmen Strom, der ihn plötzlich durchfloss.

Sie schritten unter der Eiche her, passierten den Parkplatz und erreichten den schmalen Weg, der hinter dem Gasthaus begann und direkt in den Wald führte, sodass sie nicht erst den Ort durchqueren mussten.

Die Dämmerung hatte schon eingesetzt. Im Westen glühte der Himmel noch unter den letzten Sonnenstrahlen, während sich aus der entgegengesetzten Richtung das graue Band der Dunkelheit näherte und die Nacht den Tag ablöste.

Noch lärmten die Vögel in den Bäumen, doch bald würden auch sie verstummen und sich zur Ruhe begeben.

Der Weg führte schon nach wenigen Metern bergauf. Zwar nicht sehr steil, aber unaufhörlich.

Schon bald umgab dichter Wald die beiden Menschen. Hier war die Welt noch in Ordnung. Mischbäume bestimmten die Vegetation, nicht nur Tannen und Fichtenschonungen.

Hier brauchte man nicht aufzuforsten, weil niemand etwas zerstört hatte.

Der Bayerische Wald hatte hier noch die Urwüchsigkeit der Jahrhunderte.

Will Mallmann und Karin Becker sprachen nicht viel miteinander. Jeder genoss die Ruhe der sie umgebenden Natur. Humus dämpfte ihre Schritte fast bis zur Geräuschlosigkeit, niemand kam ihnen entgegen, und auch der Kommissar spürte die Ruhe, die sich plötzlich in seinem Innern ausbreitete.

Der Weg machte eine Biegung und führte immer tiefer in den Wald hinein. Auch nahm die Dämmerung zu, sodass die einzelnen freien Flächen zwischen den Bäumen manchmal zu einem dichten Grau verwischten.

Karin Becker blieb plötzlich stehen. Eine Haarlocke war ihr in die Stirn gefallen. Sie schob sie zurück und fragte: »Wie lange dauert es eigentlich noch, bis wir diesen komischen Felsen erreicht haben?«

Will Mallmann hob die Schultern. »Das kann ich dir auch nicht sagen. Die Leute haben…« Er verstummte plötzlich, weil ihm eingefallen war, dass er Karin Becker soeben geduzt hatte. »Entschuldigen Sie, Karin, ich meine natürlich …«

»Warum lassen wir es nicht beim Du?«, fragte sie, und ihre Stimme zitterte ein wenig.

Will schluckte. »Sie meinen – du meinst …?«

Karin nickte.

Tief holte der Kommissar Atem. Er, der sich schon mit hartgesottenen Gangstern und Verbrechern herumgeschlagen hatte, war plötzlich nervös wie ein Schuljunge kurz vor den Zeugnissen. Er wusste nicht, was er sagen sollte.

Da reagierte Karin Becker schon energischer. Sie trat auf Will Mallmann zu und umfasste beide Hände.

»Okay – Will?«

Mallmann nickte.

Sie wussten beide, was jetzt folgen würde. Und beide hatten lange darauf gewartet, doch niemand hatte laut davon gesprochen. Als Will Mallmann seine Lippen auf Karin Beckers Mund presste, vermeinte er, die Welt um ihn herum würde versinken.

Wie lange er Karin küsste, wusste er selbst nicht zu sagen. Schließlich drückte die Lehrerin den Kommissar von sich weg. »Himmel«, sagte sie, »jetzt muss ich erst einmal Luft holen.«

»Entschuldigung, aber …«

Karin lachte. »Du brauchst dich nicht zu entschuldigen. Schließlich hast du ebenso darauf gewartet wie ich.«

Will nickte heftig. »Dann«, er holte tief Luft, »dann bin ich dir also auch nicht gleichgültig?«

»Nein.« In Karins Augen erkannte Will, wie ehrlich die Antwort gemeint war.

Sie gingen weiter. Diesmal hatte Will Mallmann einen Arm um die Schultern der Lehrerin gelegt. Sie sprachen von der Zukunft und der Vergangenheit.

Und Will erzählte ihr von seinem Beruf. Bis jetzt hatte Karin nicht gewusst, womit er sein Geld verdiente.

»Du bist Kommissar?«, fragte sie.

»Ja.«

»Mein Gott, Will, ist das nicht gefährlich?«

Mallmann lächelte. »Man gewöhnt sich daran.«

»Würde mir nie gelingen.«

Jetzt ging Mallmann aufs Ganze. »Und wenn du meine Frau bist?«

Karin blieb stehen. Sie drehte den Kopf und sah Will Mallmann ins Gesicht. »Meinst du das im Ernst?«

»Ja.«

Sie senkte den Blick und schaute auf ihre Fußspitzen. Zwischen den beiden entstand eine Schweigepause. Nur das Rascheln des Abendwindes war zu hören, als er durch die Bäume strich.

Dann holte Karin tief Luft und fragte: »Du möchtest eine Antwort haben?«

»Wenn es geht.«

»Okay, Will, du bekommst sie. Aber nicht jetzt. Gib mir etwas Zeit zum Überlegen. Das alles kam für mich ein wenig plötzlich. Als ich dich zum ersten Mal sah, erging es mir ebenso wie dir. Ich habe bisher über den Begriff Liebe auf den ersten Blick gelacht, aber dann traf es mich. Nun muss ich mich erst damit abfinden und meine Gedanken in die richtige Reihenfolge bringen. Ich hoffe, du verstehst das, Will.«

»Aber natürlich.«

»Danke.« Karin lächelte. »Und ich will dir noch etwas sagen. Einen Menschen wie dich findet man äußerst selten in unserer Zeit.«

Will Mallmann wurde über dieses Lob fast rot. Er hob die Schultern, sagte: »Tja«, und meinte dann: »Sollen wir nicht weitergehen, sonst ist es zu dunkel, bevor wir unser Ziel erreicht haben.«

»Natürlich.«

Sie schritten zügig weiter. Will hielt Karin Becker nach wie vor so fest, als wollte er sie nie wieder loslassen.

Der Weg wurde enger. Die Äste und Zweige der Bäume wuchsen über dem Pfad zusammen, wo sie ein regelrechtes Dach bildeten, das sogar vor Regen schützte.

Wieder erreichten sie eine Kurve.

Und dann sahen sie den Felsen.

Plötzlich trat der Wald zurück, und auf einer freien Fläche stand der seltsame Felsen, der sich wie ein mahnender dunkler Finger in den Himmel reckte.

Und noch etwas war seltsam.

Im Umkreis von sicherlich fünf Metern wuchs nichts. Der Boden war steinig und verkarstet. Kein grüner Grashalm durchbrach das Braun der Erde. Nackt und kahl präsentierte sich der Boden, ebenso nackt wie der Hügel.

Komisch …

Will Mallmann runzelte die Stirn. Das tat er immer, wenn er nachdachte. Es war für ihn zu einer Art Markenzeichen geworden, und ihm fiel die Warnung des Wirts ein, nicht in die Nähe dieses Felsens zu gehen.

Sollte da tatsächlich etwas Wahres dran sein?

Auch Karin Becker spürte, dass hier etwas nicht stimmte. Sie drängte sich unwillkürlich an Will Mallmann heran, und was der Kommissar sonst ausgekostet hätte, ließ ihn jetzt kalt.

Er drängte Karin zur Seite.

»Warte hier auf mich«, sagte er mit leiser Stimme. »Ich sehe mir den Felsen einmal näher an.«

»Aber sei vorsichtig«, flüsterte Karin.

»Wieso?«

»Keine Ahnung, aber irgendwie ist mir dieser Flecken nicht ganz geheuer.«

Mallmann winkte ab. »Keine Sorge, wir werden es schon schaffen, und bei Geistern …« Er verstummte aus Angst, schon zu viel gesagt zu haben.

»Was soll das denn heißen?«, fragte die Lehrerin, die die Worte wohl verstanden hatte.

»Nichts. Es war nur so dahingesagt.« Will griff zu dieser kleinen Notlüge, weil er Karin nicht beunruhigen wollte. Er selbst war inzwischen davon überzeugt, dass mit diesem Felsen wirklich etwas nicht stimmte. Ob man von übersinnlichen Dingen reden konnte, wollte er erst einmal dahingestellt sein lassen, doch solch ein Gestein hatte er noch nie auf der Erde gesehen.

Als würde es von einer anderen Welt stammen …

Natürlich schlugen immer wieder aus dem All Meteoriten auf die Erdoberfläche, und vielleicht war dieser Felsen so ein Meteorit.

Kommissar Mallmann schritt langsam auf ihn zu. Eine unerklärliche Spannung hatte ihn erfasst. Das Blut schien schneller durch seine Adern zu pulsieren, und je weiter er sich dem Felsen näherte, umso unwohler wurde ihm.

Am Himmel war der Mond aufgegangen und streute sein fahles Licht der Erde entgegen.

Da der Felsen auf einer Lichtung stand und damit ziemlich frei lag, wurde auch er vom Mondlicht voll getroffen.

Das im Gestein sitzende Metall leuchtete unter den Strahlen des Mondes auf und verbreitete einen silbernen Schimmer.

Einen halben Schritt vor dem Felsen blieb Kommissar Mallmann stehen. Will streckte den rechten Arm aus und berührte mit den Fingerspitzen das Gestein.

Normalerweise fühlten sich Steine kalt und tot an, aber dieser Felsen hier nicht.

Der Stein war regelrecht lebendig, das fühlte der Kommissar unter seinen tastenden Fingerspitzen. Er stand nicht still, sondern vibrierte und schien sich zu bewegen.

Mallmann beugte sich noch weiter vor und legte sein Ohr gegen den Stein.

Da erlebte er eine Überraschung.

Der Stein sang!

Es war kein Lied, aber ein Summen, das aus dem Innern ertönte und ruhig mit Bezeichnung Singen beschrieben werden konnte.

Sagenhaft …

Will Mallmann konnte es kaum glauben.

Welches Geheimnis hatte er hier entdeckt? Welch einer Sache war er hier auf die Spur gekommen?

Einem Wunder vielleicht?

Möglich, aber kaum zu glauben.

Dieses Singen und das Vibrieren mussten eine andere Ursache haben.

Woher stammte dieses eigentümliche Geräusch? War das

Geräusch ein Rätsel, das der Stein von einer anderen Welt oder aus dem Universum mitgebracht hatte?

Will Mallmann dachte daran, denn er hatte in den letzten drei Jahren gelernt, dass es auf unserer Welt verdammt viele Rätsel gab, die mit dem normalen Verstand nicht zu begreifen, geschweige denn zu lösen waren.

Der Stein barg ein Geheimnis. Daran gab es für Kommissar Mallmann nichts zu rütteln.

Baute sich dieses Rätsel auf eine physikalische Basis auf oder auf eine dämonische?

Das war die Frage, die Will Mallmann beschäftigte. Er überlegte, welch eine Bedeutung diesem Felsen zugemessen wurde. Er stand sicherlich nicht ohne Grund in dieser abgelegenen Gegend des Bayerischen Waldes.

Will warf einen Blick über die Schulter zurück.

Karin Becker stand noch auf dem gleichen Fleck. Es war inzwischen so dunkel geworden, dass Will nur mehr die Umrisse der Frau sah. Ihr Gesicht jedoch leuchtete wie ein heller Fleck.

Abermals wandte sich der Kommissar dem Stein zu. Er wollte ihn einmal umrunden, sich die Rückseite anschauen, doch dazu kam es nicht mehr.

Karin Beckers panischer Ruf riss ihn herum.

»Will! Da!«, schrie sie.

Kommissar Mallmann traute seinen Augen nicht.

Rechts neben Karin Becker war eine Gestalt aus dem Wald getreten.

Ein Mensch? Nein, ein Skelett!

Ein Gerippe, bestehend aus bleichen Knochen, die von einer silbrig schimmernden Aura umgeben waren.

Karin Becker stand steif vor Entsetzen. Weit hatte sie die Augen aufgerissen und starrte die makabre Erscheinung an.

Doch das Skelett kümmerte sich nicht um die beiden Menschen. Es verließ den Wald und schritt schnurstracks auf den Felsen zu. Dabei schaute es nicht nach rechts und links, einzig der Felsen interessierte das Gerippe.

Kommissar Mallmann löste sich als Erster aus der Erstarrung. Er trat hastig zwei Schritte zur Seite, damit er mit dem unheimlichen Knochenmann nicht zusammenstieß. Dann beobachtete er weiter und wartete ab, was geschah.

Das Skelett blieb vor dem Felsen stehen. Es hatte eine fast militärische Haltung eingenommen, streckte jetzt den Arm aus und legte seine Knochenfinger gegen den Felsen.

Die linke Hand folgte.

Der knochige Oberkörper fiel etwas nach vorn, und in seiner gebückten Haltung blieb das Gerippe stehen.

»Will!«, vernahm Mallmann den schluchzenden Ruf der Frau, doch der Kommissar reagierte nicht.

Der Knöcherne hatte ihn fasziniert.

Einige Sekunden verstrichen. Dann begann eine etwa türgroße Fläche inmitten des Steins hell aufzuleuchten, und noch ehe der Kommissar sich versah, verschwand das Skelett in dieser Fläche.

Es wurde regelrecht von ihr aufgesaugt.

Einen Augenblick später erlosch das Leuchten, und der Stein sah wieder aus wie zuvor.

Nichts, aber auch gar nichts erinnerte daran, dass er eine Horrorgestalt verschluckt hatte.

Kommissar Mallmann stöhnte auf. Er wischte sich über die Augen und glaubte, einen schlimmen Traum erlebt zu haben. Aber er wusste gleichzeitig, dass es kein Traum gewesen war.

Vorbei mit dem Urlaub. Der verdammte Zufall hatte ihn direkt in einen heißen Fall geführt. Oder war vielleicht alles bewusst gelenkt und gesteuert worden?

Will Mallmann wusste es nicht. Ihm war nur klar, dass er allein und ohne Hilfsmittel nicht mehr weiter kam. Denn eins hatte er sich vorgenommen. Das Rätsel dieses geheimnisvollen singenden Felsens musste gelöst werden.

Wie auch immer.

»Will, bitte …« Karin Beckers Ruf brachte den Kommissar in die Realität zurück und stoppte seinen Gedankenfluss.

Wie verloren stand die Frau am Rand der Lichtung und blickte dem Kommissar entgegen, der auf sie zulief.

Will nahm Karin in die Arme.

»Mein Gott«, flüsterte sie, »was ist geschehen? Habe ich einen Albtraum gehabt?«

»Nein, es ist alles wahr gewesen.«

»Dann – dann ...« Sie holte tief Luft. »Dann hat es dieses Skelett wirklich gegeben?«

Will nickte.

Heftig schüttelte die Lehrerin den Kopf. »Das ist doch nicht möglich. Da hat sich jemand einen Scherz erlaubt und sich verkleidet. Es gibt keine lebenden Skelette. Sie sind tot – sie sind ...« Karin sprach nicht mehr weiter, da ihr die Worte fehlten, um das auszudrücken, was sie empfand.

Will Mallmann schwieg ebenfalls. Was hätte er ihr auch groß erzählen sollen? Von anderen Welten – von Geistern und Dämonen? Von Mächten der Finsternis, von Asmodis oder dem Schwarzen Tod?

Karin hätte ihm sicherlich nicht geglaubt, und das konnte er ihr nicht einmal übel nehmen. Wenn er sie schon einweihte – das würde sicherlich nicht ausbleiben –, dann behutsam und vorsichtig. Nach und nach sollte sie mehr erfahren.

Sie glaubte an einen Scherz, eine Täuschung. »Wer macht denn so etwas?«, flüsterte sie. »Das kann ich nicht begreifen. Warum wollte man uns erschrecken?«

»Wir werden es erfahren«, erwiderte Will. »Irgendwann.«

»Ich habe Angst«, sagte Karin leise.

»Das ist ganz natürlich.«

»Lass uns gehen, bitte!«

Der Kommissar nickte. Etwas anderes hatte er sowieso nicht vorgehabt. Er nahm Karin bei der Hand, und sie liefen den Weg so rasch zurück, wie es eben ging.

Diesmal schafften sie die Strecke in der Hälfte der Zeit. Dabei ahnten sie nicht, dass im Dorf bereits eine weitere Überraschung auf sie wartete

Schon als sie aus dem Wald traten und hinunter zum Gasthaus schauten, sahen sie, dass etwas nicht stimmte. Will und Karin befanden sich so hoch, dass sie über das Dach sehen konnten, und erkannten trotz der Dunkelheit die zahlreichen Menschen auf der Straße. Einige hielten eingeschaltete Taschenlampen in den Händen. Wenn die Träger sich bewegten, tanzten die Strahlen hektisch hin und her.

Karin Becker schüttelte verwundert den Kopf. »Was soll das bedeuten?«, fragte sie.

Will Mallmann hob die Schultern. »Keine Ahnung, aber wir werden es bald wissen.«

»Ob das mit dem Auftauchen des Skeletts zusammenhängt?«

»Möglich.«

Sie gingen weiter und schritten dabei weit aus. Unter ihren Schuhsohlen rutschten Steine und Geröll weg.

Dann umrundeten sie das Haus und hatten kaum den Parkplatz passiert, als ihnen Anna, die Bedienung, entgegenkam. Selbst im schlechten Licht der Außenbeleuchtung des Gasthauses erkannten sie die Angst auf Annas Gesicht.

»Herr Mallmann«, sagte sie und legte ihre Hand auf den beachtlichen Busen. »Dem Himmel sei Dank, dass Sie und Frau Becker wieder hier sind.«

Will probierte ein Lächeln. »Aber was ist denn los? Wir sind doch nicht von den Toten auferstanden.«

Anna wich einen Schritt zurück. »Erwähnen Sie nur nicht die Toten. Sagen Sie das Wort nicht.«

»Aber warum?«

Anna trat wieder näher, sodass sie dicht vor Will Mallmann stand und er die Küchendünste roch, die in ihrer Kleidung hingen. »Die Toten sind auferstanden«, flüsterte sie.

»Das müssen Sie mir erklären.«

»Er hat sie gesehen!«

»Wer?«, fragte Will.

»Fred Spatzek, der Küster und Totengräber. Er wollte das Grab ausheben, die Knochen über die Rutsche gleiten lassen, und dann kam das Skelett.«

Mallmann verstand nichts. Bis auf das Skelett.

»Was machte es?«

Anna schüttelte den Kopf. »Nichts. Es ging einfach weg. Auf den Wald zu, wie Spatzek erklärte. Es wollte bestimmt zum Stein. O Gott, Sie waren ja auch da.« Sie presste ihre Hand gegen den Mund.

Mallmann log jetzt. »Wir haben aber nichts gesehen«, sagte er ruhig.

»Dann danken Sie dem Herrgott.« Anna wollte wieder gehen, doch der Kommissar hielt sie an der Schulter zurück. »Wo kann ich mit diesem Totengräber sprechen? Ist er da?«

»Ja, er sitzt drüben in der Gaststube. Der Herr Chef und der Herr Pfarrer sind bei ihm. Spatzek wollte sich betrinken, um die Angst zu töten, aber das haben die anderen nicht zugelassen.«

»Warum laufen denn die Menschen hier auf der Straße herum?«, wollte Will Mallmann noch wissen.

»Weil Spatzek sie verrückt gemacht hat. Er hat doch laut genug geschrien.«

»Danke, Anna.«

Der Kommissar hatte keine Lust, Erklärungen abzugeben. Und er hatte sich entschlossen, sein Inkognito zu lüften, obwohl er unerkannt Urlaub machen wollte.

Ein Polizist stand vor dem Eingang der Gaststube. Ein typischer Dörfler, was keineswegs negativ gemeint ist.

Karin Becker und Will Mallmann traten auf ihn zu.

»Sie dürfen hier nicht rein!«, sagte der Polizist und hob drohend die Augenbrauen.

»Wer bestimmt das?«, fragte Mallmann zurück.

»Ich!«

Der Kommissar nickte und griff unter seine Jacke, während sich der Polizist räusperte und sich noch breitbeiniger aufstellte.

Will Mallmann zeigte ihm seinen Ausweis. »Bitte!«

Der Polizist wurde blass. »Entschuldigen Sie, Herr Kommissar, das habe ich nicht gewusst. Bitte sehr.«

Er hielt Will und Karin sogar die Tür auf.

Nebeneinander betraten die beiden Menschen die Gaststube, in der sie vor zwei Stunden noch gegessen hatten.

Drei Männer saßen an dem ovalen Stammtisch.

Den Wirt kannte Will. Der Pfarrer war an seiner Kleidung zu erkennen, und bei dem dritten Gast konnte es sich nur um den Zeugen handeln, der das Skelett gesehen hatte.

»Sie?«, fragte der Wirt. »Ein Glück.« Der Totengräber hatte eine Schnapsflasche vor sich stehen und schien die Eintretenden gar nicht bemerkt zu haben.

»Am besten ist es, Sie gehen hinauf in Ihre Zimmer«, schlug der Wirt vor. »Ihnen ist ja unterwegs …«

»Wir gehen nicht nach oben«, unterbrach Kommissar Mallmann den Redefluss.

»Wieso?«

Wieder zeigte Will seinen Ausweis. Jetzt wurde der Wirt blass. Er drehte sich zum Pfarrer um. »Ein Kommissar«, sagte er. »Ein richtiger Kommissar.«

»Wenn Sie erlauben, werde ich den Zeugen vernehmen«, sagte Will Mallmann.

»Natürlich«, beeilte sich Sepp Mayr zu versichern. »Aber es wird kaum Zweck haben, unser guter Freund Spatzek ist nämlich voll. Er musste auf den Schreck hin einfach einen Schluck trinken. Da sind es eben ein paar Schlucke mehr geworden, wenn Sie verstehen, Herr Kommissar.«

Mallmann nickte. »Er ist betrunken.«

»Genau.«

Der Pfarrer meldete sich. »Aber wir wissen, was geschehen ist. Herr Spatzek hat es uns berichtet.«

»Danke.«

Karin Becker und Mallmann nahmen Platz. Die anderen drei saßen ihnen gegenüber.

Fred Spatzek stierte auf die Tischplatte und kippte hin und wieder einen Klaren hinter die Binde.

Der Pfarrer berichtete. Er erzählte von dem Friedhof, der in seiner Art wirklich einen Anachronismus darstellte. Da wurden Gräber ausgehoben, um für neue Tote Platz zu schaffen.

Mallmann konnte nur den Kopf schütteln. So etwas hatte er in seinem ganzen Leben noch nicht gehört.

Der Kommissar erfuhr auch von dem Beinhaus, in dem die Knochen gelagert wurden.

»Und was geschieht damit?«, fragte er zwischendurch.

Der Pfarrer hob die Schultern. »Nichts. Sie zerfallen im Laufe der Zeit zu Staub.«

Karin Becker schüttelte sich. Dieses Thema war für sie zu makaber.

Der Kommissar fragte: »Glauben Sie wirklich an das, was der Totengräber gesehen hat?«

Sepp Mayr nickte heftig.

Der Pfarrer jedoch wiegte den Kopf. »Es ist nicht zu fassen«, erwiderte er. »In unserer Heiligen Kirche. Ich glaube es einfach nicht. Vielleicht war Herr Spatzek schon vorher betrunken.«

»Aber Sie haben doch vorher mit ihm geredet«, sagte der Wirt.

»Ja, bemerkt habe ich nichts.«

»Ich glaube ihm!« Kommissar Mallmann hatte die Worte gesprochen, und der Wirt und der Pfarrer starrten ihn überrascht an.

»Wieso?«, fragte Hochwürden.

Mallmann berichtete.

Jetzt schlug der Wirt ein Kreuzzeichen. »Der Felsen!«, flüsterte er. »Ich wusste es, der Felsen.«

»Und Sie haben das Skelett wirklich gesehen?«, erkundigte sich der Geistliche.

»Ja. Fräulein Becker ist meine Zeugin.«

Karin nickte bestätigend.

Der Wirt sprach das aus, was wohl alle dachten. »Es kommt etwas Schlimmes auf uns zu. Was machen wir nun?«

»Beten und hoffen«, antwortete der Pfarrer. Aus seiner Sicht hatte er bestimmt recht. Aber Kommissar Mallmann dachte da etwas praktischer.

»Ich werde ein Telefongespräch führen«, sagte Mallmann. »Darf ich mal?«

Der Wirt nickte. »Natürlich.«

Seine Augen wurden jedoch groß, als Kommissar Mallmann

ein Gespräch nach London anmeldete und als Teilnehmer einen gewissen John Sinclair angab …

Ich hatte mal vor Jahren einen Film gesehen mit dem Titel: »Gefährlich sind die hellen Nächte.«

Es ging damals um Sex in Sommernächten.

Okay, die Schauspieler hatten es gut. Wahrscheinlich war der Streifen im Frühjahr gedreht worden. Mir waren die hellen Nächte momentan eher unangenehm.

Ich hatte die letzte Nacht fast nicht geschlafen.

Deshalb war ich an diesem frühen Abend hundemüde und überlegte, ob ich schon ins Bett gehen sollte. Aber ich wusste, dass ich auch in dieser Nacht nicht gut schlafen würde, denn das Wetter hatte sich nicht geändert.

Ich sah mir eine langweilige Sendung im Fernsehen an. Normalerweise wirkt so etwas auf mich einschläfernd, aber ich blieb wie aufgekratzt.

Dann klingelte plötzlich das Telefon.

Ehrlich gesagt, ich war sogar froh darüber.

Rasch hielt ich den Hörer in der Hand und schmetterte ein waches: »Sinclair!«

»Mallmann!«

»Ha, Will, du alter Geier. Sag bloß, du bist in London? Die Verbindung ist ausgezeichnet.«

»Nein, im Bayerischen Wald.«

»Hört sich nach Germany an.«

»Ist auch in Germany.«

»Brennt es wieder?«, fragte ich.

»Und wie.« Will erzählte mir, um was es ging. Ich hörte genau zu und stand der Sache sofort positiv gegenüber, denn Will Mallmann rief nicht zum Spaß an.

»Du kommst also?«, fragte er zum Schluss.

»Ja, aber wie soll ich das drehen?«

»Amtshilfe.«

»Wenn es geht. Außerdem muss ich meine Deutschkenntnisse mal wieder auffrischen.«

»Na bitte.«

»Bringst du Suko mit?«

»Kaum. Er hat mit Shao genug zu tun.«

»Aber du kommst?«, fragte Mallmann.

»Ja.«

»Fantastisch. Ich hole dich in Regensburg ab. Du kannst bis Nürnberg fliegen und von dort mit dem Zug fahren.« Will Mallmann gab mir noch seine Telefonnummer durch, unter der er im Urlaub zu erreichen war.

Ich legte auf.

Dann rief ich am Airport an und erkundigte mich, wann der nächste Flug nach Nürnberg ging.

Bis Nürnberg bekam ich keine Maschine. Dafür jedoch bis Frankfurt. Ich bestellte ein Ticket und notierte mir die Abflugzeit. Dann schwang ich mich auf die Matratze.

Und plötzlich konnte ich schlafen.

Wenn das kein gutes Omen war ...

Auch Kommissar Mallmann legte den Hörer auf. Er ging wieder zu Karin Becker und den Männern zurück.

»Wen haben Sie in London angerufen?«, fragte der Wirt.

»Oberinspektor John Sinclair. Ein guter Freund von mir.«

»Und?«

Will Mallmann lächelte. »Er trifft im Laufe des morgigen Tages hier ein.«

»Aber was soll er hier?«, rief der Pfarrer.

»Den Fall lösen.«

Jetzt schauten Will Mallmann nicht nur die drei Männer verwundert an, sondern auch Karin Becker.

»Ich glaube, das musst du uns erklären, Will!«

»Okay.« Will Mallmann berichtete. Er erzählte von meinen Erfolgen im Kampf gegen die Mächte der Finsternis und auch von den Fällen, die er und ich gemeinsam durchstanden hatten.

Immer mehr Unglauben spiegelte sich auf den Gesichtern seiner Zuhörer wider.

Der Wirt fragte: »Und das gibt es tatsächlich?«

Will Mallmann nickte. »Ja, Herr Mayr. Jedes Wort, das ich Ihnen gesagt habe, ist wahr.«

»Unglaublich.«

»Das ist das Werk des Teufels!«, flüsterte der Pfarrer.

»So ganz Unrecht haben Sie nicht, Herr Pfarrer«, gab Will Mallmann zu.

»Der Teufel kommt und frisst uns alle!«, brabbelte der Totengräber in seinem Suff. Er hob den Kopf. Sein Blick war stumpf. Hart ließ er seine rechte Hand auf den Tisch fallen. Unter seinen Fingernägeln klebte noch der Dreck vom Friedhof. »So wird er uns schnappen, und dann werden wir im Höllenfeuer schmoren.«

»Sie sind ja betrunken«, schimpfte der Pfarrer.

Will Mallmann kam auf dieses Beinhaus zurück. Es spukte ihm schon die ganze Zeit über im Kopf herum. Der Kommissar wandte sich direkt an den Pfarrer. »Kann ich das Beinhaus unter der Kirche einmal besichtigen?«

Der Geistliche staunte. »Sie wollen …?«

»Ja.«

»Wann denn?«

»Meinetwegen sofort«, sagte der Kommissar.

Karin Becker griff nach Mallmanns Arm und rief: »Will, bist du denn lebensmüde?«

»Nein, das ganz bestimmt nicht.«

»Ich habe Angst um dich. Es kommt nicht in Frage, dass du dort hingehst.«

»Ich muss aber.«

»Dann gehe ich mit«, sagte sie.

»Und ich auch«, meldete sich der Wirt. »Einverstanden, Herr Pfarrer?«

»Meinetwegen.« Der Geistliche lächelte. »Ich bin sicher, dass wir nichts finden werden. Alles ist bestimmt nur Spinnerei.« Er erhob sich, und die anderen folgten seinem Beispiel.

»Ich sage nur noch eben meiner Frau Bescheid, dass ich weggehe«, rief der Wirt.

Der Pfarrer nickte. Mit Karin Becker und Will Mallmann ging er schon nach draußen.

Die Menschen warteten noch immer. Einige Männer hielten Bierkrüge in den Händen. Die Frauen hatten ihre Kinder ängstlich an die Hand genommen. In Windeseile hatte sich die Nachricht des Küsters im Ort herumgesprochen. Jetzt wussten auch die letzten Bescheid.

Als der Pfarrer über die Schwelle trat, wurde er mit zahlreichen Fragen bestürmt. Alle sprachen durcheinander.

Eine alte Frau mit einem roten Kopftuch um den Kopf hielt sogar ein riesiges Holzkreuz in der Hand und wollte Jagd auf Hexen machen.

»Das ist die moderne Zeit!«, keifte sie dazwischen. »Sie macht aus Menschen Teufeln. Sogar die Toten haben jetzt keine Ruhe mehr. Wehe uns – wehe …«

Jammernd zog sie davon.

Niemand hörte auf sie.

Der Pfarrer gab keine Erklärung. Er ließ seine Mitbürger weiter Rätsel raten.

Schließlich kam der Wirt. Er hatte eine Jacke übergezogen. »Wir können«, sagte er.

Drei Männer und eine Frau schlugen den Weg zum Friedhof ein. Sie schritten durch das Dorf, vorbei an einigen kleinen Geschäften, und bogen dann in Höhe des Marktplatzes von der Hauptstraße ab. Über einen schmalen, mit Pflastersteinen bedeckten Weg gelangten sie in die Nähe der Kirche.

Es brannten nur wenige Laternen. Und die waren meist in altertümlicher Manier an den Hauswänden befestigt. Der milchige Schein erreichte kaum den Boden.

Karin Becker hielt Wills rechte Hand fest umklammert. Die Frau fürchtete sich, das war ihr deutlich anzumerken. Je näher sie der Kirche kamen, umso zögernder wurden ihre Schritte.

»Willst du es dir nicht noch einmal überlegen, Will?«

»Nein.«

Sie gingen weiter. Schweigend.

Zuerst waren ihnen einige Einwohner und auch Feriengäste gefolgt, doch sie blieben zurück, je mehr sich die Gruppe dem Ort des Geschehens näherte.

Der Wirt hatte eine Taschenlampe mitgenommen. Er

schaltete sie ein, leuchtete, und Will Mallmann sah das rostige Friedhofstor, das etwas schief in den Angeln hing.

»Sollen wir nicht erst in die Kirche gehen?«, fragte der Wirt. Seine Stimme zitterte leicht.

Mallmann schüttelte den Kopf. »Nein, ich möchte mir noch den Kirchhof anschauen.«

Er stieß das Tor auf.

Karins Hand rutschte aus der seinen. »Ich bleibe hier«, sagte sie. »Vor Friedhöfen habe ich immer Angst gehabt. Besonders bei Dunkelheit.«

Sie stand nicht allein, denn auch der Wirt hatte keine Lust, den Totenacker zu betreten.

So gingen der Kommissar und der Pfarrer allein.

Will Mallmann hatte sich von Josef Mayr die Lampe geben lassen. Er schwenkte sie im Kreis.

Der helle Schein wanderte über Grabsteine und Kreuze. Er riss auch die Umrandungen der Gräber aus der Dunkelheit und tastete sich weiter vor bis an das Ende des kleinen Friedhofs, wo er an dem aufgebrochenen Grab kleben blieb.

Mallmann schritt rasch auf das Grab zu. Dann blieb er davor stehen und leuchtete hinein.

Verfaulte Holzreste waren noch zu erkennen. Aber kein einziger Knochen mehr. Der Totengräber hatte aufgeräumt.

Mallmann drehte sich. Jetzt wanderte der Lichtkreis über die Kirchenmauer.

»Sie müssen etwas tiefer halten«, erklärte der Pfarrer. »Dort befindet sich der Einstieg.«

»Danke.«

Neben der Rutsche stand noch der Plastiksack. Fred Spatzek hatte ihn nicht mehr mitgenommen.

Will sah die halbrunde Öffnung, schritt darauf zu und bückte sich, wobei er mit der Lampe in die Tiefe leuchtete.

Gespenstisch schimmerte der Knochenberg, als das kalte Licht ihn traf.

Will wurde ein unbehagliches Gefühl nicht los. Das also war das Beinhaus.

Wirklich kein Anblick für Nervenschwache.

»Möchten Sie noch immer dort hinein?«, erkundigte sich der Pfarrer.

»Natürlich.« Mallmann erhob sich wieder. »Haben Sie den Schlüssel bei sich?«

»Nein, da müssen wir zu mir. Ich habe ihn im Pfarrhaus unter Verschluss.«

Mallmann nickte. »Okay, gehen wir.«

Karin Becker und der Wirt warteten. Karins Gesicht zeigte Erleichterung, als sie den Kommissar sah. »Gut, dass dir nichts passiert ist«, sagte sie.

»Unkraut vergeht nicht.« Der Kommissar lächelte. »Ich werde aber noch das Beinhaus besichtigen. Der Pfarrer ist so freundlich und holt den Schlüssel. Muss ich mit?«

»Nein, nein, Sie können hier warten. Der Eingang ist auch von dieser Seite bequem zu erreichen.« Der Geistliche ging.

Karin Becker schaute Will an. »Hast du dir da nicht etwas zu viel vorgenommen?«, fragte sie.

»Kaum, denn dieser Fall ist eigentlich noch harmlos zu dem, was ich bereits hinter mir habe.«

»Bis jetzt«, gab Karin zu bedenken.

Will lächele. »Stimmt auch wieder.«

Der Wirt stand schweigend daneben. Hin und wieder trat er unruhig von einem Fuß auf den anderen, oder er warf einen furchtsamen Blick zum Friedhof hinüber. Er traute dem Frieden erst recht nicht.

Karin sagte: »Ich denke, du bist Kriminalkommissar.«

»Das stimmt.

»Seit wann jagen Kommissare Geister? Ich meine, hier im Urlaub, das will ich mal als eine Ausnahme sehen, aber wie ich deinen Worten entnommen habe, hast du dich ja schon früher mit diesen komischen Fällen beschäftigt. Und dein Anruf nach London kam schließlich auch nicht von ungefähr.«

»Nein, das nicht«, gab Will zu.

Karin drückte sich an ihn. »Willst du mir denn keine Erklärung geben?«, fragte sie.

»Natürlich, aber später. Jetzt habe ich wirklich keine Zeit dazu.«

»Klar.«

Sie hörten Schritte.

Sofort spannte sich die Haltung des Wirts. Doch es war nur der Pfarrer, der zurückkehrte.

»Ich habe den Schlüssel«, meldete er, blieb stehen und hob einen eisernen Ring hoch, an dem ein Schlüssel hing.

Will Mallmann nickte. »Okay, Hochwürden. Lassen Sie uns gehen.«

»Bitte, sei vorsichtig«, flüsterte Karin Becker.

Mallmann nickte. »Wird schon schiefgehen.«

Er wollte Karin noch einen Kuss auf die Wangen drücken, unterließ es aber, da er zu viele Zuschauer hatte.

Stattdessen folgte er dem Pfarrer in die Kirche.

Sie nahmen einen Seiteneingang, gingen jedoch nicht vor bis zum Weihwasserbecken, um das zahlreiche brennende Kerzen standen, die im Windzug flackerten.

Der Altar war kaum zu erkennen. Zwei brennende Kerzen rahmten ihn ein. Er roch nach Weihwasser und Talg. Außerdem war es sehr kühl. Die kahlen Wände am Eingang des Kirchenschiffs strahlten diese Kälte aus.

Will Mallmann ließ seine Blicke kreisen und nickte ehrfürchtig. Er hatte vor alten Kirchen immer einen ungeheuren Respekt. Und dieses Gotteshaus war alt. Den Baustil identifizierte Will Mallmann als Gotik.

Der Pfarrer schloss eine kleine Seitenpforte auf.

Will schaltete die Lampe ein. Eine steinerne Wendeltreppe führte hinab in die Tiefe eines Gewölbes.

Der Pfarrer ging vor. Er hatte eine dicke Kerze aus dem Ständer genommen und hielt sie in der rechten Hand.

Während er die Stufen hinunterschritt, bewegte sich die Flamme und warf zuckende Schatten auf die kahlen Wände.

Dann erreichten sie den Keller.

Ein großer Raum tat sich vor ihnen auf. Er war nicht leer. Will sah einige Betbänke, zwei ausrangierte Beichtstühle, an denen die Seitenteile fehlten, und Kartons mit zahlreichen weißen Kerzen.

Ein Durchlass führte in den Nebenraum.

Der Pfarrer wandte sich nach rechts und blieb vor einer Holztür stehen. »Dahinter liegt es«, flüsterte er.

Will nickte.

Der Geistliche wechselte die Kerze von der rechten in die linke Hand, führte den Schlüssel ins Schloss und drehte ihn zweimal herum.

Es klackte, und die Tür war offen.

Der Pfarrer zögerte einen Moment, bevor er die Hand auf eine eiserne Klinke legte und sie nach unten drückte.

Er atmete tief ein und sagte: »Gehen wir.«

Kommissar Mallmann hatte das Gefühl, dass auch dem Pfarrer nicht ganz wohl in seiner Haut war. Kein Wunder, denn diese Spukgeschichte war wirklich nichts für Leute mit schwachen Nerven.

Hinter dem Geistlichen betrat Will Mallmann das geheimnisvolle Beinhaus.

Nach zwei Schritten stoppten sie.

Die Knochen waren bis dicht vor die Tür gerollt. Will stieß sogar mit der Fußspitze gegen einen Schädel, der kollernd ein Stück nach vorn rollte.

Der Kommissar stieg über den Schädel hinweg, leuchtete mit der Lampe.

Die Knochen schienen ihn anzustarren. Bleiche Gebeine, manche zig Jahre alt, zum Teil schon zerfallen und brüchig.

Will schluckte.

Wenn er sich vorstellte, dass diese Knochen in Bewegung gerieten, sich sammeln und neu formieren würden, um daraus lebende Skelette entstehen zu lassen, wurde ihm direkt schwindlig.

Welch einen Horror erlebte er hier! Die Wände glänzten nass. Irgendwo tropfte Wasser.

Will ging vor, während der Pfarrer mit seiner brennenden Kerze in der Nähe der Tür stehen blieb.

Es kostete den Kommissar schon Überwindung, auf den Knochenberg zuzuschreiten. Bevor er jedoch zwischen den Gerippen versank, blieb er stehen.

Er führte den Lampenstrahl auf die Rutsche zu.

Mallmann schüttelte den Kopf. So etwas hatte er noch nicht gesehen.

Da existierte tatsächlich eine Knochenrutsche, um die Gebeine in den Keller zu befördern.

Sagenhaft.

Die Knochen lagen tot und bleich vor seinen Füßen. Nichts bewegte sich. Und hätte der Kommissar nicht mit eigenen Augen ein lebendes Gerippe gesehen, dann hätte er alles für Spinnerei gehalten.

So blieb ihm nur ein Achselzucken.

»Da ist wohl nichts!«, hörte er hinter sich die Stimme des Geistlichen.

Mallmann drehte sich um. »Nein.«

»Und jetzt?«

Der Kommissar ging wieder auf den Pfarrer zu. »Wir werden wieder hinausgehen. Hier ist nichts zu sehen. Die Gebeine einmal ausgenommen.«

Der Pfarrer nickte. »Wie gut, dass Sie auch so denken, Herr Mallmann. Ich glaube auch, dass es dieses Skelett gar nicht gegeben hat. Da hat sich jemand einen Scherz erlaubt und den Fasching um ein halbes Jahr vorgezogen. Knochen, die leben, nein, so etwas gibt es nicht. Das widerspräche doch allen Gesetzen.«

Will Mallmann hatten die Worte des Pfarrers zwar nicht überzeugt, doch er sagte nichts. Auch er wollte dieses seltsame Gewölbe verlassen. Er war schon an der Tür, als er wie angewurzelt stehen blieb.

Urplötzlich hörte er das jämmerliche Seufzen und Stöhnen. Es war so qualvoll, dass dem Kommissar eine Gänsehaut über den Rücken rieselte.

Dann ertönte eine flehende Stimme: »Helft mir – so helft mir doch …«

Auch der Pfarrer stand stocksteif. Dann aber begann er zu zittern, und hätte der Kommissar seinen rechten Arm nicht gehalten, so wäre ihm die Kerze aus der Hand gerutscht.

Wieder vernahmen die beiden Männer das erbärmliche Stöhnen und Ächzen.

»Aaaah – weh mir, ich bin …« Die Stimme hallte schaurig und hohl von den kahlen Wänden wider.

Aber nicht einmal die Stimme war es, die die beiden Männer so erschreckt hatte, sondern deren Herkunft.

Die grausamen Geräusche waren direkt unter dem Knochenberg aufgeklungen!

Der Pfarrer schluckte. Sein Adamsapfel tanzte auf und nieder. »Ich glaube, ich werde verrückt!«, keuchte er. »Das kann doch nicht wahr sein. So etwas gibt es nicht, so etwas darf es einfach nicht geben. Mein Gott, was ist nur los?«

Er wollte auf der Stelle kehrtmachen, doch Will Mallmann hielt ihn am Arm fest.

»Bleiben Sie!«

Vorsichtig drehte sich der Kommissar um und schritt wieder auf den Knochenberg zu.

Das schwere Seufzen klang ihm noch immer in den Ohren. Dann ein qualvoller Schrei, als würde ein Mensch unter unsäglichen Schmerzen leiden.

Es folgte ein grausames Röcheln.

Stille …

Will leuchtete direkt auf den bleichen Knochenhaufen. Für einen Moment hatte er den wahnsinnigen Gedanken, dass sich jemand unter diesem Berg versteckt hätte, aber das war natürlich Unsinn. Doch Will wollte es wissen.

»Wer bist du?«, fragte er. »Melde dich. Bist du ein Verfluchter, dessen Seele keine Ruhe findet?«

Nichts.

Mallmann versuchte es noch einmal.

Und der Geist meldete sich. Abermals erklang das schwere Seufzen. Aber diesmal abgehackt und von schrillen Schreien unterbrochen.

»Sag, wer du bist!«, rief Mallmann.

Dann ertönte eine Stimme. Unter unsäglichen Schmerzen stieß der Geist seinen Namen hervor, den Mallmann kaum verstehen konnte.

»Albertus Krogmann …«

Stille.

Auch als der Kommissar den Geist noch dreimal anrief, um Einzelheiten zu erfahren, hörte er nichts.

Langsam drehte sich der Kommissar um. »Haben Sie den Namen verstanden?«, fragte er den Pfarrer.

»Ja, das habe ich, klar und deutlich.«

Fragend schaute Mallmann den Geistlichen an. »Kennen Sie diesen Namen?«

Der Pfarrer nickte.

»Und?«

»Das ist eine lange, ziemlich blutige Geschichte. Ich werde sie Ihnen oben erzählen.«

»Einverstanden.«

Die Männer verließen das Beinhaus. Der Pfarrer schloss wieder ab, und als Will Mallmann um den Schlüssel bat, erhielt er ihn auch.

Schweigend gingen sie die Treppe hoch. Jeder hing seinen Gedanken nach.

Will dachte an den Namen, den er gehört hatte.

Albertus Krogmann!

War das die erste Spur, um das Rätsel der Knochenrutsche lösen zu können?

Mallmann hoffte es.

Er war froh, als er wieder vor der Kirche stand. Karin Becker lief auf ihn zu.

»Dem Himmel sei Dank«, sagte sie und nahm Wills Hände. »Wir hatten schon Angst, dass etwas passiert wäre.«

Der Kommissar quälte sich ein Lächeln ab. »Unkraut vergeht nicht«, meinte er leichthin. »Das sagte ich doch.«

»Immerhin wart ihr ziemlich lange dort unten.«

Der Wirt war neugierig geworden. »Aber gesehen haben Sie dort nichts?«

»Doch – Knochen«, erwiderte Mallmann.

Josef Mayr grinste.

»Wir gehen noch mit dem Pfarrer«, sagte Mallmann zu seiner Bekannten.

Karin runzelte die Stirn, erklärte sich jedoch einverstanden.

Der Wirt wollte wieder zurück und ging.

Das Pfarrhaus war ebenso alt wie die Kirche. Karin und Will betraten ein kleines Zimmer, das sich der Pfarrer als Büro hergerichtet hatte. Auf dem dunklen Schreibtisch stand ein schwarzes Telefon. Der Geistliche zog die Vorhänge zu, damit niemand durch das Fenster schauen konnte. Am Klingelbrett hatte Will gelesen, dass der Name des Geistlichen Kröger lautete.

»Darf ich Ihnen etwas anbieten?«, fragte der Pfarrer.

Will und Karin schauten sich an.

»Ich habe einen Selbstgebrannten.«

Da sagten die beiden nicht nein. Der Pfarrer schenkte ein. Will und Karin tranken.

Der Frau stiegen Tränen in die Augen, so scharf war der Schnaps. Mallmann hustete, der Pfarrer lächelte, wurde aber schnell wieder ernst, als er das Thema aufgriff.

»Albertus Krogmann hat hier während des Dreißigjährigen Kriegs gelebt und gewütet«, erklärte der Pfarrer. »Ich sage bewusst gewütet, denn er gehörte zu den Kirchenmännern, die man am liebsten vergisst. Er war Magister der Inquisition und hat in der ganzen Gegend furchtbar aufgeräumt. Und das zusätzlich zu den Schrecken des gewaltigen Krieges. Unter seinen Händen starben Hunderte. Frauen, die als Hexen verschrien waren, Männer und sogar Kinder. Die Schweden brachten ihn schließlich um. Nachdem sie ihn gefoltert hatten, warfen sie ihn kurzerhand in das Kirchengewölbe. Er war noch nicht tot, konnte aber sein Gefängnis nicht verlassen und verhungerte. So weit die Wirklichkeit. Die Sage jedoch berichtet, dass Krogmanns Seele, nachdem sie auch kurz vor dem Tod nicht geläutert worden war, keine Ruhe finden konnte. Für alle Zeiten sollte sie herumgeistern und nie eine Erlösung finden. Seine Seele ist in den Gemäuern des Beinhauses gefangen.«

»Gut«, meinte Will Mallmann, »so weit Ihre Geschichte. Nun meine Frage: Was hat dieser Albertus Krogmann mit dem Stein zu tun? Denn irgendwo muss es eine Verbindung geben.«

Der Pfarrer hob als Antwort nur die Schultern.

Will Mallmann sagte: »Fräulein Becker und ich haben selbst gesehen, wie das Skelett von dem Stein aufgesogen worden ist. Können Sie uns nichts über die Entstehung dieses Felsens sagen?«

»Nein. Es existieren zwar zahlreiche Sagen, aber der Stein war schon immer da. Manche sagen vom Anbeginn der Zeiten.«

»Hat man ihn mal analysiert?«

Der Pfarrer schüttelte den Kopf.

»Ich bin zwar kein Physiker«, meinte Will, »habe aber das Gefühl, dass dieser Felsen aus einem Material besteht, das auf unserer Erde nicht existiert.«

Pfarrer Kröger runzelte die Stirn. »Wie meinen Sie das, Herr Kommissar?«

»Ganz einfach, Hochwürden. Dieser Stein stammt aus dem Weltraum und nicht von der Erde.«

»Gehst du jetzt nicht etwas zu weit?«, fragte Karin Becker.

»Nein.«

»Na, ich weiß nicht«, murmelte der Pfarrer.

»Meiner Meinung nach muss ein Meteoriten-Einschlag irgendwann hier stattgefunden haben«, vermutete der Kommissar. »Hat man keinen Krater gefunden?«

»Kann sein, aber die sind im Laufe der Jahrhunderte sicherlich zugewachsen«, antwortete der Pfarrer.

»Stimmt auch wieder.« Mallmann gab ihm recht.

Karin Becker schaute auf die Uhr. »Ich glaube, wir müssen gehen. Es ist bald Mitternacht.«

Will Mallmann hatte nichts dagegen. Er schob seinen Stuhl mit der hohen Rückenlehne zurück und stand auf.

Der Pfarrer reichte ihnen die Hände. »Gott sei mit Ihnen«, sagte er zum Abschied an der Türschwelle.

Langsam gingen Karin Becker und Will Mallmann zurück zum Gasthaus. Sie schwiegen einige Zeit, bis Karin fragte: »Wie sollen diese Skelette und der Stein denn miteinander in Verbindung stehen? Also, ich komme da nicht klar.«

»Ich auch nicht«, gab Will zu. »Noch nicht.«

»Wer ist John Sinclair?«, fragte Karin Becker plötzlich übergangslos.

Will lachte. »Einer meiner Freunde. Du wirst ihn kennen lernen. Er arbeitet für Scotland Yard, der berühmtesten Polizeitruppe der Welt.«

»Dann ist er kein Exorzist?«

»Nein, das bestimmt nicht.«

Karin Becker war beruhigt.

Sie erreichten das Gasthaus. Trotz der späten Stunde herrschte noch Betrieb. Der »Fall« ließ die Menschen nicht los. Will Mallmann und Karin Becker betraten das Gasthaus nicht durch den Haupteingang. Sie wollten ungestört nach oben gelangen.

Oben im Flur verabschiedeten sie sich voneinander. Sie schliefen nicht zusammen, jeder ging auf sein Zimmer.

Will Mallmann konnte lange Zeit nicht einschlafen. Seine Gedanken drehten sich um den rätselhaften Fall, und als er endlich schlief, träumte er von schrecklichen Skeletten, die um sein Bett einen höllischen Reigen tanzten.

Im Flugzeug hatte ich geschlafen und fühlte mich dementsprechend frisch, als ich von Frankfurt aus den Zug nach Regensburg nahm. Genüsslich räkelte ich mich im Erster-Klasse-Abteil und schaute aus dem Fenster, wo die deutsche Landschaft vorbeirauschte.

Reisebegleitung hatte ich auch. Ein Mann saß mir gegenüber. Von seinem Kopf hatte ich allerdings noch nichts zu sehen bekommen, da er durch eine große deutsche Boulevard-Zeitung verdeckt wurde.

Ich freute mich auf Kommissar Mallmann. Wir hatten bereits einige Fälle miteinander gelöst. Kennen gelernt hatten wir uns in London, als ich den Voodoo-Mörder jagte. Damals zog sich die Spur des Falles von Deutschland nach England.

Will Mallmann war ein prächtiger Kerl, auf den man sich hundertprozentig verlassen konnte. Früher hatte er meinem

Job verständlicherweise skeptisch gegenübergestanden, doch mittlerweile wusste er mehr, und Will Mallmann war auf dem Festland zu einer regelrechten Stütze geworden.

Wir hielten mehrmals, aber die Namen der Orte habe ich vergessen. Mir gefiel aber die Gegend. Es sah alles so sauber aus. Keine Industrie, die die Luft verpestete, und auch die Häuser in den Orten wirkten sehr gepflegt.

Das war eben die deutsche Gründlichkeit. Nicht schlecht, diese Art zu leben.

Die ersten Vororte von Regensburg tauchten auf. Dass es eine Stadt mit Geschichte war, sah ich vom Zugfenster aus. Das Schloss und zahlreiche andere Bauten luden direkt zu einem Besuch ein.

Nur hatte ich keine Zeit.

Dann fuhr der Zug in den Bahnhof. Er verlor noch mehr an Geschwindigkeit und stand.

Ich hatte mich bereits erhoben und holte die beiden Koffer aus dem Gepäcknetz.

Einer war schmaler. Darin bewahrte ich meine Waffen auf, die für eine erfolgreiche Dämonenbekämpfung unerlässlich waren.

Mein Reisebegleiter war inzwischen eingeschlafen. Die Zeitung lag auf dem Boden. Ich stieg darüber hinweg und öffnete die Abteiltür. Viele Fahrgäste stiegen hier in Regensburg aus.

Mich überholten noch zwei Kinder mit Rucksäcken. Sie sprangen auf den Bahnsteig und rannten rufend auf eine ältere Frau zu, die sie in ihre Arme schloss.

Ich aber suchte Kommissar Mallmann.

Er stand an einem Kiosk und winkte mit beiden Händen.

Ich grüßte zurück.

Dann liefen wir aufeinander zu.

Jetzt sah ich Mallmanns Begleiterin.

Eine schwarzhaarige Frau, die ich nicht kannte. Aber zuerst begrüßten wir uns.

Will schlug mir auf die Schulter. Seine dunklen Augen blitzten vor Freude. »Ich finde es riesig, dass du so rasch gekommen bist, John«, sagte er.

»Wenn du rufst, immer.«

»Nun mach's halblang.« Will drehte sich und deutete auf die schwarzhaarige Frau. »Darf ich dir Fräulein Becker vorstellen, John?« Und zu Karin gewandt sagte er: »Das ist John Sinclair, von dem ich dir so viel erzählt habe.«

»Hoffentlich nur Gutes«, lachte ich.

»Natürlich«, erwiderte die Frau. Sie hatte einen kräftigen Händedruck, was mir gefiel. Überhaupt machte Karin Becker einen sehr sympathischen Eindruck, und ich fragte mich, wie der gute Will wohl an diese Bekanntschaft gekommen war.

Außerdem hatte er sich verändert. Will Mallmann wirkte irgendwie fröhlicher, aufgeschlossener. Er lachte viel, seine Augen strahlten, und er hatte Spaß am Leben.

Ich konnte mir einfach nicht helfen, aber dahinter steckte sicherlich Karin Becker.

Ob sich der gute Will verknallt hatte?

Ich beschloss, ihn bei der nächstbesten Gelegenheit danach zu fragen.

Sein Manta parkte vor dem Bahnhof. Karin Becker stieg hinten ein – trotz meines Protests –, und ich nahm neben dem Kommissar Platz.

»Wie lange dauert die Fahrt?«, fragte ich.

Will hob die Schultern und drehte den Zündschlüssel. »Etwa eineinhalb Stunden.«

»Dann sind wir am späten Nachmittag da.«

Der Kommissar nickte.

Nachdem Regensburg hinter uns lag, begann Will Mallmann zu erzählen. Sehr detailliert gab er die Ereignisse wider. Ich hörte genau zu und stellte hinterher meine Fragen.

Das Beinhaus erschien mir am interessantesten zu sein. »Wie ist es, Will? Hast du diesen Geist nicht versucht zu beschwören?«, fragte ich.

»Nein, womit?«

Das stimmte auch wieder. Will Mallmann hatte ja keine Hilfsmittel bei sich.

»Und du nimmst an, dass dieser Albertus Krogmann oder vielmehr dessen Geist noch in diesem Gewölbe herumspukt.«

»Ja, davon bin ich überzeugt.«

»Darf ich einmal etwas sagen«, meldete sich Karin Becker vom Rücksitz her.

»Bitte.« Will lachte.

»Ihr tut gerade so, als wären Geister etwas völlig Normales. Gibt es sie denn überhaupt?«

»Und wie«, erwiderte ich. »Nicht nur Geister, sondern ganze Heerscharen von Dämonen, die sich in Parallelwelten versammelt haben und einen Angriff auf unsere Erde vorbereiten.«

»Aber das ist doch Utopie.«

Will antwortete. »Das habe ich früher auch gedacht, bis ich durch John eines Besseren belehrt wurde. Leider«, fügte er hinzu.

Ich drehte mich halb um und sah, wie Karin Becker den Kopf schüttelte. »Das kann ich einfach nicht glauben. Dämonenreiche, Parallelwelten, das gehört doch in die Fabel, das ist Science-Fiction.«

»Leider auch Wirklichkeit«, gab ich zu.

»Da müssen Sie mir aber andere Beweise liefern, um mich zu überzeugen«, sagte die Lehrerin.

Ich winkte ab. »Wünschen Sie sich das nicht, Fräulein Becker.«

»Sagen Sie ruhig Karin.«

»Okay, ich heiße John.«

Die Gegend wurde waldreicher. Zu beiden Seiten der Straße sah ich sanfte, bewaldete Hügel, die wie grüne Wellen über dem Erdboden standen. Der Himmel war fast wolkenlos und hatte die Farbe eines matten Blaus. Wie ein seidenes Tuch spannte er sich über das Land. Wir hatten wirklich einen schönen Tag erwischt.

Wir passierten Dörfer, in denen die Straßen eng und winklig waren und Will Mallmann nur noch im zweiten Gang fahren konnte. Ich sah kleine Pensionen, nette Gasthäuser und auch Ferien-Bungalows. Zahlreiche Familien machten hier Urlaub, da der Bayerische Wald – so erzählte mir Will – noch preiswert war.

Gegen siebzehn Uhr erreichten wir Waldeck.

Ich hatte einen verschlafenen Ort erwartet, sah mich jedoch getäuscht. Schon bei der Einfahrt fiel mir die Hektik auf, die sich breitgemacht hatte.

Auch Will Mallmann wunderte sich. »Da ist doch irgendetwas schiefgelaufen«, sagte er.

So schnell wie möglich fuhren wir zu dem Gasthaus, in dem auch ich Quartier finden sollte.

Der Kommissar fand mit Not auf dem überfüllten Parkplatz eine Lücke für seinen Opel Manta.

Wir stiegen aus.

Vor dem Haus waren sämtliche Stühle besetzt. Aber nicht von Einheimischen oder Urlaubern, sondern Reportern.

Ich kannte die Knaben. Sie sahen in jedem Teil der Welt irgendwie gleich aus. Das lässige Gehabe, die Kameras, die großen Klappen.

Will Mallmann blieb stehen. »Das hat uns gerade noch gefehlt«, sagte er. »Irgendjemand hat da seinen Mund nicht halten können. Klar, dass die Pressefritzen kommen, wo Sauregurkenzeit ist.«

Wir waren in der Deckung eines Baums stehen geblieben. Der Wirt hatte noch Personal eingestellt, denn die Mädchen, die bedienten, kannte Mallmann nicht.

»Gibt es hier keinen Seiteneingang?«, fragte ich.

»Natürlich«, erwiderte Will. »Komm …«

Wir betraten das Haus. An der Treppe lief uns der Wirt über den Weg. Josef Mayr hatte ein hochrotes Gesicht und schwitzte. Man sah ihm an, dass das Geschäft lief.

Der Kommissar wollte eine Erklärung haben, doch der Wirt hatte plötzlich keine Zeit. Seine Frau wies mir das Zimmer zu und drückte mir auch den Schlüssel in die Hand.

Will meinte: »Ich werde das Gefühl nicht los, dass der Wirt die Reporter verständigt hat.«

Wir standen auf dem Flur, berieten die nächsten Schritte. »Was hast du vor, John?«, fragte Will Mallmann.

»Ich möchte zuerst das Beinhaus sehen.«

»Habe ich mir gedacht. Wahrscheinlich wird Pfarrer Kröger schon warten.«

Ich warf einen Blick auf die Uhr und sagte: »In einer halben Stunde – okay?«

Will war einverstanden.

Ich betrat mein Zimmer und wunderte mich, wie gemütlich es eingerichtet war.

Das Bett mit den hohen Kissen lud direkt zum Schlafen ein. Aber Schlaf würde ich wohl in der nächsten Zeit kaum finden können.

Das Unheil schlug von einer Sekunde zur anderen und mit der urwüchsigen Gewalt eines Blitzes zu.

Es traf mich ebenso unvorbereitet wie auch die anderen.

Ich wollte mich gerade ausziehen, um unter die Dusche zu steigen, als das Haus plötzlich von einem berstenden Krachen erfüllt wurde und ich quer durch das Zimmer flog.

Es ist wie bei einer Vollbremsung der Straßenbahn, auf die man nicht vorbereitet ist. Ich wusste auf einmal nicht mehr, wo oben und unten war, und schlug mit dem Kopf gegen die Bettkante.

Plötzlich hörte ich alle Engel singen, und für Sekunden verschwand mein Bewusstsein.

Dann war ich wieder voll da.

Etwas dröhnte wuchtig von außen gegen meine Tür. Gleichzeitig hörte ich die Schreie, das Fenster wurde aus der Fassung gerissen, und die Splitter regneten ins Zimmer.

Ich brachte mich durch einen raschen Sprung zur Seite vor dem gläsernen Regen in Sicherheit und wollte schon in Richtung Tür laufen, als der Schrank kippte.

Langsam fiel er mir entgegen.

Rasch riss ich die Arme hoch und stützte ihn ab, drückte ihn wieder gegen die Wand.

Er blieb stehen.

Mein Blick traf das jetzt zerstörte Fenster. Ich schaute hinaus auf die Berge, sah den Himmel und erschrak.

Ein gewaltiges rotes Leuchten, gleich einer riesigen Wolke, hatte das Firmament überzogen.

Und die Wolke kam näher. Dabei nahm das Leuchten zu. Es wurde intensiver, und ich spürte plötzlich fremde Gedanken, die in mein Gehirn drangen.

Alles war anders.

Ich wollte gehen, aber meine Beine gehorchten mir nicht mehr. Ich wollte die Arme heben, doch die Gelenke schienen mit Blei ausgefüllt zu sein.

Ich fiel.

Ich lehnte mich dagegen auf, doch ich konnte nichts machen. Zum Glück stand das Bett so, dass ich direkt darauf liegen blieb. Mein Gesicht verschwand in den Kissen.

Eine seltsame Müdigkeit griff auf meinen Körper über. Dann waren die Stimmen wieder da.

Sie wollten mir den Schlaf regelrecht suggerieren, doch, zum Teufel noch mal, ich stemmte mich dagegen, kämpfte wie ein Wilder.

Allein hätte ich es nie geschafft. Doch da war etwas anderes, was plötzlich seine Macht ausspielte.

Mein Kreuz!

Dieses geheimnisvolle Kleinod mit den magischen Symbolen begann eine Energie zu entwickeln, die der anderen, bösen entgegenströmte. Die Stimmen in meinem Schädel, die in den letzten Sekunden immer fordernder und drängender geworden waren, mussten zurückweichen. Sie schafften es einfach nicht, gegen das Kreuz anzukommen.

Ich erholte mich …

Dabei drehte ich meinen Kopf, sodass ich wenigstens Atem holen konnte, und von Sekunde zu Sekunde ging es mir besser. Meine Finger krallten sich in den Bettbezug, ich spürte auf meiner Stirn den kalten Schweiß und hörte mein Herz pumpen.

Aber die Kraft kehrte zurück.

Ich stemmte mich ab. Dabei winkelte ich die Arme an und legte beide Hände gespreizt auf das Bett.

So kam ich hoch.

Als ich neben dem Bett stand, hatte ich das Gefühl, mich in einem Karussell zu befinden. Das gesamte Zimmer drehte sich vor meinen Augen. Ich wollte mich irgendwo abstützen, griff jedoch ins Leere und fiel hin.

Instinktiv rollte ich mich jedoch zusammen, sodass ich mir nichts verstauchte oder prellte.

Der zweite Versuch.

Diesmal ging es besser.

Ich gelangte auf die Füße, mir wurde dabei zwar wieder schwindlig, doch durch mehrmaliges tiefes Atmen verdrängte ich den Taumel.

Mein Blick glitt zum Fenster.

Noch immer zeigte der Himmel diese tiefrote Farbe. Das Glühen war noch intensiver geworden und hatte sich durch das offene Fenster auch in meinem Zimmer ausgebreitet.

Die Wände sahen aus, als hätte sie jemand mit Blut angestrichen.

Was war geschehen?

Ich wusste es nicht, fand keine Antwort auf die Frage, welche Kräfte plötzlich dieses Dorf mitten im Bayerischen Wald attackiert hatten.

Was mir auffiel, war die Ruhe.

Kein Laut drang an meine Ohren.

Plötzlich verspürte ich Angst. Angst um Will Mallmann, um Karin Becker und all die anderen Menschen, die sich in dem Ort aufhielten. Nichts, aber auch gar nichts war von ihnen zu hören. Kein Gespräch, kein Schrei, kein Lachen – Stille.

Tödlich und grausam

Überlaut klang mein eigener Atem. Und wie von selbst bewegten sich meine Beine auf den Koffer zu, der während des Angriffs vom Tisch geschleudert worden war.

Ich hob den Koffer auf und legte ihn auf das Bett. Dann öffnete ich den Deckel. Das Schloss hatte einen Mechanismus, der nur wenigen bekannt war. So können zum Beispiel Suko und Bill Conolly den Koffer öffnen. Macht sich jedoch ein Unbeteiligter daran zu schaffen, dann verströmt eine Düse ein Betäubungsgas, das den Dieb sofort flachlegt. Und dieses Gas war auch mit Weihrauch durchsetzt, um Dämonen von einem Diebstahl abzuhalten.

Ich schaute mir meine Waffen an.

In rotem Samt eingebettet lagen die beiden Berettas, der silberne Dolch, die magische Kreide, die Gnostische Gemme, die Eichenbolzen verschießende Druckluftpistole, und last not least klemmte unter dem Deckel die Dämonenpeitsche, die wir Myxin, dem Magier, abgenommen hatten.

Die Beretta nahm ich zuerst hervor und ließ sie ins Schulterholster gleiten. Die Dämonenpeitsche nahm ich ebenfalls. Ihr Griff war so groß wie ein Taschenschirm. Die Waffe konnte ich mir ohne weiteres an den Gürtel hängen.

Zum Schluss nahm ich noch den Silberdolch, in dessen Griff weißmagische Zeichen eingraviert waren. Ihn steckte ich in eine lederne Scheide, die ebenfalls an meinem Gürtel befestigt war. Die magische Kreide verstaute ich in den Hosentaschen, die Ersatz-Beretta sowie ein Ersatzmagazin mit Silberkugeln steckte ich ebenfalls ein.

Dann ließ ich den Kofferdeckel wieder zufallen. Ich fühlte mich wie ein Soldat, der in den Krieg marschierte.

Ich hatte ein ungutes Gefühl, als ich zur Tür schlich und sie öffnete. Sicherheitshalber hielt ich meine Beretta in der rechten Hand und peilte in den Gang hinein, bevor ich die Schwelle übertrat.

Überrascht blieb ich stehen.

Vor meiner Tür lag ein Körper.

Ich bückte mich und erkannte Kommissar Mallmann. Wie tot lag er auf dem Boden.

Der Schreck durchfuhr mich wie eine feurige Flamme. Mallmanns Augen waren weit aufgerissen, ebenso der Mund. Sein Blick stierte gegen die Decke.

Ich fühlte nach dem Puls.

Das Herz schlug – wenn auch schwach.

Will hatte sicherlich versucht, bei Beginn des Unheils bei mir Hilfe zu holen, hatte es aber dann nicht mehr geschafft. Die Tür zu seinem Zimmer stand noch auf.

Der Raum lag dem meinen schräg gegenüber. Ich erhob mich, stieg über Will Mallmann hinweg und betrat dessen Zimmer.

Er hatte die Zeit nicht allein dort verbracht. Karin Becker war bei ihm gewesen.

Auch sie hatte es erwischt.

Karin lag quer über dem Bett. Ihre Beine berührten noch den Boden, der Blick war starr gegen die Decke gerichtet. Ich fühlte auch bei Karin Becker nach dem Herzschlag.

Er war vorhanden.

Aber sehr schwach.

Tief atmete ich ein, dann verließ ich das Zimmer. Will Mallmann hatte mir erzählt, dass er den Schlüssel zu dem Beinhaus in der Tasche hätte.

Ich schaute nach und fand ihn. Von meinem ursprünglichen Plan wollte ich nicht abweichen, dazu war ich auch trotz veränderter Vorzeichen fest entschlossen …

Ich schritt über den Gang auf die Treppe zu. Und ich kam mir vor wie der einzige Mensch nach der Katastrophe.

Von manchen Zimmern standen die Türen offen. Ich konnte gar nicht anders und musste einen Blick hineinwerfen.

Die Menschen lagen entweder auf dem Boden oder vor der Türschwelle.

Männer, Frauen Kinder …

Alle hatte es erwischt.

Nur mich nicht.

Warum?

Ich hatte das Kreuz, und dieses Kleinod hatte mich vor den Gefahren bewahrt. Es war durch die Kräfte des Bösen aktiviert worden und hatte einen Schutzschild gebildet, sodass die Kräfte der anderen daran abprallten.

Ich als Einziger …

War dies Schicksal, oder hatte mir einer meiner Gegner eine große Falle gestellt?

Diese Attacke sah ganz nach einem Angriff des Schwarzen Tods aus. Aber ich konnte mich auch irren. Vielleicht barg dieses Dorf ein ganz anderes Geheimnis. Auf jeden Fall war ich fest entschlossen, dies herauszufinden.

Ich schritt die Treppe hinunter und ging dabei unwillkürlich auf Zehenspitzen. Wieso, das wusste ich auch nicht. Vielleicht war es die unnatürliche Ruhe, die ich auf keinen Fall stören wollte.

Halb auf der untersten Stufe lag die Wirtin des Gasthauses. Sie hatte die Arme ausgebreitet und das rechte Bein angewinkelt. Ich passierte sie.

Die Tür zum Gastraum stand sperrangelweit offen. Sie pendelte leicht hin und her.

Ich schritt durch die Gaststube. Es war ein regelrechtes Hindernislaufen. Wie ein Artist musste ich über die Körper der auf dem Boden liegenden Gäste steigen.

Eine blonde Frau lag auf dem Bauch. Den rechten Arm hatte sie ausgebreitet und schützend über ihr kleines Kind gelegt.

Eins hatten alle gemeinsam. Den Schrecken und das Entsetzen auf ihren Gesichtern.

Der Gang wurde für mich zu einem regelrechten Albtraum.

Dann stand ich vor dem Haus.

Ein rotschwarzes, düsteres Zwielicht lag über dem gesamten Dorf. Es war nicht ganz dunkel, sodass ich sämtliche Konturen erkennen konnte, aber dieses Zwielicht gab mehr Schatten als Helligkeit. Als würde es von einer anderen Welt stammen.

Die Reporter hatte es auf ihren Stühlen erwischt. Sie hingen dort wie leblose Puppen.

Gefüllte Bierkrüge waren umgekippt. Die Flüssigkeit hatte auf dem Erdboden feuchte Lachen gebildet, die nur langsam einsickerten.

Ich ging zur Straße.

Auch hier sah es schrecklich aus.

Wagen standen mitten auf der Fahrbahn. Ihre Fahrer waren über dem Steuer zusammengesunken. Ein roter Golf hatte mit seiner Schnauze eine Hauswand geküsst und sah aus wie eine Ziehharmonika. Zum Glück war der Fahrer angeschnallt.

Wo befand sich die Kirche?

Ich blieb stehen und schaute mich um.

Normalerweise sieht man in einem kleinen Ort wie diesem hier immer den Kirchturm. Und das war auch in Waldeck der

Fall. Der Turm überragte die übrigen Häuser, sodass ich ihn gar nicht verfehlen konnte.

Sofort marschierte ich in diese Richtung. Die Pistole hatte ich eingesteckt, weil mir keine unmittelbare Gefahr drohte.

Der Weg kam mir ungeheuer lang vor. Vielleicht auch deshalb, weil ich zwischendurch ein paar Mal stehen blieb und mich umschaute.

Doch Verfolger sah ich keine.

Ich schien der einzig Lebende in diesem Dorf zu sein. Die anderen befanden sich alle in einem totenähnlichen Schlaf.

Aber warum und wieso?

Diese Fragen brannten mir auf dem Herzen, doch jetzt eine Antwort darauf zu finden, war so gut wie unmöglich.

Ich erreichte den Marktplatz.

Ein alter Brunnen, umgeben von hell gestrichenen Bänken, auf denen die Menschen zusammengebrochen waren, stach mir sofort ins Auge. Das Wasser lief weiter. Ein Löwenmaul spie es aus.

Das Plätschern war das einzige Geräusch in der lastenden Stille.

Zum Brunnenrand führte eine Stufe hoch. Ich ging hin und schaute in das Wasser. Zum Glück war niemand dort hineingefallen und ertrunken.

Auf meinem Rücken lag eine permanente Gänsehaut. Obwohl mir niemand etwas tat, empfand ich diese Stille doch als eine regelrechte Bedrohung.

Ich weiß nicht, ob Sie sich das vorstellen können, aber sind Sie schon einmal durch ein Dorf gegangen, in dem alles ausgestorben war? Wo die Menschen auf der Erde lagen und wie tot aussahen? Wo keine Vögel sangen und wo die einzigen Geräusche die eigenen Schritte waren?

Ich glaube kaum, dass Sie so etwas schon erlebt haben.

Ich schritt weiter, ließ den Marktplatz hinter mir, ging über die Hauptstraße, sah ein paar Geschäfte.

Manche Türen standen offen. Oder vielmehr, sie wurden offen gehalten. Und zwar von den Menschen, die auf den Schwellen lagen.

Ich musste mich nach rechts orientieren, weil ich dort den Kirchturm sah.

Dann entdeckte ich auch den im Vergleich zur Hauptstraße schmalen Weg, der in die Höhe führte und damit auch zu der Dorfkirche. Der Weg war mit Kopfsteinen gepflastert.

Rechts befand sich ein Eisengeländer, darunter eine Bruchsteinmauer, die nach jedem Meter, die der Weg höher führte, anwuchs.

Dann fiel mir ein, dass ich die Taschenlampe vergessen hatte. Aber ganz ohne Lichtquelle war ich trotzdem nicht. Ich besaß noch meine Kugelschreiberlampe. Der Lichtstrahl war zwar dünn, aber besser als gar nichts.

Ich sah die Kirche und blieb unwillkürlich stehen.

Eine glutrote Wolke hatte sie eingehüllt. Dieses Rot schien noch intensiver zu sein als das, was über dem Dorf lag. Befand sich hier das Zentrum des Bösen?

Nein, das war nicht möglich. Denn die Kirche verkörperte ein Symbol des Guten, das den Mächten der Finsternis einfach widerstreben musste! Sie würde ähnlich reagieren wie mein Kreuz. Zumindest nahm ich das stark an.

Es waren nur noch ein paar Meter, dann hatte ich das Gotteshaus erreicht.

Die große Tür war zu.

Ich ging ein paar Schritte nach links und sah ein kleineres Nebengebäude.

Das musste das Pfarrhaus sein. Und hinter den Fenstern brannte Licht.

Aber das war es nicht, was mich stutzig machte, sondern der Schatten, der auf- und abwanderte.

Unruhig, wie mir schien.

War es der Pfarrer? Hatte er außer mir dieses Inferno überstanden?

Das wollte ich genau wissen und schritt schnurstracks auf die Haustür zu.

Der Pfarrer musste mich gesehen haben, denn der Schatten hinter der Scheibe verharrte, und ich sah winkende Bewegungen.

Rasch deutete ich auf die Tür.

Wenig später wurde sie aufgerissen.

Sofort trat ich ein, während der Geistliche rasch hinter mir zuschloss.

»Sie müssen der Freund von Kommissar Mallmann sein«, sagte der Geistliche.

»Ja, ich bin John Sinclair.«

Pfarrer Kröger atmete auf. Er schaute mich verständnislos an. »Ich begreife nichts«, sagte er. »Ich verstehe überhaupt nichts mehr. Was ist nur geschehen, und warum sind Sie nicht umgefallen wie die anderen auch?«

»Was geschehen ist, weiß ich nicht«, antwortete ich, »aber mich hat das gerettet.« Ich griff unter mein Hemd und zeigte dem erstaunten Pfarrer das Kreuz. »Unter seinem Schutz habe ich gestanden, ebenso wie Sie, Hochwürden.«

»Ja«, flüsterte er, »auf den Herrgott ist Verlass.«

»Wollen Sie mir helfen?«, fragte ich.

»Wenn ich kann …« Auch er hatte sich ein Kreuz um den Hals gehängt. Ich roch den Weihrauch. So etwas war für die Mächte der Finsternis Gift.

»Ich habe versucht zu telefonieren«, erklärte mir der Pfarrer. »Aber die Leitungen sind gestört. Man bekommt einfach keine Verbindung. Also können wir keine Hilfe holen.«

Ich gab ihm recht. »Wir müssen uns eben selbst helfen«, sagte ich.

Der Pfarrer schaute mich skeptisch an. »Können Sie mir sagen, wie Sie das anstellen wollen, Herr Sinclair?«

»Nein, das kann ich Ihnen im Moment nicht erklären. Meiner Meinung nach hängt dieser gesamte schreckliche Vorfall mit den Skeletten im Beinhaus zusammen. Kommissar Mallmann erzählte mir etwas von einem Geist des Albertus Krogmann. Spukt er tatsächlich in diesem Beinhaus herum?«

Der Pfarrer hob die Schultern und nickte gleichzeitig. »Wir haben ihn gehört. Es war schlimm.«

»Aber Sie konnten ihn nicht beschwören.«

»Nein, ich weiß auch nicht, was ich von solch einer Methode halten soll.«

Ich winkte ab. »Ist auch egal.«
»Sie wollen sicher das Beinhaus sehen«, meinte der Pfarrer und legte beide Hände gegeneinander.
»Natürlich.«
»Dann kommen Sie.« Der Pfarrer ging schon auf die Tür zu, doch ich hielt ihn fest.
»Moment noch, Hochwürden, ich möchte doch lieber allein gehen. Es kann gefährlich werden.«
»Mich schützt die Macht des Herrn.«
Ich erwiderte nichts, sondern holte den Schlüssel zum Beinhaus hervor. »Den hat mir der Kommissar gegeben«, erklärte ich.
Der Pfarrer führte mich nach draußen. Er und auch ich konnten frei atmen, das Grauen tat uns nichts. Der Geistliche blickte sich zwar sichernd um – er steckte noch voller Misstrauen – und umklammerte sein Kreuz mit beiden Händen. Während er neben mir her schritt, murmelten seine Lippen Gebete.
Wir gingen an der Vorderseite der Kirche entlang. Das rote Licht umstrahlte uns. Ich spürte wieder, dass sich mein Kreuz leicht erwärmt hatte. Jetzt – hier draußen – wo mich die geballte Macht des Bösen traf, aktivierte es seine Kräfte.
Der Pfarrer schaute sich immer wieder sichernd um. Er hatte Angst, es war verständlich. In seinem Leben war bisher für Geister und Dämonen kein Platz gewesen. Er glaubte wohl an die Hölle, aber das im biblischen Sinn.
Doch lebende Skelette?
Für Pfarrer Kröger musste eine Welt zusammengebrochen sein. Als wir vor dem Seiteneingang standen, warnte ich ihn noch einmal: »Sie können wieder zurückgehen, Hochwürden.«
Stumm schüttelte er den Kopf.
Rechts sah ich den Friedhof, von dem Kommissar Mallmann erzählt hatte. Eigentlich hatte ich ihn mir ansehen wollen, doch jetzt drängte die Zeit.
Der Pfarrer öffnete die Tür, und wir betraten die Kirche. Ich ging den gleichen Weg wie zuvor Kommissar Mallmann, sah

die unruhigen Kerzenflammen, ihr flackerndes Licht, das eine gespenstische Atmosphäre zauberte.

Auch ich war nervös. Das Wissen um die lebenden Skelette machte mich unruhig.

Ich erkannte in dem roten Licht ein Zeichen, das allein für sie galt.

War es ein Startsignal?

Wir schritten die Treppenstufen hinunter.

Hinter mir betete der Pfarrer noch immer.

Ich hatte mein Jackett aufgeknöpft, um im Notfall schneller an die Waffe zu gelangen.

Dann standen wir vor der Tür, hinter der das Beinhaus lag.

Ich hielt den Schlüssel bereits in der Hand, warf dem Pfarrer noch einen Blick zu.

»Gott beschütze uns«, murmelte der Geistliche.

Ich ging in die Knie, führte den Schlüssel ins Schloss und drehte ihn herum.

Die Tür war offen.

Mit dem rechten Fuß stieß ich sie nach innen.

Nichts geschah.

Aber es hatte sich etwas verändert. Auch das Beinhaus war von einer roten Lichtfülle erleuchtet. Sie drang aus den Wänden, überwarf den Knochenberg mit ihrem Schein, und meinen Augen bot sich ein makabres Bild.

Vorsichtig betrat ich das Gewölbe.

Pfarrer Kröger verharrte hinter mir auf der Türschwelle. Er traute sich nicht weiter.

Ich aber blieb direkt vor dem Knochenberg stehen.

Es war still.

Und deshalb hörte ich das feine Singen, das monoton den Raum erfüllte.

Wo kam es her?

Ich konzentrierte mich auf die Quelle und stellte fest, dass dieses Geräusch aus dem Knochenberg drang. Ja, die Gebeine sangen. Sie wurden unruhig.

»Was ist das?«, flüsterte der Pfarrer hinter mir. Auch er hatte das Geräusch vernommen.

Ich gab keine Antwort, denn plötzlich klang die grollende Stimme auf. Sie wirkte auf mich wie aus den Boxen einer Stereoanlage kommend, drang von allen Seiten auf mich ein, und jedes einzige Wort traf mich wie ein Donnerschlag.

»Verfluchter! Wahnsinniger!«, hörte ich das hasserfüllte Organ. »Wie kannst du es wagen, als Unwürdiger in der Zeit der roten Wolke dieses Gewölbe zu betreten? Warum bist du gekommen? Warum liegst du nicht bei den anderen?«

Ich antwortete auf seine Fragen nicht, sondern stellte selbst eine Frage. »Wer bist du, der da zu mir spricht?«

Lachen.

Schaurig und hohl.

Mir rann eine kalte Gänsehaut über den Rücken.

Der Knochenberg geriet in Bewegung. Die Gebeine klapperten gegeneinander.

Auf mich wirkte es wie ein Beifall aus der Hölle.

»Ich werde dir sagen, wer ich bin«, sagte die Stimme, nachdem das Gelächter verklungen war. »Ich bin Albertus Krogmann, Magister und Großinquisitor, und meine Wanderung hat ein Ende gefunden. Die Zeit der Rückkehr ist gekommen. Mein ist die Rache. Sie haben mich nicht verlassen.«

»Wer sind sie?«

»Diese Antwort, Menschenwurm, wirst du vielleicht niemals erhalten, denn dein Tod ist eine beschlossene Sache.«

»Was ist mit den Menschen im Dorf geschehen?«, fragte ich. »Warum sind sie in diesen Schlaf gefallen?«

»Der dämonische Tiefschlaf musste sein, damit ich sie wehrlos mitnehmen kann.«

»Und wohin?«

»Das werde ich dir nicht sagen, Vermessener. Aber ich habe genug geredet, es ist an der Zeit, dass ich mich dir zeige. Warte es ab, und du wirst die Hölle erleben.« Die Stimme verstummte.

Pfarrer Kröger war völlig aufgelöst. Ich hörte seine aufgeregte Stimme. »Was sollen wir denn jetzt machen?«, flüsterte er. »Dieser Geist hat sicherlich nicht gescherzt.«

»Nein, das hat er auf keinen Fall.«

»Und nun?«

Ich hob die Hand. Der Pfarrer verstand das Zeichen und schwieg.

Gleichzeitig jedoch geriet der Knochenhaufen in Bewegung. Plötzlich schoben sich die Gebeine hin und her, drehten sich um ihre eigenen Achsen, und mich packte das kalte Grauen, als ich sah, wie sich die einzelnen Knochen in die Luft erhoben und zu neuen, makabren Körpern zusammenwuchsen …

»Nein!« In höchster Not stieß der Pfarrer das Wort aus. Er wollte nicht glauben, was er da mit eigenen Augen sah.

Die Knochen stiegen der Decke entgegen. Ich sah Schädel, Füße, Arme und Beine. Sie schwebten, führten makabre Tänze auf und wuchsen aneinander.

Ich zog die Beretta.

Es war nicht einfach, das Grauen abzuschütteln, was auch mich gepackt hielt, aber jetzt durfte ich mich nicht einfach von Gefühlen leiten lassen, sondern musste etwas tun.

Hatten sich einmal sämtliche Knochen zu Skeletten formiert, war es vorbei. Dann kamen sie wie eine Welle über uns, und wir konnten nichts dagegen tun.

Jetzt war noch Zeit.

Doch ich zögerte zu schießen. Ich wollte keine Munition vergeuden, nein, mir fiel eine wirksamere Methode ein.

Hastig löste sie sich von meinem Hals. Dann drehte ich die silberne Kette um einen Finger und stach mit dem geweihten Kreuz direkt in den Knochenberg hinein.

Die Wirkung war frappierend.

Blitze zuckten auf.

Knallrot und doch blendend.

Ich taumelte unwillkürlich zurück und hielt schützend die Hand vor meine Augen, während ich mit der anderen Hand das Kreuz umklammerte.

Heulen und Wehklagen ertönte.

Etwas knirschte. Schreie folgten.

Hinter mir hörte ich die Stimme des Pfarrers. Er rief die Gebete, kämpfte auf seine Art gegen die finsteren Kräfte.

Ich riss die Augen wieder auf.

Mein Kreuz hatte wirklich einen durchschlagenden Erfolg erzielt. Dort, wo es den Knochenberg berührt hatte, waren die Gebeine regelrecht geschmolzen.

Ein Trichter befand sich innerhalb des Knochenhaufens.

Er erinnerte mich an einen Krater. An den Rändern schwarz glänzend. Dunkle, dünne Rauchwolken stiegen daraus hervor und kräuselten der Decke entgegen.

Ein beißender Gestank machte sich breit.

Ich musste husten.

Und die Skelette?

Sie hatten sich trotzdem formiert. Zwar nicht alle, denn ein Teil der Gebeine war schließlich verbrannt, aber sechs der Knochenmänner tanzten vor meinen Augen einen höllischen Reigen.

Ich sah die hässlichen, mit rotem Licht übergossenen Schädel, die leeren Augenhöhlen, das Grinsen der Gebisse, und sie dachten gar nicht daran zu verschwinden.

Sie griffen an.

Die Pistole hatte ich wieder weggesteckt, nachdem ich den Knochenhaufen mit meinem Kreuz angegriffen hatte. Das war ein Fehler, denn die Skelette ließen es nicht zu, dass ich die Beretta zog. Sie wussten genau darüber Bescheid, was ihnen gefährlich werden konnte.

Zwei knöcherne Finger umklammerten meinen rechten Arm. Sie packten ihn genau in dem Moment, als meine Hand im Ausschnitt des Jacketts verschwinden wollte.

Hart wurde sie herumgerissen. So wuchtig, dass ich zur Seite taumelte und in die Knie ging.

Grinsend beugte sich der Knochenmann über mich. Ich sah seinen hässlichen Schädel dicht vor meinen Augen, die Zähne klapperten, und ich wusste, dass er mich umbringen wollte.

In meiner linken Hand lag noch das Kreuz.

Und damit kämpfte ich.

Ich berührte den hässlichen Schädel. Das Skelett zuckte zurück, ließ mich los und heulte auf. Dann flog es förmlich auseinander, als hätte ein Blitz es gespalten. Raketengleich zischten die einzelnen Knochen durch das Gewölbe und klatschten gegen die kahlen Wände, bevor sie zu Boden fielen und zu Staub wurden.

Ich kam wieder hoch.

Hinter mir hörte ich den Angstschrei des Pfarrers.

Blitzschnell wirbelte ich herum und zog in der Drehung meine Beretta.

Ein Skelett hatte seinen kalten Finger um den Hals des Geistlichen gelegt. Es war ihm leicht möglich, denn das schützende Kreuz des Pfarrers lag auf dem Boden.

Etwas polterte in meinem Rücken die Knochenrutsche herunter, ich achtete jedoch nicht darauf, sondern musste mich um den Geistlichen kümmern.

Ich schoss.

Meine Silberkugel traf haargenau den Hinterkopf des Knöchernen.

Die Hände lösten sich von der Kehle des Pfarrers, und dann sank das Skelett zu Boden.

Es wurde zu Staub.

Schwer holte der Geistliche Luft. »Danke«, keuchte er, »danke.«

»Nehmen Sie das Kreuz!«, rief ich ihm zu, dann musste ich mich um die anderen Knochenmänner kümmern.

Ich fuhr herum und vernahm noch in der Drehung das pfeifende Geräusch.

Schattenhaft sah ich den Gegenstand, der auf meinen Kopf zuraste.

Es war ein langer Knochen.

Dann explodierte etwas an meiner Schläfe, und ich hatte das Gefühl, mein Kopf würde auseinanderspringen.

Im Unterbewusstsein vernahm ich den angsterfüllten Schrei des Pfarrers.

Langsam sackte ich in die Knie. Ich glaubte, dass sich in der Mitte meiner Beine eine Puddingschicht befand, die immer weicher wurde.

Verzweifelt kämpfte ich gegen die drohende Schwäche an. Ich durfte nicht ohnmächtig werden.

Nicht jetzt in dieser Hölle.

Schwer fiel ich zu Boden. Aber zuvor hatte ich die Arme ausgestreckt und konnte mich so abstützen. Mein Atem ging keuchend. Ich saugte ihn pfeifend ein, der Knochenberg vor mir bewegte sich hin und her. Der Boden schwankte wie ein sturmgepeitschtes Meer. Aber auch die Übelkeit schoss in Wellen hoch. Mir wurde hundeelend. Ich hatte Mühe, ein Erbrechen zu vermeiden. Wie im Krampf hielt ich immer noch das Kreuz umklammert. Ich wusste, dass es der einzige Schutz war, den ich momentan noch hatte.

Das Gewölbe war erfüllt vom Kreischen der Skelette. Sie stießen grell klingende Laute aus, ihre Gebeine klapperten, und immer mehr Knochen erhoben sich aus dem Berg, tanzten in der Luft und fanden dann zusammen, um sich zu neuen Skeletten zu formieren.

Ich sah alles wie durch einen Schleier und erstickte fast an meiner eigenen Hilflosigkeit.

Zum Glück kam keine der makabren Gestalten auf die Idee, mir einen zweiten Schlag zu versetzen, der mich endgültig auf die Bretter geschickt hätte.

Ich hielt mich in dem Zwischenstadium. War nicht völlig bewusstlos, auch nicht wach.

Ein mieser Zustand.

Tief atmete ich ein. Obwohl die Luft schlecht war, drang sie doch tief in meine Lungen und belebte mich.

Die Schwäche ging vorüber. Auch ließen die Schmerzen etwas nach, und der Boden unter mir bewegte sich nicht mehr ganz so schlimm wie zuvor.

Ich konnte aufstehen. Oder es zumindest versuchen, denn bei einem Versuch blieb es vorerst.

Es gelang mir einfach nicht, auf die Beine zu gelangen. Ich musste die Zeit abwarten und dann einen zweiten Anlauf nehmen.

Diesmal schaffte ich es.

Aber ich fühlte mich wie ein kleines Kind, dessen Knochen noch nicht die nötige Stärke erreicht hatten, um zu laufen. Wie ein Betrunkener torkelte ich hin und her.

Dabei schaute ich mich um.
Der Keller war leer.
Oder fast.
Nur noch ein Skelett befand sich im Innern, aber das kletterte soeben die Rutsche hoch und verschwand durch den am Friedhof gelegenen Eingang nach draußen.
»Herr Sinclair!« Schwach klang die Stimme des Pfarrers, und ich drehte mich um.
Pfarrer Kröger lehnte an der Wand. Er sah geschafft aus. Schweißnass glänzte sein Gesicht, und in seinen Augen flackerte die Panik und das Nichtbegreifen des hinter ihm liegenden Erlebnisses.
Er hielt sein Kreuz so fest umklammert, als wolle er es nie wieder loslassen.
Dieses heilige Symbol hatte ihn gerettet.
Vorerst zumindest.
Ich hob beide Hände und presste sie links und rechts gegen den Kopf, weil die Schmerzen doch zu stark wurden.
»Herr Sinclair, was ist mit Ihnen?«, fragte der Geistliche. »Sind Sie in Ordnung?«
»Fast«, keuchte ich, »fast.«
Ich ging auf den Pfarrer zu. Schwankend, wie ein Betrunkener. In meinen Knien spürte ich immer noch den Pudding, aber meine Gedanken arbeiteten wieder klarer.
Die Skelette waren verschwunden. Sie hatten das Beinhaus unter der Kirche verlassen.
Aber wohin?
Ich dachte an die wehrlos auf den Straßen und in den Häusern liegenden Menschen und hatte Angst, dass die Knöchernen ihnen etwas antun konnten. Doch bei genauer Betrachtung war dieser Gedanke unlogisch. Was hatten die Knöchernen davon, wenn sie die Menschen umbrachten? Andererseits fragten Dämonen und deren Helfer kaum nach einem Motiv.
Wie ich es auch drehte und wendete, die Sache sah verdammt schlimm aus.
Die Kopfschmerzen nahmen zu.

Als ich mit den Fingerspitzen über die Stelle fuhr, wo mich der Schlag getroffen hatte, spürte ich Blut. Zum Glück war die kleine Wunde schon zum Teil verkrustet, so lief mir der rote Lebenssaft wenigstens nicht in die Augen.

Der Pfarrer merkte, dass es mir nicht gerade besonders ging. »Kommen Sie mit«, sagte er, »ich gebe Ihnen etwas gegen die Schmerzen.«

»Nein, ich muss ...«

»Wollen Sie etwa in Ihrem Zustand diese Knochenmänner verfolgen?«

Da hatte er recht.

Pfarrer Kröger und ich verließen das Gewölbe. An der Tür warf der Geistliche noch einen letzten Blick zurück. Auch ich schaute zu der Knochenrutsche hin.

Von den Gebeinen war kaum mehr etwas zu sehen. Nur noch vereinzelt lagen einige Knochen herum. Und die waren zum Teil angesengt, als sie die Kraft des Kreuzes zu spüren bekamen.

Wir gingen.

Auf der Treppe nach oben musste der Pfarrer mich stützen, sonst hätte ich es wohl nicht geschafft. So elend war mir.

Die Skelette hatten das Gewölbe nicht durch die Kirche verlassen, sondern waren die Rutsche hochgeklettert. Sie hatten es wohl nicht gewagt, an den christlichen Symbolen vorbeizugehen, und deshalb einen anderen Weg genommen.

Wir verließen die Kirche.

Noch immer lag das rote Leuchten über dem Dorf, aber meiner Meinung nach hatte es sich etwas abgeschwächt oder war in östliche Richtung weitergewandert.

Auf die tschechische Grenze zu.

Wenn das stimmte, konnte es heiter werden ...

Wir betraten das Pfarrhaus. Der Geistliche führte mich in sein Arbeitszimmer, wo ich mich in einen Lehnstuhl setzte.

»Warten Sie hier«, sagte Pfarrer Kröger. Er verschwand aus meinem Blickfeld.

Der verdammte Schlag hatte mich geschafft. Noch immer bissen die Schmerzen in meinem Kopf. Sie stachen wie glühende Pfeile in die Schädeldecke und behinderten mein Denken.

Zwei Minuten später kehrte der Pfarrer zurück. Er hielt ein Glas in der Hand. Zur Hälfte war es mit Wasser gefüllt. Auf dem Boden lagen noch die Reste einer Tablette, von der kleine Perlen der Oberfläche entgegensprudelten.

»Hier, trinken Sie, Herr Sinclair«, sagte der Pfarrer, »dann wird es Ihnen gleich besser gehen.«

Dankbar nahm ich das Glas entgegen. In drei Schlucken trank ich das Wasser mit dem leicht bitteren Nachgeschmack und stellte das Glas auf einem kleinen Tisch ab.

Pfarrer Kröger hatte auch noch etwas anderes mitgebracht. Mit einem feuchten Tuch wischte er mir das Blut von der Schläfe.

»Soll ich Jod auf die Wunde träufeln?«

»Nein, nein, danke.«

»Aber ein Pflaster können Sie vertragen.«

Der Pfarrer klebte mir das Pflaster fachgerecht auf die Stirn.

Ich lächelte verzerrt. »Haben Sie Übung darin?«

»Ja, im Krieg habe ich außer als Seelsorger auch mal als Sanitäter gearbeitet.«

Die Tabletten begannen schon zu wirken. Er musste mir wirklich ein starkes Zeug gegeben haben. Das bohrende Hämmern ließ nach, ich konnte wieder klar denken.

Der Geistliche hatte neben mir Platz genommen. Er gönnte sich einen Selbstgebrannten.

»Das musste sein«, sagte er.

Ich nickte.

»Und nun, Herr Sinclair?«, fragte der Pfarrer, als er das Glas abgesetzt hatte. »Was machen wir jetzt?«

»Wieso wir?«

»Glauben Sie denn, ich lasse Sie im Stich? Ich werde mit Ihnen kämpfen. Seite an Seite. Das Böse muss ausgemerzt werden. Nur so kann unser Herr siegen.«

Ich bewunderte den Geistlichen. Er war sicherlich schon sechzig Jahre alt, aber er hatte den ungebrochenen Mut eines Jünglings.

Dieser Mann stand wirklich mit beiden Beinen im Leben. Er trat den Gefahren mutig entgegen und wollte Leben retten. Diese Einstellung fand man nicht oft in unserer Welt, in der alle nur nach materiellem Reichtum strebten.

»Haben Sie für mich auch eine Waffe?«

Ich dachte an die Ersatz-Beretta. »Wollen Sie wirklich eine Pistole nehmen?«

Der Geistliche schaute mich ernst an. »Ja, Herr Sinclair, ich nehme sie. Dieses fordert das Gebot der Stunde. Wenn wir anders nicht gegen sie ankämpfen können, dann eben damit. Und mit dem Kreuz!«, fügte er noch hinzu.

Ich zog meine Ersatz-Beretta und schob sie ihm über den Tisch. »Bitte.«

Pfarrer Kröger nahm sie entgegen. Wie er das machte, ließ darauf schließen, dass er nicht zum ersten Mal eine Pistole in der Hand hielt.

»Sie ist mit geweihten Silberkugeln geladen«, erklärte ich. »Und diese Geschosse sind für die Skelette tödlich, da sie in der Dämonenhierarchie zur niedrigen Rangordnung zählen.«

Der Geistliche lächelte. »Wie Sie das alles so sagen …«

»Leider entspricht es den Tatsachen.«

»Und wie geht es Ihnen?«

»Danke, die Tabletten haben geholfen!«

Der Pfarrer lächelte und stand auf. »Das freut mich.« Dann schaute er auf die Uhr. »Kommen Sie, uns hält wohl nichts mehr hier.«

Der Meinung war ich auch.

Es war eine unheilvolle Ruhe, die uns draußen empfing. Der Tag neigte sich langsam seinem Ende zu. Die Dämmerung brach an, und ihr Grau vermischte sich mit dem Rot der Todeswolke zu einer düsteren Farbenkombination.

Der Pfarrer und ich schritten die schmale, mit Kopfsteinpflaster belegte Straße hinab.

Unsere Schritte hallten durch die Nacht. Von irgendwoher

wurden sie als Echo zurückgeworfen, und dieses Echo klang hohl und geisterhaft, als würde es uns verspotten.

Immer wieder hielten wir nach den Skeletten Ausschau, doch wir sahen keinen einzigen der Knochenmänner. Es schien, als hätten sie sich in Luft aufgelöst.

Aber das konnte nicht sein.

»Ahnen Sie, wohin die Skelette verschwunden sind?«, fragte mich der Geistliche.

Ich nickte.

»Und wo?«

»Kommissar Mallmann hat mir von dem rätselhaften Stein berichtet.«

»Dann sind wir ja einer Meinung«, sagte der Pfarrer schnell.

»Können Sie mir mehr über diesen Felsen sagen?«, erkundigte ich mich.

»Kaum.«

Ich bohrte weiter und gab mich nicht mit der Antwort zufrieden. »Irgendetwas muss dieser Felsen doch an sich haben, dass von ihm nur mit solch großem Respekt gesprochen wird.«

»Die Menschen hier halten ihn für ein Symbol des Teufels.«

Ich schaute den Geistlichen schräg von der Seite her an. »Haben sie damit so Unrecht?«

Pfarrer Kröger blieb stehen, und ich machte es ihm zwangsläufig nach. »Vor einem Tag noch hätte ich den, der mich dieses gefragt hat, ausgelacht. Jetzt nicht mehr. Glauben Sie an den Teufel, Herr Sinclair?«

»Ich weiß, dass Satan existiert.«

»Aber wie sollen Sie ihn beschreiben? Ist oben der Himmel oder unten die Hölle? Nein, diese Philosophie ist überholt, obwohl ich sie den Kindern immer noch vermitteln muss, um ihnen das Ganze begreiflich zu machen. Schließlich ist der Glaube ein Mysterium.«

Ich wollte mich nicht auf einen langen Dialog mit dem Pfarrer einlassen, sondern erzählte ihm einiges aus meiner Praxis.

Das jedoch in kurzen Sätzen. Ich erwähnte auch Asmodis, den Höllenfürsten, und seinen Ersten Diener, den Schwarzen Tod.

»Diese Bekanntschaft habe ich noch nicht gemacht«, gab Pfarrer Kröger zu.

»Seien Sie froh.«

Wir waren weitergegangen und erreichten das Ende der schmalen Straße. Von hier aus konnten wir auf den Marktplatz mit dem Brunnen schauen.

Der Pfarrer erschrak.

»Herr im Himmel, das ist ja grauenvoll«, flüsterte er, als er die zahlreichen Menschen auf der Erde liegen sah. »Ich – ich kann es nicht fassen.«

Meine Antwort war Schweigen.

Wir schritten quer über den Platz. Nichts hatte sich verändert. Die Menschen lagen weiterhin in einem totenähnlichen Schlaf. Aber was, zum Teufel, wurde damit bezweckt? Welches Geheimnis steckte hinter all diesem Grauen?

Auch inmitten des Ortes sah ich keine Spur von den Skeletten.

Es schien, als hätten sie sich in Luft aufgelöst.

»Sie sind doch zum Felsen gelaufen«, vermutete der Pfarrer.

Ich nickte zustimmend, doch dann hielt ich ihn am Arm fest. »Einen Augenblick noch.«

»Was ist denn?«

Ich deutete nach vorn auf eine schmale Seitenstraße. Dort hatte sich etwas bewegt. Ein hellerer Schatten, der sich von der Hauswand deutlich abhob.

Ein Skelett!

Nein, zwei.

Und sie schritten nebeneinander.

Im nächsten Augenblick stieß der Geistliche einen Ruf aus. »Da sind noch mehr Gerippe«, sagte er.

Ich sah sie ebenfalls.

Sie kamen aus den Seitenstraßen und liefen auf den Marktplatz zu, um sich dort zu sammeln.

Doch das war es nicht, was mich so erschreckte. Die Skelette waren nicht allein.

Über die Schultern hatten sich die Knöchernen jeder einen schlafenden Menschen gelegt …

Der Pfarrer fasste nach meinem Arm. Ich spürte, wie sich die Finger in das Fleisch gruben, so hart war sein Griff.

»Sagen Sie mir, dass ich träume«, keuchte der Geistliche. »Bitte, sagen Sie es …«

Ich schüttelte den Kopf. »Nein, es ist kein Traum. Es ist Wirklichkeit.«

Die Skelette holten sich die Menschen. Wie ich es geahnt hatte. Und wir waren hilflose Beobachter, denn wir konnten nichts tun, die Übermacht war zu groß.

Der Horror wurde immer schlimmer.

Gespenstisch hallte das Klappern der Knochen an den Hauswänden wider.

Die leblosen Körper auf den bleichen Schultern schaukelten hin und her. Die größeren, vor allen Dingen Männer, berührten mit ihren Fingerspitzen den Boden.

Die Unheimlichen hatten ein Ziel.

Es war der Brunnen.

Dort blieben sie stehen und warteten.

Uns hatten sie noch nicht gesehen. Wir befanden uns in relativ guter Deckung, und in unserem Rücken tauchte auch kein Knochenmann mehr auf.

Eine Haustür klappte. Peitschend hallte das Geräusch durch die Stille.

Ein Knochenmann verließ das Haus und hatte ein kleines blondes Mädchen auf seiner Schulter liegen.

Und dann zuckte ich zusammen wie unter einem schweren Peitschenhieb.

Ich hatte etwas gehört, was mir eine Gänsehaut über den Rücken trieb.

Das Kind – das Mädchen – es weinte!

Das dünne Stimmchen klang zu uns herüber, und es schnitt mir ins Herz, als ich das Weinen vernahm.

Der Pfarrer neben mir bekreuzigte sich hastig. In der linken Hand hielt er die Waffe. Seine Finger umklammerten den Griff so fest, dass die Knöchel weiß hervortraten.

»Sie haben es auch gehört?« Seine Stimme war kaum zu verstehen.

»Ja, das Kind ist bei Bewusstsein.«

»Was sollen wir tun? Wir können es doch nicht so ohne weiteres diesen Bestien überlassen!«

Ich schüttelte den Kopf. »Bestimmt nicht.«

Pfarrer Kröger schaute mich an. »Würden Sie ...?«

Ich nickte. »Versuchen werde ich es auf jeden Fall.«

Die Vorzeichen hatten sich verändert. Bis jetzt hatte ich nicht vorgehabt, einzugreifen, doch nun gab es für mich keine andere Möglichkeit. Ein Kind lief Gefahr, von diesen Horror-Gestalten umgebracht zu werden.

Da durfte und konnte ich nicht zusehen.

»Sie halten auf jeden Fall hier die Stellung«, flüsterte ich dem Pfarrer zu, »egal, was geschieht!«

Der Geistliche nickte. »Gott sei mit Ihnen!«

Ich schlich davon. Diesmal nahm ich nicht den normalen Weg zum Brunnen hinunter, sondern kletterte so lautlos wie möglich über das Geländer.

Neben der schmalen Mauer duckte ich mich, sodass ich mit deren Schatten verschmolz.

Keiner hatte mich bisher gesehen. Ich hoffte, dass dies auch vorläufig so bleiben würde.

Die Skelette erschienen immer noch aus allen möglichen Richtungen und schritten zum Sammelplatz. Das Klappern der Knochen wurde nicht von dem dünnen Weinen des Mädchens übertönt.

Ich bewegte mich ein paar Meter voran und musste dann meine Deckung verlassen.

Geduckt kauerte ich mich nieder.

Meine Blicke streiften über den Platz. Das Skelett hatte das kleine Mädchen auf den Brunnenrand gesetzt, wo es weiterhin hocken blieb und weinte. Es jammerte nach seiner Mutter, doch das Rufen hatte keinen Erfolg.

Wenn ich die Kleine herausholen wollte, dann musste ich einen regelrechten Frontalangriff versuchen, denn das Kind wurde von den Knochenmännern gut abgeschirmt, und diesen Ring musste ich erst einmal durchbrechen.

Noch einmal holte ich tief Luft. Pfarrer Kröger konnte ich nicht sehen. Die Mauer nahm mir die Sicht.

Dann startete ich.

Wie ein Hundertmeterläufer sprintete ich auf den Brunnen zu. Erst als ich die Hälfte der Strecke hinter mir hatte, entdeckten mich die Gerippe.

Doch bis sie die Situation erfassten, verging auch wieder Zeit, die ich nutzen konnte. Und ich griff an.

Ich schoss zwar nicht, denn es hätte gut sein können, dass ich unschuldige Menschen traf. Dafür arbeiteten meine Arme wie Dreschflegel. Die Waffe hatte ich mir zwischen die Zähne geklemmt. Handkanten trafen die Horrorwesen, wirbelten sie durcheinander.

Obwohl sie keinen Schmerz verspürten, wurden sie doch von der Wucht der Schläge zur Seite geworfen.

Ich bahnte mir eine Gasse.

Dann war ich bei dem Kind.

In den Bruchteilen von Sekunden sah ich ein kleines rundes Gesicht mit weit aufgerissenen Augen, in denen ich den Schrecken las, den die Kleine verspürte.

Beide Arme streckte ich vor und riss die Kleine vom Brunnenrand. Dabei sah ich das kleine Kreuz, das sie an einer Kette um den Hals gebunden trug.

Wie es schon die Skelette bei ihren Opfern getan hatten, so warf ich mir das Mädchen über die linke Schulter, drehte mich um und rannte wieder weg.

Doch diesmal hatten sie Front gemacht.

Die Gerippe bildeten eine Mauer, um mich und das Kind festzuhalten. Ich riss die Waffe zwischen den Zähnen hervor.

Dann feuerte ich.

Im Laufen schoss ich drei Kugeln ab, und die Silbergeschosse sprengten die klappernden Gerippe buchstäblich auseinander. Knochen wirbelten durch die Luft und fielen klackernd auf die Straße, wo sie weiterrutschten.

Ich hatte jetzt freie Bahn.

Wie ein Irrwisch rannte ich auf den schmalen Pfad zu, wo der Pfarrer auf mich wartete.

Doch die Skelette waren schlau.

Von links schnitten sie mir den Weg ab.

Verdammt, das war nicht mehr zu schaffen.

Aber das Kind musste gerettet werden.

»Renn weg!«, schrie ich die Kleine an. »Dort, zu dem Pfarrer!«

Der Geistliche war vorgelaufen, stand an der Einmündung des Weges und hielt meine Ersatz-Beretta in der Hand.

Das blonde Mädchen hatte verstanden und floh, so schnell es ging.

Ich aber kniete mich hin.

Dann schoss ich.

Gleichzeitig feuerte der Pfarrer.

Und er traf.

Zwei Skelette, die an das Mädchen heran wollten, fielen auseinander. Das dritte Gerippe traf ich in den Schädel.

Dann war es aber auch vorbei mit meiner Herrlichkeit. Ich konnte noch sehen, wie der Pfarrer das Mädchen an sich riss, dann stürmten die Gerippe auf mich zu.

Es gab nur noch eins.

Flucht!

Aber nicht mehr zurück, wo der Pfarrer auf mich wartete, nein, ich musste auf die andere Seite hin zu den Häusern. Sofort sprintete ich los.

Im Zickzack hetzte ich auf die Häuserzeile zu. In eine der Gassen konnte ich nicht rein, denn sie war von den Skeletten abgeriegelt worden.

Knochenhände griffen nach mir, doch durch geschickte Körperdrehungen wich ich den Skelettfingern aus.

Ich hatte eigentlich geschafft, was ich schaffen wollte. Die

Skelette kümmerten sich nicht mehr um das Kind, sondern konzentrierten jetzt ihre Jagd auf mich.

Aber leicht wollte ich es ihnen nicht machen.

Ich sprintete auf eine Haustür zu. Sie stand offen, weil ein Körper auf der Schwelle lag und sie hielt. Ich stieß sie ganz auf, sprang über den Körper hinweg und stolperte in den düsteren Flur.

Die Treppe sah ich zu spät. Ich hatte zu viel Fahrt drauf und stolperte über die unterste Stufe. Die Bauchlandung war nicht mehr aufzuhalten. Mit angewinkelten Armen fing ich wenigstens den ärgsten Sturz ab, raffte mich wieder auf und jagte die hohen, aber sehr schmalen Stufen hoch.

Auf dem ersten Treppenabsatz drehte ich mich um.

Zwei Gerippe stürmten in den Flur. Ich hob die Waffe, wollte erst schießen, überlegte es mir jedoch anders und ließ den Arm sinken.

Nein, keine Munition verschwenden. Außerdem wurde ich nicht direkt bedroht.

Bevor ich weiterlief, lud ich die Beretta nach.

Sechs Kugeln noch. Verdammt wenig.

Ich jagte die folgende Stiege hoch. Über dem Geländer oben ging ein Mann. Seine Arme baumelten und zeigten nach unten in den Treppenschacht.

Ich riss die erste Tür auf und stand in einem Schlafzimmer mit klobigen Eichenmöbeln.

Das Fenster wies zur Rückseite. Da konnte ich sicherlich entwischen. Schnell war ich da und öffnete es. Mein Blick fiel in einen Garten. Erkennen konnte ich nicht viel, denn das rotgraue Licht ließ es nicht zu.

Im Flur polterten die Skelette heran.

Ich schwang mich auf die Fensterbank. Halb hing ich im Zimmer, zur anderen Hälfte draußen.

Und dann hatten sie mich.

Plötzlich erhoben sich innerhalb des Gartens zahlreiche Skelette. Sie hatten in Deckung der Bäume und Sträucher gelegen, sodass ich sie nicht sehen konnte.

Jetzt aber zeigten sie sich.

Jedoch nicht allein. Sie hatten Gefangene.
Menschen, die ich kannte.
Kommissar Mallmann und Karin Becker!

Die beiden hingen im Griff der Knöchernen. Die Skelette hatten ihnen ihre bleichen Knochenarme gegen den Hals gepresst und sorgten so dafür, dass sie nicht zu Boden fielen.

Ich warf einen raschen Blick in das Zimmer.

Meine beiden Verfolger waren auf der Türschwelle stehen geblieben. Sie wussten anscheinend Bescheid.

In mir aber schoss eine rasende Wut hoch. Wut darüber, dass die Knochenmänner es doch noch geschafft hatten, mich klein zu kriegen. Sie sagten keinen Ton. Nicht ein Laut drang über ihre lippenlosen Mäuler, aber ich wusste Bescheid.

Doch dann hörte ich eine Stimme, die mir bekannt vorkam. Ich hatte sie bereits im Beinhaus unter der Kirche vernommen, nur klang sie jetzt nicht so grollend und hohl.

»Wenn du nicht willst, dass deine beiden Freunde sterben, dann wirf deine Waffe weg und steig langsam herunter!«

Albertus Krogmann hatte gesprochen. Aber woher, zum Teufel, wusste er, dass Will Mallmann und ich zusammengehörten? Vielleicht hatte er es geahnt. Wie dem auch war, ich musste passen.

Zornig schleuderte ich die Waffe aus der Hand.

Gleichzeitig setzten sich die beiden Skelette in Bewegung. Es fehlte mir noch, dass sie mich nach unten stießen. Da kletterte ich lieber selbst.

Ranken und Efeu boten mir Halt. Als ich dann auf feuchter Gartenerde landete, löste sich Albertus Krogmann aus der Deckung eines Baumstamms.

Jetzt sah ich den Magister zum ersten Mal, und ich muss ehrlich gestehen, sein Anblick jagte mir einen Schauer über den Rücken.

Er war größer als ich. Seine Schultern wirkten eckig. Es sah so aus, als hätte er einen Kleiderbügel unter seinen schwarzen Mantel gesteckt. Das Gesicht wirkte wie eine geschminkte

Maske. Unbeweglich zum einen, und dann strahlte es ein grünlich fahles Leuchten aus, das mich an die Farbe von Wasserleichen erinnerte.

Sein Gesicht war vollständig erhalten. Keine Skelettfratze, keine Hautfetzen auf blanken Knochen. Ich sah auch den Knebelbart an dem vorspringenden Kinn ebenso wie die fleischige Nase. Nur die Farbe der Augen konnte man nicht erkennen.

Er trug unter dem offenen Mantel einen Wams. Seine Füße und die Waden steckten in Schaftstiefeln aus weichem Leder. Ein breiter Gürtel teilte das Wams in der Körpermitte. In der Scheide an seiner linken Hüfte steckte ein langes Schwert, und vor seiner Brust hing – ich glaubte meinen Augen kaum trauen zu dürfen – ein Kreuz.

Aber ein entweihtes.

Es war auf den Kopf gestellt worden, hing verkehrt herum, wie auch bei den Schwarzen Messen.

Jetzt wusste ich, dass Albertus Krogmann ein Diener des Teufels war.

Wir fixierten uns. Keiner senkte den Blick. Der Geist Krogmanns hatte eine dämonische Ausstrahlungskraft, die ich daran spürte, dass sich mein Kreuz erwärmte.

Ja, vor mir stand ein Dämon.

Aber wie mächtig war er?

Bestimmt nicht so mächtig wie der Schwarze Tod, obwohl er sich für sehr stark hielt, das entnahm ich seinen nächsten Worten, als er mich fragte: »Wer bist du eigentlich, Mensch, dass du es wagst, meine Kreise zu stören? Sag mir deinen Namen!«

»John Sinclair«, antwortete ich wahrheitsgemäß.

Albertus Krogmann stutzte. Er schien den Namen bereits gehört zu haben, konnte aber wohl im Augenblick nichts damit anfangen.

Deshalb half ich ihm auf die Sprünge.

»Man nennt mich auch den Geisterjäger!«

Er überlegte. »Feinde«, sagte er, »Feinde gibt es genug. Mein Geist hat die Dimensionen durchwandert. Er hat viel gehört in der Zeit. Die Jahrhunderte sind vergangen, der Tod hat seine Schrecken für mich verloren, aber mein Reich, das ich mir hier aufgebaut habe, existiert noch immer. Du wirst es erleben!«

»Was hast du vor, Albertus Krogmann?«, fragte ich. »Was willst du mit den Menschen machen?«

»Ich brauche sie.«

»Wofür?«

»Sie werden ein Opfer.«

Damit konnte ich nicht viel anfangen.

»Für wen werden sie ein Opfer?«

»Das wirst du noch sehen, John Sinclair, denn du sollst als einer der Ersten dabei sein.«

Ich wunderte mich, dass er ein so gutes Deutsch sprach. Aber wahrscheinlich hatte sein Geist in den Jahrhunderten, als er die Dimensionen durchwanderte, alles erlebt, gesehen und gespeichert. Er hatte mitgelernt – nur wofür?

»Welche Rolle spielt der Stein?«, wollte ich wissen.

»Eine große«, erwiderte er.

Mehr nicht. Und das musste mir als Antwort reichen.

Mein Blick traf Kommissar Mallmann und Karin Becker. Die beiden hingen noch immer im Griff der Skelette. Sie regten sich nicht, zuckten nicht einmal mit einem Augenlid. War es Zufall, dass Albertus Krogmann gerade diese beiden auserwählt hatte, oder war es Absicht? Ich ließ meine Blicke durch den Garten schweifen und suchte nach anderen Opfern, doch Mallmann und Karin Becker waren die Einzigen, die von den Gerippen festgehalten wurden.

Ich hatte meine Waffe wegwerfen müssen, aber so wehrlos fühlte ich mich nicht. Ich besaß noch mein Kreuz und auch noch den Silberdolch, der ebenfalls sehr wirkungsvoll war.

»Wohin?«, fragte ich den Dämon.

Er machte eine weit ausholende Armbewegung, und sein Mantel blähte sich wie ein Segel auf. »Du wirst mitgehen und den Ort kennen lernen, der dein Schicksal werden soll.«

»Meinst du den Felsen?«

»Ja. Dort kommt es zur Entscheidung. Kommst du freiwillig mit, oder muss ich dich erst dazu zwingen?«

»Nein, nein, ich gehe freiwillig.«

»Dann los!«

Dieser Befehl galt nicht nur mir, sondern auch den Skeletten. Und sie wussten, was sie zu tun hatten.

Blitzschnell waren sie bei mir, und ich spürte ihre harten Finger, die sich um meine Oberarme pressten.

Das gefiel mir gar nicht.

»Sie sollen mich loslassen!«, sagte ich.

Albertus Krogmann dachte nach. Dann nickte er. »Gut, John Sinclair, ich vertraue dir!« Er lachte spöttisch. »Lasst ihn los!«

Der Druck verschwand.

Zwei Atemzüge später machten wir uns auf den Weg.

Das kleine blonde Mädchen rannte auf Pfarrer Kröger zu, und der Geistliche schloss es in seine Arme. Das Kind barg den Kopf an der Schulter des Mannes und weinte.

Sanft streichelte der Pfarrer das lockige Haar.

»Warum tun sie das?«, schluchzte die Kleine. »Warum schlafen die Menschen? Warum sind sie so böse?«

Darauf wusste der Pfarrer keine Antwort. Ihm war nur klar, dass er so rasch wie möglich weg musste, wenn er Schlimmeres verhüten wollte, denn die Gerippe würden auch auf das Kind keinerlei Rücksicht nehmen.

Sie waren keine Menschen mehr.

»Wie heißt du denn?«, erkundigte sich der Pfarrer.

»Marion.«

»Dann komm, Marion. Wir gehen jetzt zu mir.«

»Und meine Eltern?« Die Frage klang wie ein Schluchzen, das dem Pfarrer durchs Herz schnitt.

Er schluckte hart, dann gab er die Antwort. »Es wird schon alles wieder gut«, erklärte der alte Kröger entgegen seiner eigentlichen Überzeugung.

Marion aber schaute ihn vertrauensvoll an, und der Pfarrer nickte.

Dann gingen sie.

Pfarrer Kröger blickte sich immer wieder um, doch von

den Gerippen sah er nichts. Alles blieb ruhig und dunkel. Er hörte auch keine Schüsse mehr und wusste nicht, ob er das als positives oder negatives Zeichen werten sollte. Alles war so anders, so verrückt, so irreal, dass er fast den Verstand verlor. Der Geistliche musste sich ungeheuer zusammenreißen, um auf dem Boden der Tatsachen zu bleiben.

Er hatte geschossen.

Aber war es wirklich Mord?

Er dachte darüber nach, und diese Gedanken quälten ihn regelrecht. Er hatte bisher die Verabscheuung der Gewalt gelehrt, und jetzt griff er selbst zu diesen Mitteln.

Doch er hatte keine Menschen umgebracht.

Nein, es waren Monster, Dämonen, Geschöpfe ohne Seele, lebende Tote – Zombies?

Begriffe, über die er sich sonst keine Gedanken gemacht hatte, aber jetzt musste er sich damit befassen.

Für den Pfarrer war es schlimm. Doch er hatte in Notwehr geschossen, er hatte nicht einfach losgeballert, nur um des Tötens willen. Und das konnte er vor seinem Gewissen verantworten.

»Wo bringst du mich hin?«, fragte die Kleine.

»Wir gehen zu mir ins Pfarrhaus.«

»Und dann?«

»Warten wir«, erwiderte der Geistliche.

»Auf meine Eltern?«

»Auch.«

Das Mädchen hob die schmalen Schultern. Es trug ein hellblaues Sommerkleidchen mit einer weißen Borde am Saum. »Hoffentlich kommen Mutti und Papi auch.«

Pfarrer Kröger drückte die Hand der Kleinen fester. »Ganz bestimmt kommen sie. Davon bin ich sogar überzeugt.«

Die Worte waren so Vertrauen erweckend gesprochen, dass die Kleine lächelte. Marion ging plötzlich schneller, und auch der Pfarrer musste einen Schritt zulegen.

Dann hörte er das Geräusch!

Die beiden befanden sich etwa auf halber Strecke, als sie das Geräusch hörten.

Sofort blieben sie stehen.

»Was war das?«, flüsterte Marion und drückte sich ängstlich gegen den Geistlichen.

»Ich weiß nicht. Aber keine Angst, ich bin bei dir. Sie werden dir nichts tun.«

Marion nickte.

Der Pfarrer aber war nicht so überzeugt. Er hatte die Worte nur gesagt, um die Kleine nicht zu beunruhigen. Wenn die Skelette plötzlich auftauchten und sie einkreisten, dann war es aus.

Unwillkürlich umklammerte er die mit Silberkugeln geladene Pistole fester.

Es war trotz allem eine Schande, dass er sich auf eine Waffe verlassen musste.

Weiter vorn sahen sie schon das Licht hinter den Fenstern des Pfarrhauses leuchten.

Ein Hoffnungsschimmer …

»Komm weiter«, sagte der Pfarrer.

Sie gingen.

Rechts von ihnen befand sich das Geländer. Dahinter fiel die Mauer ab.

Und plötzlich sah der Pfarrer die Knochenhände.

Sie hatten sich um das Geländer geklammert, und einen Augenblick später zog sich das Gerippe in die Höhe.

Es musste unterhalb des Weges gelauert haben, aber jetzt war es da!

Augenblicklich blieben der Pfarrer und das Kind stehen.

Marion begann vor Angst zu weinen. Sie zitterte, während ihr die Tränen an den Wangen entlangliefen.

»Keine Angst«, raunte der Geistliche und hob die Hand mit der Beretta.

Das Skelett kam.

Geschickt schwang es sich über das Eisengeländer, stand dann auf dem Weg und breitete beide Knochenarme aus.

Kein Zweifel, dieses Skelett wollte den Pfarrer und das blonde Mädchen aufhalten.

Langsam kam es näher.

Marions Angst wurde so groß, dass sie sich hinter dem Geistlichen versteckte.

Das war Pfarrer Kröger nur recht.

Er hob den rechten Arm.

Die Waffenmündung zeigte jetzt auf den Knochenmann.

»Bleib stehen!«, keuchte der Pfarrer. Seine Stimme zitterte, doch die Hand blieb ruhig. Der Pfarrer wusste, worauf es ankam. Er wollte nicht nur das Leben des Mädchens schützen, sondern auch sein eigenes. Und für das höchste Gut, das es auf Erden gab, würde er auch über seinen eigenen Schatten springen.

Der Knochenmann dachte gar nicht daran, dem Befehl Folge zu leisten. Er schritt weiter.

Der Pfarrer warnte nicht ein zweites Mal.

Er schoss.

Hart war der Rückschlag der Waffe, und der Arm des Pfarrers wurde nach oben gerissen.

Die Kugel traf nicht genau, streifte nur einen der bleichen Schulterknochen.

Der nächste Schuss.

Diesmal besser.

Das Silbergeschoss traf den Kopf des Unholds.

Plötzlich leuchtete es dort auf, wo das Skelett gestanden hatte. Ein Sprühregen breitete sich fontänenartig aus, sodass der Pfarrer unwillkürlich einen Schritt zurückging und die Augen schloss.

Als er sie wieder öffnete, war alles vorbei.

Nur noch Asche regnete zu Boden …

Pfarrer Kröger atmete auf. Er drehte sich um, schaute Marion an und nahm sie dann auf seine Arme.

»Komm«, sagte er. »Jetzt laufen wir ganz schnell.«

Das blonde Mädchen nickte unter Tränen, während der Geistliche mit ihm auf das Pfarrhaus zulief.

Ein Stein fiel ihm vom Herzen, als er die Tür hinter sich abschloss. Marion schaute ihn aus großen verweinten Augen an. »Sind wir jetzt gerettet?«, fragte sie.

»Ich hoffe es«, erwiderte der Geistliche und faltete die Hände …

Das rote Leuchten begleitete uns den Weg über. Auch als wir in den Wald eintraten, schimmerte das Licht glosend durch die zahlreichen Lücken zwischen Baumästen und -zweigen.

Es war eine beklemmende, düstere Atmosphäre, die mich an die Umgebung in einer Dämonenwelt erinnerte. Dort sah es ebenso schaurig aus. Nur befanden wir uns hier auf der Erde, doch die Unheimlichen fühlten sich ebenso sicher wie in ihrem Reich.

Skelette hatten mich eingekreist. Und sie trugen Menschen über ihren bleichen, knochigen Schultern. Ich fühlte mich ziemlich seltsam zwischen all den Gerippen, und da man mich von allen Seiten beobachtete, fühlte ich mich als makabrer Mittelpunkt der unheimlichen Prozession.

Gesprochen wurde kein Wort.

Albertus Krogmann, der unheimliche Hexenjäger aus der Vergangenheit, hatte einen großen Sieg errungen. Er hatte sein Leben damals lassen müssen, doch sein Geist war zurückgekehrt in den auf magische Weise entstandenen Körper.

Aber mit wessen Hilfe?

Das fragte ich mich, und ich zermarterte mir den Kopf darüber, gelangte jedoch zu keinem Ergebnis. Wie ich den Fall auch drehte und wendete, ein Resultat kam bei meinen Überlegungen nicht heraus. Was hatte dieser geheimnisvolle Stein mit Albertus Krogmann und dessen Skeletten zu tun? Weshalb waren die Menschen von Waldeck in diesen tiefen, totenähnlichen Schlaf gefallen?

Die Lösung war nahe, das spürte ich. Die Gerippe liefen schneller, je näher sie ihrem eigentlichen Ziel, dem Felsen, kamen. Das Klappern der Knochen war die einzige Begleitmusik. Ich hatte mich inzwischen an die makabre Untermalung gewöhnt.

Der Weg wurde etwas schmaler. Rechts und links wuchsen Bäume und Unterholz dicht an dicht.

Über dem Weg bildeten sie ein Tunneldach, durch das rötlich glosend das Licht schimmerte.

Normalerweise erwachen bei Dunkelheit die Tiere der Nacht, aber in diesem Wald war nichts zu hören. Kein Laut unterbrach das makabre Klappern, es schien, als hätten sich die Nachttiere zurückgezogen. Denn sie spürten mit ihren Instinkten zuerst, dass etwas nicht stimmte.

Hin und wieder raschelte Laub unter den knochigen, bleichen Füßen. Dann wallte Staub auf, dessen winzige Partikel rötlich schimmerten.

Ich stampfte weiter.

Ein Mensch unter Skeletten.

Eine Horror-Vision? Nein, eine Tatsache. Innerhalb von Stunden hatte sich die Welt verwandelt. Wenigstens für mich. Ich war voll mit dem Unheimlichen konfrontiert worden.

Noch eine Biegung.

Ich wurde aufgeregter. Die Lösung des Rätsels stand dicht bevor. Es war ganz natürlich, dass mein Herz dabei schneller klopfte.

Schon hörte ich ein geheimnisvolles Summen.

Singende Steine …

Und ich hatte das Gefühl, ein rotes Meer zu durchwandern. Das Licht war stärker geworden.

Wir befanden uns dicht an der Quelle.

Da war der Felsen!

Nachdem ich die letzte Wegbiegung hinter mir gelassen hatte, sah ich ihn.

Es war gewaltig, faszinierend und schaurig. Unwillkürlich hielt ich den Atem an.

Der Felsen erstrahlte in einem glühenden Rot. Er sah aus wie ein brennender Stein, und innerhalb dieses Felsens erkannte ich Bewegungen, sah die Umrisse von Körpern und Gestalten.

Die Prozession stoppte.

Die Skelette wussten genau, was sie zu tun hatten, fächerten auseinander und bildeten einen Halbkreis. Ihre makabren Gesichter waren dem Felsen zugewandt.

Nach wie vor lagen die gefangenen Menschen auf den Schultern der Unheimlichen.

Albertus Krogmann trat vor. Fünf Schritte brachten ihn in den Halbkreis hinein und bis dicht vor den Stein. Beide Arme hob der Magister hoch.

Dann rief er mit lauter Stimme: »Ihr Hüter des Dämonen-Universums! Endlich ist es so weit. Seht euren Diener vor euch stehen. Helft mir jetzt, so wie ihr mir früher geholfen habt. Ich habe getan, was ihr wolltet. Ihr seid aus einer unendlich fernen und doch so nahen Zeit gekommen. Erfüllt eure Aufgabe, wie die Schwarzen Gesetze es vorschreiben!«

Die Stimme hallte über die Lichtung.

Ich musste die Worte erst verdauen.

Dieser Dämon hatte von einem Dämonen-Universum geredet? Was meinte er damit? Öffnete er nicht mit diesen Worten völlig neue Perspektiven?

Noch nie hatte ich davon gehört, aber hielt ich jetzt, in diesem Augenblick, den Zipfel eines roten Fadens in der Hand?

Meine Gedankenkette wurde unterbrochen, denn was nun geschah, raubte mir buchstäblich den Atem.

Aus dem rot glühenden Stein trat eine Gestalt.

Ja, sie kam mitten aus dieser Hölle, und ich hatte das Gefühl, dass sie nur mich anschaute.

Ich trat zurück.

Ich tat es wie unter einem inneren Zwang stehend, und plötzlich war mir klar, dass hier ein Wesen von einem anderen, vielleicht unendlich weit entfernten Planeten vor mir stand.

Es war kein Mensch.

Eine hagere Gestalt, die wie mit Gummi gefüllt wirkte, weil die einzelnen Gliedmaßen in dauernder Bewegung waren. Sie zuckten hin und her, warfen Wellen und konnten einfach nicht ruhig sein. Das ganze Geschöpf erinnerte mich an eine übergroße Flasche, deren Proportionen verschoben waren, aber doch hin und wieder zu der Grundform zurückkehrten.

Es war ein fantastisches Schauspiel, wie diese Gestalt den Stein verließ, auf den Magister zuschritt, mich dabei aus kugelrunden Augen anschaute und stehen blieb.

Albertus Krogmann neigte den Kopf. Demütig stand er vor dem Unheimlichen.

Mein Kreuz reagierte und wurde wärmer. Ich hatte es mit einem Dämon zu tun. Mit keinem normalen Geschöpf aus einer fernen Welt, sondern mit einem Diener des Bösen.

Meine Gedanken rasten wieder. Ich zog Schlüsse und Folgerungen. Fanden vielleicht auch auf den anderen Welten ebensolche Kämpfe statt wie hier? Wiederholte sich dieser Kreislauf, und waren wir dann nicht alle Rädchen in einem gewaltigen Kosmos?

Albertus Krogmann ergriff das Wort. »Die Menschen sind bereit«, sagte er. »Sie sind in den Tiefschlaf versunken, wie du es wolltest. Die Knochensaat, vor Jahrhunderten durch meine Hände gelegt, ist aufgegangen. Gib mir jetzt die Belohnung, die du mir damals, als du meine Seele an dich gerissen hast, versprachst. Meine Diener und ich haben nicht umsonst so lange gewartet. Jetzt dreh an den Zeiten, damit alles wieder so wird wie zuvor.«

Träumte ich? War ich wach? Oder war alles nur ein böser Albtraum? Wovon redeten die hier? Ich interpretierte es folgendermaßen. Der Außerirdische war auf diese Welt gekommen, um sich Menschen zu holen.

Menschen wofür?

Als Studienobjekte? Für irgendwelche Forschungszwecke? Oder war alles nur ein böser Zufall?

Albertus Krogmann sprach weiter. »Bereite den Austausch vor! Ich habe mein Versprechen gehalten. Nun ist die Reihe an dir, es zu tun.«

Der Fremde nickte. Sein langer schmaler Kopf bewegte sich auf und ab. Er verstand unsere Sprache, obwohl er selbst keine Antwort gab. Wiederum ein Phänomen.

Aus der schlanken, gummiartigen Masse streckte sich etwas vor, was mich an einen Arm erinnerte.

Und die Spitze zeigte genau auf mich.

Ich wusste Bescheid.

Er wollte nicht die anderen, sondern mich!

Was sollte ich tun? Mich weigern oder zu kämpfen versuchen? Aber dann wären die anderen Menschen an der Reihe gewesen.

Sie lagen in ihrem totenähnlichen Schlaf und konnten sich nicht verteidigen.

Also musste ich gehen.

Albertus Krogmann drehte sich langsam um. Er schaute mich mit seinem leichenfarbenen Gesicht an, und ein teuflisches Grinsen verzerrte die untere Hälfte. Er wusste wohl, welches Schicksal mir bevorstand.

Hinter mir hörte ich Geräusche.

Ich warf einen Blick über die Schulter und sah vier Skelette. Sie waren dicht zusammengerückt und bildeten eine fast unüberwindbare Mauer.

»Ich komme«, sagte ich.

Langsam verließ ich den Halbkreis der Knöchernen. Schritt für Schritt bewegte ich mich auf den Unheimlichen zu. Dabei näherte ich mich dem Stein immer mehr und konnte in sein Inneres schauen.

War das überhaupt eine feste Form, die ich da sah? Alles war in Bewegung, rotierte, quirlte durcheinander, floss zusammen, um sich später wieder zu teilen.

Ein ewiger Kreislauf!

In einem Stein?

Vielleicht …

Oder stand ich hier nicht einem ganz anderen Phänomen gegenüber?

Wie dem auch sei, ich spielte im Augenblick nur die zweite Geige. Neben Albertus Krogmann blieb ich stehen. Ich roch den Moder, der von dieser Gestalt ausging, und hielt unwillkürlich einen Augenblick die Luft an.

Das flaschenförmige Wesen aber stieß ein tiefes Summen aus. Der Ton breitete sich aus, er drang in mein Gehirn, wurde dort verstärkt und gleichzeitig analysiert.

Plötzlich verstand ich Worte, und ich wurde restlos über den Fall aufgeklärt.

»Ich habe dich erwählt, weil wir in unserem Reich die Menschen und deren Reaktionen studieren. Schon immer haben wir welche von euch mitgenommen. Diese Stelle hier war berühmt, und vor Hunderten von Jahren hatte uns Albertus Krogmann, der Magister, die Menschen zugeführt, die wir in unsere Welt jenseits von Raum und Zeit schafften. Hinein in andere Dimensionen, in Reiche, die so unendlich weit entfernt sind, dass ihr Menschen nicht einmal davon zu träumen wagt. Es hatte alles wunderbar geklappt, bis uns der Gegenzauber traf und Albertus Krogmann getötet wurde. Aber nicht für immer, das konnten wir mit unserer Magie noch erreichen, obwohl wir selbst nicht mehr von dieser Erde wegkamen, denn euer primitiver Menschenzauber war doch so stark, dass wir kein Gegenmittel besaßen. Wir wurden zu Gefangenen. Die Jahrhunderte vergingen, aber wir hörten nicht auf zu existieren. Wir schliefen nur. Und während unseres Schlafs sammelten wir die Kräfte, um die Erdenmagie zu sprengen. Das geschah heute, an diesem Tag. Nun sind wir frei. Albertus Krogmann und auch ich. Gleichzeitig jedoch wurde unser Zauber so stark, dass selbst die Skelette wieder zu lebendigen Wesen auferstanden. Denn sie sind unsere Diener. Sie beschaffen uns die Menschen, die wir in unserem Reich brauchen. Als Sklaven und Studienobjekte.«

»Woher kommst du?«, fragte ich. »Kennst du Asmodis oder den Schwarzen Tod?«

Wieder klang die Stimme in meinen Gedanken auf. »Nein, ich habe davon gehört. Asmodis ist mächtig, aber der Schwarze Tod ist ein Wicht gegen uns. Wir sind älter. So alt, dass dein Gehirn es nicht zu fassen vermag. Wir waren und werden sein. Auf unserer Welt gibt es kein Gut und Böse, keine Unterschiede. Was gut ist, kann auch böse sein, was böse ist, kann auch gut sein. Wenn jemand sterben muss, dann wird er sterben. Das spielt keine Rolle.«

Die Worte hatten mich hart getroffen, sehr hart sogar. Angst erfasste mich. Nicht einmal so sehr um mich, sondern um all die Menschen, die in dieser Waldlichtung standen und wie stumme Statisten eine Szene bevölkerten, die gut in einen Science-Fiction-Film gepasst hätte.

Plötzlich wurde mir klar, dass ich die Unschuldigen nicht im Stich lassen konnte, dass ich nicht mitfliegen oder mitfahren durfte.

Nein, ich musste etwas tun.

Das Wesen vor mir geriet wieder in Bewegung. »Ich errate deine Gedanken«, hörte ich die Stimme in meinem Gehirn. »Du willst nicht mit. Wenn schon nicht als Lebender, dann als Toter.« Den nächsten Befehl sprach es laut aus, und er galt Albertus Krogmann, dem Magister aus dem späten Mittelalter.

»Schaff ihn in den Stein. Egal wie!«

Sofort sprang ich zur Seite.

Im selben Augenblick zog der Magister Albertus Krogmann mit einer gedankenschnellen Bewegung sein Schwert.

Schaurig lachte er auf, als die Waffe durch die Luft pfiff. »Darauf habe ich lange genug gewartet. Jetzt werde ich dir den Schädel abschlagen, John Sinclair!«

Albertus Krogmann meinte es ernst.

Und welche Waffen hatte ich? Die Dämonenpeitsche und meinen Dolch. Die erste konnte ich vergessen. Bis ich sie gezogen und damit einen Kreis geschlagen hatte, war ich verloren, nein, das kostete zu viel Zeit.

Blieb der Dolch.

Schwert gegen Dolch.

Das gefiel mir gar nicht.

Das Wesen war sofort zurückgetreten und hatte sich dem rot glühenden Stein genähert, während die Skelette einen Kreis bildeten und ihn ziemlich eng zogen, sodass meine Bewegungsfreiheit arg eingeschränkt wurde.

Mir war klar, dass Albertus Krogmann fantastisch mit dem Schwert umgehen konnte, gehörte es zu seiner Zeit doch zur beliebtesten Waffe, wie damals der Colt im Wilden Westen.

Meine Chancen standen verdammt mies.

Aber kampflos wollte ich mich nicht ergeben. Ich musste alles riskieren.

Schon erfolgte der erste Hieb. Mein Gegner führte das Schwert von oben nach unten.

Blitzschnell wich ich aus, dabei drehte ich mich geschickt, sodass ich mich in seinem Rücken befand, doch der nächste Schwerthieb war schon auf dem Weg. Krogmann führte ihn waagerecht und etwa in Brusthöhe.

Ich konnte gerade noch den Kopf einziehen, sonst hätte es böse ausgesehen.

Hastig sprang ich zurück.

Knochige Hände hielten mich.

Albertus Krogmann stieß ein drohendes Knurren aus. Mit zwei Händen hielt er sein Schwert umklammert und hieb wieder zu. Krogmann legte all seine Kraft hinein.

Ich wusste mich jedoch zu wehren. Blitzschnell fiel ich zusammen, schwang die Hände über den Kopf, packte den blanken Skelettschädel und schleuderte das Gerippe über mich hinweg.

Genau in die Flugbahn des Schwertes …

Die Waffe zerteilte das Gerippe.

Es gab ein singendes Geräusch, und die einzelnen Knochen flogen nach allen Seiten davon.

Albertus Krogmann aber war irritiert, was mir wiederum Zeit gab, die ich nutzen konnte.

Ich zog meinen Silberdolch!

Er ist ebenso geweiht wie die Kugeln und auch so wirkungsvoll. Wenn ich traf, und dazu musste ich an den Dämon herankommen.

Er war ein ausgezeichneter Kämpfer.

In der nächsten halben Minute war es mir nicht möglich, einen Schwerthieb zu unterlaufen, um Krogmann mit einem Dolchstoß den Garaus zu machen.

Immer wieder pfiff die Klinge durch die Luft. Links, rechts oder von oben nach unten.

Ich fiel zu Boden, rollte mich um die eigene Achse, hetzte hoch und tauchte wieder weg.

Der Dämon wurde wütend.

Ich war sehr schnell und hatte eine gute Kondition. Ich jagte ihn ebenfalls und zwang ihn, in einem Kreis zu laufen.

Dann hatte ich die Chance.

Der Dämon lief zwar schnell, aber sein Mantel traf im Wind auf Widerstand und schwang nach.

Plötzlich flatterte er dicht vor meinen Augen.

Blitzartig griff ich zu, und wickelte den Stoff einmal fest um meinen Arm.

Ein Ruck – und …

Der Dämon fiel.

Plötzlich lag er im Staub. Er prallte auf den Boden, seine leichenfarbenen Gesichtszüge verzerrten sich vor Schreck, und bevor er mit dem Schwert zustoßen konnte, warf ich mich mit einem Hechtsprung auf ihn, presste seinen Waffenarm fest gegen den Boden und stieß mit dem geweihten Silberdolch dort zu, wo sein untotes Herz saß.

Im selben Moment ging ein Ruck durch den Körper des Dämons.

Hastig sprang ich auf und wieder zurück, drehte mich, den Dolch weiterhin stoßbereit in meiner Rechten.

Wo war der andere?

Das flaschenförmige Wesen taumelte zurück.

Ich wollte hinterher, aber da fiel es schon gegen den Stein, wurde von ihm verschluckt, und im nächsten Augenblick sprühte ein roter Funkenregen hoch auf das Firmament zu. Der geheimnisvolle Stein zerplatzte, als hätte man ihn mit einer Bombe gesprengt.

Die Symbiose, die Lebensgemeinschaft zwischen Albertus Krogmann und dem unheimlichen Wesen aus einer magischen Dimension, existierte nicht mehr.

Der Stein war ohne Rückstände verglüht. Nackt lag die Lichtung vor meinen Augen.

Und die Skelette?

Auch sie waren nicht mehr vorhanden. Hier und da sah ich ein Aschehäufchen, das aber schnell vom Wind davongeweht wurde.

Ich wischte mir über die Augen.

Hatte ich vielleicht alles nur geträumt?

Nein, da lagen die Menschen. Kommissar Mallmann, Karin Becker und all die anderen.

Sie schliefen …

Als Erster regte sich Kommissar Mallmann.

Er setzte sich auf, starrte mich verwundert an, wischte sich über die Augen und machte ein so ungläubiges Gesicht, dass ich lachen musste.

»Was ist geschehen, John? Wo bin ich hier?«

Ich streckte ihm meine Hand hin.

Will nahm sie und ließ sich hochziehen. »Du befindest dich auf der Lichtung«, erwiderte ich.

»Und wo ist der Stein?«

Ich hob die Schultern. »Das, mein lieber Will, ist eine lange Geschichte. Ich erzähle sie dir später. Du würdest sie mir jetzt sowieso nicht glauben.«

Auch die anderen Menschen hatten jegliche Erinnerung verloren. Sie wunderten sich nur, dass es plötzlich so dunkel geworden war. Hatten sie so lange geschlafen?

Die Reporter wollten der Sache auf den Grund gehen. Sie stellten Fragen, obwohl sie selbst daran beteiligt waren. Doch aus ihren Kommentaren entnahm ich, dass sie sich hüten würden, in ihren Blättern etwas über dieses Phänomen zu schreiben. Aus Angst, ausgelacht zu werden.

Einer aber atmete auf, als ich ihn besuchte.

Pfarrer Kröger.

»Herr Sinclair!«, rief er und schlug mir auf beide Schultern. »Sie haben es geschafft.«

»Ja.«

»Darf ich fragen wie?«

»Ja, aber die Antwort ist unglaubwürdig. Wir reden später darüber.«

Er war einverstanden.

Neben ihm stand das kleine blonde Mädchen. Ich nahm

es auf die Arme und fragte: »Soll ich dich zu deinen Eltern bringen?«

Die Kleine nickte heftig.

Wir gingen.

Unterwegs sah ich den guten Will Mallmann. Arm in Arm ging er mit Karin Becker die Straße entlang. Er sah mich nicht, er hatte nur Augen für die Lehrerin.

Ich lächelte. Meiner Meinung nach hatte es den alten Junggesellen schwer erwischt. Und wenn Sie mich fragen, liebe Leser, ich gönnte es ihm.

Und Sie doch sicherlich auch – oder?

ENDE

DER SENSENMANN ALS HOCHZEITSGAST

Ich habe lange überlegt, ob ich diese Geschichte überhaupt niederschreiben soll. Sie ist so schrecklich und grauenhaft, dass mir manches Mal die richtigen Worte gefehlt haben. Dann sagte ich mir, dass ich es meinen treuen Lesern schuldig bin, über die Begebenheiten zu berichten. Und so fühle ich mich dazu verpflichtet, meine Freunde daran teilhaben zu lassen.

Die Geschichte handelt von Mord, Grauen und Tod – aber auch von einer unerschütterlichen Liebe ...

Dabei fing alles so harmlos an.

Der Herbst hatte den Sommer abgelöst. Die Nächte wurden kühler, die Tage kürzer, und vom Westen her blies ein scharfer Wind über die Höhen des Odenwalds.

Aber nicht umsonst sagt man, dass der Herbst der schönste Maler der Natur ist. Die Blätter der zahlreichen Birken, Eichen, Linden und Kastanien wurden gelb, rot oder braun. Sie schimmerten in zahlreichen Zwischentönen, und wenn die Strahlen einer goldenen Septembersonne in den Herbstwald einfielen und letzte Nebelreste wegdampften, wurde diese Zeit zu einer der schönsten des Jahres.

In den Weinbergen begann die Lese. Der Weingeruch lag förmlich in der Luft, überall sang man auf den Volksfesten, als wollten sich die Leute vor einem langen, kalten Winter noch einmal richtig austoben.

Auf dem Land feierte man Kirchweih, die Jahrmärkte waren in fast jedem Ort zu finden, die Winzerfeste brachten Tausende von Besuchern auf die Beine. Man tanzte, lachte und war fröhlich.

Weinköniginnen wurden gewählt, um Werbung für das Getränk zu machen, von dem zahlreiche Touristenorte längs des Rheins, der Mosel oder der Saar lebten.

Der Herbst – und besonders seine schönen Sonnentage – brachten also zahlreiche Menschen auf die Beine.

Auch Kegelclubs.

Sie kamen zumeist aus West- und Norddeutschland, um hordenartig in die Weinstädte einzufallen. Es gab sogar Reiseunternehmer, die diese Kegelfahrten organisierten und sich eine goldene Nase daran verdienten.

Die Wirte freuten sich. Sie sorgten zusätzlich noch für Stimmung, indem sie Kapellen oder Alleinunterhalter engagierten. Die Kegelbrüder und -schwestern wussten dies zu würdigen und zahlten manchen Schein in die Kassen der Wirte.

Auch Erich Gehrmann gehörte zu den Wirten, die in den Monaten September und Oktober das große Geld machten. An und für sich verdiente Gehrmann das ganze Jahr über gut, denn sein Lokal lag günstig in der Nähe von Burg Blankenstein in einem windgeschützten Tal. Vom Gasthaus Schloss-Eck führten herrliche Spazierwege in die bunten Mischwälder des Odenwalds und bis hinauf zu den Höhen. Im Sommer galt das Lokal als Geheimtipp für fußmüde und durstige Wanderer, und es hatte sich auch herumgesprochen, dass man im Schloss-Eck ausgezeichnet essen konnte.

Erich Gehrmann war deshalb zufrieden.

Er galt bei den Gästen als humorvoller Wirt, der gern einen Schluck mittrank.

Zum Personal jedoch hatte er ein weitaus weniger herzliches Verhältnis. Das scheuchte er. Wenn die Mädchen und Kellner nicht so spurten, wie er es wollte, flogen sie raus. Es gab in den umliegenden Dörfern genug Arbeitslose, die sich dann um diese freien Stellen bewarben.

Seine Frau Gisela dachte da ähnlich. Sie hatte die Aufsicht in der Küche und scheuchte die Köche und Gehilfen. Gisela Gehrmann war eine ausgezeichnete Köchin. Sie hatte so manches Gericht selbst erfunden, das jetzt auf der Spezialitätenkarte zu finden war.

Auch an diesem Freitagabend hielt sie sich in der Küche auf, obwohl das Lokal geschlossen hatte. Geöffnet hatte nur die Schenke, die neben den großen Gasträumen lag und gemütlich eingerichtet war.

An den Wänden hingen Geweihe der einheimischen Waldtiere, die Tische waren mit bunten Decken dekoriert, und die Gäste fühlten sich wohl in dieser gemütlichen Atmosphäre.

Die Schenke war immer voll. Besonders an einem Freitagabend.

Die vierzigjährige Frau mit den schwarzen Haaren, in denen

die ersten Silberfäden schimmerten, schaute überrascht auf, als ihr Mann die Küche betrat.

»Was willst du denn hier?«, fragte Gisela Gehrmann und ließ einen Block sinken. Sie war dabei, den Einkauf für den nächsten Tag vorzubereiten.

Erich schloss die Tür. »Ich muss mal eine Pause einlegen. Am Tresen drängt sich der halbe Fußballverein.«

Gisela lachte. »Freu dich doch, dann läuft das Geschäft.«

»Ja, aber irgendwann möchte ich auch mal Urlaub machen.«

»Im nächsten Jahr.«

Erich winkte ab. »Das sagst du immer.«

»Dann aber bestimmt.«

Erich Gehrmann ließ seinen Blick über die Figur seiner Frau wandern. Nicht, dass er daran etwas auszusetzen gehabt hätte – Gisela war immer noch eine sehr attraktive Frau –, aber in letzter Zeit zeigte ihr Gesicht doch einige Falten mehr, die wahrscheinlich von der vielen Arbeit herrührten. Auch sie brauchte mal eine Pause. Schließlich hatte das Ehepaar Gehrmann einen Sechzehn-Stunden-Tag.

»Ist was?«, fragte sie.

Erich grinste. »Für dich wäre es auch mal gut, drei Wochen Urlaub zu machen.«

»Ich?« Sie zeigte auf sich und lachte. »Willst du den Laden schließen?«

»Das hatte ich vor.«

»Unsinn, dann laufen dir die Gäste weg. Du kannst allein fahren, Erich. Flieg meinetwegen nach Gran Canaria, da wirst du dich bestimmt erholen. Außerdem täte dir etwas Sport gut«, fügte sie noch hinzu und spielte dabei auf Erichs kugeligen Bauch an, der sich gewaltig über dem Gürtel seiner Cordhose spannte.

Erich Gehrmann war fünf Jahre älter als seine Frau, hatte ein rosiges Gesicht, eine Halbglatze und wurde von seinen Gästen Schweinchen genannt. Aber das sagten sie nur, wenn Erich nicht in der Nähe war. Er trank eifrig mit. Meistens Wein. Aus Bier machte er sich nicht viel. Aber auch Wein hat seine Kalorien.

Erich Gehrmann legte beide Hände auf sein Weingeschwür. »Ein Mann ohne Bauch ist ein Krüppel«, sagte er. »Hast du das nicht gewusst? Und Dressman will ich sowieso nicht werden.«

»Dann denk wenigstens an den Herzinfarkt«, mahnte seine Frau.

»Ach, das merke ich schon.«

»Willst du sonst noch was?«, fragte Gisela.

»Sicher.«

»Und was?«

Erich grinste auf eine Art und Weise, die Gisela rot werden ließ. »Verschwinde«, sagte die Frau, »deine Nachtischgedanken kannst du für dich behalten.«

»Himmel, bist du prüde.«

»Erst das Geschäft.«

»Okay, ich gehe ja schon.«

»Und wohin?«, rief Gisela ihrem Mann nach, als er bereits an der Tür war.

»Spazieren. Ich muss frische Luft schnappen.«

»Lass die Gäste nicht zu lange allein.«

»Keine Sorge.«

Erich Gehrmann verließ die Küche durch einen Seitenausgang. Seine Lederjacke hatte er sich bereits übergezogen, denn die Abende waren empfindlich kühl.

Er ging über den Parkplatz, auf dem einige Wagen standen. Das Licht hoher Gartenleuchten schuf helle Inseln. Von den Bäumen waren Blätter gefallen und lagen auf den Wagendächern.

Der Parkplatz war an drei Seiten von einem Weidezaun umgeben. Die vierte Seite diente als Einfahrt. Durch sie verließ Erich Gehrmann das Gelände und wandte sich scharf nach links, da dort ein schmaler Weg begann und in den Wald führte. Er traf auf halber Strecke auf den Hauptweg, der sich zur Burg hochschlängelte und für Autos gesperrt war. Beide Wege führten durch dichten Mischwald.

Gehrmann kannte sie im Schlaf.

Schon bald umschloss ihn die Dunkelheit. Nicht einmal das Schimmern der Parkplatzleuchten war mehr zu sehen.

Der Wirt blieb stehen, reckte seine Arme hoch und saugte die kühle, herbe Waldluft in seine verräucherten Lungen.

Diese Entspannung tat gut, denn vor ihm lag ein heißes Wochenende. Da überstürzten sich die Ereignisse wieder.

Am nächsten Tag kam erstens ein Kegelverein, und zweitens hatte sich noch eine Hochzeitsgesellschaft angesagt.

Das Paar wollte sich in der alten Schlosskirche trauen lassen und anschließend in der Gaststätte feiern.

Das brachte was in die Kasse.

Zusätzliches Personal hatte der Wirt auch schon eingestellt. Er hoffte nur, dass die Leute pünktlich waren.

Gemächlich schlenderte er weiter, wobei er seine Hände in die Hosentaschen bohrte. Der Weg führte bergauf, wurde an manchen Stellen sehr schmal, und aus dem Boden wachsende Wurzeln bildeten regelrechte Stolperfallen.

Bis auf die nächtlichen Geräusche des Waldes war es still um den einsamen Spaziergänger. Der Wirt lauschte auf das Raunen des Windes und horchte dem Rascheln der Blätter nach.

Er liebte diese abendlichen Spaziergänge, ganz im Gegensatz zu seiner Frau, die lieber zu Hause blieb.

Noch zwei Kehren, dann mündete der Pfad in den Hauptweg.

Da sah er das Leuchten.

Abrupt blieb Erich Gehrmann stehen. Er legte den Kopf in den Nacken und schaute zum Himmel hoch.

Schräg vor ihm schimmerte das rote Licht zwischen den Ästen der Bäume.

Erich Gehrmann wischte sich über die Augen und schluckte. Er dachte sofort an UFOs, an Besucher aus dem Weltraum, die der Erde einen Besuch abstatteten.

Dann war das Licht auf einmal weg.

Von einem Augenblick zum anderen konnte Gehrmann es nicht mehr sehen. Dunkelheit umfing ihn wieder. Seine Augen mussten sich erst wieder darauf einstellen.

Tief atmete er durch. Ein unangenehmes Prickeln rann über seine Rückenhaut, Schweiß perlte auf seiner Stirn. Angst stieg in ihm hoch. Aber auch Neugierde. Beide Gefühle kämpften miteinander. Schließlich siegte die Neugierde.

Erich Gehrmann wollte dem seltsamen Phänomen auf den Grund gehen und sich dort umschauen, wo er das rote Licht gesehen hatte. Wenn das wirklich Außerirdische waren, dann hatte der Ort seine Sensation. Im Gegenteil zu vielen anderen Menschen glaubte Erich nämlich an Besucher aus dem Kosmos. Er las in seiner knappen Freizeit viel einschlägige Literatur über dieses Thema und tat die Berichte zahlreicher Augenzeugen nicht als Unsinn ab.

Erich wollte sich überzeugen.

Er kannte das Gelände wie seine eigene Westentasche, und deshalb blieb er nicht auf dem normalen Weg. Zielstrebig kletterte er einen Hang hoch, auf dem herabgefallenes Laub einen weichen Humusteppich gelegt hatte und seine Schritte dämpfte.

Der Hang war ziemlich steil, und der Wirt geriet ins Schwitzen. Auch machten seine Lungen nicht so mit, wie er wollte. Deshalb blieb er auf halbem Weg stehen und holte erst einmal tief Luft.

Über ihm wand sich ein schmaler Pfad. Er wurde von den Spaziergängern nur selten benutzt, weil er für die meisten zu schwierig war. Der Pfad führte zur Rückseite der Burg hoch.

Erich Gehrmann schaute in die Höhe und wischte sich den Schweiß von der Stirn, der sich trotz der nächtlichen Kühle angesammelt hatte.

Auf einmal zuckte er zusammen.

Er hatte Schritte gehört.

Und zwar vom Weg her. Jemand musste dort auf dem schmalen Pfad entlangspazieren.

Gehrmann hielt den Atem an.

War außer ihm noch ein Spaziergänger unterwegs? Vielleicht der alte Burgverwalter? Oder hatten diese Schritte etwas mit dem geheimnisvollen roten Licht zu tun, das er gesehen hatte?

Der Wirt wollte es genau wissen. Er beugte sich etwas vor

und krabbelte buchstäblich auf allen vieren weiter, bis er den Punkt erreicht hatte, der ihm günstig erschien.

Erich richtete sich auf. Der Blickwinkel war jetzt so, dass er auf den Weg schauen konnte.

Die Schritte waren lauter geworden. Blätter raschelten, kleinere Zweige knackten. Fahles Mondlicht sickerte durch die Baumwipfel und tauchte gerade jenen Teil des Weges in seinen silbrigen Schein, den Erich überschauen konnte.

Und dann sah er den Spaziergänger.

Erich Gehrmann glaubte, verrückt zu werden.

Über ihm schritt kein Mensch entlang, sondern ein Skelett!

Der Wirt hielt den Atem an. Er rührte sich nicht, wurde förmlich zu einem Denkmal, atmete mit offenem Mund und hoffte nur, sich nicht zu verraten.

Das Skelett war völlig schwarz. Da das Mondlicht auf den Weg fiel, erkannte der Wirt die Gestalt. Er sah, dass sie einen langen, dunklen Umhang trug, der beim Gehen hinter ihr herwehte. Der Knochenschädel war leicht vorgestreckt wie bei einem Langstreckenläufer, und die knochigen Hände umklammerten den Griff einer Sense, deren Schneide im herabfallenden Licht blinkte.

Das Skelett bot einen schaurigen Anblick. Ein wenig drehte es den Kopf nach links. Gehrmann blickte für den Bruchteil einer Sekunde in das schreckliche Gesicht und sah in der Schwärze deutlich die beiden hellen weißen Augen.

Dann war der Spuk vorbei.

Er hatte Erich Gehrmann nicht gesehen.

Unwillkürlich schlug der Wirt ein Kreuzzeichen. Er war kein gläubiger Mensch, doch jetzt betete er. Und danach fühlte er sich sofort erleichtert.

Die Dunkelheit hatte das Skelett verschluckt. Erich Gehrmann hörte noch die letzten Schritte, dann waren auch sie verstummt.

Es wurde still.

Erst jetzt merkte Erich Gehrmann, dass auch die nächtlichen Waldgeräusche verstummt waren. Selbst die Tiere hatten gespürt, dass etwas nicht stimmte.

Sie reagierten oft besser auf Gefahren und auf das Unheimliche, das Unerklärliche.

Der Wirt atmete tief durch. Er konnte keine Erklärung geben für das, was er gesehen hatte. Andere hätten mehr gewusst, aber die waren noch weit entfernt.

Denn Erich Gehrmann hatte keinen geringeren als den Schwarzen Tod gesehen!

Und der Schwarze Tod ging weiter.

Er war der Sieger, der Dämon mit der ungeheuren Macht. Er kam aus einem namenlosen Land, in dem das Grauen regierte und der Schrecken zum alltäglichen Dasein gehörte.

Der Schwarze Tod herrschte über Legionen von Dämonenscharen. Er war der Regisseur des Bösen und lenkte die Einsätze seiner zahlreichen Diener.

Manchmal jedoch bemühte er sich selbst auf die Erde. Immer dann, wenn es galt, eine besondere Aufgabe zu erfüllen.

Und die lag jetzt vor ihm.

Sein Knochengesicht verzog sich zu einem grausamen Lächeln, als er daran dachte. Er würde am nächsten Tag zuschlagen. Mit eiserner Hand und ohne Erbarmen. Wieder wollte er ein blutiges Zeichen setzen, um seinen Feinden eine Niederlage zu bereiten.

Aber eine, die tiefer ging, die schmerzen sollte, von der sie sich kaum erholten.

Denn der Schwarze Tod hatte einiges gutzumachen.

Er war nicht der Erste im Reich der Dämonen, sondern nur Satans erster Diener. Und Asmodis, der Höllenfürst, war unzufrieden mit ihm geworden. Der Schwarze Tod und seine Schergen hatten in letzter Zeit zu viele Niederlagen einstecken müssen. Sie selbst waren kaum dazu gekommen, zurückzuschlagen.

So etwas wurmte Asmodis.

Für den Höllenfürst zählte nur der Erfolg. Der Schwarze Tod aber hatte keinen.

Geduld war noch nie die Stärke des Höllenfürsten gewesen. Er gab dem Schwarzen Tod eine Frist. Hielt er sie ein und brachte Siege, war es gut. Hielt er sie nicht ein, wollte Asmodis die Konsequenzen ziehen.

Begonnen hatte er bereits damit.

Er hatte Asmodina erschaffen. Die Tochter des Teufels. Nur hielt er sie noch im Hintergrund, da sie noch nicht die Erfahrung besaß, um auf Gegner wie John Sinclair angesetzt zu werden.

Erst sollte der Schwarze Tod noch seine Klasse beweisen. Dann würde Asmodina kommen, entweder gleichberechtigt an seiner Seite oder aber als oberer Dämon.

Das alles wusste der Schwarze Tod. Er sah seine Macht schwinden. Was ihm überhaupt nicht gefiel. Zudem hatte es sich auch bei den anderen Dämonen herumgesprochen, und so sank das Ansehen des Schwarzen Tods. Die Untergebenen brachten ihm nicht mehr den nötigen Respekt entgegen, den er verlangte.

Das sollte anders werden.

Der Schwarze Tod wollte sich rehabilitieren und hatte einen teuflischen Plan erdacht.

Lauthals lachte er auf, als er daran dachte. Dabei schlug er mit seiner Sense auf einen imaginären Gegner ein. Ein blutroter Halbkreis entstand. Er zeichnete genau den Weg nach, den die Klinge genommen hatte.

Rot wie Blut.

Und Blut sollte fließen, das hatte sich der Schwarze Tod fest vorgenommen. Blut war für ihn der Samen des Bösen. Und wenn einer seiner Gegner starb, hatte er gesiegt.

Schiefgehen konnte nichts.

Der Schwarze Tod blieb stehen. Er hatte den Wald verlassen. Er stand jetzt auf der flachen Hügelkuppe, und vor ihm ragten die Mauern des Schlosses empor.

Vom Mondlicht gebadet, hoben sie sich deutlich gegen das Schwarz der Nacht ab.

In der Ferne verschwammen die anderen Bergspitzen des

Odenwalds mit der Dunkelheit. Irgendwo im Tal blinkten Lichter. Ruhe lag über dem Land.

Noch …

Der Schwarze Tod rammte seine linke Faust in die Luft und stieß ein schauriges Gelächter aus, das weit über das Land hallte und in der Ferne langsam verebbte.

»Freust du dich?«, fragte Will Mallmann.

Karin Becker nickte.

Will lächelte. »Frau Mallmann wirst du bald heißen«, sagte er. Er schüttelte den Kopf. »Ich kann es noch immer nicht glauben. Ich glaube, ich bin ein Glückspilz.«

Karin Becker lachte. »Warte erst mal ab, bis wir verheiratet sind. Wenn du das nach fünf Jahren auch noch sagst, bin ich zufrieden, Will.«

Kommissar Mallmann strich über sein leicht gelichtetes, dunkles Haar. »Bestimmt sage ich das.«

»Man merkt, dass du noch nicht verheiratet warst.«

»Du etwa?«

»Nein«, erwiderte Karin lachend, »aber ich habe in meinem Bekanntenkreis schon zahlreiche Ehen zerbrechen sehen.«

»Es gibt auch Ausnahmen«, hielt ihr Will Mallmann entgegen. »Und dazu möchte ich zählen.«

»Na denn«, meinte Karin und verließ mit einer Entschuldigung das Zimmer.

Will saß in seinem Sessel und schaute durch das Fenster der Wohnung. Ein nie gekanntes und erlebtes Glücksgefühl durchströmte ihn. Er würde heiraten.

Noch heute.

Und das in einer Schlosskapelle, wie er und Karin es sich immer vorgestellt hatten. Diese Kapelle gehört zu Burg Blankenstein, einem Schloss, das inmitten des wunderschönen Odenwalds lag. Mallmann hatte es ausgesucht, nachdem es ihm von einem guten Bekannten empfohlen worden war. In der Nähe, das heißt im Tal, lag ein Gasthof, in dem sie dann feiern würden.

Gäste waren genug eingeladen.

Auf einen Polterabend hatten sie verzichtet. Dafür sollte die Hochzeit ein regelrechtes Fest werden. Mallmann hatte zahlreiche Arbeitskollegen eingeladen und seine Freunde aus England: John Sinclair, Jane Collins, Sheila und Bill Conolly, Suko und dessen Freundin Shao.

Sie hatten alle zugesagt.

Sogar John Sinclair, der wirklich einen Job hatte, um den er nicht zu beneiden war.

Etwas Privatleben musste der Mensch jedoch haben.

Und diese Hochzeitsfeier sollte von keinem Dämon gestört werden.

Auch von Karins Seite kamen Bekannte. Verwandte hatte sie kaum noch. Die Eltern waren gestorben, und mit ihren Verwandten im zweiten Glied hatte sie keinen Kontakt mehr. Dafür kamen Kollegen und auch eine Abordnung ihrer Schulkinder, denn Karin Becker war Lehrerin.

Die Kinder sollten Spalier stehen, wenn das Hochzeitspaar die Kirche verließ.

Sehr lange kannten sich Will Mallmann und Karin Becker noch nicht. Vor einigen Monaten erst waren sie sich während eines Urlaubs im Bayerischen Wald begegnet. Bei beiden war es Liebe auf den ersten Blick gewesen. Sie hatten sich sofort verstanden. Leider war der Urlaub dann nicht so verlaufen, wie sie es sich vorgestellt hatten. Ein uralter Fluch war in Erfüllung gegangen und hatte die Invasion der Skelette zur Folge gehabt.

Die Einwohner des Dorfes waren unter den magischen Einflüssen in einen dämonischen Schlaf gefallen, und wäre John Sinclair nicht gewesen, hätte dieser Urlaub sehr böse enden können. Will Mallmann dachte noch mit Schrecken daran.

Er hatte Karin dann aufgeklärt und ihr gesagt, welch einen Beruf er ausübte.

Als Kommissar beim BKA lebte Mallmann normalerweise ziemlich ruhig, doch das Schicksal wollte es, dass er hin und wieder mit Fällen konfrontiert wurde, die in den Bereich des Übersinnlichen hineinspielten. Will Mallmann hatte erleben müssen, dass es Dinge gab, die grausam und böse waren und aus einer anderen Welt kamen. Lebende Tote, Vampire, Werwölfe. Er hatte sie erlebt – und sah danach die Welt mit anderen Augen.

Lange hatte er mit Karin Becker darüber gesprochen. Karin hörte ihm zu, und Will scheute nicht davor zurück, sie vor eine Entscheidung zu stellen.

Karin hätte ihn nicht zu heiraten brauchen, wenn ihr sein Job zu gefährlich gewesen wäre. Zurück konnte Will Mallmann nicht, dafür steckte er zu tief in der Sache drin. Wie andere sah auch er es als seine Aufgabe an, das Böse zu bekämpfen.

Einen Tag hatte sich Karin Becker Bedenkzeit erbeten. Dann gab sie ihm die Antwort.

Sie war positiv.

Will Mallmann jubelte, denn nun stand einer Hochzeit nichts mehr im Weg, und er war der glücklichste Mann auf der Welt.

Der Kommissar dachte nicht mehr an Dämonen und finstere Schattenwesen. Für ihn war dieser Herbst ein herrlicher Frühling, ein Neubeginn.

Will Mallmann – ein Ehemann.

Der Kommissar schüttelte den Kopf, als er daran dachte. Vorstellen konnte er sich das kaum, aber es stimmte. Bald würde er, der alte Junggeselle, verheiratet sein. Ihn hatte es voll erwischt. Die Liebe hatte ihn wie eine volle Breitseite getroffen.

Will wehrte sich nicht dagegen, denn Karin Becker war eine Frau, mit der er sich sofort verstanden hatte.

Sie kam aus Köln, hatte aber schon ihre Versetzung beantragt, um in Wiesbaden an einer Schule zu unterrichten. In dieser Stadt wohnte der Kommissar.

Will schaute auf seine Uhr.

Es war noch früh am Morgen, aber sie hatten auch noch einen langen Weg vor sich.

Um elf Uhr sollte die Trauung sein. Jetzt war es sieben. Eigentlich wollten sie um sieben schon fahren. Die Gäste aus England würden den Weg allein finden. Will Mallmann hatte seine Freunde erst abholen wollen, doch John war dagegen gewesen. Sie würden von Frankfurt aus zwei Taxis nehmen.

Alles war wunderbar geregelt, und eigentlich konnte nichts schiefgehen.

Wills Stimmung steigerte sich noch, als die Tür geöffnet wurde und Karin das Zimmer betrat.

Die Lehrerin sah fabelhaft aus.

Zwar hatte sie ihr weißes Brautkleid noch nicht angezogen, aber auch das andere Kleid stand ihr ausgezeichnet.

Karin Becker blieb vor der Türschwelle stehen. Sie lächelte.

Will war sprachlos.

»Gefalle ich dir?«, fragte sie.

Der Kommissar nickte.

Karin, mit ihren zweiunddreißig Jahren eine voll erblühte Frau, trug das braunschwarze Haar bis auf die Schultern. Sie hatte sich nur leicht geschminkt, und ihre Pupillen erinnerten Will Mallmann an zwei reife Kirschen. Das modische dunkelrote Kleid bestand aus Wildseide und umschmeichelte ihre zauberhafte Figur.

»Gefalle ich dir?«, fragte sie noch einmal und drehte sich im Kreis.

»Ich bin sprachlos«, erwiderte Will. Er stand auf.

»Hoffentlich nicht in der Kirche.«

Will hob beide Hände und drehte die Innenflächen nach außen. »Da werde ich so laut ›Ja‹ rufen, dass es bis weit nach draußen schallt.«

Karin lachte.

»Was ist?«, fragte der Kommissar.

»So kenne ich dich gar nicht, Will. Sonst bist du immer so ernst, aber jetzt …«

»Da ich die schönste Frau der Welt heirate, darf ich mich doch freuen – oder?«

»Die schönste, Will? Wie vielen hast du das schon gesagt?«

»Nur dir.«

Karin Becker lächelte spitzbübisch. »Ich werde dir ausnahmsweise glauben, Will.«

»Du musst mir glauben.«

Will Mallmann hatte sich wirklich verändert. Er, der sonst immer so ernst wirkte, war direkt euphorisch geworden. Seine dunklen Augen strahlten, und das Lächeln auf seinen Lippen zeugte von einer ungeahnten Vorfreude und Ehrlichkeit. Dieser Tag sollte der schönste in Wills Leben werden. Der Kommissar freute sich nicht nur auf seine Hochzeit, sondern auch auf die Gäste.

Alle hatten zugesagt. Daran merkte Will, dass er Freunde hatte. Echte Freunde.

Karin Becker ergriff die Initiative. »Wenn du mich noch lange so anschaust, werden wir zu spät zu unserer Trauung erscheinen, Will. Wir kommen zu spät«, bemerkte sie mit einem schnellen Blick auf die Uhr.

»Okay, okay, Frau Lehrerin, ich bin schon fertig. Wo steht dein Koffer?«

»In der Diele.«

Will verließ das Wohnzimmer, in dem besonders die vier hohen Boxen seiner Musikanlage auffielen. Für diese Anlage hatte Will ein kleines Vermögen ausgegeben, aber ein Hobby muss der Mensch haben, sagte er sich immer. Und Will hörte nun mal gern Musik. Von Verdi bis Frank Zappa reichte sein Geschmack. Hauptsache, der Musiker oder der Sänger ist gut.

Karin Becker teilte das Hobby. Sie ging vor allen Dingen gern ins Theater, und in letzter Zeit hatten die beiden gemeinsam einige Aufführungen gesehen. Vor allen Dingen Opern und Schauspiele.

Wills silbergrauer Opel Manta GT/E parkte draußen. Schnelle Autos waren das zweite Hobby des Kommissars. Er hätte sich für sein Leben gern einen Porsche gekauft, aber dazu reichte leider sein Gehalt nicht aus.

Der Manta war auch schnell.

Die Sonne ließ den Lack glänzen. Will hatte den Wagen noch einen Tag vorher sorgfältig geputzt und eingewachst. Er öffnete die Kofferraumhaube und stellte das Gepäckstück hinein. Zwei weitere Koffer hatten auch noch Platz gefunden, eine Reisetasche stand auf dem Rücksitz.

Karin Becker trat aus der Haustür.

Will winkte ihr zu. »Steig ein«, rief er und öffnete Karin die Beifahrertür.

Die Lehrerin nahm Platz.

Will lächelte sie an. »Wenn wir in einigen Tagen wieder hier sind, wirst du Karin Mallmann heißen.«

Die Lehrerin schüttelte den Kopf. »Du bist wie ein Primaner, Will«, sagte sie.

»Darf ich mich nicht freuen?«

»Doch.«

Der Kommissar ließ den Motor an. Er warf noch einen Blick auf das Haus, bevor er fuhr. Lange würde er nicht mehr hier wohnen bleiben. Karin besaß einen zuteilungsreifen Bausparvertrag, und sie hatten vor, sich in den nächsten Tagen ein Häuschen anzuschauen.

Die Zukunft sah also gut aus.

Keiner von ihnen rechnete mit dem Schwarzen Tod, der bereits im Hintergrund lauerte ...

»Wir wollen zu Land ausfahren, wohl über die Fluren weit ...« Die acht- bis neunjährigen Schulkinder sangen das Lied mit Begeisterung, und ihre glockenklaren Stimmen erfüllten das Innere des Busses.

Die beiden Lehrerinnen lächelten. Sie freuten sich über die Fröhlichkeit der Kinder, und auch der Fahrer war zufrieden. Er fuhr lieber Schulkinder als Kegelbrüder.

Sie waren zu zehnt.

Acht Kinder und zwei Lehrerinnen. Für sie war es Ehrensache, Karin Becker auf die Hochzeit zu begleiten. Sogar schulfrei hatte es für diesen Tag gegeben.

Sie waren in Köln auf die Autobahn gefahren. Bereits sehr früh, es wurde gerade hell. Der kleine Bus kam gut durch, und nun befanden sie sich bereits hinter Frankfurt und fuhren in Richtung Karlsruhe.

Schnell war die Zeit vorübergegangen. Die Lehrerinnen hatten sich mit den Kindern beschäftigt.

Sie spielten mit ihnen oder sangen Volkslieder.

Die ältere Kollegin hieß Elfriede Kirst, während die jüngere den Namen Jutta Mehnert trug.

Jutta war nicht so streng wie ihre Kollegin und machte noch manchen Streich mit oder heckte ihn sogar selbst aus, während Frau Kirst mehr auf Disziplin achtete.

Jutta war ein modernes Mädchen. Als burschikoser Typ trug sie die Haare kurz und sah in ihren Jeans und dem weiten Pullover wie das Hippie-Mädchen von nebenan aus.

Ihre Kollegin kleidete sich strenger. Sie hatte das Haar zurückgekämmt und im Nacken zu einem Knoten gebunden. Die Augen wirkten durch die beiden Brillengläser doppelt so groß, und wenn Frau Kirst ihre Kinder anschaute, dann zogen die Kleinen die Köpfe ein.

Im Bus jedoch hatte sie gute Miene zum lustigen Spiel gemacht und kräftig mitgesungen.

Elfriede Kirst und Jutta Mehnert mochten sich nicht besonders. Doch Jutta zeigte das nicht so sehr wie ihre ältere Kollegin. Sie lachte viel und war für jeden Scherz zu haben.

Im Moment hatte die Singerei Pause. Die drei Jungen und fünf Mädchen mussten sich erst erholen. Wie erschlagen lagen sie in den Sitzen und spielten die Erschöpften.

Jutta hatte außer ihrem Koffer noch einen Korb mitgebracht. Das bunte Tuch verdeckte die Süßigkeiten, die sie extra für ihre Kinder eingepackt hatte.

»Wer hat Hunger?«, rief sie.

Keine Antwort. Die Kinder schauten sie nur an.

Manche lächelten, andere verdrehten erschöpft die Augen.

Jutta Mehnert lachte. Sie präzisierte ihre nächste Frage. »Wer hat Hunger auf was Süßes?«

»Hier!«, schrien drei auf einmal.

»Ich, ich!« Plötzlich war niemand mehr müde. Wenn es um Naschereien ging, wollte jedes der Kinder als Erstes am Korb bei der Verteilung sein.

Die junge Lehrerin lachte.

Sie griff in den Korb hinein und förderte mehrere Pakete zu Tage. Kleine Hände streckten sich ihr entgegen, doch Jutta schüttelte den Kopf.

»So einfach ist das nicht«, sagte sie. »Ihr müsst schon etwas dafür tun.«

»Was denn?«, fragten vier Mädchen.

»Wir machen jetzt eine Rätselstunde, bei der es Preise zu gewinnen gibt.«

Nun hatten die Kinder wieder ihren Spaß. Mit Begeisterung waren sie bei der Sache, sprangen von ihren Sitzen, versuchten sogar, über die Rückenlehnen zu klettern, nur um in der Nähe ihrer jungen Lehrerin zu sein.

Das gefiel Elfriede Kirst gar nicht. Sie schimpfte, und die Kinder wurden ruhiger.

Jutta begann mit der Rätselstunde.

Auf der linken Seite der Autobahn huschten bereits die ersten Ausläufer des Odenwalds vorbei. Bewaldete Hügel, zwischen denen der Dunst des Morgens lag. Nebel stieg aus den Tälern. Er sah aus wie dicke Dampfwolken, die ein unterirdisches Kraftwerk in den Himmel blies.

Der Fahrer, er war ein junger Mann und von Jutta sehr angetan, griff zum Mikrofon.

»Hier spricht der Fahrer, das große Krümelmonster«, scherzte er. »Bald werden wir von der Autobahn abbiegen, dann noch eine halbe Stunde fahren, und wir sind da.«

Die Kinder waren verstummt und hatten der Stimme des Fahrers gelauscht. Als er das Wort »Ende« sagte, jubelten sie. Trotz der Spiele und zahlreicher Süßigkeiten waren sie es leid, so lange im Bus herumzusitzen.

Verständlich.

Die nächste Ausfahrt tauchte auf.

Der Fahrer betätigte den Blinker und fuhr über den morgenfeuchten Straßenbelag in die Ausfahrt hinein.

Felder und Wiesen rechts und links der Straße verschwanden im Nebeldunst. Bunte Blätter lagen auf dem taunassen Gras. Die Luft schmeckte kühl. Der Herbst nahte mit Riesenschritten.

Eine Ampel hielt den Bus auf. Der runde rote Kreis zerfaserte an seinen Rändern.

Auf der Autobahn war der Nebel nicht so schlimm gewesen. Hier lag er manchmal wie dicke Watte. Es gab in der Nähe einige Bäche, die eine Dunstbildung noch förderten.

Der Fahrer musste die Geschwindigkeit stark drosseln. Er fuhr eine große Kurve, überquerte die Autobahn auf einer Brücke und rollte geradewegs auf die bewaldeten Hügel des Odenwalds zu.

Es war ein tolles Bild.

Nur die Spitzen schauten aus dem Grau der Nebelsuppe, und auf den Gipfeln schien die Morgensonne regelrecht zu explodieren. Die Strahlen sahen aus, als würden sie durch zahlreiche Linsen gebrochen. Die Straße wurde enger. Andere Fahrzeuge kamen dem kleinen Bus entgegen.

Die Scheinwerfer tauchten geisterhaft aus dem Nebel auf und wirkten wie verschleierte Augen.

Die Kinder waren ruhig geworden. Zwei Mädchen schliefen sogar. Das frühe Aufstehen hatte sie geschafft.

Jutta Mehnert zündete sich eine Zigarette an, was ihre ältere Kollegin mit einem missbilligenden Blick bemerkte.

Ein kleiner Ort tauchte auf.

Der Bus fuhr bis zum Ende des Dorfes, wo geisterhaft ein Hinweisschild aus dem Nebel auftauchte.

Der Fahrer bremste intervallartig, setzte den Blinker rechts und fuhr in eine schmale Straße, die von zahlreichen Bäumen gesäumt war. Als weiche Schicht lagen die herabgefallenen Blätter im Straßengraben. Sie schimmerten vom hellen Gelb bis hin zum tiefen Rot.

Die Straße wurde enger und kurviger. Hinzu kam der Nebel. Der Fahrer musste mit der Geschwindigkeit herunter.

Er ärgerte sich, aber im Herbst musste man eben mit schlechtem Wetter rechnen.

Bald wurde es hügeliger. Der Weg führte bergan. Die ersten Ausläufer der Berge waren erreicht.

Wald begann.

Rechts und links der Fahrbahn wuchsen die Bäume zusammen. Unterholz bildete einen dichten Dschungel.

Eine Kurve löste die nächste ab.

Der Fahrer schaltete herunter.

Die ältere Lehrerin versuchte, so etwas wie Heimatkunde abzuhalten, doch die Kinder hörten nicht zu.

Jutta Mehnert musste lächeln, als sich ihre Kollegin ärgerte.

»Wann sind wir endlich da?«, quengelte ein blondes Mädchen mit Ringelzöpfen.

»Gleich, Uschi. Gleich sind wir da«, erwiderte Jutta. »Und dann siehst du auch Frau Becker.«

»Hat sie wirklich ein weißes Kleid an?«

Jutta nickte.

Uschi riss die kleinen Augen auf. »Dann ist sie ja eine richtige Braut.«

»Und wie.«

»Toll!«, freute sich das Mädchen und klatschte in beide Hände.

Und dann bremste der Fahrer.

Er rammte seinen Fuß auf das Pedal. Ohne Vorwarnung und urplötzlich. Niemand im Bus hatte damit gerechnet. Alle wurden überrascht.

Die Kinder wurden nach vorn katapultiert, rutschten von ihren Plätzen und fielen in den Mittelgang.

Einige weinten.

Auch die ältere Lehrerin erwischte es. Sie schlug mit dem Kinn gegen die Grifflehne des Vordersitzes und sah sekundenlang Sterne aufblitzen.

Jutta Mehnert konnte sich noch fangen. Im letzten Moment erwischte sie einen Griff.

Mit der linken Hand umspannte sie ihn, mit der rechten bekam sie gerade noch einen Jungen zu fassen, den sie vor einem Sturz bewahren konnte.

Die Straße war nass. Der Fahrer hatte voll auf die Bremse treten müssen, die Reifen packten nicht gleich, und das Fahrzeug rutschte langsam in den Straßengraben.

Ein Schlag erschütterte den Bus, dann kippte er nach rechts weg und stand.

Stille.

Doch nur für Sekunden. Dann hatten die Kinder ihren ersten Schock überwunden und begannen wieder zu weinen.

Jutta Mehnert hielt nichts mehr in ihrem Sitz. Sie lief nach vorn, um mit dem Fahrer zu reden. Während sie ging, musste sie sich rechts und links abstützen.

»Was ist los?«, fragte sie.

Der junge Fahrer wischte sich über die Stirn. Er hatte die linke Hand schon am Türgriff und deutete mit der anderen nach vorn. »Sehen Sie die Nebelwand?«

»Ja, ich sehe sie.«

»Deshalb musste ich bremsen.« Der Fahrer schluckte. »Aber das ist nicht alles. Da war etwas in der Wand. Ein – ein Skelett. Riesengroß, unheimlich …«

Jutta krauste die Stirn. »Spinnen Sie?«

»Nein, ich spinne nicht!«, schrie der Fahrer. »Ich habe es gesehen! Denken Sie, ich setze den Bus ohne Grund in den Graben? Sie haben Nerven.«

»Entschuldigen Sie«, sagte Jutta. »Was wollen Sie denn jetzt machen?«

»Aussteigen und nachschauen.«

»Ich gehe mit«, sagte die Lehrerin.

»Meinetwegen.«

»Fräulein Mehnert«, rief Elfriede Kirst aus dem hinteren Teil des Busses. »Was ist passiert?«

Jutta drehte sich um. »Nicht viel, wir sind nur im Graben gelandet«, erwiderte sie sarkastisch.

Der Fahrer ballte die Hände zu Fäusten. Er hatte den Spott aus der Stimme herausgehört.

»Ist den Kindern etwas geschehen?«, fragte Jutta.

»Nein, sie sind in Ordnung.«

Der Fahrer hatte inzwischen die Tür geöffnet. Feuchtigkeit und Kühle drangen in das Innere des Fahrzeugs.

»Ich steige mit aus!«, rief Jutta ihrer Kollegin zu. Von dem Skelett erwähnte sie nichts.

Der Fahrer stand schon draußen. Als Jutta das Freie betrat, ging er bereits um die Vorderseite des Busses herum. Er schaute jedoch nicht in den Straßengraben, sondern versuchte, mit seinen Blicken die Nebelwand zu durchdringen.

Es war nicht möglich. Man konnte die Hand nicht vor den Augen sehen.

Und der Nebel wurde dichter.

Von Sekunde zu Sekunde nahm er an Intensität zu, wie ein Gas, das sich immer weiter ausbreitet.

»So etwas habe ich noch nie erlebt«, sagte der Mann, stemmte seine Arme in die Hüften und schüttelte den Kopf.

Jutta Mehnert fröstelte. Ihr war die ganze Sache nicht geheuer. Dieser Nebel konnte doch nicht normal sein. Das widersprach den Naturgesetzen. Normalerweise hätte die Sonne den Dunst wegdampfen müssen, aber das Gegenteil war der Fall.

»Wo – wo haben Sie das Skelett denn gesehen?«, fragte sie.

Der Fahrer deutete in die Nebelwand hinein.

Jutta Mehnert starrte ebenfalls dorthin. So sehr, dass ihre Augen anfingen zu tränen.

Erkennen konnte sie nichts. »Es war vielleicht doch eine Täuschung«, meinte sie.

Der Fahrer fuhr herum. »Nein, verdammt.«

Jutta schwieg. Sie wollte hier keinen Streit anfangen.

»Was ist denn da los?«, ertönte die Stimme der zweiten Lehrerin. »Schaffen Sie es, den Wagen aus dem Graben zu heben, oder nicht?«

Der Fahrer fühlte sich angesprochen. »Ich bin doch nicht Herkules«, rief er wütend zurück.

Jetzt wurde Elfriede Kirst stocksauer. »Sie haben uns diese Geschichte doch eingebrockt, mein Lieber. Sollen wir vielleicht den Bus da raushieven? Außerdem sind wir für die Kinder verantwortlich. Was meinen Sie, was geschieht, wenn denen etwas passiert?«

»Ja, schon gut.«

Jutta Mehnert hatte sich ein paar Schritte entfernt. Sie wollte in den Graben springen, um sich das gesamte Ausmaß des Schadens anzuschauen.

Dazu kam es nicht.

Urplötzlich verhielt Jutta mitten im Schritt.

Sie hatte etwas gesehen. Vor sich. Eine Bewegung. Inmitten der Nebelwand. Und ein rötliches Schimmern, das auf sie wie eine auslaufende Wolke wirkte.

Juttas Herz klopfte schneller.

Da! Wieder bewegte sich etwas innerhalb des Nebels.

Und es kam näher.

Der Fahrer und ihre ältere Kollegin stritten sich noch immer. Jutta hörte zwar die Stimmen, sie verstand jedoch nicht, was die beiden sagten.

Die junge Lehrerin wurde fasziniert und abgestoßen zur gleichen Zeit von dem, was sie sah.

Denn aus dem dichten Nebel schälten sich die Umrisse einer Gestalt. Eines Monsters, einer Horror-Vision.

Es war ein Skelett!

Vor Jutta Mehnert stand der Schwarze Tod!

Urplötzlich kam die Angst.

Und sie schüttelte die junge Lehrerin regelrecht durch. Jutta Mehnert begann zu zittern. Sie riss weit ihre Augen auf, und auf dem Gesicht malte sich das Entsetzen ab, das sie empfand.

Das Skelett kam näher!

Lautlos, ohne auch nur einen einzigen Ton von sich zu geben. Es schien über dem Boden zu schweben und wurde von den Nebelwolken umwallt. Mit beiden Händen hielt das Skelett den Griff einer gewaltigen Sense umklammert, und als es jetzt damit zum Schlag ausholte, zog die Sense einen blutigen Halbkreis.

Jutta wich zurück.

Einen halben Schritt nur, dann prallte sie mit dem Rücken gegen den Bus.

Plötzlich stand der Unheimliche vor ihr. Sie schaute hoch, sah den schwarzen Totenschädel mit den hellen Augen und das teuflische Grinsen, das der jungen Frau den Tod versprach.

Jutta war wie gelähmt.

Sie klebte auf dem Fleck. Sie konnte sich nicht rühren, und sie wunderte sich, dass die anderen das Skelett nicht sahen.

Doch der Fahrer hatte es auch gesehen.

Elfriede Kirst ebenfalls.

Und auch die Kinder.

Sie waren alle entsetzt. Das Grauen schnürte ihnen die Kehle zu, und sie konnten sich nicht rühren.

Als Erster jedoch erwachte der Fahrer aus seiner Erstarrung. Er holt tief Luft, schüttelte den Kopf, dann ballte er die Hände und stieß einen Stöhnlaut aus.

Im nächsten Moment drehte er durch.

Aus dem Stand sprang er auf das Skelett zu. Er wollte den Höllenspuk mit bloßen Fäusten angreifen, stürzte vor – und lief genau in sein Verderben.

Das Skelett holte aus.

Abermals sauste die Sense durch die Luft. Aber diesmal hatte sie ein Ziel.

Den Busfahrer!

Er sah noch den blutigen Halbkreis, dann das Schimmern des Sensenblattes, und im nächsten Moment durchzuckte ihn ein glühender Schmerz. Dann griffen die dunklen Schatten des Todes nach ihm. Der junge Busfahrer sank blutüberströmt neben dem Fahrzeug zusammen.

Als Jutta Mehnert diese Szene sah, war es mit ihrer Beherrschung vorbei.

Das eben erlebte Grauen hatte sie aus ihrer Erstarrung gerissen. Ihr Mund öffnete sich weit, und ein gellender Schrei drang über ihre Lippen.

Doch dieser Schrei blieb ohne Echo. Sofort wurde er von den dichten Nebelwänden verschluckt.

Jutta schüttelte den Kopf. Sie glaubte, wahnsinnig zu werden. Sie schaute zu dem Skelett hoch, das sie um zwei Körperlängen überragte, machte dann auf dem Absatz kehrt und rannte fluchtartig davon.

Die Kollegin, die Kinder – sie ließ alles im Stich. Jutta sprang über den Graben, landete auf weichem Boden, stolperte, fing sich wieder und hetzte weiter.

Nur weg von diesem Platz des Grauens.

Sie kam genau fünf Meter weit.

Der Schwarze Tod wollte keinen entkommen lassen. Blitzschnell war er hinter ihr, seinen knöchernen Arm streckte er aus, und dann fiel die skelettierte Klaue nach vorn.

Jutta spürte den mörderischen Schlag, schrie gellend auf und wurde zu Boden geschleudert.

Im nächsten Moment riss die Hand sie hoch. Die Lehrerin sah dicht vor ihren Augen das Funkeln der gebogenen Klinge und rechnete mit dem Schlimmsten.

Doch der Schwarze Tod tötete sie nicht.

Er hielt Jutta wie eine Puppe am Kragen gepackt, fauchte ihr seinen heißen Höllenatem ins Gesicht, drehte sich um und schritt mit ihr zurück zum Bus.

Jutta Mehnert wehrte sich nicht, sie schrie nicht, sie weinte nicht. Die junge Lehrerin war starr vor Entsetzen.

Der Schwarze Tod schritt an dem zusammengekrümmt daliegenden Busfahrer vorbei, ohne der Leiche einen Blick zu gönnen. Ihn kümmerte der Tote nicht. Er hätte sich eben nicht gegen ihn stellen sollen. Und Menschen interessierten diesen Dämon sowieso nicht.

Die Fahrertür stand sperrangelweit offen. Niemand hatte sich getraut, den Bus zu verlassen. Der Schwarze Tod trat mit seinem Opfer dicht an die Tür heran und warf Jutta Mehnert kurzerhand in den Bus.

Hart schlug sie auf.

Sekundenlang blieb sie bewegungslos liegen. In ihrem Gehirn schrien die Gedanken.

Warum werde ich nicht ohnmächtig? Warum nicht? Weshalb muss ich das alles miterleben? Was habe ich nur getan? Sie begann zu beten, und einige Verse aus ihrer Kindheit flossen über ihre Lippen.

Sie stemmte sich hoch und hob den Blick.

Die Kinder saßen auf ihren Plätzen. Jutta wunderte sich, dass sie diesen Überfall so gut verkraftet hatten.

Besser jedenfalls als ihre Kollegin.

Sie lag quer auf zwei Sitzen. War blass im Gesicht und atmete nur stoßweise. Ihre rechte Hand hatte sie dorthin gelegt, wo das Herz schlägt.

So etwas wie Verantwortungsbewusstsein erwachte in Jutta

Mehnert. Sie musste sich um die Kinder kümmern, auch wenn die Situation noch so schlimm war.

Mühselig kam sie hoch.

Jutta blieb im Gang stehen, klammerte sich an den Griffen fest und atmete ein paar Mal tief durch.

Langsam ging es ihr besser.

Vorsichtig schaute sie sich um. Ihr wurde bewusst, dass die Blicke der Kinder an ihr hingen. Die Schüler sahen nur sie, und in ihren Augen stand ein unbeschreibliches Vertrauen.

Aber musste sie die Kinder nicht enttäuschen? Besaß sie überhaupt die Kraft durchzuhalten?

Jutta Mehnert riss sich zusammen, und ein winziges Lächeln umspielte ihre Lippen.

Zu mehr war sie jetzt nicht in der Lage.

Sie warf einen Blick nach draußen. Eine dichte Nebelwolke umschwebte den Bus.

Man konnte keinen Meter weit sehen, und der Schatten des Schwarzen Todes geisterte durch den Dunst.

Für einen winzigen Augenblick dachte Jutta an Flucht, doch dann verwarf sie den Gedanken wieder. Nein, sie durfte die Kinder nicht im Stich lassen.

Die kleine Uschi fing an zu weinen. »Ich will wieder nach Hause«, schluchzte sie.

Jutta ging neben dem Mädchen in die Knie und streichelte die Hände der Kleinen. »Bald, bald sind wir wieder zu Hause.«

Auch Dirk, ein gleichaltriger Junge, tröstete seine Schulkameradin.

»Das ist bestimmt nur ein Spiel«, sagte er und schaute seine Lehrerin dabei gläubig an. »Es ist doch nur ein Spiel – oder?«

»Ja, ja, natürlich« erwiderte Jutta hastig.

Ein Stöhnen ließ sie herumfahren. Elfriede Kirst hatte es ausgestoßen.

Sofort war Jutta bei ihr. »Was ist los, Frau Kirst?«

»Mein Herz. Mein Gott – es ...«

»Kann ich helfen?«

»Ja«, ächzte die Frau. »Die Tropfen. Sie – sie sind in meiner Handtasche.«

Hastig öffnete Jutta den Verschluss. Das braune Fläschchen fand sie sofort. Die ältere Lehrerin öffnete den Mund, während Jutta ihr einige Tropfen auf die Zunge träufelte und die Kinder dabei zuschauten.

Plötzlich knallte die Tür ins Schloss. Es hörte sich an wie ein Pistolenschuss.

Sofort ruckten die Köpfe der Kinder herum. Und auch Jutta schaute zur Tür.

Sie sah den Schwarzen Tod nicht mehr. Dafür spürten sie ihn.

Denn plötzlich wurde der Bus angehoben und schwebte im nächsten Moment hinein in die dicke Nebelwolke.

Zurück blieb ein Toter …

Da waren wir also!

Jane Collins, Sheila und Bill Conolly, Suko nebst Shao, seiner Freundin, und ich.

Unsere Ohren dröhnten noch vom Düsenlärm, sodass wir den Trubel in der großen Ankunftshalle des Frankfurter Flughafens kaum wahrnahmen.

Wir waren sicher gelandet.

Zwischen uns standen die Koffer. Ich hatte nicht viel mit, Suko noch weniger, dafür taten sich die Damen hervor.

Himmel, was die alles mitschleppten. Das kann ich gar nicht alles aufzählen.

Aber auf eins hatte ich nicht verzichtet. Auf meine Waffen.

Hätte ich sie zu Hause gelassen, wäre ich mir direkt nackt vorgekommen. So aber fühlte ich mich sicher.

»Und nun?«, fragte Bill.

»Holen wir uns zwei Taxis«, erwiderte ich.

»Die Fahrer werden sich über die Fuhren freuen.«

»Ist anzunehmen«, sagte ich.

Wir nahmen die Koffer hoch. Ehrensache, dass die Frauen nichts trugen.

Dafür war Suko doppelt beladen. Ihm machte es nichts aus. Er trug die Koffer, als wären sie leer.

Der Frankfurter Flughafen ist so groß, dass man sich verlaufen kann. Wir mussten suchen, um den Ausgang zu finden, wo die Taxis warteten.

Wir sahen aus wie Touristen.

Taxifahrer haben einen Blick dafür. Wir brauchten erst gar nicht nach Wagen Ausschau zu halten.

Die Fahrer winkten uns schon zu.

Zwei Mercedes standen zur Auswahl.

Suko, Shao und ich stiegen in den ersten Wagen, während die anderen den zweiten nahmen.

Sheila winkte mir noch zu.

Wie auch Jane Collins und Shao trug sie lockere Reisekleidung. Bequeme Hose, Bluse und Blazer. Die eleganten Kleidungsstücke lagen im Koffer.

Auch mein Smoking.

Und Suko hatte ebenfalls einen mitgenommen. Schon bei der Anprobe hatte ich gelacht. Wie auch Shao.

»Wo soll's denn hingehen?«, erkundigte sich der Fahrer.

Ich nannte ihm unser Ziel.

Der Fahrer schaute mich misstrauisch an. »Wirklich?«, fragte er.

»Ja.«

»Mann, wären Sie lieber in einen anderen Wagen gestiegen. Diese weiten Fahrten …«

»Ich dachte immer, die brächten Geld.«

Er winkte ab. »Sehen Sie mal, bald ist Automobilausstellung. Jetzt treffen bereits die ersten Gäste ein. Was meinen Sie, wie viel ich verdienen kann? Flugplatz – Hotel, Flugplatz – Hotel. Das sind Fahrten, die was in die Kasse bringen.«

Er hob die Schultern und fuhr an.

Hinter uns setzte sich der zweite Mercedes in Bewegung. Bill saß wie ich vorn und winkte mir zu.

Wir befanden uns in einer herrlichen Stimmung. Richtig gelöst und locker. Mal keine Dämonen, keine Geister, keine finsteren Mächte. Nur die Hochzeit.

Dachten wir …

Bill Conolly hatte dem guten Kommissar versprochen, eine Torte allein zu essen. Darauf war ich gespannt.

Die Autobahnverbindungen waren ausgezeichnet. Der Flughafen lag sehr zentral. Schon bald bogen wir auf die Schnellstraße nach Karlsruhe-Basel ein.

Der Fahrer hatte das Radio eingeschaltet. Hessen 3 brachte Verkehrsdurchsagen.

Die Schnellstraße war ziemlich frei. Auf der Gegenfahrbahn jedoch lief der Verkehr langsamer. Zahlreiche Pendler fuhren nach Frankfurt zu ihren Arbeitsstellen.

Ich lehnte mich bequem zurück, während sich Suko und Shao in ihrer Heimatsprache unterhielten. Ich verstand kein Wort. Suko hatte mal vorgehabt, mir Chinesisch beizubringen, es dann aber aufgegeben. Ich war wohl zu unbegabt.

Die Fahrt machte mich müde. Hinzu kam die leise Radiomusik, und plötzlich fielen mir die Augen zu.

Weil Suko mir auf die Schulter tippte, wurde ich wach.

»Ist was?«, fragte ich.

»Du schnarchst«, sagte der Chinese.

»Wer im Glashaus sitzt – und so weiter.«

»Aber ich schlafe nicht im Taxi.«

Der Fahrer verstand wohl Englisch. Er lachte, musste aber dann mit der Geschwindigkeit herunter, da die Abfahrt auftauchte.

Ich schaute aus dem Fenster.

Der Odenwald war schon zu sehen. Langsam stieg der Bodennebel hoch und umhüllte die Gipfel mit einem grauen Kranz.

Unser Fahrer lenkte den Mercedes auf die rechte Seite und hielt an. Er kramte in der Seitentasche der Tür herum und suchte nach einer Straßenkarte.

»Kennen Sie sich nicht aus?«, fragte Suko.

»Ich kann mir doch nicht jedes Kaff merken«, erwiderte der Mann. Mit seinem nikotingelben Zeigefinger fuhr er über die Karte, murmelte hin und wieder ein paar unverständliche Worte und nickte dann zufrieden.

Drei Minuten später fuhren wir weiter.

Mir hatte der Schlaf gut getan. Ich fühlte mich wieder frisch, ausgeruht und topfit. Und eine gute Kondition brauchte ich in den nächsten Stunden. Die Hochzeit sollte ein sagenhaftes Fest werden. Das hatte mir Will Mallmann am Telefon versprochen.

Wir waren gespannt.

Die Gegend, durch die wir fuhren, gefiel mir. Saubere Straßen, schmucke, kleine Orte, ältere und sehr gepflegte Häuser sowie wenig Autoverkehr.

Wir passierten eine Ortschaft, deren Namen ich vergessen habe. Kurz hinter dem Dorf bogen wir scharf rechts ab.

Auf einer schmalen Landstraße ging es weiter.

Die Sonne stieg immer höher. Langsam verschwand der Nebel, löste sich unter den warmen Strahlen auf, und mein Blick reichte weit hinüber zu den grünen Hängen des Odenwalds. Die ersten Ausläufer lagen bereits vor uns.

Ich sah zahlreiche Holzschilder, die auf Ausflugslokale hinwiesen. Reklametafeln warben für deftiges Essen, und mir lief das Wasser im Mund zusammen.

Doch auf der Hochzeit würde es mehr als genug zu essen geben.

Dann sah ich die Autoschlange. Auch der Fahrer ging mit der Geschwindigkeit herunter, dann hielt er an.

Über die Wagendächer hinweg sah ich den Widerschein eines Polizeiblaulichtes zucken.

»Da ist sicher wieder ein Unfall passiert!«, knurrte der Fahrer. »Ausgerechnet jetzt. Mir bleibt auch nichts erspart!«

Polizisten regelten den Verkehr.

Die Wagen aus der Gegenrichtung fuhren an uns vorbei. Ich sah in manch verstörte Gesichter der Insassen. Demnach musste der Unfall schlimm geendet haben.

Es folgten noch drei Lastwagen, dann endlich konnten wir fahren. Die Blechschlange setzte sich langsam in Bewegung. Sie kroch weiter vor. Schließlich erreichten auch wir die Unfallstelle, und ich warf einen Blick aus dem Seitenfenster.

Neben dem Straßengraben lag eine mit einer Decke verhüllte Gestalt. Nur noch die Füße schauten hervor. Auf der Straße jedoch schimmerte eine große Blutlache.

Mir lief ein Schauer über den Rücken. Mehrere Polizisten suchten im Straßengraben nach Spuren. Die Beamten unterhielten sich miteinander und machten zum Teil ratlose Gesichter.

Dann waren wir vorbei.

»Haben Sie gesehen?«, fragte der Fahrer.

Ich nickte.

»Das sind die Raser«, meinte er.

»Ich habe keinen Wagen gesehen, mit dem er gerast sein könnte«, hielt ich ihm entgegen.

Der Mann warf mir einen schnellen Blick zu. »Den haben sie bestimmt schon abtransportiert.«

»Noch vor der Leiche?«

Der Fahrer grinste plötzlich. »Sherlock Holmes im Westentaschenformat, wie?«

»So ähnlich.«

»Mir ist es egal.« Er kratzte sich im Nacken. »Aber was Sie da gesagt haben, stimmt schon. Ich habe in der Tat keinen Wagen oder ein Motorrad gesehen. Da gibt es nur eine Möglichkeit. Der arme Kerl ist angefahren worden.«

Ich gab dem Mann recht.

Als ich einen Blick nach hinten warf, schaute ich in zwei strahlende Gesichter. Suko hatte seinen Arm um Shao gelegt und grinste mich an.

»Euch geht's gut.«

»Sicher. Jeder bekommt das, was ihm zusteht.«

»Was müsste ich dann erst haben!«

Der Weg führte jetzt steiler in die Höhe. Durch Schneisen entlang der Straße konnten wir in Täler schauen, in denen malerische Ortschaften lagen.

»Wir sind gleich da«, bemerkte der Fahrer.

Er hatte nicht gelogen. Nach weiteren fünf Minuten Fahrt erreichten wir unser Ziel.

Auf einem nicht zu übersehenden Hinweisschild war das Wort Schloss-Eck gemalt. Hinter der Schrift sah ich einen Hügel, auf dem ein stolzes Schloss stand.

Das war es also.

Der Fahrer quälte seinen Mercedes in eine Kurve und fuhr über einen schmalen, aber asphaltierten Weg unserem Ziel entgegen. Tiefhängende Zweige streiften über den Lack. Durch das Blätterdach fiel Sonnenlicht und spiegelte sich in den breiten Scheiben des Taxis.

Der Weg mündete auf einen großen Platz, an dessen rechter Seite ich das Gasthaus sah. Es war ein stolzes Gebäude, und es erstreckte sich über zwei Etagen, wovon die letzte schräge Wände hatte. Die Mitte des Schloss-Ecks nahm das große Restaurant ein. Links davon befand sich die Schenke, und rechts des Restaurants ging es zur Kegelbahn.

Auf einem Parkplatz standen einige Wagen.

Als ich ausstieg, sah ich auch Wills silbergrauen Manta. Der Kommissar war also schon da.

Der Taxifahrer stieg mit aus und reckte sich. Ich beglich die Rechnung, und Bill Conolly tat es mir nach. Zehn Mark Trinkgeld gab ich dem Fahrer.

Er wünschte uns noch einen schönen Tag und verschwand dann. Suko und Bill hatten die Koffer ausgeladen.

Der Reporter winkte mir zu. »Dann gehen wir mal rein!«, rief er. »Die Zimmer werden ja reserviert sein.«

Das hoffte ich auch. Ich hatte nicht widerstehen können und ein Doppelzimmer für mich und Jane bestellt, was die Detektivin lächelnd zur Kenntnis nahm.

Jane und Sheila drängten. »Kommt, Kinder, wir müssen uns noch umziehen.«

»Ja doch«, knurrte Bill. »Wenn ich nur wüsste, wo die alte Frau Mallmann bleibt.«

Damit meine er Will.

Und der kam.

Plötzlich stand er im Eingang. Er sah uns, schaute ein zweites Mal her und riss dann beide Arme hoch.

»John! Bill!«, schrie er. Danach war Will nicht zu halten. Ich habe selten einen Menschen gesehen, der sich so freute.

Wir umarmten uns, schlugen uns auf die Schultern, und Will lachte von Ohrläppchen zu Ohrläppchen. »Ich finde es riesig nett, dass ihr gekommen seid. Wirklich, toll.« Wieder schlug er uns auf die Schultern. Die Frauen standen daneben und lächelten.

Dann begrüßte Will Mallmann sie.

Von Jane erhielt er zwei Küsse auf die Wangen, und der alte Will wurde rot vor Verlegenheit, was bei uns natürlich einen Heiterkeitsausbruch auslöste.

»Kommt erst einmal rein«, sagte Will.

»Willst du uns nicht deiner Frau vorstellen?«, erkundigte sich Bill Conolly.

»Später.« Ich winkte ab. »Erst umziehen.«

»Eigentlich habe ich Durst«, sagte Bill und leckte sich über die Lippen.

Sheila hatte seine Worte gehört. »So weit kommt das noch!«, fuhr sie ihm in die Parade. »Schlucken kannst du nachher genug.«

Bill zog einen Flunsch. »Ich meinte ja nur.«

Wir betraten das Schloss-Eck.

Erich Gehrmann, der Wirt, empfing uns mit einem kräftigen Händedruck. Als er Shao und Suko sah, stutzte er.

»Keine Angst«, sagte der Chinese, »ich beiße nicht.«

»Das habe ich auch nicht angenommen, sonst beiße ich nämlich zurück.«

Wir lachten. Das Eis war gebrochen.

»Sie wollen sicher Ihre Zimmer sehen?«, fragte Erich Gehrmann. Er musste die Frage wiederholen, da wir seinen Dialekt nicht richtig verstanden hatten. Der Wirt bemühte sich dann, hochdeutsch zu sprechen.

Als wir bejahten, wies er mit der Hand auf die geschwungene Holztreppe. »Bitte, gehen Sie nach oben.« Ein Hausdiener stand bereit und nahm sich des Gepäcks an.

Der Wirt ging vor. Die Stufen der Treppe waren mit Teppichen ausgelegt. Will Mallmann hielt sich neben mir. Er redete nur von seiner Hochzeit und davon, dass Karin Becker in drei Stunden bereits einen anderen Namen trug.

Ich gönnte es dem guten Will von ganzem Herzen.

Wir erreichten die erste Etage. Rustikal wie das Treppenhaus war auch der lange Flur. Wir sahen dicke Holzbalken an der Decke, die Türen bestanden aus Eichenholz.

Der Wirt schloss auf. »Ich hoffe, es gefällt Ihnen hier, Gentlemen.«

»Wenn das Essen so gut ist wie die Einrichtung, sicher«, sagte Bill Conolly.

»Das ist noch besser.«

»Dann kann ja nichts mehr schiefgehen.«

Der Wirt schloss zuerst die Zimmertür der Conollys auf. Im selben Augenblick wurde die Tür gegenüber geöffnet, und eine Frau stand auf der Schwelle.

Karin Becker!

»Das kann nur der Besuch aus London sein«, sagte sie und lächelte so strahlend, wie es sich eben für eine Braut gehört.

»Oh«, machte Bill. »Sag bloß, das ist deine Zukünftige, Will!«

Der Kommissar ging auf Karin Becker zu und legte einen Arm um sie. »Ja, Bill, das ist Karin Becker.«

»Na, dann kann ich nur gratulieren.« Bill lachte herzlich und streckte seine rechte Hand aus. »Ich heiße Bill Conolly, und das ist Sheila, meine Frau.«

»Ich habe bereits viel von Ihnen gehört«, meinte Karin Becker lächelnd, »und freue mich, Sie endlich kennen zu lernen.«

Der Wirt sah wohl, dass er störte, schloss die weiteren Türen auf und zog sich zurück.

Wir machten uns bekannt.

Mit Shao und Suko sprach Karin Becker englisch. Das Eis war sofort gebrochen.

Ich kannte Karin Becker. Deshalb kam ich auch zum Schluss an die Reihe. »Hallo, John, wie geht es Ihnen?«

»Gestern ging's noch.« Für diese Antwort kassierte ich von Jane Collins einen Rippenstoß, und Will Mallmann musste grinsen. Er kannte mich inzwischen gut genug.

Wir plauderten fünf Minuten auf dem Flur. Alle redeten

durcheinander. Sheila war es schließlich leid. »Kommt Kinder, wir müssen uns umziehen.«

Auch Karin Becker hatte sich noch nicht umgezogen. Rasch verschwanden wir in unseren Zimmern.

Ich wuchtete die zwei Koffer in den Raum und legte sie auf den Tisch.

Das Zimmer war gemütlich eingerichtet. Das Doppelbett mit den hohen Federbetten lud direkt zum Schlafen ein. Der Schrank war bemalt, der Teppichboden dick und flauschig, und die beiden Stofflampen über dem Bett und der rustikalen Sitzecke passten haargenau zu der Einrichtung.

Ein kleiner Balkon führte nach draußen, eine schmale Tür zur Dusche und Toilette.

Man konnte es aushalten.

Jane Collins packte schon den Koffer aus, während ich eine Zigarette rauchte.

»Wie gefällt sie dir?«, fragte ich.

»Karin Becker? Gut, John.« Sie drehte sich zu mir herum und nickte bekräftigend. »Ehrlich. Ich glaube, Will hat da eine ausgezeichnete Wahl getroffen.«

Ich nickte. »Das meine ich auch.«

»Am besten ziehst du dich erst um«, schlug Jane Collins vor. »Dann habe ich hinterher etwas Zeit.«

»Mir egal.«

Jane deutete auf die schmale Tür. »Du kannst schon duschen. Ich lege dir inzwischen deine Sachen heraus.«

»Wie eine alte Ehefrau«, spaßte ich.

»Alte habe ich überhört.«

Ich stand schon an der Tür. »War ja auch nur ein Vergleich.«

Das Bad war klein. Die Kacheln schimmerten grün. Alles blitzte vor Sauberkeit.

Bevor ich mich auszog, reichte Jane mir noch frische Unterwäsche und meinen Bademantel durch den Türspalt.

»Doch wie eine Ehefrau«, wiederholte ich.

»Sei ruhig.«

Ich schloss die Tür, duschte und jagte mir durch die Wasserstrahlen den letzten Rest an Müdigkeit aus dem Körper. Danach zog ich frische Wäsche an, schlüpfte in den Bademantel und verließ die Dusche.

Jane hatte sich auch schon ausgezogen und ihre fantastische Figur in einen Hausmantel gehüllt, den ein Gürtel in der Taillenhöhe zusammenhielt.

Die blonde Detektivin stand am Fenster und schaute nach draußen.

Ich rubbelte mir noch den nassen Kopf ab. »Du kannst, Jane«, sagte ich.

»John, schnell, komm her!«

Mit drei Schritten war ich bei ihr, legte ihr meine Hand auf die Schulter und spürte unter dem dünnen Stoff die warme Haut. »Was ist denn?«

»Siehst du die Wolke da?«

»Wo?«

»Über dem Tal. Aus der Richtung sind wir doch gekommen.«

Ich drehte den Kopf ein wenig nach links und schaute genauer hin. Jetzt sah ich es auch. Eine Wolke schwebte in der sonst klaren Luft. Kein Nebelstreif, sondern eine regelrechte Wolke, an der ich jedoch nichts Besonderes feststellen konnte.

»Ich sehe sie«, erklärte ich, »mehr aber auch nicht.«

»Hast du auch genau hingeschaut?«

»Ja.«

»Okay.« Jane Collins duckte sich und tauchte aus meinem Griff. »Vielleicht habe ich mich auch geirrt.«

»Wieso? Was geht hier eigentlich vor? Was willst du denn gesehen haben?«

»Ich glaubte, in der Wolke die Umrisse eines Omnibusses gesehen zu haben. Aber eines kleinen Fahrzeugs.« Sie lächelte hölzern. »Seit wann können Omnibusse fliegen?«

»Sie haben es mit den Hunden gelernt«, erwiderte ich und hatte Mühe, ernst zu bleiben.

»Weißt du was, John?«, sagte Jane und ging schon auf die Tür zum Bad zu.

»Nein.«

»Dir fehlt die sittliche Reife«, belehrte sie mich, sprach's, knallte die Tür hinter sich zu und ließ mich stehen.

Fliegende Busse! Jane hatte wirklich Nerven. Wahrscheinlich war sie übermüdet und überreizt. Kein Wunder, bei dem verdammten Alltagsstress. An Dämonen oder finstere Mächte dachte ich in dem Zusammenhang überhaupt nicht.

Und das war mein Fehler …

Jutta Mehnert glaubte zu träumen.

Der Bus schwebte tatsächlich in die Höhe. Sanft und sachte, als hätte der Unheimliche Angst, irgendeinen der Fahrgäste zu verletzen. Höher glitt er, immer höher, dabei war er eingehüllt in eine dichte Nebelwolke.

Die junge Lehrerin atmete schwer. Sie spürte ihr Herz oben im Hals klopfen, sie zitterte, sie wusste nicht mehr weiter, denn so etwas durfte es nicht geben.

Und doch war es eine Tatsache.

Ihre Blicke glitten durch den Bus. Sie sah die ältere Kollegin, die immer noch auf dem Sitz lag und ihre Hand gegen das Herz gepresst hielt. Elfriede Kirst atmete jetzt ruhiger. Die Tropfen schienen geholfen zu haben.

Weiter glitt der Bus.

Lautlos wie ein Segelflugzeug.

Jutta schaute nach draußen, aber der Nebel nahm ihr die Sicht. Dann aber tauchte die Skelettfratze auf. Sie sah den grinsenden schwarzen Totenschädel mit den hellen Augen, und die Angst wurde größer.

Die Horror-Gestalt begleitete sie auf ihrem Flug.

Aber wohin? Welches Ziel hatte der Bus, der allen Naturgesetzen trotzte und davonflog?

Die Einzigen, die keine Angst zu haben schienen, waren die Kinder. Für sie musste es so etwas wie ein Abenteuer sein, denn niemand von ihnen schrie oder weinte. Die Kleinen saßen mit staunendem Gesichtsausdruck auf ihren Plätzen und schauten sich um. Sie wagten nicht einmal zu sprechen, so sehr hatten die Ereignisse sie in ihren Bann gezogen.

Auch Jutta setzte sich jetzt. Sie nahm vor ihrer Kollegin Platz. Dabei drehte sie sich so, dass sie über die Grifflehne schauen konnte und Elfriede Kirst ansah.

Die ältere Kollegin öffnete die Augen. Sie sah bedauernswert aus. Blass das Gesicht, so blass, als würde kein Blut mehr durch ihre Adern fließen. Das sonst streng zurückgekämmte Haar hatte sich gelöst. Der Knoten hielt zwar noch, war aber unordentlich gesteckt.

Elfriede Kirst öffnete die Augen. Sie schaute Jutta an.

Die junge Lehrerin lächelte.

»Was ist eigentlich geschehen?«, erkundigte sich Elfriede Kirst flüsternd.

Jutta überlegte sich die Antwort. Dann sagte sie: »Wir sind entführt worden und schweben jetzt in der Luft, von einer Nebelwolke umgeben.«

»Das gibt's doch nicht.«

»Doch.«

Elfriede Kirst wollte sich aufrichten, doch Jutta fasste ihre Schultern, drückte sie zurück. »Nein, Sie müssen liegen bleiben, Frau Kirst. Es ist besser für Sie. Denken Sie an Ihr Herz.«

»Ja, ja ...«

»Fliegen wir jetzt nach Hause?« Die Stimme der kleinen Uschi unterbrach die Stille.

Jutta Mehnert fühlte sich angesprochen. »Nein, wir fahren noch nicht nach Hause.« Sie sagte bewusst nicht fliegen, doch die Kinder hatten die Wahrheit längst erkannt.

»Wir fliegen doch, Fräulein Mehnert.« Sie riefen alle durcheinander. Die meisten freuten sich, sprangen jetzt auf und pressten ihre Gesichter gegen die Scheiben.

Viele sahen die Fratze des Schwarzen Todes.

Das war für die Kinder ein Schock. Zwei Mädchen begannen zu weinen, duckten sich zusammen und pressten ihre Köpfe gegen die Polster. Nur ein Junge war mutig. Er sagte: »Wie in Star Wars. Toll ...«

Das fand Jutta nicht. Sie verließ ihren Platz und wandte sich den weinenden Kindern zu, um ihnen tröstend die Hand auf die Schulter zu legen.

»Wir haben keine Angst, Fräulein Mehnert«, behauptete einer der Jungen.

Jutta lächelte. »Ich weiß.«

Dann vernahm sie das Klopfen. Hastig hob Jutta den Kopf. Sie sah den gekrümmten Finger des Schwarzen Todes, der gegen die Scheibe klopfte, und sie sah das hässliche Grinsen der Horror-Gestalt. Kalt lief es ihr den Rücken hinunter.

Die Kinder waren wieder verstummt. Aber alle hatten das Klopfen gehört.

Dann zersplitterte die Scheibe.

Die Scherben regneten nach innen. Zwei Schulkinder sprangen auf und starrten mit vor Angst geweiteten Augen auf die Knochenhand, die sich in den Bus schob.

Ein schauriges Lachen folgte, das in den Ohren der Businsassen dröhnte.

Dann die Stimme. »Sterben!«, hallte sie. »Ihr werdet sterben. Alle. Keiner wird es überleben, denn ich, der Schwarze Tod, habe es beschlossen!«

Wieder folgte das Lachen, das Erwachsenen wie auch Kindern eine grässliche Angst einjagte.

Jutta Mehnert glaubte diesem Unhold aufs Wort. Sie hatte gesehen, wie er den Busfahrer tötete. Und ebenso brutal würde er auch gegen sie vorgehen.

Davon war sie fest überzeugt. Und wie von selbst fanden sich ihre Hände zum Gebet …

Wir waren fertig. Das heißt, umgezogen.

Ich konnte meine Bewunderung nicht unterdrücken, denn Jane Collins sah fantastisch aus.

Sie trug ein langes, rotviolett schimmerndes Kleid, das auf Figur gearbeitet worden war. Der Stoff war hauchdünn, aber sehr fest. Bei jeder Körperdrehung bewegte er sich mit.

»Gefalle ich dir?«, fragte sie kokett.

»Und wie.« Meine Stimme klang rau.

Das blonde Haar fiel Jane auf die nackten Schultern. Das Kleid wurde nur von zwei dünnen Trägern gehalten.

Ich trug einen dunkelblauen Smoking. Meine Seidenfliege wurde mir zu eng. Ich musste schlucken.

»Reiß dich zusammen«, sagte Jane.

»Ja, ja.« Ich räusperte mich. »Weißt du, was ich jetzt am liebsten machen würde ...?«

»Ich kann es mir denken. Wenn die Feier vorbei ist und du noch genügend Kondition hast ...«

Es klopfte, und Jane kam nicht mehr dazu, weiterzusprechen.

»Come in«, rief ich.

Bill Conolly streckte seinen Kopf durch den Türspalt. »Na, ihr beiden Turteltauben. Fertig?«

»Und wie«, grinste ich.

Jane nahm ihre kleine Tasche und ging an mir vorbei.

Bill öffnete der Detektivin galant die Tür. »Madam«, sagte er.

»Danke.«

Ich blieb noch zurück. Mein Blick fiel auf den Spezialkoffer. Darin lag auch die Beretta. Sollte ich die Waffen einstecken? Ich zögerte. In der Kirche Waffen zu tragen kam mir deplatziert vor. Außerdem – wer sollte uns angreifen? Einen neuen Fall hatte ich nicht übernommen, und außerdem haben Dämonen eine panische Angst vor einem Gotteshaus.

Also verzichtete ich auf die Waffen. Nur mein silbernes Kreuz trug ich nach wie vor bei mir.

»John, komm doch!« Jane war bereits ungeduldig. Sonst ist sie immer die Letzte.

Ich ging und schloss die Tür ab.

Jane, Sheila und Bill warteten auf dem Flur.

Sheila stand Jane in punkto Aussehen in nichts nach. Die Damen hatten sich noch Stolen über die Schultern gehängt. Sheila trug ein langes, grün schillerndes Seidenkleid, und Shao, die soeben ihr Zimmer verließ, ein cremefarbenes. Es kontrastierte ausgezeichnet zu ihren lackschwarzen langen Haaren.

Suko konnte wirklich stolz sein.

Als ich sein Gesicht sah, musste ich lachen. Der Chinese

fühlte sich in seinem Smoking so wohl wie ein Pinguin am Äquator. Er zog ein saures Gesicht.

Von dem Hochzeitspaar war noch nichts zu sehen. Es würde später kommen. Wir aber wollten schon nach unten gehen.

Paarweise schritten wir die Treppe hinab. Es war schon jetzt richtig feierlich. Ich hatte Janes Arm genommen.

Am Ende der Treppe empfing uns der Wirt. Er stellte uns seine Frau vor, lächelte und reichte einen Drink auf Kosten des Hauses. Sekt mit Orangensaft.

Sogar Suko leerte sein Glas.

Dann gingen wir nach draußen. Das Stimmengewirr hörten wir schon, bevor wir einen Schritt durch die Außentür gesetzt hatten. Es waren inzwischen zahlreiche Gäste eingetroffen. Der Parkplatz hatte sich gefüllt.

Vor allen Dingen hatten es sich Wills Kollegen nicht nehmen lassen, ihren Spezi bei seiner Hochzeit zu begleiten. Ich zählte fünf Männer und eine Frau. Sie standen zusammen, erzählten und lachten. Zwei Reisebusse sah ich ebenfalls auf dem Parkplatz, doch mit ihnen waren keine Hochzeitsgäste gekommen, sondern Mitglieder einer Kegeltour.

Ein dunkelhaariger Mann in meinem Alter trat auf Jane und mich zu. »Sie sind bestimmt John Sinclair«, sagte er.

»Ja.«

Er streckte die Hand aus. »Mein Name ist Frank Platten. Ich bin ein Kollege von Will. Er hat mir Sie so gut beschrieben, dass ich Sie sofort erkannt habe.«

Ich machte auch Jane bekannt, und Wills übrige Kollegen traten ebenfalls zu uns. Es begann das große Händeschütteln. Die Namen konnte ich gar nicht behalten, und bevor wir uns versahen, hatte die Fachsimpelei schon begonnen.

Na ja, wir waren eben alle Polizisten.

Dann wurde unser Gespräch unterbrochen. Die Hochzeitskutsche rollte heran. Sie wurde von zwei Schimmeln gezogen und hatte ein nach hinten aufgeklapptes Verdeck. Der Mann auf dem Kutschbock trug einen grauen Anzug und einen Zylinder in der gleichen Farbe. Er ließ einmal seine Peitsche knallen, und die Pferde drehten ihre Ehrenrunde. Vor dem

Schloss-Eck wurden sie dann gezügelt. Die Tiere stampften ein paar Mal mit den Hufen auf und schnaubten.

Ich warf einen Blick auf die Uhr. »Eigentlich müsste es losgehen«, sagte ich. »In einer halben Stunde soll die Trauung beginnen.«

Jane drückte meinen Arm. »Da kommen Sie!«

Ich drehte mich um und schaute zum Eingang. Zwei von Wills Kollegen rissen ihre Fotoapparate hoch und knipsten.

Das Motiv war in der Tat bemerkenswert. Karin Becker und Will Mallmann gaben ein – wie der Volksmund sagt – schönes Paar ab.

Karin sah bezaubernd aus. Das lange Brautkleid bestand aus blütenweißem Satinstoff, der am Ausschnitt und an den Ärmeln mit Seidenspitze abgesetzt war. In der linken Hand trug sie einen prächtigen Blumenstrauß aus Herbstblumen. Das lange, dunkle Haar war zu Locken gedreht und fiel an beiden Seiten des Kopfes bis auf die Schultern.

Will Mallmann schritt neben ihr her wie ein König. Der Kommissar strahlte von Kopf bis Fuß. Will trug keinen Smoking wie wir, sondern einen Cut. Die schwarze Jacke teilte sich am Rücken zu einem Schwalbenschwanz. Will hielt seinen Zylinder in der Hand. Die dunkelgraue Hose mit den feinen Nadelstreifen war messerscharf gebügelt, und im Revers des Kommissars steckte eine weiße Nelke.

Will Mallmann war Gentleman vom Scheitel bis zur Sohle.

Die Gäste schauten nur auf das Paar, und alle hatten den gleichen Gedanken.

Sie klatschten.

Auch wir.

Jane stand neben mir und strahlte. Sheila hatte sich gegen ihren Bill gedrückt. Ich sah, wie sie sich verstohlen eine Träne aus den Augenwinkeln wischte.

Über Shaos und Sukos Gesichter glitt ein nimmermüde werdendes Lächeln. Als die Brautleute nun zur Kutsche schritten, deren Tür vom Fahrer galant offen gehalten wurde, bildeten wir automatisch ein Spalier, durch das die beiden schritten.

Karin Becker und Will Mallmann nahmen den Beifall

lächelnd zur Kenntnis. Beide waren sogar etwas rot geworden.

Sie flüsterten miteinander. Ich hörte zufällig einige Worte, als sie sich mit mir auf gleicher Höhe befanden.

Karin Becker sagte: »Ich wundere mich, dass die Kinder und meine beiden Kolleginnen nicht hier sind.«

»Vielleicht ist der Bus im Stau stecken geblieben«, erwiderte Will Mallmann ebenso leise.

»Kann sein.«

Dann waren die beiden vorbei und stiegen in die Kutsche, wobei Will seiner Braut galant die Hand reichte.

Bei mir im Gedächtnis klickte etwas. Kinder – Lehrerin – Bus.

Hatte Jane nicht von einem fliegenden Bus geredet inmitten einer Wolke?

Ich warf ihr einen schnellen Blick zu. Jane hatte die Worte der Braut wohl nicht vernommen, ihre Blicke waren nur auf das Hochzeitspaar gerichtet.

Ich verscheuchte die trüben Gedanken wieder, doch ein unangenehmes Gefühl blieb zurück.

Jutta Mehnert wusste nicht, wie viel Zeit vergangen war. Als sie auf die Uhr blickte, stellte sie fest, dass sich die Zeiger nicht von der Stelle rührten.

Die Uhr war stehen geblieben.

Jutta dachte nicht darüber nach, warum und wieso, sie wusste nichts von der Magie, die der Schwarze Tod beherrschte, und womit er sogar die Zeit lenken konnte. Für die junge Lehrerin war nur eins auf der Welt wichtig.

Raus aus dem Bus!

Doch das war leichter gesagt als getan. Vorerst hingen sie in diesem Fahrzeug fest und wurden von einem Unhold bewacht.

Die Kinder hatte sich erstaunlich gut auf die neue Situation eingestellt. Für sie hatte diese Fahrt den ersten Schrecken verloren, und sie gewöhnten sich daran.

Sie schauten aus dem Fenster, obwohl sie nur in die Nebelwolke sahen. Aber wenn das schwarze Skelett auftauchte, dann zuckten sie jedes Mal zurück.

Der Bus bewegte sich auch nicht mehr weiter, sondern er stand. Mitten in der Luft, über dem Erdboden schwebend, auf einer Nebelwolke. Das war alles so irreal, dass Jutta Mehnert überhaupt nicht richtig fassen konnte, was mit ihnen geschehen war. Sie wurde sich der Tragweite dieser Entführung nicht bewusst.

Die Lehrerin dachte nur an den Augenblick.

Besorgt beobachtete sie Elfriede Kirst, ihre ältere Kollegin. Frau Kirst hatte sich wieder einigermaßen gefangen. Die Herzbeschwerden hatten nachgelassen, zudem bekam sie wieder etwas besser Luft. Jutta Mehnert hatte sich neben sie gesetzt und deckte sie mit ihrem Körper zum Fenster hin ab, wo sich das Skelett herumtrieb.

»Was ist eigentlich geschehen?«, flüsterte Elfriede Kirst.

»Ich weiß es nicht.«

»Aber wir sind doch nicht mehr auf der Straße, nicht wahr?«

Jutta beantwortete die Frage mit einem Nicken.

»Wo dann?« Elfriede Kirst ließ nicht locker.

»Wenn ich Ihnen das sage, Frau Kirst, glauben Sie es mir sowieso nicht.«

Die ältere Frau fasste nach Juttas Hand. »Ich will es aber wissen. Sie müssen es mir sagen, denn ich erfahre es früher oder später ja doch.«

Da hatte sie recht, und Jutta zögerte auch nicht länger, sondern gab eine Antwort. »Wir schweben in der Luft.«

»Nein!« Fassungslos schaute Elfriede Kirst ihre jüngere Kollegin an. »Das – das darf doch nicht wahr sein.«

»Doch, es ist leider wahr.«

»Mein Gott – wie – wie schrecklich.« Elfriede Kirst schaute sich um. »Die – die Kinder – Was ist denn mit ihnen geschehen?«

»Sie sind alle okay.«

»Dem Himmel sei Dank!«

Jutta lächelte beruhigend, obwohl es ihr schwerfiel. »Bitte,

Frau Kirst, Sie dürfen sich jetzt nicht aufregen. Am besten ist es, Sie versuchen ein wenig zu schlafen.«

Das Lachen der Lehrerin klang schrill. »Wie stellen Sie sich das vor? Ich kann doch nicht schlafen. Nicht jetzt ...«

Jutta schwieg. Sie senkte den Kopf. Was sollte sie der Kollegin darauf antworten?

»Womit haben wir das nur verdient?«, flüsterte Elfriede Kirst. »Was haben wir nur getan?«

»Vielleicht sind wir nur Teil eines grausamen Spiels«, vermutete Jutta Mehnert und ahnte nicht, wie nahe sie damit der Wahrheit kam.

»Aber welches Spiels?«

»Das weiß ich auch nicht.«

»Ich begreife nichts. Ich ...«

Ein Kind meldete sich, und die Lehrerin verstummte. Es war die kleine Heidi, ein braunhaariger Lockenkopf mit großen Kulleraugen. »Ich will zu meiner Mami«, schluchzte sie und kam weinend angelaufen.

Jutta nahm sie in die Arme und strich ihr tröstend über das Haar.

Peter, ein Junge, lachte. »Du bist vielleicht eine Heulsuse. Das ist doch ein richtiges Abenteuer.«

»Sei ruhig, Peter!«, fuhr Jutta den Jungen an, und der Kleine verstummte.

Langsam beruhigte sich Heidi wieder. Sie hatte plötzlich Hunger und erhielt aus der mitgenommenen Reisetasche einen Apfel.

Dirk, der dunkelhaarige Schüler, hielt es auf seinem Platz nicht mehr aus und schlich zur Tür. Er hatte die Hand schon auf dem Griff liegen, und Jutta merkte nichts.

Bis die kleine Uschi rief: »Der Dirk will aussteigen!«

Da spritzte Jutta Mehnert in die Höhe. Aber es war schon zu spät. Dirk hatte die Tür bereits geöffnet.

Plötzlich huschte ein Schatten über den Bus. Und im nächsten Moment stand er vor der Tür, die Dirk aufgezogen hatte. Sofort hob er seine Sense, die einen blutigen Halbkreis zeichnete.

Dirk schrie.

Instinktiv wich er zurück, und das war sein Glück, denn der Schwarze Tod hätte kein Erbarmen gekannt.

Dann war auch Jutta Mehnert da. Sie riss den Jungen am Arm zurück, während die Knochenhand des Schwarzen Todes die Tür wieder ins Schloss warf.

Die junge Lehrerin packte den Jungen und deckte ihn mit ihrem eigenen Körper, während sie ihn hinein in den Mittelgang zog. »Das darfst du nie mehr tun, hörst du?«, wandte sie sich an Dirk, blieb stehen und ging dabei in die Knie.

Das Kind nickte. Plötzlich schimmerten Tränen in seinen Augen. Jutta drückte Dirk an sich.

Die anderen Schüler und Schülerinnen standen um die beiden herum. Dann setzten sich wieder alle auf ihre Plätze. Die Stimmung wurde gedrückter. Selbst die Kinder empfanden diese Fahrt nun nicht mehr als Abenteuer, sondern als eine Strapaze. Nach wie vor umschwebte der Schwarze Tod den Bus. Er blieb jetzt nicht mehr auf einer Seite. Wer dem Fenster zu nahe kam, dem drohte er mit seiner Sense.

Die Lehrerinnen wurden nervöser. Vor allen Dingen Elfriede Kirst. Sie hatte den Schwarzen Tod jetzt mehrere Male von nahem gesehen und war so erschrocken, dass sie wieder Herztropfen nehmen musste.

Jutta flößte ihr die Medizin ein.

Und noch immer warteten sie.

Doch plötzlich setzte sich der Bus in Bewegung. Dies geschah von einem Augenblick zum anderen und praktisch ohne Übergang. Der Reisebus fiel nach unten, sodass die Insassen das Gefühl hatten, in einem Fahrstuhl zu sitzen.

Unwillkürlich klammerten sie sich fest, aber aufhalten oder steuern konnten sie das Gefährt sowieso nicht.

Wann hatte die Fahrt ein Ende?

Obwohl sie durch die Fenster schauten, erkannten sie nichts. Der Nebel verdeckte alles.

Der Bus setzte auf.

Wieder rechnete niemand damit. Unter dem Boden knirschte etwas, das Fahrzeug federte noch nach, dann stand es still.

Niemand wagte zu sprechen. Ängstlich schauten sich die Insassen in die Augen.

Langsam verschwand der Nebel. Er löste sich auf, als würde jemand mit einem unsichtbaren Quirl darin herumrühren.

Die Sicht wurde frei.

Kinder und Lehrerinnen schauten nach draußen. Jeder von ihnen sah das Gleiche.

Sie waren vor einem Gasthaus gelandet.

Jutta Mehnert konnte auch den Namen lesen: Schloss-Eck!

Die Kapelle lag neben dem Westflügel des Schlosses. Sie war ebenso alt wie das Gebäude selbst. Ein schmaler Weg führte zu einem Arkadengang hoch, dessen Decke von runden Bögen gestützt wurde.

Dicke Säulen bildeten die seitliche Begrenzung. Durch die Zwischenräume fiel der Blick auf die Mauern der alten Burg.

Die Kutsche fuhr auf den Hof. Wir hatten uns in mehrere Wagen verteilt. Wills Arbeitskollegen hatten für die fahrbaren Untersätze gesorgt. Im Schlosshof gab es Parkraum genug.

Das Brautpaar ließ uns erst aussteigen, bevor es selbst die Kutsche verließ.

Hier oben merkte man den Wind. Er fuhr durch die Kronen der Platanen und schüttelte Blätter zu Boden. Sie segelten wie riesige Schneeflocken auf den Grund des Hofes.

Orgelmusik drang aus der offen stehenden Kirchentür. Das Portal war mit zahlreichen Motiven aus der christlichen Lehre verziert, und der Priester wartete davor.

Er war ein älterer Mann mit einem weißen Haarkranz, gütigen Augen und einem fröhlichen Lächeln auf den Lippen.

Will und Karin schritten auf ihn zu.

Der Pfarrer begrüßte beide mit einem herzlichen Händedruck. Wir nahmen inzwischen Aufstellung.

Direkt hinter dem Brautpaar schritten Jane und ich. Bill folgte mit Sheila, dann kamen Shao und Suko. Den Schluss bildeten Wills Arbeitskollegen.

Von Karin Beckers Seite war niemand erschienen. Ich hatte eigentlich damit gerechnet, dass der Bus mit den Kindern hier oben warten würde, aber das war nicht der Fall.

Hoffentlich war ihnen nichts geschehen.

An die Wahrheit dachte ich nicht im Traum.

Wir betraten die Kirche.

Unsere Schritte waren gemessen, wie es den Anforderungen dieser einmaligen Stunde entsprach.

Als Karin Becker und Will Mallmann die Kirche betreten hatten, wechselte der Organist sein Spiel.

Plötzlich drangen Wagnerklänge in unsere Ohren.

»Treulich geführt, ziehet dahin ...«

Es war wirklich ein feierlicher Augenblick, eine Hochzeit wie aus dem Bilderbuch.

Jane hatte sich bei mir eingehakt. Ich spürte ihre Hand auf der meinen und merkte, dass ein Schauer ihre Haut überzog.

Ein wenig musste ich lächeln. Jane Collins, eine Privatdetektivin, mit allen Wassern gewaschen, hatte Tränen in den Augen, als sie diese Musik hörte und an den Augenblick der Trauung dachte.

Wir schritten vor bis zum Altar.

Er war prächtig anzusehen. Meiner Schätzung nach musste er aus dem späten Mittelalter stammen. Er bestand aus drei Teilen. Die beiden äußeren bogen sich leicht nach innen.

Der Mittelteil wurde von einer vergoldeten Christusfigur beherrscht, die im Licht der Kerzen funkelte und gleißte. Blumen schmückten den Altar, und der Geruch von Weihrauch kitzelte meine Nase.

Es war eine katholische Trauung, und die beiden Brautleute mussten bis zum Altar vorschreiten, wo extra für sie eine Bank bereitstand. Zwei Messdiener assistierten dem Priester. Der Organist hatte sein Spiel eingestellt.

Es wurde ruhig.

Noch ein letztes Hüsteln, ein Räuspern, dann Stille.

Wir standen in der ersten Reihe. Jane, Sheila, Shao, Suko, Bill und ich. Arm an Arm standen wir dort und erinnerten in unserer Bewegungslosigkeit an Denkmäler. Es war selten, dass wir alle beieinander sein konnten.

An diesem Tag war solch ein Augenblick, und ich spürte förmlich das unsichtbare Band, das uns zusammenhielt. Diese Menschen waren meine Freunde, auf die ich mich hundertprozentig verlassen konnte, wenn Not am Mann war.

So etwas fand man wirklich nicht oft.

Und ein weiterer Freund heiratete. In der Tat hatte sich Will Mallmann im Laufe der Zeit zu einem wahren Freund entwickelt. Er stand auf unserer Seite, und auch er wusste, welche Gefahren der Menschheit aus einer anderen Welt drohten. Trotzdem hatte Will Mallmann seine Menschlichkeit bewahrt, und das schätzte ich so sehr an ihm. Er war kein Sprücheklopfer, eher ein in sich gekehrter Mensch, doch was er sagte, das hatte Hand und Fuß.

Ich hoffte für ihn, dass er die richtige Frau gefunden hatte, und nicht nur ich drückte ihm beide Daumen, sondern wir alle.

Der Priester hielt eine kurze Ansprache. Er redete über das Sakrament der Ehe, über die Treue in guten und schlechten Zeiten. Er sprach über Werte, die für viele Menschen null und nichtig waren, die jedoch die Zeiten überdauert hatten.

Ich spürte, wie Jane Collins meinen Arm drückte, und konnte mir vorstellen, was sie dachte.

Natürlich hatten auch wir beide schon über eine Heirat gesprochen, aber wir wollten uns nicht gegenseitig die Selbstständigkeit nehmen. Jane war durch ihren Beruf viel unterwegs – ich ebenfalls. Und eine Feierabendehe ist für die Dauer nichts. Umso mehr freuten wir uns, wenn wir uns trafen. Oft auch beruflich.

Hinter uns in der Reihe standen Wills Kollegen. Ich warf einen raschen Blick über die Schulter und schaute nach, ob die Kinder vielleicht nicht doch noch kamen.

Mein Blick traf nur das verschlossene Portal.

Innerhalb der Kapelle brannten nur Kerzen. Die Ecken und Winkel verschwammen im Dämmerlicht. Der Steinboden glänzte wie frisch poliert.

Der Priester nahm jetzt die Trauung vor.

Karin Becker und Will Mallmann wechselten die Ringe.

Sheila Conolly holte ein Taschentuch hervor und putzte sich die Nase.

Auch Janes Augen waren feucht.

Will Mallmann stand leicht gebeugt, Karin Becker rechts neben ihm. Er schob seiner Frau den Ring über den Finger.

Jetzt war Karin an der Reihe.

Danach legten sie die Hände zusammen, und der Pfarrer segnete den heiligen Bund der Ehe.

Von diesem Augenblick an war Kommissar Will Mallmann verheiratet!

Von meinem Platz aus sah ich, wie Will tief durchatmete. Mit einer fahrigen Bewegung wischte er sich über die Augen. Auch ihn hatte diese Trauung mitgenommen.

Der Priester lächelte. Er wünschte den beiden noch recht viel Glück und Gottes Segen für ihre Ehe und schüttelte ihnen die Hände.

Die Formalitäten sollten später erledigt werden.

Die Orgelmusik setzte wieder ein. Fröhliche Klänge, der Hochzeitsmarsch aus »Ein Sommernachtstraum«.

Wir warteten, bis die beiden Mallmanns sich gedreht hatten, um an den Bänken vorbei wieder zurückzugehen. Karin hielt dabei den Kopf etwas gesenkt. Vielleicht sollte niemand ihre Tränen sehen.

Will ging aufrecht. Er war stolz auf seine Frau und zeigte dies auch. Das Lächeln lag wie festgefroren auf seinem Gesicht. Als sich unsere Blicke trafen, kniff er mir ein Auge zu.

Ich blinzelte zurück.

Alles klar, wir verstanden uns.

Die beiden Mallmanns schritten als Erste, dann folgten Jane Collins und ich. Die anderen hatten sich ebenso aufgeteilt wie auch schon beim Einmarsch in die Kirche.

Der Organist hatte wohl besonders viel Trinkgeld erhalten, denn er spielte, dass es ein Genuss war, der Musik zuzuhören.

Gemessen schritten wir dem Ausgang entgegen. Lächelnd die Gesichter. Manche Frauen hatten verweinte Augen, aber das gehörte eben dazu.

Die beiden Messdiener hielten das Portal auf.

Karin und Will nickten ihnen zu, als sie an den Jungen vorbeischritten.

Ich dachte darüber nach, wie schnell doch alles ging.

Vor Kurzem erst hatte Will Mallmann die Frau kennen gelernt, jetzt war er schon mit ihr verheiratet.

Die Zeit verrann. Für mich war sie manchmal ein Zug, der immer schneller fuhr, von dem man aber nicht abspringen konnte.

Solche Gedanken kommen einem wohl automatisch, wenn man nachdenkt. Hinter dem frisch vermählten Ehepaar verließen Jane Collins und ich die Kirche.

Tageslicht fiel von rechts an den Säulen vorbei und traf uns.

Wir befanden uns wieder innerhalb des Arkadengangs mit der gewölbten Decke. Ziemlich hoch schwebte sie über unseren Köpfen.

Der Wind fuhr durch die Zwischenräume und strich über Janes Schultern. Trotz der Stola fror sie.

»Warum ist es auf einmal so kalt?«, flüsterte die Privatdetektivin.

Ich nickte. Auch ich hatte die Kühle gespürt, jedoch nicht weiter darauf geachtet.

Ich hätte mich lieber mehr damit beschäftigen sollen.

So aber schritten wir weiter. Meter für Meter legten wir zurück und näherten uns einem grausamen Schicksal.

Nichts warnte uns, nichts deutete die Gefahr an, aber plötzlich war sie da.

Ich sah noch die huschende Bewegung über uns, schrie eine Warnung, aber es war schon zu spät.

Von oben kam ein Skelett. Es flog auf uns zu und hielt eine Sense in den Händen.

Schreie, Panik.

Und die nächsten Sekunden liefen vor meinen Augen wie

ein grausamer Zeitlupenfilm ab, in dem mein Erzfeind, der Schwarze Tod, die Hauptrolle spielte …

Erich Gehrmann, der Wirt, traute seinen Augen nicht. Plötzlich stand ein Bus vor seinem Gasthof.

Er hatte ihn nicht kommen hören, kein Motorengebrumm vernommen – nichts. Es schien, als wäre der Bus direkt vom Himmel gefallen.

Dabei ahnte Gehrmann nicht, wie nahe er mit seiner Vermutung der Wahrheit kam.

Er rief seine Frau. »Gisela! Komm doch mal her. Schnell.«

»Ja doch.«

Frau Gehrmann tauchte im Türrahmen auf und blieb abrupt stehen.

»Wo kommt denn der Bus her?«, fragte sie.

»Das wollte ich ja von dir wissen«, erwiderte der Wirt.

»Ich weiß nichts.«

»Das verstehe, wer will«, murmelte Gehrmann und schritt auf das Gefährt zu.

Bis auf den Bus war der Hof leer. Die Kegelbrüder hatten eine Wanderung unternommen, die Hochzeitsgäste befanden sich noch in der Kirche, und das Personal arbeitete im Haus.

Es war die berühmte Ruhe vor dem Sturm.

Die Sonnenstrahlen fielen schräg auf den Platz und trafen die Scheiben des Busses. Sie blendeten so sehr, dass der Wirt erst etwas erkennen konnte, als er näher herankam.

Erich Gehrmann sah die Kinder.

Und die beiden Lehrerinnen.

Er wunderte sich sehr, dass niemand ausstieg, und trat bis dicht an die Fahrertür.

Die Insassen waren von ihren Sitzen hochgesprungen und gestikulierten mit den Händen. Diesen Gesten entnahm der Wirt, dass er verschwinden sollte. Er sah auch die angsterfüllten Gesichter, aber einen Reim konnte er sich immer noch nicht darauf machen.

Warum stieg niemand aus?

Vor der Tür blieb er stehen und reckte sich auf die Zehenspitzen. »He, warum steigt ihr nicht aus?«, rief er. »Los, es wird Zeit. Die Hochzeit hat schon begonnen.«

Kopfschütteln. Hastige Gesten. Weg, weg, sollten sie bedeuten.

Erich Gehrmann verstand nichts.

Seine Frau jedoch ahnte etwas. »Erich, bitte, komm zurück!«

»Ach, Unsinn.«

Der Wirt streckte seine Hand aus und legte sie auf den Türgriff.

Da geschah es.

Plötzlich hatte Erich Gehrmann das Gefühl, von einem elektrischen Schlag getroffen zu werden. Er spürte den Schmerz, der explosionsartig durch seinen Körper raste und ihn regelrecht durchschüttelte.

Gehrmann schrie.

Instinktiv riss er die Hand zurück, wankte nach hinten und stand kurz vor dem Zusammenbruch. Wie tot hing sein rechter Arm am Körper herab. Er konnte ihn nicht mehr bewegen, biss die Zähne zusammen, versuchte es, doch ohne Erfolg.

Erich Gehrmann schaffte es nicht, seinen Arm zu heben.

Seine Frau hatte alles mit ansehen müssen. Sie war geschockt, riss die Hände vor ihr Gesicht und schaute durch die gespreizten Finger auf ihren Mann.

Beide konnten nicht wissen, dass der Schwarze Tod die Falle gestellt hatte. Der Bus war durch eine magische Sperre verriegelt worden, denn der Dämon hatte mit ihm noch etwas vor.

Erich Gehrmann war als Erster in die Falle getappt.

Sein Blick glitt nach rechts. Er sah seinen eigenen Arm, und plötzlich weiteten sich seine Augen in unvorstellbarem Schrecken.

Der Arm veränderte sich.

Er verfaulte!

An den Fingern fing es an. Die Haut zog sich zusammen, die Nägel bröckelten ab, und die Finger verdorrten. Aus ihnen wurden dunkelbraune Stümpfe. Es sah so aus, als würde dem Körper jegliches Wasser entzogen.

Erich Gehrmann stöhnte auf.

Er wollte nicht glauben, was er mit eigenen Augen sah, und schlug die linke Hand vors Gesicht.

Doch der Auflösungsprozess schritt weiter fort.

Jetzt war der Unterarm an der Reihe. Er nahm eine braune Farbe an, die Haut knisterte wie Papier, das man übereinander reibt, der Arm schrumpfte, und die Haut fiel plötzlich ab wie welkes Herbstlaub.

Gisela Gehrmann hatte mit schockgeweiteten Augen diesen unheimlichen Vorgang mit angesehen.

Dann hielt sie es nicht länger aus. Es brach förmlich aus ihr hervor.

»Erich!«, gellte ihre Stimme. »Erich …«

Sie rannte auf ihren Mann zu, und ihr panischer Schreckensruf erreichte auch die Ohren des Personals.

Die Menschen im Innern des Gasthauses standen wie erstarrt. Dann aber kam Bewegung in sie.

Sie rannten nach draußen und blieben wie durch eine Wand gestoppt stehen.

Was sie sahen, war so grausam und schlimm, dass sie ihren eigenen Augen nicht trauten.

Erich Gehrmann verlor einen Arm.

Er faulte regelrecht ab. Zurück blieb ein Stumpf.

Gisela Gehrmann stand vor ihrem Mann und schrie. Ja, sie schrie ihre Angst hinaus, doch ihr Schreien wurde von einem dröhnenden Gelächter übertönt.

Auf einmal verdunkelte sich die Sonne. Ein Schatten flog über den Platz, und im nächsten Augenblick tauchte ein riesiges, pechschwarzes Skelett auf.

Der Schwarze Tod war gekommen. Er sah aus wie immer, doch etwas war anders.

Von der Sensenklinge tropfte diesmal Blut …

Urplötzlich stand dieses grauenhafte Wesen vor uns.

Der Schwarze Tod trug einen weiten, dunklen Umhang. Ich sah seine hellen Augen und glaubte, darin den Tod für uns alle zu sehen.

Ausgerechnet jetzt war ich waffenlos. Zeit, mein Kreuz hervorzuholen, hatte ich nicht mehr, denn der Schwarze Tod und ich handelten gleichzeitig.

Während ich hinter mir die Schreie hörte, stieß ich Jane Collins heftig zur Seite. Sie taumelte zwischen zwei Pfeilern hindurch und fiel auf dem kleinen Kirchplatz zu Boden.

Dann warf ich mich vor.

Ich wollte Karin Mallmann von der Seite ihres Mannes wegreißen, doch Will versperrte mir unabsichtlich den Weg, sodass ich gegen ihn prallte.

In diesem Augenblick fuhr die Sense nach unten.

Ich sah den Vorgang wie in Zeitlupe, obwohl alles blitzschnell über die Bühne lief.

Karin Mallmann stand wie erstarrt auf dem Fleck.

Sie begriff nichts, und als sie es erfasste, war es zu spät.

Die blitzende Klinge traf sie voll, und Karin Mallmann brach zusammen.

Ich hatte das Gefühl, mein Herz würde stehen bleiben.

Für Bruchteile von Sekunden verschwamm alles vor meinen Augen. Ich packte das Grauen nicht, der Verstand weigerte sich, und es rastete wohl eine Sperre in meinem Hirn ein.

Als ich die Augen wieder öffnete, lag Karin am Boden.

Das weiße Brautkleid war blutüberströmt.

Dann hörte ich den Schrei.

Will Mallmann hatte ihn ausgestoßen.

Er war so schlimm und grauenhaft, dass es mir kalt den Rücken hinablief. All der Schmerz, all die Verzweiflung dieses Mannes waren darin vereint – und auch seine Hilflosigkeit. Will Mallmann warf sich über seine Frau, als wollte er sie jetzt noch mit seinem Körper schützen.

Ich stemmte mich hoch.

Ein Schatten wischte an mir vorbei.

Suko!

Der Chinese war schnell wie ein Torpedo. Obwohl er keine Waffen bei sich trug, warf er sich dem Schwarzen Tod entgegen.

Auch er stieß einen Schrei aus.

Einen Kampfschrei!

Wieder schlug der Dämon zu. Diesmal sollte Suko das Ziel sein, doch der Chinese besaß meisterhafte Reflexe. Bevor die Klinge auch ihn durchbohren konnte, warf er sich zur Seite. Anschließend schnellte er hoch und hämmerte mit voller Wucht seine Handkante gegen den Schädel des Schwarzen Todes.

Ein normaler Mensch hätte diesen Schlag nicht überstanden. Doch der Schwarze Tod war ein Dämon. Er wurde zwar zurückgeworfen, aber er steckte den Hieb kurzerhand weg.

Zu einem nächsten Schlag kam Suko nicht mehr, denn der Schwarze Tod drehte sich um die eigene Achse und verschwand.

Er löste sich auf, war plötzlich weg. Die Kenntnisse einer uralten Magie gestatteten ihm dies.

Genau in dem Augenblick hielt ich mein Kreuz in der Hand. Es war jedoch zu spät, diese Waffe einzusetzen.

Aus den Augenwinkeln sah ich, wie Jane Collins aufstand. Ich hörte Sheila weinen, und plötzlich war Bill Conolly neben mir, während sich Suko noch immer wild umschaute.

Sekundenlang trat eine grauenvolle, bedrückende Stille ein. Niemand wusste ein Wort zu sagen, die schrecklichen Ereignisse hatten alle tief geschockt.

Ich schritt vor und breitete dabei beide Arme aus. Mit dieser Geste wollte ich die anderen davon abhalten, auf Will Mallmann und seine Frau zuzugehen.

Ich aber trat zu ihm. Langsam sank ich neben dem Kommissar in die Knie. Mein Blick traf Karin Mallmann. Ich sah ihr leichenblasses Gesicht und den trüben Schleier, der bereits über ihren Augen lag.

Etwas schnitt mir ins Herz, ein dicker Kloß saß in meiner Kehle, denn ich wusste, dass es für die junge Frau keine Hoffnung auf Rettung mehr gab.

Karin Mallmann würde sterben …

Wie ein Gespenst tauchte der Schwarze Tod auf dem Platz vor dem Gasthaus auf. Sein Lachen hallte lange nach, und es hörte sich an wie ein Gruß aus der Hölle.

Der Dämon sah Erich Gehrmann, den Wirt, der nur noch einen Arm besaß und zitternd neben dem Bus stand.

»So muss es sein«, rief der Schwarze Tod dröhnend. »Du hast die Tür angefasst, die ich magisch abgesichert habe, und deshalb wird nichts mehr deinen Arm retten können.«

Alle vernahmen die schrecklichen Worte, diese düstere Prophezeiung.

Gisela Gehrmann verlor die Nerven. Sie brach auf der Stelle zusammen und wurde ohnmächtig. Die letzten Ereignisse waren zu viel für sie gewesen.

Und auch in das Personal kam Bewegung. Ein junges Mädchen machte den Anfang. Es schrie auf und rannte schreiend auf den Parkplatz zu, wo es im nahen Wald verschwand. Unterwegs verlor es die weiße Schürze. Sie flatterte zu Boden und blieb wie ein Leichentuch auf der Erde liegen.

Die anderen folgten der Bedienung. Nichts hielt sie mehr auf. Der Schwarze Tod ließ sie laufen. Auf diese Leute kam es ihm nicht an. Er hatte noch die Kinder. Und er war sicher, dass sie wie ein Ass beim Kartenspiel stechen würden.

Zurück blieb Gisela Gehrmann. Ohnmächtig lag sie auf der Schwelle ihres Hauses.

Erich Gehrmann aber schritt auf den Schwarzen Tod zu. Er wusste auch nicht, weshalb er das tat. Es war ein innerer Trieb, der ihn vorwärts drängte.

Der Dämon erwartete ihn.

Einen Meter vor dem Schwarzen Tod blieb Erich Gehrmann stehen. Er öffnete den Mund. Sein Gesicht war verzerrt und mit kaltem Schweiß bedeckt.

»Warum nur?«, fragte er krächzend. »Warum ist dies alles geschehen? Es ist so sinnlos – so sinnlos …«

Dann brach er zusammen. Schwer fiel er zu Boden, rollte auf den Rücken, noch ein tiefer Atemzug, und einen Augenblick später blickten seine starren Augen in den azurblauen Herbsthimmel. Erich Gehrmann war tot.

Sein Herz hatte die Aufregungen nicht überstanden.

Die Kinder aber und die beiden Lehrerinnen hatten die Szenen mit ansehen müssen.

Sie waren entsetzt.

Jutta Mehnert und Elfriede Kirst hatten versucht, die Kinder von den Fenstern wegzuziehen. Ganz schafften sie es nicht, sodass die Kleinen einen Teil von dem mit ansehen mussten, was geschehen war. Die meisten weinten. Sie wollten den Bus verlassen, doch die magische Sperre hielt.

Jutta betete ununterbrochen. Auch ihre ältere Kollegin hatte die Hände gefaltet.

Der Schwarze Tod schlich indessen um den Bus herum und betrachtete seine Beute. Bis jetzt war sein Plan voll aufgegangen. Das Sinclair-Team hatte eine seiner stärksten Niederlagen erlitten, aber sie war noch nicht beendet.

Im Gegenteil, die Pechsträhne fing erst richtig an.

Der Schwarze Tod öffnete mit einem Ruck die Tür und betrat den Bus. Sofort schwemmte eine Grabeskälte, vermischt mit dem Geruch von Moder und Friedhof, in das Innere.

Die Insassen sprangen auf und zogen sich ängstlich in den hinteren Teil zurück. Dort duckten sie sich zusammen.

Nur Jutta Mehnert blieb stehen. Sie wusste selbst nicht, woher sie die Kraft nahm, dem Blick dieses Unholds standzuhalten. »Was wollen Sie von uns?«, fragte sie, wobei sie sich bemühte, ihrer Stimme einen festen Klang zu geben.

»Ich werde euch als Geiseln behalten«, erwiderte der Schwarze Tod.

»Und für wen?«

»Für John Sinclair.«

Diesen Namen hatte Jutta Mehnert noch nie in ihrem Leben gehört.

Karin Mallmann lag auf dem Rücken.

Will saß neben ihr. Er hatte ihren Kopf auf seine Oberschenkel gebettet. Das Gesicht des Kommissars war verzerrt, in seinem Innern wühlte der Schmerz.

Ich war neben ihm in die Knie gegangen. Die anderen umstanden uns. Stumm, geschockt, vom Grauen getroffen.

Es war eine kaum zu beschreibende Szene. Ich wollte etwas sagen, doch ich kriegte einfach keinen Ton über die Lippen. Wie magisch wurde mein Blick von Karin Mallmann angezogen, wie sie da lag, das Gesicht blass und schon vom Tode gezeichnet.

Das weiße Brautkleid war blutüberströmt, und der Lebenssaft rann weiter aus ihrem Körper.

Diese Minuten zählte ich mit zu den schlimmsten meines Lebens, und ich konnte mir vorstellen, was in dem Kommissar vorging.

Wir schwiegen.

Es war unnatürlich still geworden. Nur der Wind spielte mit den herabgefallenen Blättern und trieb sie raschelnd über den Boden.

Will weinte.

Jetzt kam der Schock, jetzt konnte er sich nicht mehr beherrschen. Nass rann es an seinen Wangen entlang. Karin Mallmann sah es. Sie hob den Blick, schaute in Wills Gesicht, und noch einmal sammelte sie alle Kraft.

Ihre Hände bewegten sich, glitten über das Kleid, hinterließen eine rote Spur und fanden Wills Finger. Zitternd hielten sie sie fest. Ein Sonnenstrahl fiel schräg auf die sterbende Frau, traf den goldenen Ring an ihrem Finger und ließ ihn aufblitzen.

Ihre Lippen bewegten sich und formten ein einziges Wort. »Will ...« Es war nur ein Hauch, aber jeder von uns hörte ihn, und es gab wohl keinen, dem es nicht kalt den Rücken hinabrann.

»Karin!«

Der Kommissar antwortete. Ich bemerkte, wie schwer es ihm fiel.

Ein tiefer Atemzug, dann sprach Karin weiter, obwohl es ihr ungeheuer schwerfiel. »Ich – ich möchte dir sagen – wie – wie sehr ich dich liebe, Will. Ich – ich kann nicht – glücklich – ich wollte mit dir glücklich werden ...«

Der vom Schicksal so schwer gezeichnete Kommissar schüttelte den Kopf. »Nicht sprechen, Liebling«, erwiderte er rau. »Es wird alles wieder gut. Wir bringen dich zu einem Arzt. Er – er wird dir helfen. Bitte …«

Ein flüchtiges Lächeln huschte über das leichenblasse Gesicht der Sterbenden. »Nein, Will, du hast es gut gemeint, aber ich weiß, dass ich nicht mehr viel Zeit habe. Der Tod – er – er steht schon neben mir. Er will mich packen. Ich will – ich will dir nur noch sagen, wie schön es mit dir war – bitte, Will, bitte – vergiss mich nicht. Ich – ich liebe dich doch so. Ich habe dich immer geliebt, Will. Vergiss mich nicht – versprichst du mir das?«

»Ja.«

»Dann ist es gut.« Wieder erschien das Lächeln auf ihrem Gesicht. »Und bitte – nimm mir den Ring ab. Nimm ihn, und behalte ihn als ein Andenken. Immer wenn du ihn anschaust, denke an mich. Darum möchte ich dich bitten …«

Will Mallmann nickte. Sprechen konnte er nicht. Die Tränen unterdrückten seine Stimme.

Noch einmal hob Karin den Blick. »Dann ist es gut, Will – dann kann ich ruhig sterben. Es – es war so schön mit …«

Ein letzter, gequälter, verzweifelter Atemzug, der mir durch und durch ging. Karin Mallmann bäumte sich auf, kämpfte gegen den Tod an, doch er blieb Sieger.

In Will Mallmanns Armen starb seine junge Frau.

Plötzlich lag sie still. Auf ihrem Gesicht blieb das winzige Lächeln.

Niemand von uns sprach ein Wort.

Ich hörte die Frauen weinen, und auch ich musste mich beherrschen. Gleichzeitig machte sich etwas in mir breit, was ich nur mit Wut, Zorn und Trotz umschreiben kann. Ich wusste, wer für den Tod dieser Frau verantwortlich war.

Und diesen Dämon würde ich packen.

Das stand fest.

Ich hob den Blick, schaute über Will und die Tote hinweg. Dabei sah ich Suko ins Gesicht.

In seinen Augen las ich einen furchtbaren Schwur.

Ich wusste, woran Suko dachte, und mich beschäftigten in diesen Augenblicken die gleichen Gedanken.

In meinem Rücken hörte ich Wills Kollegen sprechen. Ich verstand aber nicht, was sie sagten.

Will Mallmann hob seine Hand. Zart strichen seine Finger über die Stirn, fanden die Augenlider und drückten sie behutsam zu. Es war eine letzte Abschied nehmende Geste, zusammen mit der, wie er ihr den Ring vom Finger zog und sich selbst ansteckte.

Will sprach nicht, er weinte auch nicht mehr. Er starrte nur noch in das Gesicht seiner toten Frau, als wollte er dieses Bild aufsaugen, um es nie mehr in seinem Leben zu vergessen.

Dann stand er auf.

Ich folgte seinem Beispiel.

Will Mallmann hob seine tote Frau hoch. Ich wollte ihm dabei helfen, doch er wies mich mit einer schroffen Bewegung ab.

Ich trat zur Seite und blieb neben Jane Collins stehen, die ebenso wie Sheila Conolly ihren Kopf gesenkt hatte und zu Boden starrte. Die Schultern der beiden Frauen zuckten, und auch in Shaos Augen schimmerte die Feuchtigkeit.

Bill Conolly sah seltsam blass aus. Er hatte die Hände zu Fäusten geballt, seine Mundwinkel zuckten.

In Sukos Gesicht sah ich überhaupt keine Regung. Doch ich wusste, dass in seinem Innern die Hölle tobte.

Betreten standen Wills Kollegen herum. Sie schauten auf ihre Fußspitzen, geschockt und entsetzt.

An der Tür sah ich den Priester. Wie im Krampf hielt er sein Kreuz umklammert.

Karin Mallmann lag auf den Armen ihres Mannes. Will drehte sich um, sodass er mit dem Gesicht zum Kircheneingang stand. Er holte einmal tief Atem, seine Miene versteinerte förmlich, und dann setzte er sich in Bewegung.

Er ging vor.

Langsam, Schritt für Schritt …

Wir schauten ihm nach. Er blickte weder nach rechts noch nach links, sondern nur geradeaus. Der Kommissar ging wie eine Marionette, und die Absätze seiner Schuhe erzeugten ein hohl klingendes Geräusch auf den Pflastersteinen.

Er schaute auch den Priester nicht an, als er die Kirche betrat, sondern überschritt die Schwelle und ging dorthin, wo er vor kurzer Zeit noch getraut worden war.

Wir blieben zusammen mit dem Priester an der Tür stehen. Auch der Pfarrer merkte, dass er innerhalb der Kirche stören würde, und wartete am Eingang.

Will Mallmann aber schritt mit der Toten weiter. Bis er den Altar erreicht hatte.

Dort blieb er stehen.

Sekundenlang verharrte er. Schließlich beugte er seinen Oberkörper vor und legte seine tote Frau vor dem Altar ab.

Danach geschah etwas, was uns eine Gänsehaut über den Körper trieb.

Wills verzweifelter Aufschrei.

»Karin ...!«

Laut schrie er den Namen hinaus, und schaurig hallte er von den Wänden der Kirche wider.

»Mein Gott!«, flüsterte Jane Collins und schlug beide Hände vor ihr Gesicht.

Beinahe abrupt drehte sich der Kommissar um. Mir kam es vor, als würde er ein Kapitel in seinem Leben abschließen.

Er ging den Weg zurück und blieb auf der Schwelle des Portals stehen. Er blickte uns an, der Reihe nach, kein Muskel bewegte sich in seinem Gesicht.

Wir schwiegen.

Will Mallmann unterbrach das Schweigen.

»Gehen wir«, sagte er mit tonloser Stimme. »Ich glaube, wir haben noch etwas zu erledigen ...«

Der Pfarrer schaute mich an. In seinen Augen las ich Unverständnis, Nichtbegreifen und auch Angst. Für ihn war ebenfalls eine Welt zusammengebrochen.

Ich konnte es ihm nachfühlen.

»Sie wollen wirklich gehen?«, fragte er mich.

Ich bejahte.

»Wie konnte das nur geschehen?« In einer hilflosen Geste hob der Priester beide Schultern. »Ich verstehe das nicht. Bisher habe ich immer geglaubt, das Böse lauere im Unsichtbaren, im Geheimen, doch nun …«

»Eine Erklärung kann ich Ihnen auch nicht geben«, entgegnete ich. »Nehmen Sie es, wie Sie es gesehen haben.«

»Und was ist mit der Frau? Mit der Toten, meine ich.«

»Keine Ahnung, aber es wird sich schon eine Möglichkeit finden.«

»Wie Sie meinen.«

Ich warf einen Blick nach rechts. Die Kutsche stand nicht mehr dort. Die Pferde waren durchgegangen, als der Schwarze Tod erschien. Ich erinnerte mich daran, ihr schrilles Wiehern gehört zu haben. Sie spürten den Einfluss des Bösen noch stärker als wir Menschen.

Will Mallmann stand bereits neben einem Wagen. Er gehörte Frank Platten, dem Kollegen. An der Antenne des Ford zitterte noch die weiße Hochzeitsschleife im Wind.

Will riss sie ab.

Frank Platten sprach mit ihm, und ich sah, dass Will den Kopf schüttelte, bevor er eine scharfe Erwiderung gab.

»John!« Bills Stimme hielt mich auf.

Ich wandte mich um. Weiß wie eine Kinoleinwand war Bills Gesicht. In seinen Augen las ich die Trauer.

»Was machen wir jetzt?«, fragte der Reporter.

Ich griff zu einer Zigarette und bot dem Reporter auch eine an. Als ich Bill Feuer gab, kam auch Suko.

»Das war sicherlich erst der Anfang«, meinte mein chinesischer Freund. »Mit diesem heimtückischen Mord wollte er uns einen Schlag versetzen.«

»Was er auch geschafft hat«, gab ich zu.

»Jetzt wird er seinen nächsten Plan vorbereiten«, vermutete Bill Conolly.

»Die Frage ist, wie«, antwortete Suko.

Ich hielt mich aus dem Gespräch heraus. Erst als die beiden auf ein Wort von mir warteten, sagte ich: »Vielleicht hängt alles mit dem Bus zusammen, denn wenn ich mich näher damit beschäftige, ist es sogar höchstwahrscheinlich.«

»Mit welchem Bus?«, fragte Bill.

Ich erzählte ihm, was Jane Collins gesehen hatte.

»Es ist unwahrscheinlich«, meinte der Reporter.

»Sollten wir die Worte unmöglich und unwahrscheinlich nicht längst aus unserem Wortschatz gestrichen haben?«, fragte ich.

Suko und Bill nickten.

»Und was folgerst du daraus?«, erkundigte sich der Reporter.

»Dass der Schwarze Tod irgendetwas mit dem Bus vorhat.«

»Aber darin sitzen Kinder!«, rief Bill erschrocken.

»Leider.«

Unser Gespräch wurde unterbrochen, weil Jane Collins nach uns verlangte. Wir mussten uns auf die einzelnen Wagen aufteilen.

Ich fuhr mit Will Mallmann zusammen. Der Kommissar saß neben seinem Kollegen Frank Platten und starrte vor sich hin. Niemand von uns wagte, ihn anzusprechen.

Wir fuhren ab.

Ich rechnete zwar mit einer weiteren Attacke des Schwarzen Tods, ahnte jedoch nicht, was wirklich auf uns zukam …

Die vier Wagen rollten den Weg hinab. Langsam, denn die Strecke ließ nur Schritttempo zu. Eng waren die Kurven – und unübersichtlich. Die Bäume wuchsen dicht an den Straßenrand heran. Manchmal bogen sie ihre Zweige so tief, dass diese über die Autodächer streiften.

Bunte Blätter segelten zu Boden. Sie bildeten auf der Straße einen weichen Teppich, der in den frühen Morgenstunden – noch feucht vom Tau der Nacht – zu einer regelrechten Rutschbahn wurde. Die Sonne war inzwischen höher gewandert. Es war ein wunderschönes Wetter zum Wandern und zum Faulenzen.

Wir sahen jedoch nichts von den Schönheiten der Natur. Unsere Gedanken beschäftigten sich mit ganz anderen Dingen.

Ich sah Will Mallmanns Kopf vor mir. Kerzengerade saß der Kommissar in seinem Sitz, nur vom quer verlaufenden Sicherheitsgurt gehalten. Manchmal glaubte ich, ihn mit sich selbst sprechen zu hören.

Ich versuchte, Ordnung in meinen Gedankenstrom zu bringen und ein Motiv für diesen sinnlosen Mord zu finden. Klar, der Schwarze Tod wollte uns treffen, das hatte er geschafft. Nun stand uns eine weitere Auseinandersetzung bevor.

In die wollte ich jedoch keine Unschuldigen mit hineinziehen. Das heißt, Mallmanns Kollegen mussten so rasch wie möglich wieder die Heimreise antreten. Es würde schwer werden, den Polizisten dies begreiflich zu machen.

Sie waren die normalen Fälle gewohnt, sie kannten nur die tägliche Konfrontation mit Gesetzesbrechern, nicht den Kampf gegen die Mächte der Finsternis.

Der blieb nur wenigen vorbehalten.

Zum Glück, möchte ich sagen.

Die Straße wurde noch schmaler, die Kurven enger. Rechts und links wuchsen die Hänge hoch, wo die Bäume dicht an dicht standen. Ich saß mit im ersten Wagen, die anderen drei folgten in ausreichendem Abstand.

Will Mallmann bereitete mir Sorgen. Ich hoffte nur, dass er nicht durchdrehte, wenn es so weit war. Er war nicht ansprechbar. Andererseits hätte ich wohl ebenso reagiert wie er.

Wie ich mich verhalten sollte und würde, das wusste ich zu diesem Zeitpunkt noch nicht.

Die nächste Kurve lag vor uns.

Eng geschnitten und nach links weglaufend. Sie war nicht einfach zu durchfahren.

Frank Platten kurbelte wild am Lenkrad und bugsierte den schweren Granada herum.

Ich achtete nicht so sehr auf die Straße, war mit meinen Gedanken woanders, wurde aber hart in die Wirklichkeit zurückgerissen, als Platten plötzlich bremste.

Es geschah so abrupt, dass ich nach vorn flog und mit dem Kopf gegen die Rückenlehne des Beifahrersitzes schlug.

Der Kommissar kippte auch nach vorn, wurde aber von seinem Gurt gehalten.

Was war geschehen?

Ich schaute zwischen dem Fahrer und Will Mallmann hindurch und sah, weshalb Platten so plötzlich gebremst hatte.

Eine Nebelwand wallte vor uns hoch.

Verständnislos reagierten meine Mitinsassen. Sie wunderten sich und waren nervös. Alle sprachen durcheinander.

Ich aber rechnete mit einer Falle des Schwarzen Todes. »Raus!«, schrie ich und öffnete die Tür.

Die anderen schauten nur verständnislos.

»Aus dem Wagen!«

Jetzt erst reagierten sie, doch da schlug der Dämon bereits zu und bestätigte damit meine Annahme.

Ein Knirschen ertönte unter dem Wagen, als würde eine gewaltige Hand daran ziehen.

Und dann sackte das Fahrzeug plötzlich ab.

Der Straßenbelag hatte sich verwandelt, er war zu einem Sumpf geworden. Ich merkte es, als ich meinen Fuß aus dem Fahrzeug schwang und den Boden berührte.

Die Sohle klebte fest, ich sackte sofort ein.

Hastig riss ich den Fuß wieder hervor. Es bereitete mir wirklich Mühe, diesem magischen Schlamm zu entkommen.

Auf der anderen Seite des Fonds stieg ein Kollege des Kommissars aus. Er hatte meine Warnung missachtet.

Das wurde ihm zum Verhängnis.

Ein Fall, ein Schrei, er steckte fest.

Mist.

Welche Möglichkeiten hatten wir noch? Auf dem Wagendach waren wir in Sicherheit.

»Aufs Dach!«, brüllte ich. »Los, aufs Dach!«

Jetzt verstanden mich auch die anderen Mitfahrer. Sie hatten begriffen, wie ernst die Lage wirklich war. Die drei Männer machten sich daran, aus dem Wagen zu klettern.

»Denkt an den Sumpf!«, schrie ich. »Nicht berühren!« Ich

hockte noch immer im Fond, denn ich wollte den vierten retten.

Will Mallmann kletterte aus der Seitentür. Er hatte sie aufgedrückt, drehte sich, packte die Regenrinne des Dachs und zog sich hoch.

Unter dem Wagen schmatzte und blubberte der Sumpf. Es waren widerliche Geräusche.

Frank Platten folgte Mallmanns Beispiel.

Nur ich blieb zurück.

Die Wagentüren standen offen. Ich robbte quer über den Sitz, erreichte die gegenüberliegende Tür und warf einen Blick nach draußen.

Der Mann steckte bereits bis zum Gürtel im Morast. Er stand eine grässliche Angst aus. Sein Gesicht war verzerrt, die Augen weit aufgerissen, sodass ich das Weiße sah.

»Keine Panik!«, rief ich ihm zu. »Ich hole Sie raus!«

Er nickte nur.

Ich streckte meinen Arm aus, und er kam mir mit dem seinen entgegen.

Unsere Finger fanden sich, krallten sich ineinander und wurden zu einer Einheit.

Doch der Schwarze Tod, dieser Teufel, gab nicht auf. Er wollte sein Opfer nicht wieder aus seinen Klauen lassen.

Plötzlich verwandelte sich das Moor.

Dämpfe stiegen auf.

Heiß und brühend.

Ich schrie, als der Dampf meine Haut traf, und auch der Mann im Schlamm brüllte wie am Spieß.

Aber ich ließ nicht locker, trotz meiner Schmerzen. Im Gegenteil. Noch weiter beugte ich mich vor. Dabei rutschte das Kreuz aus meinem Hemdenausschnitt, der nicht mehr von den Knöpfen gehalten wurde. Die Kette war so lang, dass mein Kreuz tief fiel und das Moor berührte.

Augenblicklich hörten die Dämpfe auf.

Ich hatte wieder Luft.

Und ich zog.

Die anderen Männer waren inzwischen auf das Dach

geklettert. Wie aus weiter Ferne hörte ich die Stimmen meiner Freunde. Ich wusste nicht, weshalb Suko und Bill nicht eingriffen, doch darüber nachzudenken hatte ich jetzt keine Zeit.

Wer würde Sieger bleiben? Das Moor oder ich?

Alle Kraft setzte ich ein – und schaffte es.

Millimeter für Millimeter zog ich den Mann aus dem gefährlichen Sumpf.

»Nicht bewegen!«, rief ich ihm zu, denn ich wusste, dass ein Strampeln seinerseits die Sache nur noch verschlimmerte.

Dann hatte ich es geschafft.

Der Mann lag halb im Wagen. Die Füße konnte er von selbst aus dem Moor ziehen.

»Aufs Dach mit Ihnen!«

Er nickte, drehte sich um und wäre fast wieder abgerutscht, wenn ich nicht zugegriffen hätte.

Dann aber hatte er das Dach erreicht.

Ein Schatten verdunkelte die breite Frontscheibe. Ich vernahm einen dröhnenden Ton und sah Kommissar Mallmann. Er war auf die Motorhaube gesprungen. Wahrscheinlich wurde es oben ein wenig zu eng.

Aber auch ich musste mich beeilen.

Da sackte der Wagen weg.

Plötzlich quoll der braungraue Schlamm durch die offen stehende Tür in das Innere des Fahrzeugs und breitete sich sofort aus. Ich kroch zur anderen Seite und wand mich rücklings durch die Tür, wobei ich meine Arme ausstreckte und die Regenrinne mit den Fingern zu fassen bekam.

Die Füße zog ich nach. Meine Hacken rutschten über das Polster, ein Klimmzug, und ich befand mich bereits mit dem Kinn in Höhe des Dachs.

Hilfreiche Hände streckten sich mir entgegen. Sie brachten mich in Sicherheit.

In vorläufige.

Ich schaute mich um.

Gut sah es nicht aus. Die gesamte Wegbreite wurde durch den Schlamm eingenommen. Normalerweise keine Distanz, aber dann sah ich etwas, was mir die Haare zu Berge stehen ließ.

Suko und Bill Conolly sowie die anderen Männer waren ebenfalls aus den Wagen gestiegen. Sie wollten uns zu Hilfe eilen, doch sie kamen nur zwei, höchstens drei Schritte weit.

Eine magische Sperre hielt sie auf.

Eigentlich war es zum Lachen, wie sie immer wieder liefen, dann aber von der unsichtbaren Wand zurückgeschleudert wurden.

Von außen durften wir also keine Hilfe erwarten.

Es sah böse aus.

Der Wagen sackte tiefer. Unter uns gurgelte und schmatzte der magische Sumpf. Ich suchte fieberhaft nach einem Ausweg, doch es war klar, dass es keinen gab. Die unsichtbare Wand würde uns ebenso aufhalten wie meine Freunde.

Zum ersten Mal meldete sich Will Mallmann wieder.

»Wir müssen weg!«, rief er. »Ich will diesen verdammten Dämon haben, der meine Frau umgebracht hat!«

Will wollte tatsächlich springen.

»Nein, nicht!«, schrie ich.

Er wandte sich um, und ich sah die wilde Entschlossenheit in seinen Augen leuchten. Wie konnte ich ihn nur abhalten?

Die anderen drei Männer standen neben mir und versuchten wie ich, die Balance zu halten. Lange würden wir an diesem Platz sowieso nicht mehr bleiben können, denn der Wagen sackte von Sekunde zu Sekunde ein kleines Stück tiefer.

»Doch, ich springe!«, brüllte Will. »Denkst du, ich will hier krepieren?«

Der Kommissar war verblendet. Ich konnte ihm nicht einmal einen Vorwurf machen, aber ich musste ihn vor einer riesengroßen Dummheit bewahren.

Wenn ich es schon nicht mit Worten schaffte, dann mit einem anderen Mittel.

Ich drängte mich an den anderen dreien vorbei. Während ich das tat, krümmte ich schon die Handkante.

Ein Schlag musste genügen.

Durch meine Ausbildung, aber auch durch Sukos Training beherrschte ich den Karate-Kampfsport.

Will Mallmann starrte mir entgegen. Er stand dicht vor der Frontscheibe, für mich also ausgesprochen günstig.

»Du schaffst es nicht, John!«, zischte er. »Du kannst mich nicht zurückhalten. Versuche es nicht.«

Meine Handkante kam wie ein Blitzstrahl. Will Mallmann gurgelte auf, zuckte zusammen und brach dann in die Knie. Er fiel genau dort, wo er gestanden hatte.

Das Blech dröhnte, als Will aufschlug.

Ich war bereit nachzugreifen, doch es erwies sich nicht mehr als nötig. Der Kommissar rutschte nicht von der Kühlerhaube.

»Warum haben Sie das getan?«, fragte mich Frank Platten.

Ich ruderte mit den Armen, um mein Gleichgewicht zu halten, und drehte mich um. »Hätten Sie ihn in den Tod gehen lassen?«, fragte ich scharf zurück.

Der Kollege schwieg.

»Und wie soll es weitergehen?«, fragte ein anderer Kollege. »Was geschieht mit uns?«

Da wusste ich auch keinen Rat.

Der Wagen sackte tiefer. Von allen Seiten drang der Schlamm in den Innenraum, und er stieg auch schon über die Motorhaube, auf der Will Mallmann lag.

Die Zeit drängte.

Ob mein Kreuz uns half?

In diesem Augenblick meldete sich der Schwarze Tod, und ich vergaß erst einmal den geweihten Talisman.

Etwas brauste über uns, ein dröhnendes Lachen ertönte, und dann erschien der Dämon.

Er lag in der Luft, wie bei seiner Attacke nach der Trauung.

Die Sense hielt er mit beiden Knochenfäusten umklammert. Sein Umhang flatterte wie eine Fahne im Wind. Das schwarze Totenkopfgesicht war zu einem hässlichen Grinsen verzogen, und er schwang die Sense so geschickt, dass ich achtgeben musste, nicht getroffen zu werden.

Haarscharf nur wischte sie an uns vorbei.

Vier Männer drängten sich auf dem Autodach zusammen. Vier erwachsene Männer, durch einen harten Job gestählt.

Aber zumindest drei von ihnen waren zu schlotternden Angstbündeln geworden, was ich ihnen nicht einmal verdenken konnte. Wer zum ersten Mal mit dem Anblick des Schwarzen Todes konfrontiert wurde, der bekam unweigerlich Angst. Es war nicht nur das Aussehen des Dämons allein, das so schockte, sondern zusätzlich noch die Aura, die von dem Schwarzen Tod ausging. Sie war so unsagbar böse und grauenhaft, dass man sie wie einen körperlichen Schlag spürte.

Dieser Dämon war in der Tat ein Diener der Hölle.

Durch einige Körperdrehungen gelang es mir, mich vor die Polizisten zu schieben, sodass ich den Schwarzen Tod jetzt direkt anschauen konnte.

Er hielt inne.

Wir musterten uns.

In meinem Gesicht regte sich kein Muskel, während in seinem der Triumph deutlich abzulesen war.

Er hatte einen Sieg errungen. Ein niederträchtiger, heimtückischer Mord war für die Schwarzblüter ein Sieg.

Eine perverse Logik.

Es wurde langsam Zeit, dass etwas geschah. Nicht nur, dass ich den Schwarzen Tod vernichten musste, sondern dass ich vom Autodach wegkam.

»Die Falle ist zugeschnappt, John Sinclair!«, freute sich der Schwarze Tod. »Diesmal habe ich dich. Durch den Tod dieser Frau bist du doch verdammt unvorsichtig geworden, nicht wahr?«

»Rede nicht«, erwiderte ich. »Sorg dafür, dass die Menschen hier wegkommen.«

»Sie können gehen!«, erklärte mir der Schwarze Tod, und nicht nur ich war über diese Antwort erstaunt.

»Wirklich?«

»Ja, ich brauche sie nicht. Dafür aber will ich dich haben. Du bleibst, John Sinclair!«

So etwas Ähnliches hatte ich mir gedacht. Ich war darauf vorbereitet gewesen, deshalb erschütterte mich seine Antwort auch nicht sehr. Es blieb nur die Frage, was mit Will Mallmann geschehen sollte.

Ich deutete auf den Kommissar. »Kann er auch mit?«

Der Schwarze Tod überlegte. Er schwebte etwa fünf Meter über uns. Die Spitze der Sense zeigte nach unten, und manchmal brach sich ein vereinzelter Sonnenstrahl auf dem blanken Metall.

»Er bleibt liegen!«, entschied der Dämon.

Das passte mir nicht. »Reicht es nicht, dass du schon seine Frau umgebracht hast?«

»Nein!« Die Antwort klang endgültig.

Der Wagen sackte inzwischen nicht mehr weiter ab. Dieser unheimliche Vorgang war gestoppt worden.

Meine Freunde schauten zu. Sie hörten jedes Wort, ich sah es an ihren Gesichtern, und ich konnte mir gut vorstellen, welch eine Hölle in ihnen tobte. Sie waren zur Untätigkeit verdammt. Es gelang ihnen nicht, die magische Sperre zu durchbrechen. Was der Schwarze Tod mit ihnen vorhatte, war klar. Er würde erst mich ausschalten, dann waren sie an der Reihe.

Ein wahrhaft teuflischer Plan.

»Dann lass die Männer frei!«, sprach ich den Schwarzen Tod an.

Würde er sein Wort halten? Der Dämon zögerte die Antwort hinaus. Ich spürte bald körperlich die Spannung, die seiner Erwiderung vorausging. »Geht!«, sagte er schließlich.

Die Männer zögerten noch.

Ich drehte mich halb um. Manch hilfloser Blick traf mich.

Ich hatte das Gefühl, dass die Männer mich nicht im Stich lassen wollten, doch ich schüttelte den Kopf.

Da wussten sie Bescheid.

Frank Platten machte den Anfang. Er stieß sich ab und sprang vom Wagendach. Mit den Füßen zuerst landete er an dem schräg ansteigenden Hang, streckte seine Arme aus und klammerte sich an einem Ast fest.

Die anderen Polizisten machten es ihm nach.

Zurück blieben Kommissar Mallmann und ich. Will war noch immer bewusstlos. Ich empfand dies als gut.

Rechts von mir aus gesehen schritt Frank Platten bereits auf meine wartenden Freunde zu.

Unbeschadet.

Keine Sperre hielt ihn auf.

Die Chance wollten sich Suko und Bill nicht entgehen lassen.

Sie liefen vor, doch bei ihnen stellte sich der gleiche Effekt ein wie zuvor.

Sie prallten zurück.

Die Sperre war nur von einer Seite aus durchlässig.

Der Schwarze Tod hatte eben an alles gedacht.

Frank Plattens Kollegen folgten. Sie liefen jedoch nicht weg, sondern warteten bei Suko, Bill und den Frauen. Hastig redeten sie auf meine Freunde ein.

Zurück blieben der Kommissar und ich.

Und der Schwarze Tod, der ohne Warnung seinen ersten Angriff startete …

Die Stimmung im Bus wurde immer gereizter.

Jutta Mehnert schaffte es nicht mehr, Ruhe in die Reihen der Schulkinder zu bringen, denn auch sie selbst war mit den Nerven ziemlich am Ende.

Der Schwarze Tod aber hatte sich zurückgezogen. Wenigstens ein kleiner Vorteil, denn sein Herumgeistern hatte die Kinder noch mehr aufgeregt.

Zum Glück saßen sie jetzt auf ihren Plätzen. Das hatte Jutta Mehnert doch noch geschafft. Sie stand auf und schritt durch den Mittelgang. Müde waren ihre Bewegungen. Sie versuchte, nicht mehr Sauerstoff zu verbrauchen, als unbedingt nötig war.

Die Kinder schauten sie an. Noch las Jutta in ihren Blicken Vertrauen, aber immer mehr brach die Angst durch. Die Angst vor dem Schrecklichen.

Wieder einmal rüttelte sie an den Fensterverschlüssen. Die

Scheiben blieben zu.

Jutta senkte den Kopf. Sie stand neben dem kleinen Sitz, wo Dirk und die kleine Uschi saßen.

»Hast du auch Angst?«, fragte Dirk.

Jutta nickte.

»Aber du bist doch längst erwachsen«, meinte Uschi mit ihrem zarten Stimmchen. »Meine Mutti sagt immer, dass Erwachsene keine Angst haben. Ich habe später bestimmt keine Angst.«

Die junge Lehrerin lächelte. »Ich habe auch keine Angst um mich, sondern um euch.«

Dirk nickte mit ernstem Gesicht. »Das ist nicht nötig, Fräulein Mehnert. Ich werde Uschi schon beschützen.«

Juttas Hand fuhr über sein Haar. »Tu das, du kleiner Held. Ich verlasse mich ganz auf dich.«

»Danke.«

Jutta Mehnert drehte sich wieder um. Ihr Blick fiel nach draußen. Dicht neben dem Bus lag der Wirt. Und es sah ganz so aus, als wäre er tot. Den Kindern hatte sie gesagt, dass er nur schlafen würde. Die Kleinen gaben sich damit zufrieden.

Vor dem Gasthauseingang war Gisela Gehrmann zu Boden gefallen. Jutta Mehnert beobachtete sie und sah, dass sie aus ihrer Ohnmacht erwachte.

Unwillkürlich presste Jutta ihre Hand gegen die linke Brust. Wenn diese Frau ihren Mann sah, dann gab es eine Katastrophe.

Gisela Gehrmann erhob sich. Zweimal fiel sie zurück. Beim dritten Versuch stand sie endlich.

Schwankend, wie auf einem Floß bei rauer See.

Gisela Mehnert blickte sich um. Sie sah den Bus, und ihre Augenbrauen zogen sich zusammen.

Jetzt überlegt sie, dachte Jutta.

Die Wirtin kam näher. Schwankend, zögernd.

»Bleib da!«, flüsterte Jutta. Sie wollte schreien, wusste jedoch, dass es keinen Sinn hatte.

Deshalb machte sie Zeichen. Jutta winkte mit beiden Händen, bedeutete der Frau, ins Haus zu gehen.

Gisela Gehrmann verstand sie nicht.

Jutta Mehnert aber zitterte um das Leben der Frau. Wenn sie in den Bus einsteigen wollte und die Tür berührte, was dann …?

»Nicht!«, schrie Jutta, und zwar so laut, dass die Kinder aufschreckten.

»Was ist, Fräulein Mehnert? Warum schreien Sie?« Die Kinder fragten durcheinander, doch Jutta gab ihnen keine Auskunft.

Das Schicksal wollte es anders.

Gisela Gehrmann bewegte sich nicht auf direktem Weg zum Bus, sie ging erst um die flache Kühlerschnauze des Fahrzeugs herum.

Und sie sah ihren Mann.

»Nein!«, keuchte Jutta Mehnert. »Nein – Nicht …«

Sie drängte sich durch eine schmale Sitzreihe zum gegenüberliegenden Fenster, um die Frau besser sehen zu können.

Gisela Gehrmann war stehen geblieben. Sie hatte ihre Arme hochgerissen und beide Hände gegen ihr Gesicht gepresst.

Ein tiefes Schluchzen drang aus ihrer Kehle, so laut, dass es selbst die Kinder und die beiden Lehrerinnen hörten.

Die Wirtin ging zwei Schritte vor. Ihre Knie wurden weich, gaben nach, dann fiel sie über ihren Mann und presste ihr Gesicht an seine Schulter. Ihr Rücken bebte unter den Schluchzwellen, die den Körper durchschüttelten.

Gisela Gehrmann traf das Grauen mit aller Wucht.

Die beiden Lehrerinnen konnten nur hoffen, dass der Schrecken irgendwann ein Ende haben würde …

Von der Seite pfiff die mörderische Sense auf mich zu. Ich sah den blutigen Halbkreis, den sie zog, und für mich gab es nur noch eine Rettung.

Ich ließ mich fallen.

Mit der Schulter prallte ich auf das Wagendach und breitete sofort die Beine aus, um einigermaßen Halt zu finden.

Die Klinge pfiff über mich hinweg.

Der Schwarze Tod lachte. Dieses Lachen bewies mir, dass er erst mit mir spielen wollte, um dann zuzuschlagen.

Ich hob den Kopf.

Wieder schwebte er über mir. Sein hässlicher schwarzer Schädel zeigte ein böses Grinsen, als er zum zweiten Schlag ausholte.

Klar, dass er sich überlegen fühlte. Er hatte damit gerechnet, mich waffenlos anzutreffen.

Aber so leicht wollte ich es ihm nicht machen, denn ich hatte noch das Kreuz.

Es besaß eine ungeheure weißmagische Ausstrahlungskraft. Die vier Erzengel hatten ihre Zeichen hinterlassen, um den Mächten des Bösen zu trotzen.

Dieses Kruzifix hatte mich schon ein paar Mal gerettet, und ich fragte mich, ob es auch jetzt helfen würde.

Ich riss das Kreuz hervor.

Gerade in dem Moment, als der Schwarze Tod zum zweiten Schlag ausgeholt hatte.

Er stoppte mitten in der Bewegung.

Das Kreuz in meiner Hand schien zu explodieren. Gleißende Lichtstrahlen schnitten durch die Luft, detonierten lautlos zu gewaltigen hellen Kränzen, die den Schwarzen Tod einhüllten.

Sekundenlang bot sich meinen Augen ein grandioses Bild.

Ich sah meinen Erzfeind mitten in der Luft stehen.

Das Gesicht war verzerrt, die schwarzen Knochen zitterten, ein mörderischer Schrei drang aus seinem Rachen, dann war der Dämon verschwunden.

Er löste sich auf.

Die Macht des Guten hatte ihn vertrieben.

Verschwunden war auch der magische Sumpf. Unter dem Wagen befand sich wieder die normale Fahrbahn, und auch die Sperre existierte nicht mehr.

Meine Freunde konnten zu mir.

Puh, das war knapp gewesen. Ich wischte mir den Schweiß von der Stirn, glücklich darüber, dass der Schwarze Tod es nicht geschafft hatte.

Wieder einmal nicht.

Doch automatisch fragte ich mich, wann ich es mal schaffen würde. Wann konnte ich ihn besiegen? Das Kreuz war zu schwach, wie ich inzwischen festgestellt hatte, es konnte den Dämon nur vertreiben, was auf die Dauer gesehen nicht viel Sinn hatte, da der Schwarze Tod immer wieder zurückkehrte.

Ich hoffte nur, dass es mir innerhalb der nächsten Zeit gelingen würde, den Schwarzen Tod zu besiegen.

Aber endgültig.

Suko hatte mich als Erster erreicht. Ich sprang vom Wagendach. Mein Partner schlug mir auf die Schulter. Er wollte zu einem Lob ansetzen, doch ich winkte ab.

»Später, Suko. Hilf mir erst einmal, Will wegzuschaffen.«

Der Chinese packte mit an. Er legte seine Hände unter Wills Schultern, ich nahm die Beine des Kommissars.

Suko und ich trugen Will Mallmann an den Straßenrand und legten ihn dort nieder.

Bill Conolly war bei den Frauen geblieben. Er sprach auch mit Wills Kollegen.

»Es tut mir leid«, sagte er laut, »aber ich kann Ihnen auch keine Erklärung geben. Das schafft wohl keiner von uns. Nicht einmal John Sinclair. Wir und Sie müssen uns mit den Tatsachen abfinden. Diese Mächte existieren eben.«

Ich hatte mich über Will Mallmann gebeugt und tätschelte seine Wangen.

So hart hatte ich eigentlich gar nicht zuschlagen wollen, aber mir war keine andere Möglichkeit geblieben.

Mein Tätscheln half.

Will öffnete die Augen, verzog das Gesicht, stöhnte und ließ sich dann von mir auf die Beine helfen.

»Oh, verflucht«, sagte er, »mein Nacken.« Er stützte sich mit den Händen am Wagendach ab.

Dem Ford war nichts passiert. Selbst der Schlamm war wieder von der Kühlerhaube und aus dem Innern verschwunden.

Jane Collins hatte zusammen mit Suko den Granada schon

untersucht.

»Habe ich dir die Genicknuss zu verdanken?«, fragte Will mich.

Ich nickte.

Er hob die Schultern und schaute mich an. In seinen Augen lag noch die Trauer um seine Frau.

»Es war wohl nötig gewesen, wie?«

»Genau.«

»Was ist denn geschehen?«

»Der Schwarze Tod wollte uns umbringen.«

»Alle?«

»Erst einmal nur mich«, antwortete ich, »aber ich bin sicher, dass er die anderen auch nicht verschont hätte.«

»Wie hast du es geschafft?«, fragte Will.

Ich erzählte es ihm.

»Da haben wir Glück gehabt.«

»Das kannst du laut sagen.«

Jane Collins kam zu mir und nahm meinen Arm. »Lass uns weiterfahren, John«, sagte sie.

Ich war einverstanden.

Jane winkte den anderen zu, und sie kamen herüber.

Bevor Bill Conolly einstieg, meinte er: »Das war haarscharf, John. Ich hatte schon mit dem Schlimmsten gerechnet.«

»Ich auch.«

Die Besetzung der Wagen blieb gleich. Will Mallmann starrte mit leerem Blick durch das Seitenfenster. »Manchmal frage ich mich, ob das Leben überhaupt noch einen Sinn für mich hat. Jetzt, wo Karin nicht mehr unter ...«

»Hör auf«, unterbrach ich ihn schroff.

»Du hast gut reden!«

»Bitte, Will, sei ruhig«, meldete sich jetzt auch sein Kollege Frank Platten.

Der Kommissar schwieg.

Dabei konnte ihn jeder von uns verstehen. Aber wir mussten ihn jetzt an der kurzen Leine halten, damit er nicht durchdrehte. Das waren wir unserer Freundschaft schuldig.

Frank Platten fuhr jetzt noch vorsichtiger als zuvor. Er

wollte nicht noch einmal in eine Falle geraten.

Auch ich blickte mich immer wieder um. Doch nichts war von einer Drohung zu bemerken. Wir rollten durch eine idyllische Herbstlandschaft, wie sie ein Künstler auch nicht besser hätte gestalten können.

Kurz vor Erreichen des Gasthofs mündeten einige schmale Pfade auf unseren Weg, der jetzt breiter wurde. Im Rückspiegel sah ich die anderen Wagen.

Dann erreichten wir unser Ziel.

Der Granada schob sich um die letzte Kurve, die Böschung links und rechts verschwand, sodass wir einen freien Blick hatten.

Meine Augen wurden groß.

Direkt vor dem Gasthaus stand ein Bus!

»Halten Sie!«, rief ich Frank Platten zu.

Der Kollege bremste sofort. Zweimal wippte der Granada nach, dann stand er.

Ich öffnete die Tür und stieg aus. Auch die Beifahrertür klappte auf, und Will Mallmann schwang seine Beine ins Freie.

Ich hielt ihn zurück. »Bleib du hier, Will«, sagte ich.

»Aber Karin …«

Ich legte ihm die Hand auf die Schulter und hielt seinem flammenden Blick stand. »Mit Karin, deiner Frau, hat das alles hier nichts mehr zu tun. Diese Abrechnung geht nur mich und den Schwarzen Tod etwas an.«

Will schwieg. Nach einigen Sekunden senkte er den Blick. »Gut, wie du meinst, John.«

»Danke.«

Ich drehte mich um und winkte. Es war das Zeichen für Suko. Er verstand und kam zu mir, mit Bill Conolly im Schlepptau.

»Ich will nur dich, Suko«, sagte ich. »Du bleibst bei den Frauen, Bill.«

»Aber …«

»Mach jetzt keinen Ärger. Will Mallmann wollte auch mit, ich war dagegen. Tut mir den Gefallen, und haltet euch im Hintergrund.«

Bill warf mir einen wütenden Blick zu und machte abrupt kehrt. Ich sah, wie er auf die anderen einredete und dabei seine Arme zu Hilfe nahm.

Suko und ich aber schritten vor.

Aus sicherer Entfernung beobachteten wir den auf dem Hof stehenden Bus. Der Schwarze Tod war nicht zu sehen. Ich war jedoch sicher, dass er irgendwo im Verborgenen lauerte.

»Fällt dir was auf?«, fragte ich Suko.

»Ja, die Kinder sind noch im Bus.«

»Genau. Aber weit und breit ist nichts vom Schwarzen Tod zu sehen. Ich frage mich, warum sie nicht aussteigen.«

»Weil sie nicht können.«

»Richtig. Wie ich den Dämon kenne, wird er eine magische Sperre gelegt haben.« Ich stieß Suko an. »Komm, lass uns weitergehen.«

Nach ein paar Schritten blieb ich wieder stehen. Wir hatten jetzt eine bessere Perspektive, und beide sahen wir die Frau, die über einem am Boden liegenden Mann kniete.

Mir rann ein Schauer über den Rücken. Dieser Mann sah aus, als wäre er tot.

»Das ist ja die Wirtin«, flüsterte Suko.

Jetzt erkannte ich sie auch.

Himmel, was mochte da geschehen sein?

»Ich hole sie her«, sagte Suko.

Mein Partner brauchte sich nicht erst zu bemühen, denn Gisela Gehrmann richtete sich auf, schaute sich um, sah uns, zuckte erst zurück und rannte dann weinend auf uns zu.

Ich ging ihr entgegen und fing sie auf.

Sie schluchzte und jammerte. Ihre Worte konnte ich kaum verstehen. »Tot – tot – er ist tot …«

Ich wusste, dass sie damit ihren Mann meinte. »Wer hat ihn umgebracht?«, wollte ich wissen.

Sie schaute mich aus tränenfeuchten Augen an. »Ich – ich weiß es nicht. Ich habe nur das Monster gesehen.«

»War es ein Skelett?«

»Ja.«

»Der Schwarze Tod«, flüsterte ich.

»Was haben Sie gesagt?«

»Schon gut, Frau Gehrmann.«

»Was machen wir jetzt mit ihr?«, fragte Suko.

Die Lösung wusste ich. »Wir bringen sie zu den anderen.«

Suko war einverstanden, und Gisela Gehrmann hatte im Augenblick keine Meinung.

Mit ihr ging ich ein paar Schritte zurück und winkte abermals Bill Conolly heran.

Der Reporter kam sofort.

Ich schob ihm Gisela Gehrmann hin. »Nehmt sie in eure Obhut«, sagte ich. »Ihr Mann ist tot. Er liegt neben dem Bus. Wahrscheinlich hat ihn der Schwarze Tod umgebracht.«

Bill Conolly stieß einen wilden Fluch aus. Er hasste diesen Dämon ebenso wie ich.

Wir warteten, bis der Reporter verschwunden war, und schritten dann auf den Bus zu. Dabei passierten wir den Granada.

Will Mallmann starrte vor sich hin. Unbewegt war sein Gesicht, obwohl er uns eigentlich hätte sehen müssen. Welche Gedanken verbargen sich wohl hinter seiner Stirn?

Hoffentlich machte er keinen Unsinn.

Will Mallmann hatte sich total verändert. Der Tod seiner Frau hatte ihn völlig aus dem Gleichgewicht gebracht. Und irgendwelche gefühlsbetonte Reaktionen waren durchaus verständlich. Aber ich wollte ihn nicht in sein Unglück laufen lassen. Unter Umständen würde ich ihn dann auch noch verlieren. Wer dem Schwarzen Tod gegenübertrat, der musste kalt bis ins Mark sein und durfte sich nicht von Gefühlen leiten lassen.

Wir näherten uns dem Bus.

Das Kreuz hing jetzt frei vor meiner Brust. Es glänzte ebenso im schräg herabfallenden Sonnenlicht wie die Scheiben des Fahrzeugs, sodass ich nur schemenhaft die Kinder im Innern des Busses erkennen konnte.

Soviel ich sah, waren sie aufgestanden und pressten ihre

Gesichter gegen die Scheiben.

»Willst du in den Bus?«, fragte Suko.

»Ja.«

»Wäre es nicht besser, wenn wir uns vorher bewaffneten?«

»Nein, erst müssen die Kinder befreit werden.«

»Okay.«

»Da sind auch noch Lehrerinnen bei den Kindern.« Ich sah sie, als ich mich nur noch wenige Schritte von dem Fahrzeug entfernt befand und schon auf die Tür zuging.

Eine junge Lehrerin fiel mir besonders auf. Sie stand neben dem Fahrersitz, bewegte beide Hände über Kreuz und schüttelte dabei heftig den Kopf.

»Was hat die nur?«, fragte Suko.

»Keine Ahnung«, erwiderte ich, ging weiter, behielt die Lehrperson jedoch im Auge.

Ihre Gesten wurden heftiger, wilder.

Verflixt, was meinte sie nur?

Ich sah ihr Gesicht. Es spiegelte die Angst wider, die sie empfand, und der Mund schrie irgendetwas.

Leider konnte ich nichts hören, geschweige denn verstehen. Aber ich las von ihren Lippen ab, was sie meinte, und ich sah es an den Bewegungen.

»Nicht einsteigen. Nicht berühren!«

Der Chinese überholte mich und streckte schon seine rechte Hand nach dem Griff aus.

Im letzten Augenblick riss ich ihn zurück.

Verwundert schaute mich Suko an. »Was ist los? Ich dachte, die Kinder sollten befreit werden.«

»Ja, aber später. Dieser Bus ist eine magische Falle. Hast du nicht die Lehrerin beobachtet?«

Suko schüttelte den Kopf.

Einen halben Schritt vor der Tür blieb ich stehen. Die junge Lehrerin nickte mir zu, machte mir durch ein Zeichen klar, neben dem Bus zu warten.

Sie selbst verschwand. Als sie wieder an die Tür trat, hielt sie einen Zettel in der Hand und schrieb hastig ein paar Worte darauf. Danach hielt sie das Papier gegen die Scheibe.

Ich entzifferte den Text.

Ein Skelett hält uns im Bus gefangen. Wir können nicht raus, auch niemand rein. Die Luft wird schlechter. Durch das eine zerschlagene Fenster strömt nicht genug Sauerstoff ein. Auch den Kinder geht es nicht gut. Wir müssen raus.

Das letzte konnte ich den Gefangenen gut nachfühlen. Aber wie sollte ich sie aus dem Bus holen?

»Die Waffen, John«, erinnerte mich Suko.

»Warte noch.« Ich fand ebenfalls einen Zettel in meiner Tasche und schrieb, dass sie sich noch ein paar Minuten gedulden sollten. Ich würde es dann versuchen.

Ich wusste auch schon, wie.

Mit meinem Kreuz. Vielleicht gelang es mir damit, die magische Sperre aufzuheben. Aber ich wollte die Kinder nicht vorher rauslassen, bevor Suko und ich nicht voll bewaffnet waren.

Rasch näherten wir uns dem Gasthof und liefen hastig nach oben. Die Stille war bedrückend. Die einzigen Geräusche waren unsere Schritte auf dem Treppenteppich.

Rasch schloss ich mein Zimmer auf, ging zum Schrank, öffnete die Türen – und erstarrte.

Der Koffer war verschwunden!

Hinter mir hörte ich Schritte. Es war Suko. »Was ist los, John? Weshalb kommst du nicht?«

Ich wandte mich um.

Suko stand an der Tür. Verdutzt schaute er mich an, als er meinen Gesichtsausdruck sah.

»Der Koffer ist weg«, sagte ich.

»Gestohlen?«

»Ich nehme es an.«

»Der Schwarze Tod?«

»Bestimmt«, erwiderte ich.

Suko schlug in seine Handfläche. »Dann war er doch schlauer, als ich dachte. Und jetzt?«

Ich hob die Schultern. »Nichts, mein Freund. Wir werden

nur mit dem Kreuz bewaffnet hinuntergehen.«

Suko nickte. »Ich frage mich nur, was dieser Dämon vorhat. Wenn er an die Waffen will und den Koffer nicht korrekt öffnet, strömt das Gas aus.«

»Das ihn sicherlich nicht betäuben wird.«

Suko grinste. »Wir sollten uns eine stärkere Mischung zulegen.«

»Mal sehen.«

Der Chinese machte mir Platz, als ich das Zimmer verließ. Auf dem Flur blieb ich noch einmal stehen. »Ich kann auch allein nach draußen gehen.«

»Bist du des Wahnsinns fette Beute?«

»Noch nicht.«

Wir schritten die Treppe wieder hinab. Nach wie vor war es still innerhalb des Gasthauses. Auch das Personal musste gesehen haben, was hier vor sich ging. Bestimmt hatten sie das Gebäude fluchtartig verlassen.

Geblieben jedoch war der Schwarze Tod.

Wir sahen ihn, als wir das Gasthaus verließen.

Wie der große Sieger hockte er auf dem Busdach!

In Will Mallmann tobte der Hass!

Obwohl er äußerlich ruhig auf seinem Sitz saß, glich sein Inneres doch einem Vulkan. Die Scheiben des Wagens waren heruntergekurbelt, sodass frische Luft eindrang.

Jeder seiner Kollegen konnte Will nachfühlen, wie es ihm ging. Doch niemand wagte, ihn anzusprechen.

Auch nicht Frank Platten, der nach wie vor hinter dem Lenkrad saß. Er warf Will nur hin und wieder einen Blick zu, sah dabei ein kantig vorspringendes Kinn, eine klassische Römernase und fest zusammengepresste Lippen.

Manchmal zuckten die Wangenmuskeln des Kommissars oder bewegten sich die Hände, an denen ein goldener Ring glänzte. Den zweiten hatte Will abgenommen und eingesteckt. Er wollte ihn weiten lassen, damit er passte.

Immer wieder dachte er an Karin. Die Zeit mit ihr lief vor

seinem geistigen Auge wie ein Film ab. Er dachte daran, wie er sie kennen gelernt hatte, an das alte bayerische Gasthaus, in dem sie ihre Zimmer gehabt hatten, und an die Zeit nach dem Urlaub.

Sie hatten sich oft gesehen. Wenn es die Zeit erlaubte, war Will nach Köln gefahren, um seine Karin zu treffen. Am Wochenende hatten sie öfter einen Bummel durch die Großstädte gemacht, und Will hatte gelernt, die Orte mit ganz anderen Augen zu sehen. Er war fröhlicher geworden. Sie schmiedeten Pläne, sie sprachen über die Heirat, über das kleine Häuschen, das sie sich kaufen wollten – und jetzt?

Es war vorbei!

Will Mallmann stöhnte auf. Die Gefühle übermannten ihn, und er senkte den Kopf.

Seine Freunde und Kollegen schauten sich an. Jedem war anzusehen, dass er ein tröstendes Wort bereithielt, aber niemand traute sich zu sprechen. Konnte man den Kommissar in seinem verzweifelten Schmerz um die geliebte Frau überhaupt trösten?

Kaum.

Ein Sprichwort sagt, dass die Zeit alle Wunden heilt. Auch die tiefsten, doch Wills Wunde war zu frisch, sie würde so rasch nicht vernarben.

Von ihrem Standpunkt aus konnten sie den Bus sehen. Und sie sahen auch die Bewegungen hinter den Scheiben.

»Das sind Kinder«, sagte ein Mann im Fond.

Will hob den Blick. »Sie waren auch eingeladen«, erwiderte er flüsternd. »Jetzt hat sie der Schwarze Tod in den Klauen.«

Frank Platten fragte: »Was ist das für eine Person, dieser Schwarze Tod?«

»Eine Person?« Will lachte hart. »Es ist keine Person. Eine Bestie, ein Dämon, ein Höllenknecht, was weiß ich alles, aber kein Mensch. Er kennt keine Gefühle in unserem Sinn, er will nur den Schrecken und das Chaos. Er ist die rechte Hand des Teufels.«

Frank Platten nickte. »Bisher habe ich dir nie so recht geglaubt, Will, aber nun bin ich eines Besseren belehrt worden.«

Der Kommissar gab keine Antwort. Nach wie vor blickte er hart geradeaus. Und er sah, wie die Sonne für einen Moment verdunkelte und dann eine riesige Gestalt auftauchte.

Der Schwarze Tod schwebte heran.

Will ballte die Hände.

Da war er – der Mörder seiner geliebten Frau. Und er war frei, er lachte sogar. In der rechten Hand hielt er seine Sense, in der linken einen rechteckigen dunklen Gegenstand, den Will bei genauem Hinsehen als Koffer identifizierte.

Will Mallmann überlegte. Er hatte meinen Einsatzkoffer schon oft genug gesehen, sodass er ihn auch aus dieser Entfernung erkannte.

Demnach hatte der Schwarze Tod es geschafft, den Koffer zu stehlen.

Wieder ein Plus für ihn.

Wie lang sollte das noch so weitergehen?

Der Kommissar schüttelte den Kopf. »Nein!«, flüsterte er. »Nein, niemals …«

»Was ist los?«, fragte Frank Platten.

Will hatte sich schon entschlossen. »Ich steige aus«, sagte er mit fester Stimme.

Bestürzt riss Frank die Augen auf.

»Bist du wahnsinnig?«, keuchte er. »Du kannst doch nicht …«

»Ich kann, Frank!«

»Nein, Will. Du hast doch gehört, was John Sinclair gesagt hat. Halte dich daran.«

»Was John Sinclair gesagt hat, ist mir egal!«, erwiderte Will Mallmann kratzig.

Frank Platten drehte sich um. Er warf seinen Kollegen Hilfe suchende Blicke zu, doch die Männer hoben nur die Schultern.

Sie wussten auch nicht, wie sie sich verhalten sollten.

Wills Finger fanden den Hebel und öffneten die Tür.

»Nicht!«, rief Platten.

Der Kommissar kümmerte sich nicht um ihn.

Da wurde es Frank Platten leid. Er packte Will Mallmann an der Schulter und riss ihn herum. Er glaubte, damit genug getan zu haben, doch er irrte sich gewaltig.

Will Mallmann, sonst ein friedfertiger Mensch, drehte durch. Er gab sich selbst noch Schwung, als er herumgerissen wurde, und dann kam seine Faust.

Er rammte sie gegen das Kinn seines Kollegen. Plattens Kopf wurde in den Nacken gerissen. Hart knallte er gegen die Scheibe. Sekundenlang sah er Sterne.

Die beiden anderen Männer konnten nicht mehr eingreifen. Alles war zu schnell gegangen.

Will Mallmann stieß die Tür vollends auf und sprang nach draußen. Jetzt hielt ihn niemand mehr auf …

Bill Conolly rauchte die dritte Zigarette innerhalb einer halben Stunde.

Er war schrecklich nervös.

Und Sheila ging es nicht anders. Sie saß neben ihrem Mann und zerknüllte mit den Fingern ein tränennasses Taschentuch. Sie hielt den Kopf gesenkt, die langen Haare fielen nach vorn und verdeckten das Gesicht wie ein Schleier.

Bill Conolly schwitzte. Nicht nur, weil es im Wagen trotz des geöffneten Fensters warm war, sondern auch vor Aufregung. Dass er zur Untätigkeit verurteilt war, passte ihm gar nicht.

Andererseits war es jedoch besser, nicht an der direkten Front zu stehen, denn waffenlos würde der Schwarze Tod ein leichtes Spiel mit ihm haben.

Dann erschien der Dämon.

In Bills Augen blitzte es auf. Er hasste den Schwarzen Tod wie ich oder Suko.

Sheila Conolly hob den Kopf, doch Bill drückte ihn sachte wieder nach unten. »Sieh nicht hin, es reicht, wenn du von diesem Ungeheuer hörst.«

Sheila folgte dem Ratschlag.

Der Schwarze Tod ließ sich auf dem Busdach nieder, und

auch Bill sah den Einsatzkoffer. »O verflucht«, hauchte er.

Der Fahrer drehte sich um. »Was ist?«

»Nichts.« Bill wollte ihm nicht sagen, dass die Chancen noch mehr gesunken waren.

Es reichte völlig, wenn er es wusste. Bills inneres Fieber stieg. Er hielt es kaum noch im Wagen aus.

Sheila merkte dies ebenfalls. Sie warnte: »Mach keinen Unsinn, Bill. Du hast selbst gesehen, wie gefährlich dieser Dämon ist. Und denk an deinen Sohn.«

»Okay, klar, ich habe verstanden.« Bill beugte sich vor. Und dann sah er, wie am Wagen vor ihnen die Beifahrertür aufsprang. Dort saß Will Mallmann.

Anschließend ging alles blitzschnell. Bill bekam schattenhaft etwas von dem Handgemenge mit, und danach stürmte der Kommissar aus dem Granada.

Bill stieß die Tür auf. »Zurück, Will!«, brüllte er. »Mach keinen Unsinn!«

Mallmann hörte nicht.

»Ich muss ihm nach«, keuchte Bill.

Sheila fasste ihn am Arm. »Nein, nicht.«

»Doch, verdammt!« Der Reporter hatte sich gegen den Willen seiner Frau entschieden. Er konnte seinen Freund nicht in den Tod rennen lassen. Denn dass Will durchgedreht hatte und völlig unüberlegt den Schwarzen Tod angreifen würde, das stand für den Reporter fest.

Aber nicht nur er hatte sich zu einer Verfolgung entschlossen, sondern auch Jane Collins.

Sie und Shao saßen im letzten Wagen. Als Bill aus dem Fahrzeug kletterte, schlug die Detektivin bereits die Tür zu.

»Lauf, Bill!«, rief sie. »Ihm nach!«

Der Reporter rannte los.

Will Mallmann war nicht so unklug, direkt den Bus anzusteuern, sondern er versuchte es von der Seite.

Das heißt, er tauchte in den Wald ein, wo das Gelände bereits nach wenigen Metern steiler wurde.

Der Kommissar keuchte. Er schlug im Wege stehende Äste zur Seite und wühlte mit seinen Schuhen das frische Laub auf. Einmal rutschte er aus und wäre fast den Hang wieder hinuntergefallen, doch gerade noch rechtzeitig umklammerte er einen dünnen Baumstamm.

»Will, bleib stehen!«

Der Kommissar hörte zwar Bills und Janes Stimmen, doch er kümmerte sich nicht darum. Er hatte nur ein Ziel vor Augen: die Bestie zu vernichten, die am Tode seiner Frau schuldig war.

Dafür gab er alles.

Bill Conolly und Jane verständigten sich durch knappe, halblaute Zurufe.

»Wir müssen ihn in die Zange nehmen!«, rief der Reporter.

»Okay.«

Bill tauchte nach rechts, Jane nach links.

Der Reporter hatte mehr Kraft. Er schaffte den steilen Weg besser als die Detektivin.

Als Bill die Höhe überwunden hatte und einen am Hang verlaufenden Spazierweg erreichte, sah er Will Mallmann.

Er rannte wie von allen Teufeln gehetzt.

Bill spurtete hinterher.

Und er holte auf.

»Will, sei nicht verrückt!«, brüllte er dem Kommissar nach. Doch Mallmann hörte ihn nicht.

Verzweifelt rannte der Reporter weiter. Er musste Will Mallmann stoppen.

Plötzlich sprang der Kommissar nach rechts. Er wollte jetzt wieder den Hang hinunterlaufen, denn er hatte mittlerweile den Standort des Busses passiert.

Da sah Bill Conolly einen handlichen Stock auf dem Boden liegen. Er war etwa armdick und gut ausgewogen, wie Bill feststellte, als er ihn aufhob.

Noch einmal warnte er den Kommissar, doch Mallmann drehte sich nicht einmal um.

Da schleuderte Bill Conolly den Stock.

Der Reporter stand noch auf dem Weg. Und zwar höher als Will. Bevor der Kommissar zwischen einer Gruppe von schützenden Bäumen verschwinden konnte, krachte ihm der Knüppel ins Kreuz.

Bill hatte wuchtig geworfen, und Will Mallmann wurde nach vorn geschleudert, stolperte, konnte sich nicht mehr fangen und fiel bäuchlings zu Boden.

Sofort setzte Bill Conolly nach.

Er sprang über den Weg, kam an der Hanglage auf und rutschte auf den Kommissar zu.

Will erhob sich und stützte sich dabei an einem Baumstamm ab. Hinter sich hörte er Bill Conolly.

Mallmann wandte sich um.

Der Reporter rutschte und hastete heran. Auch er hatte Mühe, bei der Schräglage des Hanges auf den Beinen zu bleiben. Wild ruderte er mit den Armen.

Mallmann wusste genau, dass Bill Conolly nicht gekommen war, um ihm einen guten Tag zu wünschen. Er wollte ihn sicherlich zurückholen und von seinem Vorhaben abbringen. Aber damit war der Kommissar nun überhaupt nicht einverstanden.

In der Nähe lag ein faustgroßer Stein.

Mallmann bückte sich und hob ihn auf. Hart umschlossen seine Finger das Wurfgeschoss.

Bill kam zur Ruhe. Schräg und breitbeinig stand er da.

Er starrte den Kommissar an.

»Bleib mir vom Hals!«, knurrte Will Mallmann tief hinten in der Kehle.

Bill schüttelte den Kopf. »Mach doch keinen Unsinn, Will. Lass uns reden. Du willst dich allein dem Gegner stellen, das ist Quatsch. Der Schwarze Tod ist stärker als du.«

»Ich muss sie rächen!«

»Will, sei vernünftig, ich bitte dich!«

Der Kommissar blieb stur. »Hau ab, Conolly, verschwinde!«, zischte er. Sein Gesicht wurde plötzlich zur Fratze. Die Augen versteinerten. Kalt schauten sie den Reporter an.

Der Kommissar hob die rechte Hand.

»Nicht, Will!«, schrie der Reporter.

Da schlug Mallmann zu.

Durch das Gewicht des Steines lag eine ungeheure Wucht hinter dem Schlag. Bill Conolly wäre buchstäblich von den

Beinen gefegt worden, wenn Will getroffen hätte.

Doch der Reporter war flink. Er warf sich zur Seite und tauchte unter dem Schlag hinweg. Allerdings gelang es Bill nicht, das Gleichgewicht zu halten. Durch die Schräge knickte er mit dem linken Bein ein und fiel hin.

Sofort rollte Bill weiter.

Mallmann lachte auf.

Er hatte sich fangen können. Als er sah, dass der Reporter weiterrollte und im Augenblick keine Gefahr mehr darstellte, lief er an ihm vorbei, um auf die Straße zu gelangen.

»Bleib hier!«, schrie Bill, der sich an einem kargen Ast festgehalten hatte und fluchend auf die Beine kam.

Da war Mallmanns Vorsprung bereits zu groß.

Im nächsten Augenblick erschien Jane Collins. Sie trat hinter einem Baumstamm hervor und sprang Will Mallmann direkt in den Weg. Jane hatte bisher versteckt gelauert. Sie wollte den Ausgang des Kampfes abwarten. Doch als sie sah, dass Bill den Kürzeren zog, entschloss sie sich, einzugreifen.

Die Detektivin breitete die Arme aus.

»Will, bleib stehen!«, schrie sie.

Mallmann gehorchte tatsächlich. Sein eigener Schwung trieb ihn zwar noch weiter, doch zwei Schritte vor Jane kam er zur Ruhe.

»Geh zurück«, sagte die Detektivin.

»Aus dem Weg!«, zischte Mallmann. Er schob den rechten Arm vor und zeigte seinen Stein.

»Bitte, sei vernünftig, Will!«

»Nein.«

Janes Blick flog an Will Mallmann vorbei. Hinter dem Rücken des Kommissars sah sie Bill Conolly heranschleichen. Er versuchte, möglichst lautlos zu gehen, doch seine Schuhe wirbelten Laub auf. Die Blätter raschelten.

Will Mallmann wurde aufmerksam.

Er warf sich herum.

Sein Arm fuhr hoch, aber Bill Conolly war schon zu nahe heran. Und damit seine Faust.

Der Reporter holte den Schlag aus dem Schultergelenk.

Will Mallmann sah die Hand noch kurz vor seinem Gesicht auftauchen, dann explodierte der Schlag an seinem Kinn.

Der Kommissar flog zurück.

Jane Collins reagierte schnell. Sie fing ihn auf, bevor er zu Boden fiel und sich nicht mehr rührte.

Bills Faustschlag hatte wirklich seinen neuralgischen Punkt getroffen.

Der Reporter rieb sich die Knöchel, verzog das Gesicht und blies über seine Hand.

»Tut mir leid!«, sagte er, »aber das war nötig.« Er schaute Jane Collins an.

Die Detektivin nickte. »Ja, er hätte sonst Dummheiten gemacht. Vielleicht hast du ihm damit das Leben gerettet.«

»Falls der Schwarze Tod nicht doch noch gewinnt«, erwiderte der Reporter.

Jane schaute Bill an. »Und was tun wir?«, fragte sie.

»Das, was Will Mallmann auch vorhatte. Wir sehen uns den Dämon mal aus der Nähe an. Unter Umständen können wir helfen.«

Die Detektivin war einverstanden. Von Will Mallmann war vorerst nichts zu befürchten. Er würde noch einige Zeit schlafen.

Die beiden machten sich auf den Weg …

Wir blieben dicht hinter der Tür stehen.

Suko befand sich einen halben Schritt hinter mir. Sein warmer Atem streifte meinen Nacken.

Das helle Licht traf mich voll, und mein silbernes Kreuz gleißte wie eine kleine Sonne auf.

Der Schwarze Tod saß auf dem Busdach.

Er lachte.

Dröhnend schallte uns sein höllisches Gelächter entgegen. Er stand auf, schwang seine Sense und hielt auch triumphierend meinen Einsatzkoffer hoch.

Er sah aus wie der große Sieger.

»Komm nur her, John Sinclair!«, rief er. »Ich will mit dir reden!«

Ich ging.

Dreißig Meter trennten uns vielleicht. Mehr nicht. Langsam schritt ich vor. Warm schien die Sonne in meinen Nacken. Und ich schwitzte nicht nur wegen der Hitze, ich hatte auch Angst. Nicht so sehr um mich selbst, sondern um die Kinder und die beiden Lehrerinnen innerhalb des Busses.

Nach fünfzehn Schritten blieb ich stehen.

»Warum kommst du nicht näher?«, rief der Schwarze Tod.

»Es reicht.«

»Gut«, sagte er und trat mit dem Fuß auf, sodass das Blech des Daches dröhnte.

Ich konnte jetzt besser durch die Scheiben schauen. Die Kinder im Bus erschraken und duckten sich ängstlich zusammen.

In mir stieg die heiße Wut hoch.

»Was willst du von mir?«, rief ich.

Wieder lachte der Dämon. »Dich will ich haben, John Sinclair!«

»Das hatte ich mir gedacht.« Jetzt lachte ich. »Aber glaubst du im Ernst, dass ich so dumm sein werde, mich freiwillig in deine Hand zu begeben?«

»Nein, das habe ich nicht angenommen. Und deshalb werde ich dich zwingen.«

In meinem Nacken sammelte sich der Schweiß und rann kalt an meinem Rücken hinab. Irgendwie war es ein groteskes Bild. Ich stand im nicht mehr ganz sauberen Smoking mitten auf dem Hof, und als einzige Waffe besaß ich mein silbernes Kreuz. Der Schwarze Tod hatte es schon versucht, mich in seine Gewalt zu bekommen. Doch der Anschlag im Wagen war misslungen. Nun spielte er seinen höchsten Trumpf aus.

Einen Trumpf, vor dem ich Angst hatte.

»Es war mir klar, dass du Ärger machen würdest!«, rief er. »Aber du kannst gar nicht anders, als zu mir zu kommen. Schau in den Bus! Siehst du die Kinder? Wenn du möchtest, dass sie am Leben bleiben, dann liefere dich mir aus!«

Jetzt hatte er das ausgesprochen, womit ich längst gerechnet hatte. Ich war nicht einmal überrascht und verspürte seltsamerweise auch kein Herzklopfen.

»Wie lautet deine Entscheidung?«

Ich hob die rechte Hand. »Okay, Höllendiener, ich komme zu dir!«, erwiderte ich mit rauer Stimme.

Sekundenlang stand das Schweigen wie eine Wand zwischen uns. Danach rieb der Schwarze Tod seine Knochenhände gegeneinander. »Das war es, was ich von dir wollte.« Dann fauchte er: »Wirf dein verdammtes Kreuz weg, Sinclair! Los, wirf es fort!«

Ich schüttelte den Kopf. »Erst die Kinder!«

»Nein!«, donnerte seine Stimme.

Ich blieb hart.

Der Schwarze Tod schwang sich in die Luft. Er schleuderte den Koffer weit hinter den Bus, weil er ihn behinderte und er die Sense mit beiden Fäusten umklammern wollte. Ich ahnte, wie er mich zu töten beabsichtigte.

Mit einem Sensenstreich.

Wie auch Karin Mallmann.

Der Schwarze Tod landete neben dem Bus. Seine weißen Augen leuchteten. Sein Maul klaffte auf, und er schrie: »Das Kreuz!«

»Erst die Kinder!«

»Treib es nicht zu weit!«, fuhr er mich an.

»Die Kinder!«

Da riss der Schwarze Tod die Fahrertür auf. Sofort entstand Gedränge im Bus. Jeder wollte zuerst am Ausgang sein, doch als sie das Skelett sahen, wichen sie schreiend zurück.

Der Schwarze Tod aber griff mit der freien Hand zu und bekam ein blondes Mädchen an der Schulter zu fassen.

Brutal schleuderte er es aus dem Bus.

Das Mädchen fiel zu Boden und weinte herzzerreißend.

Eine Frau schrie: »Uschi, bitte …«

Der Schwarze Tod hob die Sense. Die Spitze schwebte aber dicht über dem Kopf des Mädchens.

Mir blieb fast das Herz stehen.

»Wie ist es, Sinclair, hast du noch immer so eine große Klappe?«

»Du hast gewonnen«, erwiderte ich rau.

Der Schwarze Tod lachte. »Dann her mit deinem verdammten Kreuz!«, schrie er.

Ich streifte meinen silbernen Talisman über den Kopf, trennte mich damit von meiner letzten Waffe …

»John ist verrückt!«, flüsterte Bill Conolly der Detektivin zu.

Er und Jane Collins standen – von Bäumen gut gedeckt – nahe des Platzes. Sie hatten einen guten Überblick und beobachteten das Geschehen praktisch wie auf einer Bühne.

»Er kann nicht anders«, erwiderte Jane Collins. »Dieser Dämon erpresst ihn mit den Kindern.«

»Dann ist John verloren«, flüsterte Bill.

Jane Collins schwieg. Sie dachte zwar nicht so pessimistisch wie der Reporter, aber große Chancen für mich sah sie auch nicht. Trotzdem wollten beide nicht tatenlos zusehen.

Bills Blick glitt an dem Bus vorbei und blieb am Eingang des Gasthauses hängen.

»Da steht Suko«, raunte er Jane Collins zu.

»Warum greift er nicht ein?«

Bill hob die Schultern. »Der Schwarze Tod hat den Koffer. Suko ist waffenlos.«

Jane unterdrückte ein Schimpfwort.

Der Reporter trat einen Schritt vor. Der Schwarze Tod wandte ihm den Rücken zu. Sein langer Mantel flatterte im Wind.

Dann hob Bill Conolly die Hand. Er winkte mir zu, bewegte die Finger und hoffte nur, dass ich das Zeichen verstanden hatte …

Als ich das Kreuz über meinen Kopf streifte, hatte ich das Gefühl, mich von meiner Seele zu trennen. Sekundenlang ließ ich es noch auf meinem Handteller liegen, schaute es an.

»Weg damit!«, schrie der Schwarze Tod.

Ich hob den Blick.

Plötzlich sah ich am Waldrand eine Bewegung. Dort erschien Bill Conolly.

Er hob den Arm, winkte und bewegte dabei die Finger.

»Willst du, dass die Kleine stirbt?«, brüllte der Dämon.

»Nein«, erwiderte ich, schloss die Hand zur Faust und schleuderte das Kreuz weit von mir.

Es beschrieb einen Halbkreis, blitzte ein paar Mal wie ein hochkarätiger Diamant und fiel dann in den Staub. Dort blieb es liegen.

Der Schwarze Tod aber verkündete lauthals seinen Sieg. Er schleuderte mir die Worte mitten ins Gesicht. »Waffenlos, John Sinclair!«, brüllte er. »Du bist waffenlos. Das habe ich mir schon immer gewünscht. Endlich ist es eingetreten. Komm her!«

Ich ging.

Das Mädchen lag auf dem Boden. Es weinte leise und hatte sein Gesicht in den Händen vergraben. Die anderen Kinder und auch die Lehrerinnen befanden sich im Bus und schauten mich mit entsetzten Gesichtern an.

Dann vernahm ich Sukos Stimme. »Warte, ich gehe mit dir!«

Mein Partner kam. Hinter mir knirschten seine Schritte. Der Schwarze Tod war für einen Moment irritiert.

»Bleib stehen!«, schrie er Suko zu.

Der Chinese gehorchte nicht.

»Dann stirbt eben das Kind!«

Mir stockte der Atem. Wenn Suko den Befehl nicht befolgte, war es aus.

Doch er blieb stehen.

An der anderen Seite des Platzes lief Bill Conolly lautlos auf den Bus zu.

Ich konnte nicht sehen, was er vorhatte, denn der Schwarze Tod ging an dem Kind vorbei und kam mir entgegen.

Er hatte die Sense.

Ich besaß keine Waffen.

»Ich werde dich köpfen, Sinclair«, versprach er mir, »und

deinen Schädel werde ich Asmodis anschließend auf einem Tablett servieren. Das kannst du mir glauben!«

Das Sensenblatt pfiff durch die Luft. Wieder flimmerte der rote Halbkreis, und in einer verzweifelten Reaktion warf ich mich nach vorn. Ich unterlief damit den mörderischen Hieb mit der Sense. Die Klinge wischte hautnah über mir hinweg und rasierte mir noch ein paar Haare ab.

Dann fiel ich gegen den Schwarzen Tod.

Und plötzlich war auch Suko da.

Aber er half nicht mir, sondern riss das Mädchen an sich, bevor der Schwarze Tod irgendetwas unternehmen konnte.

Ich war gegen ihn geprallt, und durch die Wucht war der Dämon bis gegen den Bus gestoßen worden. Dann aber spielte er seine Macht aus. Plötzlich wuchs er in die Höhe, verdoppelte seine Körpergröße. Ich musste einen mörderischen Schlag mit der Knochenfaust mitten ins Gesicht hinnehmen und wurde zu Boden geschleudert.

»Du Wurm!«, kreischte der Schwarze Tod. »Du größenwahnsinniger Zwerg! Und vor dir habe ich mich gefürchtet.«

Schon einmal hatte ich ihm so gegenübergestanden, doch damals war mir der Geist des Gottes Manitu zu Hilfe gekommen.

»Dann stirb!«, schrie der Schwarze Tod …

Ich erwartete den Schlag und danach den alles verzehrenden Schmerz, der in die absolute Dunkelheit des Todes mündete.

Beides blieb aus.

Dafür geschah etwas anderes.

Eine Stimme klang auf.

Grell und laut, sich fast überschlagend.

Dann flirrte etwas durch die Luft. Etwas, was blitzte, funkelte, hell strahlte …

Mein Kreuz!

Bill Conolly hatte es geschleudert.

Er war auf meinen verzweifelten Plan eingegangen, nachdem ich das Kreuz so weit von mir geschleudert hatte, dass er es aufheben konnte.

Und nun fegte es wuchtig auf den Schwarzen Tod zu.

Der Schwarze Tod wurde voll getroffen.

Er kapitulierte. Plötzlich schrumpfte er wieder auf seine normale Größe zusammen.

In einer instinktiven Bewegung packte er das Kreuz, doch er ließ es gleich darauf wieder fallen wie ein glühendes Stück Eisen.

Wimmernd brach er zusammen.

Blitzschnell sprang ich auf. Ich rannte auf mein Kruzifix zu, wollte es aufheben, um den Schwarzen Tod erneut damit zu attackieren.

Doch der Dämon hatte sich bereits wieder erholt und einen Teil seiner alten Kräfte zurückerlangt. Er bewies damit, welch eine Macht er besaß.

Als ich herumwirbelte, sah ich noch seine huschende Bewegung. Dann fegte er los wie eine abgefeuerte Rakete. Er schwang sich in die Luft und fuhr noch einmal herum.

Drohend schwang er seine Sense.

»Beinahe hätte es geklappt, John Sinclair!«, brüllte er. »Ich war nahe an meinem Ziel. Wir werden uns wieder treffen. Und wenn es in der Hölle ist!«

Ich hielt mein Kreuz hoch. »Ich warte schon darauf, Dämon!«, schrie ich ihm entgegen.

»Denk an meine Worte«, grollte er, und im nächsten Augenblick war er verschwunden.

Wir aber atmeten auf.

Ich ging zu meinem Freund Bill Conolly und reichte ihm die Hand. »Danke«, sagte ich nur.

»Schon gut«, erwiderte Bill.

Kein Lächeln lag auf unseren Gesichtern. Der Schwarze Tod hatte zwar sein Ziel nicht ganz erreicht, doch Karin Mallmann machte niemand mehr lebendig …

Eine halbe Stunde später saßen wir in der Gaststube.

Jane Collins fehlte. Sie kümmerte sich um Gisela Gehrmann, die ihren Lebensgefährten auf eine schreckliche Art und Weise verloren hatte.

Will Mallmann war auch bei uns. Er sprach nicht, sondern saß mit gesenktem Kopf auf seinem Stuhl.

Bill und ich wussten auch nicht, wie wir ihn ansprechen sollten. Wir redeten mit seinen Kollegen.

Sie hatten viel erlebt und gesehen, aber sie waren vernünftig genug, um die Sache für sich zu behalten. Ich wollte keine Panik in der Bevölkerung.

Dem geflüchteten Personal würden sie einreden, dass alles nur eine Halluzination gewesen sei.

Irgendwann stand Will Mallmann auf. Er schaute uns an und sagte: »Ich gehe dann.«

Niemand fragte ihn nach seinem Ziel. Für uns alle war klar, dass er Abschied nehmen wollte.

Abschied von seiner geliebten Frau …

ENDE

Geballte Spannung: Die Abenteuer von John Sinclair und Glenda Perkins

Jason Dark
GLENDA PERKINS
Sammelband
416 Seiten
ISBN 978-3-404-73971-4

Glenda Perkins und Lady Sarah Goldwyn werden von der Hexe Larissa in die Parallelwelt geholt, doch John Sinclair kann sie befreien. Um John zu zwingen, den Aufenthaltsort von Dr. Tod herauszufinden, entführt Asmodina Glenda ins Reich des Spuks. Als das Sinclair-Team den Affendämon Sogg-Ra vernichtet, kommen sich Glenda und John sehr nahe ...

Bastei Lübbe Taschenbuch